NO RITMO DO JOGO

BAL KHABRA

NO RITMO DO JOGO

Tradução
Leticia Zumaeta

Publicado originalmente por Bloomsbury Publishing.

Direitos de tradução arranjados por Sandra Dijkstra Literary Agency e Sandra Bruna Agencia Literaria, SL.

Título original: *Spiral*

Editora responsável **Paula Drummond**
Editora de produção **Agatha Machado**
Assistentes editoriais **Giselle Brito e Mariana Gonçalves**
Preparação de texto **Sara Lima**
Revisão **Manoela Alves**
Diagramação e adaptação de capa **Guilherme Peres**
Projeto gráfico original **Laboratório Secreto**
Ilustração de capa **Leni Kauffman**

Texto fixado conforme as regras do Acordo Ortográfico da Língua Portuguesa (Decreto Legislativo nº 54, de 1995)

CIP-BRASIL. CATALOGAÇÃO NA PUBLICAÇÃO
SINDICATO NACIONAL DOS EDITORES DE LIVROS, RJ

K56r Khabra, Bal
No ritmo do jogo / Bal Khabra ; tradução Leticia Zumaeta. - 1. ed. - Rio de Janeiro : Globo Alt, 2025.
21 cm.

Tradução de: Spiral
ISBN 978-65-5226-052-9

1. Ficção americana. I. Zumaeta, Leticia. II. Título.

25-97283.0 CDD: 813
CDU: 82-3(73)

Gabriela Faray Ferreira Lopes - Bibliotecária - CRB-7/6643

1ª edição, 2025

Direitos de edição em língua portuguesa para o Brasil
adquiridos por Editora Globo S.A.
R. Marquês de Pombal, 25
20.230-240 – Rio de Janeiro – RJ – Brasil
www.globolivros.com.br

PLAYLIST

TAKE CARE – Beach House

WASH. – Bon Iver

FALLEN STAR – The Neighbourhood

WILLOW – Taylor Swift

SATURN – SZA

RYDER – Madison Beer

CRY BABY – The Neighbourhood

MATILDA – Harry Styles

BE MY BABY – The Ronettes

WHEREVER YOU GO – Beach House

MOONLIGHT – Chase Atlantic

STARGIRL INTERLUDE – The Weeknd ft. Lana Del Rey

BE HONEST – Jorja Smith ft. Burna Boy

LET THE LIGHT IN – Lana Del Rey ft. Father John Misty

FADE INTO YOU – Mazzy Star

REDBONE – Childish Gambino

EVERYWHERE, EVERYTHING – Noah Kahan

REAL LOVE BABY – Father John Misty

LOVE GROWS (WHERE MY ROSEMARY GOES) – Edison Lighthouse

FOLDIN CLOTHES – J. Cole

Você é uma luz neste mundo,
não a desperdice nas pessoas que não podem ver.
Encontre aquelas que podem.

1
ELIAS

O MENINO DE OURO DO TORONTO THUNDER FICA FRIO NO GELO E FAZ A MULHERADA FERVER!

Ser o novato da Liga Nacional de Hóquei é tão ruim quanto se imagina. Mas ser o novato da Liga que não sai da boca dos tabloides e que ainda não marcou o primeiro gol da carreira é ainda pior.

O saguão do hotel tem uma grande variedade de revistas à disposição, mas aquela em cima da mesinha de centro tem meu nome na capa. É uma foto desfocada de uma mulher saindo de uma boate, comigo logo atrás dela. Na rara ocasião em que conseguem me convencer a comemorar uma vitória, é logo quando me pegam com uma mulher. Se tivessem se dado ao trabalho de dar uma pesquisada, saberiam que ela é Brandy, a fotógrafa do time. Eu tinha oferecido uma carona a ela, e não esperava que ninguém fosse tirar fotos.

Evitar festas e rolês não é algo que faço de propósito, é só que é difícil comemorar algo com o qual não contribuí. Prefiro repassar os jogos e analisar meus erros para encontrar o que está me impedindo de marcar o primeiro gol. E é exatamente o que planejo fazer esta noite.

Só que estamos em Dallas e ainda estou esperando no saguão até meu quarto ficar pronto. Apesar de saber que não deveria, dou uma olhada na revista e leio as manchetes menores.

SERÁ QUE A FAMA ESTÁ SUBINDO À CABEÇA DE ELIAS WESTBROOK? OU OUTRA JOGADA RUIM DO THUNDER?

— Sr. Westbrook?

Largo a revista como se tivesse sido pego lendo algo proibido e me dirijo ao balcão. Quando agradeço ao concierge pela chave, ele dispara uma piscadela nada discreta que me deixa confuso. Ignorando a interação esquisita, subo de elevador até o quarto, deslizo a chave eletrônica na porta e vou direto para o chuveiro.

A água quente relaxa toda a tensão dos músculos das minhas costas, assim como os pensamentos sobre aquela revista idiota. O vapor emana do box atrás de mim enquanto enrolo uma toalha na cintura e passo outra pelos cabelos. Não vejo a hora de cair na cama e rever os melhores momentos do jogo, mas congelo no meio do caminho ao ver o que está em cima da cama. Ou melhor, *quem* está em cima da cama.

Que merda é essa?

Agarro a toalha e dou vários passos para trás.

— Desculpa, peguei a chave do quarto errado?

Mas não. Tenho certeza, já que minha bagagem está logo ali, a poucos metros. De repente, a piscadela do concierge faz sentido. O cabelo loiro comprido da mulher cai em ondas ao redor de seu rosto, lábios vermelhos e dentes perfeitos formam um sorriso. Ela está deitada na cama *king-size* em um dos roupões do hotel, com várias embalagens de lanchinhos pela metade do minibar espalhadas sobre os lençóis.

— Acho que pegou a chave certinha.

O sorriso travesso que ela dá quando se senta me deixa desconfortável.

— Não sei quem você está esperando, mas com certeza não sou eu.

— Acredite… — Seus olhos mapeiam cada centímetro do meu tronco, sobretudo as gotas de água que escorrem pelo meu abdômen. — … com certeza, é você, Eli.

Se isso for uma pegadinha, vou matar meus colegas de time.

— Achei que você fosse querer comemorar a vitória de hoje — ronrona ela, dando um passo na minha direção.

Eu só comemoraria se tivesse marcado um gol, e isso ainda não aconteceu. Dou mais vários passos para trás, em direção à porta.

— Tenho certeza de que você consegue encontrar outra pessoa que esteja interessada.

Ela levanta as sobrancelhas tão alto que dá para notar que nunca levou um fora antes.

Minha recusa não a faz vestir as roupas e ir embora como eu tinha esperado. Então, eu mesmo me viro e saio. No corredor, pelado a não ser pela toalha, sigo direto para o quarto vizinho. Eu e Aiden estamos a apenas algumas portas de distância, já que os novatos ficam hospedados juntos, e espero que ele ainda esteja acordado.

Aiden Crawford, meu melhor amigo e colega de time, não é como eu. Marcou o primeiro gol da carreira no segundo em que pisou no gelo, em nosso primeiro jogo. O segundo gol veio na noite seguinte, com assistência minha. Desde que entrou para o Toronto Thunder, ele tem sido simplesmente espetacular, e eu não poderia estar mais orgulhoso. Mas Aiden não é de cair na farra a cada gol. O cara tem ambições maiores do que um único jogo, uma motivação que vem desde a época em que era nosso capitão na Universidade Dalton.

Então, no momento, espero que ele também tenha dado um perdido nas comemorações, porque outros hóspedes estão andando pelo corredor, e um deles parece bem interessado no meu estado seminu. Se me reconhecerem, com certeza vão começar a tirar fotos.

— Aiden!

Bato mais forte do que deveria, o que me rende ainda mais olhares quando a porta do elevador se abre e outros hóspedes aparecem. *Que ótimo.*

Meu punho ainda está no ar quando a porta se abre, e Aiden olha para mim com curiosidade.

— Que foi?

Antes que eu possa explicar, o motivo da minha fuga sai desfilando quarto afora, esquadrinhando o corredor ao procurar por mim.

— Aquilo.

Faço um gesto para indicar a garota e me enfio dentro do quarto dele.

— De novo?

Aiden ri, fechando a porta. Vejo o celular em sua mão, aberto em uma chamada de vídeo com Summer, sua namorada.

— Oi, Brooksy.

Ela acena para mim do outro lado da tela, e eu aceno de volta, agarrando a toalha um pouco mais forte. Se bem que Summer provavelmente é imune a esse tipo de coisa, já que viu bem mais do que gostaria quando os dois começaram a namorar no início do ano. Ficamos grandes amigos, e não há nada que eu não faria por ela.

— Você precisa de uma equipe de segurança, cara — diz Aiden. — Tenho quase certeza de que aquela galera no corredor tirou uma foto sua.

Eu me sento na cama e jogo a cabeça para trás na cabeceira, derrotado. Tudo o que eu queria era jogar hóquei profissionalmente, mas agora parece que o sonho está escorrendo pelos meus dedos. Toda essa atenção e opiniões adicionais não iam me incomodar tanto se eu conseguisse me livrar da pressão do desempenho. É um peso que de forma conveniente rouba minha habilidade de fazer a única coisa na qual sempre fui bom.

— É isso mesmo? Eli acabou de empatar a nossa foda virtual? — pergunta Summer.

Aiden dá de ombros e sorri para o celular.

— Se você ainda estiver a fim, eu topo.

Solto um grunhido. Era de se pensar que o relacionamento à distância dos dois me daria uma folga de tanta demonstração de afeto.

— Acho que passo essa. — Summer ri. — Divirta-se na festa do pijama!

Deixo a cabeça cair nas mãos.

— Como posso me concentrar no jogo, quando sei que é essa merda que vai estar nas manchetes amanhã?

Aiden joga o celular na mesa de cabeceira e me lança um olhar de pena. Ele faz isso sempre que algo ridículo do tipo acontece.

— É, você tá numa maré de azar, cara. Não acredito que estão caindo nessa narrativa de "menino de ouro que virou playboy".

Em uma reviravolta inesperada, um vídeo que nosso time postou acabou viralizando. Eu tinha concordado (com muita relutância) em filmar um dia na vida de um novato da Liga, e os fãs amaram. Não sei se acharam os erros de gravação fofos, ou talvez minha rotina de exercícios tenha sido motivacional. Mas assim que a mídia descobriu o que os fãs queriam, ficaram famintos por mais. E, quando eu já tinha jogado duas partidas sem nada na minha tabela de estatísticas, as críticas começaram a chover. Disseram que minha contratação tinha a ver com os contatos dos meus pais e desconsideraram meu talento, tudo em questão de dias. Fui do novato fofo ao playboy riquinho cujo único objetivo é transar.

— É minha culpa. Eu deveria ter recusado aparecer mais quando tive a chance.

Quando nossa equipe de mídias sociais me abordou com ideias para mais conteúdo, eu poderia ter dito não. Mas achei que poderia ajudar minha imagem, em vez de prejudicá-la, então fiz a idiotice de aceitar.

— Teriam te convencido de qualquer jeito. Precisam que o pessoal dê atenção aos jogos, ainda mais com a queda na audiência no último ano.

Solto um suspiro.

— "Jogador de hóquei bonitinho que não consegue marcar nem pra salvar a própria vida". Vai ser a próxima manchete.

— Você deu várias assistências. Confia, vai marcar um gol também — garante ele. — Só tem que achar algo que te deixe respirar. Algo que tire toda a pressão de cima de você.

— É fácil falar. Nem todo mundo tem uma Summer — resmungo.

Ele sorri.

— Verdade, mas a mídia só me deixa em paz por causa do pai dela. Ele ia enterrar qualquer história antes mesmo de tentarem alguma coisa.

O pai de Summer é uma lenda da Liga, e todo o pessoal ficou muito impressionado quando o conhecemos na final do último torneio universitário.

— Talvez eu deva namorar com ele — sugiro.

Aiden dá uma risadinha e joga um par de suas calças de moletom para mim.

— Vai nessa, cara.

Quando estou vestindo a calça, o celular de Aiden vibra com uma mensagem de nosso treinador. É a sexta vez que ele nos lembra do evento de amanhã. Temos que estar prontos para os lances, já que o time está leiloando encontros com os jogadores.

— Você vai pro evento beneficente amanhã? — pergunto.

— É obrigatório. Toda a organização do Thunder vai estar lá.

Ótimo.

Nosso voo de volta a Toronto nesta manhã foi mais tranquilo do que o esperado. Não teve nenhuma manchete nova, e nenhuma visita surpresa de fãs. A equipe do hotel até se desculpou por ter deixado aquela mulher subir, mas eles não tinham como saber a verdade, já que ela se apresentou como minha noiva. Aparentemente, ela vai em todos os jogos, sejam em casa ou não. Sua dedicação seria até louvável, se não fosse tão assustadora.

O colarinho da camisa social me sufoca conforme entramos no local do evento.

— Cara, relaxa. — Aiden me dá um cutucão para que eu pare de repuxar a gola. — São só algumas horas, depois a gente pode vazar.

— Você só diz isso porque não é você que está sendo leiloado.

O leilão acontece todo ano, e já que os lances são dados pelas mulheres mais velhas na plateia, nossa equipe de relações públicas pensou que seria uma ótima ideia me jogar no meio. Ou é isso, ou é uma espécie de trote do novato. Aiden conseguiu se safar usando a namorada como desculpa.

— Conte comigo, mas só saiba que você vai deixar a avó de alguém muito feliz.

Ele abre um sorriso largo.

Reviro os olhos assim que o treinador Wilson vem para o nosso lado, e só a mera presença dele já gera pânico.

— Westbrook. Uma palavrinha.

Ele gesticula em direção ao bar.

Não preciso ser gênio para entender do que se trata.

Quando me junto ao treinador, ele coloca o celular em cima da mesa, revelando um artigo e uma foto da garota da noite passada saindo do hotel, ainda de robe, e meu rosto debaixo de mais uma manchete.

NÃO É SÓ NO GELO QUE O NOVATO DESLIZA.

Sério? Estão colocando o estagiário para escrever?

— Não tenho o hábito de ler essas porcarias, mas quando o diretor-geral pergunta por que meu novato marca mais presença nas revistas do que no gelo, não tenho escolha.

Merda. O diretor-geral, Marcus Smith-Beaumont, é o cara mais inflexível que conheço. Se ele já sabe disso, tenho certeza de que sou o assunto do momento no conselho de diretores — aqueles que decidem se eu valho a grana de adiantamento que me pagaram.

Quando fui recrutado para o Thunder, ouvi um boato de que ele foi contra minha contratação. Não é padrão convocar dois jogadores da mesma universidade em um ano, mas também não é a maior inovação de todas.

— Tem alguns artigos só desse mês, se quiser uma leitura leve. — Suas palavras saem com menos raiva do que deveriam. Estou manchando a imagem dos novatos, e a organização não deve estar nada feliz. — Outro escândalo e outro jogo sem marcar. Não sei quantas coletivas de imprensa vai dar pra controlar se essas coisas continuarem acontecendo.

O bartender oferece uma bebida, mas eu recuso.

— É tudo invenção. Não faço ideia de porque estão distorcendo tudo desse jeito.

— Porque você é popular. Aquele vídeo seu que o time postou viralizou, e o povo quer mais. É ótima publicidade, mas não tão ótimo para sua carreira se você virar o próximo playboy.

— Eu não sou assim.

— Tenho certeza disso, mas a Liga só se importa com a opinião dos fãs. Você tem que melhorar no rinque e manter os quartos de hotéis vazios.

Passo a mão pelo cabelo, sentindo o começo de uma dor de cabeça.

— Entendo.

— Tira logo esse primeiro gol do caminho, e aí eu consigo amenizar o que estão falando de você na mídia. Não deixe a organização questionar se deveriam ter te contratado ou não. Você é um bom jogador, Eli, mas só posso assegurar isso a todos caso se esforce para mostrar mais resultados.

Ele pega a bebida que eu tinha recusado, vira tudo de uma só vez e vai embora. O eco de seu conselho e um fraco tilintar de copos vazios circulam em minha mente. A pressão é avassaladora.

Se eu ficar aqui mais um segundo sequer, minha cabeça vai explodir. Não pago para ver e disparo em direção às portas duplas, sinalizando para Aiden que preciso de um tempo.

E talvez de uma solução para todos os meus problemas.

2
SAGE

Bailarina falida.

É quase uma rima.

— Abriremos testes novamente na primavera. No momento, não precisamos de mais bailarinos no corpo de baile. — Aubrey Zimmerman dispara pelas portas giratórias de vidro com toda a pressa.

Primavera? No *ano que vem*? É toda uma temporada desperdiçada. Um ano mais velha. Mais uma pilha de boletos vencidos. Mais uma derrota.

Bailarina falida e fracassada.

Já não soa tão bem.

— Sr. Zimmerman, estou aqui para fazer audição para a Rainha Cisne.

Ou ele ouve o desespero em minha voz, ou minha declaração é tão desconcertante que ele para. Meus olhos estão focados na parte de trás de sua cabeça calva brilhando na luz do sol. O homem não é exatamente velho, mas está muito acabado para alguém de trinta e tantos anos. Acho que os anos nesta indústria fazem isso com a pessoa. Às vezes, sinto que estou indo pelo mesmo caminho.

Quando ele se vira, seus lábios se curvam de um jeito que me faz inclinar a cabeça para avaliar o gesto. Mas então o som que sai da sua boca faz meus ombros desabarem.

Aubrey Zimmerman está *rindo* da minha cara.

— A Rainha Cisne? Você interrompeu o diretor artístico do Teatro Nova Ballet para se *autodeclarar* a primeira bailarina de *O Lago dos Cisnes*?

Bom, falando assim, parece realmente ridículo. Mas mesmo com o desprezo escorrendo do canto da boca dele, fico firme. Levei três horas para chegar aqui. *Três*. O cara que sentou do meu lado no ônibus estava com uma gripe tão forte que eu tenho certeza de que peguei quando ele espirrou em mim. Como se o pensamento fosse a sua deixa, um arrepio percorre minha espinha, embora possa só ser resultado do olhar cortante do diretor.

— Sim — respondo esganiçada.

Espero que minha postura me faça parecer confiante o bastante, porque minha expressão já desabou para as profundezas do inferno.

Ele dá uma risadinha.

— Quando eu começar a dar ouvidos a gente aleatória no meio da rua, te aviso. Mas obrigado por me fazer rir. Estava mesmo precisando disso hoje.

Zimmerman atende o celular que estava tocando, me dispensando enquanto resmunga algo sobre nunca realizar audições nos cafundós de Ontario. Huntsville era a única cidade com audições abertas, porque as de Toronto são só por convite, então cheguei duas horas mais cedo, mas tive que esperar em uma fila que dava a volta no prédio. Quando finalmente consegui chegar na porta, eles já tinham encerrado as audições. Nem se deram ao trabalho de oferecer outro horário aos que sobraram.

Sinto a irritação explodir dentro de mim conforme o observo ir embora. Aquela careca brilhante e o par de ombros retinhos vão ficar marcados em minha memória para sempre. Pelo menos, tenho uma silhueta nova para meu demônio da paralisia do sono.

Alguns transeuntes me lançam olhares de pena, o que só deixa tudo ainda pior. É a mesma cara que a assistente do diretor fez para mim, lá dentro.

Não houve nada que pudesse tê-la convencido a me deixar fazer a audição, nem mesmo recontar o trajeto horroroso que precisei fazer, e com certeza nem minha história de infância e paixão pelo balé. Foi essa a história que me fez ser contratada em um espetáculo de inverno no ano passado, e eu esperava que pudesse funcionar de novo. Só que aquele espetáculo foi apresentado em escolas e universidades. Não foi bem uma grande produção.

— Com licença. — Uma voz me arranca dos pensamentos, e me viro para encarar uma mulher de blazer e saia lápis acenando para mim. — Acho que você deixou cair isso — diz ela, estendendo uma única folha de papel para mim.

Pego a folha e vejo meu nome em negrito, em uma fonte familiar no topo da página.

— É o meu currículo. A assistente disse que eu poderia deixar na recepção.

Lá está de novo, a cara de pena.

— Eu achei no chão, perto do lixo reciclável — informa.

As palavras me machucam como uma adaga bem no coração. Um barulho que é meio soluço, meio grunhido escapa de minha garganta, e coloco um sorriso amarelo na cara para que ela não repare em como estou agarrando o currículo com força.

— Sabe — sussurra ela, olhando em volta com atenção. — O teatro faz essas audições mais como uma formalidade. A maioria das bailarinas que contrataram essa temporada tem muitos seguidores nas redes sociais.

Fico boquiaberta. Estão selecionando o corpo de baile baseado em popularidade? Cadê a ética desse povo?

— Você parece determinada, então só queria te dar esse toque — diz a mulher antes de voltar para dentro com pressa.

O "toque" dela só faz piorar a sensação horrível no meu âmago. Meus noventa e três seguidores são troco de pão para essa gente. Se for necessário popularidade para ser contratada, nunca vão me considerar para o papel. O desespero se agarra a mim conforme jogo o currículo amassado no lixo e sigo para a estação de trem, segurando uma onda de lágrimas que com certeza vou soltar no banho, hoje à noite. Só quando meu celular toca é que espanto os pensamentos depressivos.

— Tenho um trampo de última hora pra você. — A voz do meu tio ressoa pelo alto-falante.

— É pra ser babá dos filhos dos seus jogadores de novo? Eles são fofos, mas teve um que me mordeu e tenho a cicatriz no dedo até hoje.

Depois de me formar, estava desesperada atrás de trabalho, mas quebrei a cara ao descobrir que nem mesmo um diploma em Administração me conseguia uma carreira no mercado. Vai lá, faz faculdade. Confia.

Então, meu tio, que trabalha na Liga Nacional de Hóquei, fez algumas ofertas de bicos para eu ajudar seu time durante a temporada. Isso incluiu ser babá das crianças, depois cuidar dos cachorros e também teve aquela vez que cozinhei para o time, ano passado.

Nunca mais me pediram para cozinhar de novo.

— Dessa vez, não. — Ele dá uma risadinha. — Precisamos de uma bailarina pro nosso evento beneficente dessa noite. Tivemos uma desistência de última hora e pensei que você fosse querer um trampo que realmente é para trabalhar com o que gosta.

Meu tio sempre apoiou minha carreira no balé. Quando era mais nova, tinha horror a olhar para a plateia, pela ausência dos meus pais me incentivando, mas ele sempre estava lá.

— Obrigada, mas não estou lá com essa motivação...

— São mil dólares por uma apresentação de trinta minutos.

Minha garganta seca, e perco o fôlego. São *três* zeros por meia hora do meu tempo? Estou desmotivada, mas não sou idiota.

— Eu topo.

No momento, minha única fonte de renda são as aulas de balé que dou perto da universidade. Também não consolidei minha carreira por lá, já que a adesão às minhas turmas é vergonhosamente baixa. Por que deixar seus filhos aprenderem com uma eterna solista, quando se pode ter professoras experientes que já interpretaram vários papéis principais?

— Vou te mandar o endereço por mensagem.

Chamo o Uber mais próximo, porque o trajeto de três horas de ônibus não vai dar. Além disso, a grana que vou ganhar justifica o custo dessa única corrida.

Nota mental: Uma situação ruim não precisa virar um dia ruim.

Horas depois, estou imersa no burburinho das coxias e nos ajustes finais, e percebo que estou despindo o peso da rejeição de hoje junto com minhas roupas. Assim que visto o collant e calço as sapatilhas de ponta, sinto um formigamento que deixa meu corpo inteiro eletrizado enquanto espero pela minha deixa.

Ouço as primeiras notas delicadas do *Bolero* de Ravel e sigo o corpo de baile palco adentro, me posicionando atrás da segunda fileira. Posso ver só as silhuetas do público sob as luzes fortes que brilham no palco de madeira e, mais uma vez, me entrego à única coisa que nunca falha em me ajudar a escapar. Meus pensamentos se dissolvem como uma névoa enquanto deslizo em uma formação perfeita com as outras bailarinas, espelhando cada passo do jeito que aprendi, somente uma hora atrás.

Tenho um talento característico para pegar coreografias rápido, e esse provavelmente foi o motivo de meu tio estar tão confiante de que eu poderia substituir a desistência de última hora. Estou focada na música, mas meu olhar vagueia pela plateia, procurando por algum sinal dele. Pode ser só a minha criança interior de oito anos, mas quando vejo meu tio do lado esquerdo do palco, perto o bastante para não ser ofuscado pelas luzes, sorrio.

O grupo se reúne no centro, e, conforme o grande final se aproxima, nos jogamos em grandes saltos e elevações, o palco uma mistura de tutus girando e bailarinos impecáveis. Os aplausos me trazem de volta à realidade e, de alguma forma, em algum lugar, espero que Aubrey Zimmerman saiba que não vou desistir tão fácil.

Quando as cortinas são fechadas, o corpo de baile comemora e se parabeniza, o que me dá o mesmo barato de empolgação que senti aos oito anos, quando descobri o balé.

Até então, eu só pensava em me certificar de que as tarefas domésticas estivessem feitas e de que meu irmão caçula, Sean, tivesse tudo de que precisava. Acho que esse senso de responsabilidade vem junto com ser madura demais para a idade. Pelo menos era o que todo adulto que eu encontrava tinha a dizer. Com o tempo, percebi que aquilo não era um elogio. Era uma maldição.

Mas sabe a única coisa que nunca vai ser uma maldição? O balé.

Quando eu era mais nova, o ponto alto dos meus domingos era passar na lojinha de conveniência perto de casa, mas isso logo virou o comecinho do resto da minha vida. O balcão do caixa estava abarrotado de revistas, com os rostos dos famosos e fofocas tão escabrosas para escandalizar a avó de qualquer um, mas naquele dia específico uma delas se destacou aos meus olhos. Debaixo da poeira e das pontas desgastadas da capa de plástico, vi um pôster. O pôster. Misty Copeland agraciava a capa da última produção de *O Lago dos Cisnes*, tão elegante e linda como nunca. Ali eu soube que, seja lá quem fosse aquela mulher, seja lá o que ela tivesse feito, eu queria ser igual a ela.

O pôster ainda está pendurado na minha parede.

— Sage! — Me viro para ver meu tio subindo a escadinha atrás do palco. — Continue dançando assim e tenho certeza de que vão te contratar em tempo integral.

Faço que não.

— Tio Marcus, não vou roubar o trabalho da outra menina, coitada.

— Posso mexer uns pauzinhos — oferece ele, uma centelha de esperança em seus olhos, assim como em todas as vezes que tentou me ajudar.

Durante toda a minha vida, meu tio se sentiu na obrigação de cuidar de mim e do meu irmão, mas eu recusei. Não somos problema dele, e não quero nunca que ele nos veja como tal.

— Minhas audições estão indo superbem. Vou conseguir aquele lugar no TNB logo, logo — minto.

Ele dá um sorriso triste.

— Nunca duvidei de você, nem por um segundo. — Seu celular vibra e ele silencia a chamada. — Vá se trocar, vou arranjar algo pra você comer.

Dou um rápido abraço nele antes de disparar para o camarim.

Depois de trocar de roupa para o evento beneficente, vejo que há um prato esperando por mim na mesa do meu tio, cheio da minha comida favorita. É só quando estou devorando meu segundo prato que me lembro de que preciso ligar para Sean.

Meu irmão caçula está matriculado em um internato a algumas horas de distância. Tem sido difícil, mas prometi ligar para ele todas as noites. Peço licença e me retiro da mesa, tentando encontrar um cantinho silencioso, mas o leilão começa e minha tarefa se torna impossível.

Do lado de fora, a chuva traz uma brisa fresca, que envolve meu corpo no vestido preto de seda. É o único vestido arrumadinho que eu tenho, então me certifiquei de trazê-lo quando vim para cá. Ninguém precisa saber que também foi meu vestido de baile de formatura. E da cerimônia de graduação.

O celular toca algumas vezes antes de cair na caixa postal. Não consigo evitar a pontada de decepção que atravessa meu peito. Já são dois dias sem uma ligação, e ambos por causa da minha agenda de merda. Envio uma mensagem:

Sage
Sou a pior irmã do mundo? Te ligo amanhã cedo, prometo. Tô com saudade, maninho.

Encaro o céu escuro e tento não sentir pena de mim mesma. É quando reparo no casal discutindo em um canto. Estão bem próximos, o que sugere que estão tendo uma conversa íntima, mas o cara recua e sua postura é rígida e pouco amigável.

— Não tenho interesse — diz ele.

É assertivo, mas não o bastante para fazer a moça se afastar. Ela está completamente alheia à atitude inóspita do cara.

Com certeza, não é um casal.

— Você vai ter — rebate ela, com a voz mais determinada do mundo.

— Olha… é Lana, né? — A moça deve assentir, porque ele continua: — Você parece ser gente boa, mas eu não te conheço. Aparecer no meu hotel e nos meus compromissos de trabalho não está te ajudando.

Ela ri. É uma risada bonita, suave, que a maioria dos caras deve adorar, mas esse só fica lá parado feito uma estátua. O terno escuro dele indica que trabalha com o Toronto Thunder, aquela altura e porte estariam sendo desperdiçados se ele não for um dos atletas.

— Logo, logo vou me cansar desse seu joguinho — ronrona ela.

Essa garota não sabe pegar indiretas.

— Foi com esse papinho que você apareceu pelada naquele quarto de hotel? Porque acha que estou me fazendo de difícil?

Arregalo os olhos e reprimo um arquejo, me sentindo tensa ao bisbilhotar essa conversa constrangedora.

No entanto, Lana não parece pensar o mesmo, porque solta o ar com deboche.

— Você tá mesmo me dando um fora?

Sim! Engulo a palavra antes que ela deixe meus lábios, mal conseguindo me conter. Mas quando o rapaz abaixa a cabeça e os ombros, minhas pernas agem por conta própria e de repente estou andando.

Dá para ver que o cara não é bom com conflitos. Para a sorte dele, eu sou.

Mas as portas duplas se abrem com um ruído estridente, e delas saem um funcionário vestido de preto e com um ponto eletrônico no ouvido.

— Eli, sua vez em cinco minutos — anuncia, chamando-o para dentro.

Eu paro no mesmo instante, e *Eli* solta um suspiro de alívio antes de desviar da mulher. Seu olhar pousa sobre minha figura congelada e permanece em mim por uma fração de segundo, como se percebesse que eu estava ouvindo a conversa o tempo todo, antes de desaparecer lá dentro. Lana o vê se afastar com sangue nos olhos e, quando volta a atenção para mim, dou meia-volta e entro pelas portas duplas também.

O leilão já começou quando volto ao meu lugar, bem quando meu tio pede licença para ir ao banheiro. Dou uma olhada para a direita e quase engasgo com a saliva.

Aiden Crawford está sentado à minha mesa — ou eu estou sentada à mesa dele. De qualquer modo, vou ter um treco. Não por mim, mas por Sean, que vai ficar eufórico quando eu contar para ele. Não presto muita atenção em hóquei, mas a julgar pelos elogios do meu tio e pela camisa com o nome de Aiden que Sean quer de aniversário, sei que esse cara é importante.

— Tudo bem? — Sua voz grave me força a olhar para ele de novo, só para ver que ele está me oferecendo um copo d'água.

Faço que sim com a cabeça, um pouco enfática demais, e bebo a água para me esconder atrás do copo. — Você é a Sage, né? Marcus falou que a sobrinha dele ia se apresentar hoje. Sou o Aiden.

Aperto a mão que ele me oferece e tento limpar a garganta.

— Meu irmão é muito seu fã.

— Ah, é? — Ele sorri. — Posso arranjar... *Merda!*

Ergo a cabeça, espantada, mas quando olho para Aiden, seu olhar está em um ponto fixo atrás de mim. Seguindo-o, vejo Lana, a garota que estava lá fora, segurando uma plaquinha de dar lances e parecendo mais feliz do que a uns minutos atrás.

A voz do apresentador do leilão captura minha atenção para o palco.

— A seguir, pessoal, temos um encontro com o defensor do Toronto Thunder, Elias Westbrook. Preparem suas plaquinhas, e vamos ver quem vai ter a sorte de vencer!

Fico chocada ao ver o mesmo cara que estava lá fora em cima do palco, com a mandíbula cerrada e postura retesada. Está na cara que ele não se ofereceu de boa vontade.

A voz do apresentador atravessa o salão, alta e animada:

— Vamos iniciar os lances. Quem quer uma noite inesquecível com Elias?

— Sage? O que você acha de me fazer um favor? — pergunta Aiden de repente.

Olho de Elias para o sorriso encabulado de Aiden. Que tipo de favor eu poderia fazer a Aiden Crawford?

— Depende do que for — respondo, desconfiada.

— Isso vai parecer meio absurdo, mas eu preciso que você dê um lance maior que o dela.

Aiden aponta para Lana, e eu arregalo os olhos. Ele me dá uma plaquinha e digita algo em seu celular antes de mostrar para mim. É uma quantia. Uma quantia bem alta.

— E-eu? — gaguejo, embasbacada. Embora o pedido seja até razoável, considerando o que acabei de testemunhar lá fora.

Olhos verdes se fixam nos meus.

— Olha, eu prometi pro Eli que ele podia contar comigo, e aquela moça não pode ganhar um encontro. Ela...

— O emboscou num quarto de hotel? — pergunto, e ele para. — Ouvi os dois conversando lá fora — explico.

Aiden deixa cair os ombros tensos.

— Ótimo, então você sabe que não seria nada bom se ela ganhasse. Eu pago, mas como faço parte da organização, não posso dar lances. Pode fazer isso? — pergunta ele de novo.

Seguro a plaquinha nas mãos, incerta, bem quando Lana grita:

— Dois mil!

Ela disse *dois*? *Mil*? *Dólares*? O valor que Aiden digitou faz mais sentido agora. No entanto, não boto muita fé que minha boca poderia executar a função motora necessária para dizer aquele número em voz alta.

Em outra mesa, duas mulheres mais velhas cochicham entre si, com plaquinhas nas mãos como se estivessem prontas para a guerra.

— Dois e duzentos — acrescenta outra pessoa.

Uma centelha de alívio acalma meu pânico ao me virar para Aiden.

— Talvez outra pessoa dê um lance maior. Parece que ele é bem popular — digo, desesperada por uma saída.

Aiden assente.

— Vamos torcer, mas se não, vou precisar que dê um lance.

— Dois e quinhentos! — exclama uma mulher, só para outras duas igualmente ávidas subirem o valor.

Meu queixo cai a cada acréscimo, e minhas mãos começam a suar quando percebo que vou ter que levantar minha plaquinha muito em breve.

O apresentador repete o número, seus olhos escaneando o salão.

— Dois e oitocentos. — A voz suave de Lana carrega uma autoridade que faz a dupla de senhoras ávidas recuarem. *Ops*.

— Nossa! Dois mil e oitocentos dólares, senhoras e senhores. Alguém dá mais?

Elias permanece de pé com um ar confiante, cabelos escuros perfeitamente arrumados, silhueta musculosa envolta por um terno caro. Não é de se espantar que essas mulheres estejam esbanjando dinheiro pela oportunidade de jantar com ele.

Ainda assim, não consigo ignorar a rigidez sutil do corpo dele, conforme a tensão irradia em ondas. Ele encara um ponto fixo à frente, fazendo o possível para não interagir com uma Lana bastante convencida.

— Dou-lhe uma…

Aiden cutuca minha placa, e eu engulo em seco, tentando arranjar uma desculpa.

— Eu nem o conheço — sussurro.

— Dou-lhe duas…

— Por favor? — Aiden me lança um sorriso arrebatador de dentes perfeitos, que me faz morder o lábio inferior. Caramba, ele é bom.

Suspiro, sabendo que Sean iria me esculhambar se eu me recusasse a ajudar o ídolo dele. Levanto o braço.

— Cinco mil!

Elias Westbrook vira a cabeça com tudo em minha direção. Forço um sorrisinho frouxo quando mais pessoas me encaram, mas não consigo desviar o olhar daquele par de olhos castanho-escuros que me examinam com curiosidade e um toque de reconhecimento.

O apresentador pergunta à plateia três vezes antes de bater o martelo.

— Vendido à linda moça de preto!

Ganhei. Puta merda, *ganhei*.

3
ELIAS

Ela não é uma avó.

Aiden esbarra em mim quando saio de cima do palco.

— Mandei bem, hein?

Bem?

O cabelo castanho dela está preso em um coque, com um cachinho solto emoldurando seu rosto em formato de coração e os olhos cor de mel. Ela está olhando em volta como se estivesse se sentindo um peixe fora d'água — bom, pois somos dois — e mordendo o lábio inferior carnudo. Meu olhar percorre o tecido macio do vestido preto que ela usa, segurado apenas por duas alças finas, e sua postura perfeita.

Nunca notei isso antes em uma garota, mas a postura retinha dela acentua o comprimento de seu pescoço e a faz parecer graciosa de alguma forma, mesmo quando está sentada.

Então, seus olhos brilhantes encontram os meus, e eu desvio. Nem deveria estar encarando, para começo de conversa.

Já faz quatro anos, talvez cinco, desde que alguém chamou minha atenção, e essa moça toda certinha e elegante não deveria conseguir isso tão facilmente. Ninguém desafiou as regras que criei para mim mesmo, nem mesmo na universidade, quando a casa em que eu morava tinha festa quase todo dia. Mesmo assim, estou com a boca seca.

— Não conseguiu achar mais ninguém?

Aiden solta o ar pelo nariz, zombeteiro.

— Se achar ruim, posso chamar sua admiradora não-tão-secreta.

Balanço a cabeça, sem querer olhar para Lana, que provavelmente deve estar espumando de raiva.

— Você devia agradecer. Ela te fez um favor — lembra-me ele.

Com relutância, ando até a mesa dela, meu coração retumbando. É então que Marcus Smith-Beaumont se senta na cadeira ao lado da garota e oferece uma fatia de bolo, e eu congelo no lugar.

Não é possível que eu tenha realizado a proeza de conseguir um encontro com a única pessoa que, pelo visto, conhece o cara que despreza a minha existência. Estou dando um perdido nele o evento inteiro, e depois do sermão que o treinador Wilson me deu uma hora atrás, eu sei que, se Marcus Smith-Beaumont me vir, vou ouvir outro. Só que o dele não vai ser tão gentil.

Dando meia-volta, vou direto para o terraço, mas sou impedido por nosso goleiro, Socket, que só agora está saindo do palco depois de ter sido leiloado na sequência. Uma mulher idosa na plateia lhe lança um olhar animado, e presumo que ela deu o maior lance quando o cara acena e pisca para ela.

— Vai pra onde, Westbrook?

Pigarreio.

— Pegar alguma coisa pra beber.

Ele levanta uma sobrancelha, mas para a minha sorte, não me questiona, e eu dou uma escapulida para tomar ar fresco. Um garçom vem com uma bandeja de bebidas, e escolho a água. Preciso de algo para esfriar o que quer que esteja acontecendo dentro de mim.

Estou bebericando a bebida gelada, descansando os antebraços no guarda-corpo da varanda, quando sinto alguém cutucar meu ombro. Me viro e dou de cara com os mesmos cabelos castanhos, rosto em formato de coração e olhos cor de mel que chamaram minha atenção mais cedo.

Ela sorri.

— Oi, eu me chamo Sage Beaumont.

Beaumont? Puta merda, Marcus é *pai* dela? Vou matar Aiden.

Fico encarando a mão que ela oferece como se tivesse algum tipo de doença contagiosa, mas ela a deixa esticada por um tempão, esperando que eu a aperte. É constrangedor.

— Prefere soquinho? — sugere ela, fechando os dedos. Como se eu tivesse cinco anos e não soubesse dar apertos de mãos. Embora até possa parecer o caso, a julgar por minha postura reservada. Eu nem me virei totalmente para ela, meu tronco retorcido meio sem jeito. Também acho que minhas palavras se perderam no meio do caminho entre a garganta e a boca.

Meu agente, Mason, deve ter me seguido até aqui, porque vem ao meu resgate antes que eu consiga encontrar minha voz. Ele está observando Sage de um jeito calculista e analítico.

— Eu sou Mason, e você é...?

O sorriso de Sage evapora e ela olha entre mim e meu agente.

— Sério? Você precisa do seu assistente pra falar comigo?

Mason dá um passo à frente.

— O agente dele, no caso.

Ela solta uma risadinha incrédula pelo nariz.

— Então, Mason, pode falar pro seu cliente que eu não fiz aquilo por ele — diz Sage. — Foi o amigo dele que pediu, de quem meu irmão caçula é superfã. Então, você não me deve nada, muito menos um encontro, Elias.

As palavras dela são afiadas, mas o jeito que ela diz meu nome todo é como um dardo acertando bem no alvo. Ninguém me chama de Elias. Nem meus amigos, nem os fãs e com certeza ninguém que acabou de me conhecer.

— É Eli.

Ela congela, dando meia-volta para me encarar.

— Ele fala! É um milagre! — exclama Sage. — Olha só, Mason, parece que você acabou de perder o emprego.

Mason não ri, mas eu sim. Ele lança um olhar entediado para mim, depois para Sage, e se vira para ir embora. Presumo que tenha declarado a ameaça neutralizada, porque Sage não parece ser o tipo de mulher que vai me colocar numa manchete amanhã de manhã.

— Obrigado — digo, por fim.

— Não precisa. Não foi por você, lembra?

Quando ela começa a se afastar, me sinto um otário.

— Mas ainda estou te devendo um encontro. — Não sei por que digo isso, e ela deve pensar o mesmo, porque agora junta as sobrancelhas em uma expressão confusa.

Sage já me deu a saída perfeita agora há pouco, mas não quero que ache que sou um cuzão — não só porque eu morro de medo de Marcus, mas porque ela fez algo legal por mim.

— Não, obrigada. Não curto mais jogadores de hóquei, e você acabou de me lembrar o porquê. — Seu tom de voz é doce, mas o insulto bate mesmo assim.

— Você já namorou um?

— Infelizmente — resmunga ela. — Tá de boa.

— Mas é pra caridade. Pense nas crianças.

Por que eu estou insistindo nisso?

A paciência dela parece estar por um fio, mas ela cede.

— Tá bom, pode salvar seu número no meu celular.

Com o telefone em mãos, percebo que só estou me complicando cada vez mais, mas salvo meu número mesmo assim.

— Te vejo por aí, Elias.

Desta vez, não a corrijo, e ela desaparece lá dentro.

Para escapar da sensação de que minhas entranhas estão se corroendo, pego meu celular e vejo um milhão de notificações de mensagens do grupo. Trocar a faculdade pela Liga foi uma baita mudança, mas desde que eu e Aiden assinamos com o Thunder em novembro, conseguimos terminar todas as nossas disciplinas um mês antes do fim do semestre. Deixamos Dalton algumas semanas atrás, mas nem parece, por causa de todas as mensagens que ainda recebemos de nossos amigos de lá.

PATRULHA COELHA

Dylan Donovan
Outra garota no quarto de hotel de Eli? Estou impressionado.

Aiden Crawford
Ele não ficou nada feliz.

Kian Ishida
Ninguém invade o quarto de Aiden.

Dylan Donovan
Provavelmente porque morrem de medo da Summer.

Kian Ishida
Não me incomodo. A enxurrada de
fãs do Eli achou meu perfil.

Dylan Donovan
Kian nunca viu tanta mulher nas DMs dele.
Eu real ouvi ele cheio de "hihihi" ontem.

Aiden Crawford
Que bom. Assim ele pode parar de ficar mandando
mensagem pra minha namorada o tempo todo.

Kian Ishida
Pro seu governo, Sunny era minha amiga
antes de ser sua namorada.

Dylan Donovan
Todos a favor de voltarmos com a Patrulha Coelha 2.0?

Sebastian Hayes
Sim

Cole Carter
Sim

Aiden Crawford
Sim

Eli Westbrook
Sim

Kian Ishida
Só agora você responde?!

Quando Kian descobriu que tínhamos um grupo sem ele — ideia de Dylan, e chamamos de Patrulha Coelha 2.0 —, ele ficou mal, então deletamos e prometemos que não ia acontecer de novo.

Dylan e Kian estão no último ano da faculdade e não foram recrutados, ou seja, estão aproveitando o tempo para terminarem os cursos com calma até o fim do ano. Nenhum dos dois definiu onde vão jogar hóquei em seguida — ou mesmo se vão jogar. Sebastian e Cole estão no terceiro ano, e além de hóquei e festas, não se preocupam muito com nada, o que é padrão para os atletas da NCAA, a Associação Atlética Universitária Nacional.

O gelo da minha água já derreteu desde que vim para o terraço, então volto para dentro para orquestrar uma fuga. A tela do meu celular acende com uma notificação do banco.

A quantia mensal programada foi transferida com sucesso para a respectiva conta, e o nome que aparece na tela coloca mais um peso nos meus ombros. Não é o dinheiro que me incomoda, é o lembrete da pessoa que o recebe que me faz sentir um pavor na barriga. Essa sensação ganha um tom de culpa quando leio as mensagens encorajadoras dos meus pais depois do jogo de ontem à noite. Outra assistência fácil e nada do que se orgulhar, e mesmo assim eles torcem por mim como se eu tivesse vencido a Copa Stanley sozinho.

Meus pais têm feito um ótimo trabalho em ignorar os tabloides, então não me preocupo com eles vendo nada nefasto. Quando as primeiras manchetes difamatórias apareceram, eles me ligaram na mesma hora, e tive que explicar que era só a mídia sendo sensacionalista. Foi uma ligação constrangedora, mas melhor do que acreditarem que eu peguei metade de Toronto nas poucas semanas desde que me mudei.

Recebo outra mensagem. É de Aiden, dizendo que é hora de vazar. Não perco nem mais um segundo e vou direto para a porta.

4
SAGE

— **Cinco minutos.** — A voz esganiçada do assistente de palco chama minha atenção, bem quando as luzes começam a se acender uma por uma. O brilho me arranca uma careta por causa do ataque aos meus olhos exaustos e ao meu cérebro, que ainda está pegando no tranco. O resto do corpo de baile toma seus lugares no palco para o primeiro ato.

Xingando em voz baixa, respiro fundo e amarro as fitas das sapatilhas de ponta pela terceira vez. Essa tarefa mundana é algo que faço quase no automático a essa altura, mas hoje minha mente está divagando. Em específico, para o número salvo no meu celular esperando por uma ligação.

Elias Westbrook pode ser o primeiro cara que eu não consegui desvendar na minha cabeça, e esse pequeno fato está quase me consumindo por dentro. Até agora, decidi que ele tem uma vibe levemente obsessiva-compulsiva, o tipo que deixa a casa arrumadinha e tem um lugar específico para tudo. Até para aqueles araminhos de pão. Ele também deve ter uma rotina super-restrita, a qual nunca quebra, e come a mesma coisa todo dia. Tipo aveia.

Mas ele também tem algo que me diz que se eu tivesse o conhecido em outro momento da vida dele, minha avaliação estaria toda errada. É aí que eu dou com a cara na parede na minha superanálise um pouco psicótica, e agora tem uma parte minha muito curiosa que quer fuçar até desvendar todos os segredos desse cara.

Talvez eu tenha uma tendência a querer descobrir as camadas de pessoas que me intrigam. Isso se deve, em parte, à abundância dos meus próprios problemas. Questões mal resolvidas com o pai? Com a mãe? De ser irmã mais velha? Tem muitas a escolher.

Já se passaram dois dias desde o evento beneficente, e aquele novato não sai da minha cabeça. Mesmo que eu tenha aprendido minha lição sobre atletas quando namorei Owen Hart.

Owen e eu nos conhecemos quando eu era caloura na Faculdade Seneca, em Toronto, e namoramos até meu último ano. Ele foi chamado para jogar pelo time de hóquei em desenvolvimento do Vancouver Vulture. A última metade de nosso relacionamento medíocre foi à distância.

Ele queria que eu fosse para Vancouver junto com ele, mas eu nunca moraria longe de Sean. Escolhi ir para uma faculdade barata e mais próxima depois de pagar pelo primeiro ano do meu irmão na Escola Preparatória York. Quando meu tio descobriu que eu entrei na Universidade de Toronto, ele se ofereceu para pagar por ambas. Nunca que eu ia aceitar ele pagar a minha. No entanto, nem minha teimosia me deixou recusar a oferta para ajudar Sean. Por sua vez, a ajuda de meu tio me permitiu ficar no dormitório mequetrefe da faculdade, em vez de torrar até o último centavo com um aluguel fora do campus.

O último ano de meu relacionamento com Owen foi a gota d'água, porque com a distância, ele ficou superautoritário e controlador. Ele não gostava do quanto eu me dedicava ao balé ou a Sean. Ao mesmo tempo, também sentia que correr atrás do seu sonho era perfeitamente razoável, apesar do fracasso em conseguir ser convocado por um time de prestígio. Foi por causa dele que não consegui fazer amigos na faculdade, e por causa do nosso namoro vai-e-vem. Até minha colega de quarto pediu transferência de dormitório, porque não aguentava mais nos ouvir brigar por telefone toda noite.

Para algumas pessoas, o término pode até parecer recente, considerando que foi só há alguns meses, mas toda célula do meu corpo quer seguir em frente. Nem diria que estou passando por um término, na verdade, mas talvez um terapeuta desminta e me diga que chorar no banho uma vez por semana não é uma estratégia de superação. Mas não estou chorando por *ele*.

Então, sair para um encontro com alguém que, pra ser bem sincera, é o cara mais gostoso que já passou pela minha lista de contatos parece uma ótima ideia.

— Bora, Beaumont — apressa a diretora.

Sou arrancada do devaneio, e depois de ajeitar as sapatilhas, tomo meu lugar com o resto do corpo de baile. Como solista, já aceitei todo e qualquer papel só para permanecer na ativa. Então, quando minha antiga professora de balé me convidou para fazer Titânia na apresentação anual de sua companhia de *Sonho de uma Noite de Verão*, não dava para recusar. Hoje é o primeiro dia das apresentações em escolas que fazemos como ensaio antes da grande noite. Não é nada muito elaborado, e nem sou paga pelo trabalho, mas ajuda a me manter motivada.

Olhando para um ponto fixo à frente, espero pela minha deixa enquanto dois dos bailarinos principais, nos papéis de Hérmia e Lisandro, terminam suas coreografias. É então que o vejo.

Marcus Smith-Beaumont está sentado na plateia, assistindo à apresentação com um sorriso doce e um brilho de orgulho no olhar que me faz lutar contra o frio na barriga.

O papel de Titânia, rainha das fadas, é etéreo e delicado. O solo dela se dá pelo uso, na peça, de uma poção do amor, que a faz cair em um feitiço e se apaixonar por Fundilhos, um personagem com cabeça de burro. Nosso *pas de deux* é romântico, apesar do figurino que ele usa, que arranca risadas da plateia. Fico sem fôlego pelo esforço quando dançamos os últimos passos na coreografia do *ensemble* e o ato se encerra, até as cortinas serem fechadas.

Assisto ao resto da apresentação pelo monitor dos bastidores, ansiosa para tirar o figurino desconfortável, que de alguma forma parece piorar minha dor de cabeça. Aceito o ibuprofeno oferecido por uma das bailarinas. O último ato se encerra, então todos voltamos ao palco para os agradecimentos.

A diretora enfia a cabeça pela fresta da porta do camarim coletivo quando finalmente tiramos os figurinos apertados.

— Vão lá pegar uma água, e aí vamos pro nosso feedback.

Quando termino de soltar o cabelo, tirar um pouco da maquiagem e das pedrinhas coloridas coladas no meu rosto, desço para onde temos a sessão de feedback.

Falta de expressividade musical, performance e coordenação parece ser o tema da crítica construtiva de hoje.

— Sage, preciso que você escolha uma emoção e se atenha a ela. Se vai ser hipnotizada, apaixonada ou brincalhona, aí você decide. — Ela segue para os demais logo em seguida, e faço uma correção mental para a próxima vez, já aplicando a revisão nos pontos de melhoria da minha apresentação.

Quando saio pelas portas de metal para o ar morno da tarde, vejo meu tio perto do carro, quase na esquina. Vou até ele e sou envolta por um abraço entusiasmado. São em momentos como esse que não penso em um universo alternativo, no qual toda a minha família estaria na plateia, me aplaudindo e me esperando com flores. A realidade da ausência deles é tão gritante que nem mesmo inventar outro cenário consegue me distrair.

A memória mais recente que tem aparecido em meus pensamentos, toda noite antes de adormecer, é uma de quando eu tinha catorze anos. Arranjei um trabalho meio ilegal lavando pratos na cafeteria local para ajudar a pagar pelas aulas de balé, e guardava todo o dinheiro embaixo da cama. Assim que eu tinha economizado o bastante para um novo par de sapatilhas de ponta que não iam me dar bolhas a cada *plié* e um collant que realmente coubesse no meu corpo em crescimento, todo o dinheiro havia sumido — bem como meus pais. Só sobrou o peso da decepção em meu peito e uma caixa encardida de papelão.

— Você foi incrível. Nunca esteve melhor — diz meu tio.

— Você sempre fala isso.

Ele ri, dando de ombros com um ar inocente.

— Tinha alguma coisa diferente em você desta vez. Parecia que estava tentando provar alguma coisa.

Seu olhar é quase um laser no meu.

Eu me distraio esfregando os dedos, limpando a sombra azul que mancha minha pele. Para escapar do interrogatório sobre se minha vida está ou não desmoronando, pego o celular e peço licença. Não sei se é imprudência ou impulso, mas ligo para o número que vem me provocando o dia todo.

O telefone chama algumas vezes e, quando finalmente atendem, não é a voz do novato.

— Oi, posso falar com Elias? — digo, meio sem jeito.

— Quem fala? — pergunta a voz rouca e, de alguma forma, sinto que já a ouvi antes.

O homem parece exausto, como se tivesse atendido milhões de ligações o dia todo e eu houvesse acabado de ligar depois de uma bem ruim.

— Sage — informo. — Elias me deu esse número no evento beneficente da Liga.

Há um momento de pausa, e ouço um farfalhar de papéis.

— A moça do leilão. Tá. Aqui é o Mason, agente dele.

Sinto a irritação bater. Ele salvou o número do *agente* no meu celular? Só pode estar de sacanagem. O cara quase insistiu no encontro, e aí foi lá e destroçou o tiquinho de esperança que nutri por ele.

— Pode passar para ele? — murmuro.

— Não. Ele tá treinando na arena hoje. Você deu azar, amiga. — A resposta condescendente é que nem um ralador de queijo nos meus ouvidos. — Posso mandar uma mensagem pra ele e combinar uma chamada, caso ele queira.

— Não, não precisa. — Quando desligo, há uma espécie de fogo inquieto se atiçando sob minhas costelas. Eu me viro para meu tio, que está de pé ao lado do carro. — Pode me dar uma carona?

Consigo ver que ele fica surpreso, porque eu sempre insisto em ir de ônibus. Quanto menos eu depender dos outros, menos eles me decepcionam.

— Claro, mas preciso passar na arena antes — responde ele.

Dou um sorriso.

— Estava contando com isso.

Meu tio dirige ao som de uma música antiga tocando no rádio e logo consigo ver o azul e branco da arena iluminando o centro da cidade. Ele estaciona em uma vaga na garagem subterrânea dos funcionários e se vira para mim.

— Pode ficar aqui se quiser ou subir comigo.

— Vou subir. Vai ser legal ver o pessoal da equipe de novo.

E um certo jogador de hóquei.

Pegamos o elevador e vamos direto para o escritório do meu tio. Enquanto ele analisa um arquivo, finjo interesse em alguns recortes de notícias que ele emoldurou e pendurou nas paredes. As vitórias da Copa Stanley do Thunder, artigos sobre a liga juvenil de hóquei de Sean e a crítica da minha primeira apresentação de balé. Meu tio agora se vira para o computador, então recuo em direção à porta.

— O banheiro é virando o corredor, né?

Ele faz que sim sem prestar atenção, e eu saio de fininho do escritório e sigo pelo corredor.

Com a determinação me servindo de combustível a cada passo, vou em direção ao vestiário da arena, onde os jogadores se trocam após o treino. Os corredores aqui estão desertos e não encontro nenhum vigia ou segurança. Entro com tudo no vestiário. Nem mesmo a visão de caras pelados, que tomam um susto com a minha chegada repentina, me faz vacilar.

Só tem alguns poucos jogadores aqui e reconheço Socket, o goleiro, de olhos arregalados para mim. Não me dou ao trabalho de esquadrinhar mais o cômodo, porque não é difícil achar minha presa com aqueles cabelos compridos na nuca e os ombros largos inconfundíveis. Ele está ocupado demais vasculhando uma bolsa de academia para me notar.

— Você.

Aponto para as costas nuas de Elias, mas quando ele se vira, não estou preparada para a visão do seu peito molhado. Gotas de água descem por sua pele macia e, em uma espécie de transe, fico observando o trajeto. Elas deslizam por seu abdômen até o caminho da felicidade, antes de serem absorvidas pela toalha que ele enrolou em volta da cintura.

De alguma forma, consigo levantar meu olhar para um alvo um pouco mais apropriado, como o rosto dele, mas também é igualmente hipnotizante. Mechas escuras do cabelo molhado grudadas na testa, a curva suave de sobrancelhas bem-cuidadas acima dos olhos e a ponte estreita do seu nariz, que, de alguma forma, é perfeito, embora eu saiba que é muito raro para um jogador de hóquei não ter alguma parte quebrada.

O olhar de Elias parece derreter sobre mim. Ele só desvia para espiar por cima do ombro, para seus colegas seminus, todos em choque com o dedo que apontei na cara do colega de time.

O silêncio começa a ficar desconfortável.

Enfim, encontro minha voz de novo:

— Você bota o Mason pra fazer todo o seu trabalho sujo?

Ele junta as sobrancelhas.

— Quê?

Inacreditável.

— Seu agente. Você salvou o número dele no meu celular, lá no leilão, porque ficou com medinho de me dar um fora que nem um ser humano decente.

Os colegas de time dele fazem um som baixo de desaprovação, alguns dos quais eu conheço por passar o tempo na arena com meu tio ou de algum bico aleatório aqui ou ali.

Ver Elias engolir em seco me dá uma onda de satisfação que refresca aquele fogo queimando sob minhas costelas. A parte minha que se perguntava se ele sequer lembrava meu nome desaparece rapidamente quando ele coça a nuca sem jeito.

— Podemos conversar lá fora? — pergunta ele.

Assinto, ciente de que ter um confronto seminu na frente de uma plateia igualmente pelada não é a melhor das situações. Apesar de eu não ter a menor frescura com isso.

Saio do vestiário, andando de um lado para o outro no corredor e torcendo para o meu tio não me ver aqui.

Quando estou tomando um gole de água no bebedouro, ouço a voz de Elias:

— Você tem todo o direito de estar brava, Sage.

Passo a mão na boca e o vejo se aproximar. Ele está vestindo uma camiseta azul-escura do Thunder, que fica bem justa em seu peito e bíceps, capturando minha atenção e desacelerando meus pensamentos sem dificuldade antes que eu faça um esforço consciente para puxá-los de volta.

— Você lembra meu nome?

Ele fica me encarando sem expressão.

— Para com isso. Me desculpe por ter passado o número errado. Estava bem estressado naquela noite e, como você sabe, não tenho tido a melhor sorte do mundo com mulheres.

Quando ele passa a mão no cabelo úmido, afastando os fios grudados na testa, me pego mapeando os traços do seu rosto. Os olhos castanhos, nariz retinho e o lábio inferior mais cheio que o superior, tudo desenhado em perfeita harmonia. É impossível não encarar. Realmente, é uma pena que os jogadores de hóquei tenham que usar capacetes que privam os fãs da visão do rosto deles. Talvez eu devesse fazer um abaixo-assinado.

— E eu sempre tomo muito cuidado. Sempre passo o número de Mason, foi no automático.

De repente, me sinto horrível por criticar algo que foi uma precaução. Não acompanho hóquei de forma tão assídua quanto Sean, que sabe tudo sobre todos os jogadores e o histórico deles, então isso está bem além do meu conhecimento — que já não é muito, para começo de conversa.

— Não vou te *stalkear* — digo, por fim.

— Não achei que você fosse. É um hábito. — Ele puxa o celular do bolso da calça de moletom. — Aqui. Salva seu número você mesma e faz uma chamada.

Já estou recuando. Isso é tão constrangedor. Fazer um cara ter pena de mim e depois fazer bullying até ele me dar seu número é um novo recorde de fundo do poço para mim.

— Não precisa. Eu entendo, não quero forçar nada.

— Eu quero seu número e quero te levar naquele encontro.

Foi o que ele disse da última vez.

— Tem certeza de que não é um pré-pago aleatório?

Ele não ri ao oferecer o aparelho para mim. Com um sorrisinho sarcástico, salvo meu número e ligo para ele.

— Tá, mas vê se não sai espalhando pra qualquer um — comento. — A menos que seja um gostoso.

— Achei que você não curtisse jogadores de hóquei.

— Parece que abri uma exceção.

Ele levanta o olhar do aparelho para mim, com um sorrisinho de canto de boca.

— Então, somos dois.

5
ELIAS

Só faltam algumas semanas até que o mundo do hóquei caia no frenesi da preparação para as eliminatórias da Copa Stanley. Ninguém estava esperando que o Toronto Thunder se qualificasse depois da temporada ruim no ano anterior. A pressão vai vir com tudo, até porque o principal ponto forte que Mason apresentou para a minha contratação foi a minha média de gols na Universidade Dalton. Era uma das maiores da NCAA, e não é nenhum segredo que o time contava com minha habilidade de manter o mesmo desempenho. Porém, nas circunstâncias atuais, nada disso parece possível, e a quantidade de olhares em mim é um fardo pesado e implacável.

Para minha surpresa, mesmo com a possibilidade muito real de uma troca pairando sobre minha cabeça, não estou pensando na campanha do time até as finais da Copa. Minha cabeça está na mensagem que mandei para Sage no começo da semana sobre nosso encontro. Nada de bom pode sair disso, mesmo que seja tecnicamente beneficente, porque se ficarmos juntos, ela vai ser transformada em mais uma figurinha no meu álbum extremamente público. Porém, estou mantendo minha palavra na esperança de evitar uma parte dois do confronto no vestiário. Combinei uma data com a ajuda de Mason, e ela concordou em me encontrar hoje.

— Tá bonito — comenta Aiden, indo para a cozinha e abrindo a geladeira para pegar uma caixa de suco de laranja. O olhar dele permanece em mim enquanto calço os sapatos perto da porta da frente.

— Vou sair. Não me espere acordado.

— *Sair*?

Ele se engasga com o suco, esmurrando o próprio peito.

— Com Sage — explico.

Ele dá um sorrisinho astuto. Reviro os olhos e saio antes que ele comece a se vangloriar.

O trajeto até o restaurante é curto e, quando me aproximo, o *maître* me guia até um cômodo vazio.

Quando meu relógio marca seis e meia e o garçom me lança um olhar de pena, tenho certeza de que ela não vai aparecer, mas o barulho do elevador chama minha atenção.

Sage está usando uma blusa lilás simples e jeans escuros, enquanto minha camisa de botão e calça social gritam "estou me esforçando demais". Já faz alguns anos desde que tive um encontro, mas com certeza não estou assim tão fora de forma. Há um contraste gritante entre a energia ansiosa que emana de mim e a autoconfiança contagiante de Sage.

Quando ela finalmente me vê, abre um sorriso suave e luminoso, que me diz que essa garota não guarda mesmo mágoa. Seria muito fácil para ela me descartar e colocar em uma caixinha, junto com todos os seus estereótipos de hóquei, sendo que eu mesmo não fiz muita coisa para quebrá-los.

Ela corre os olhos pelo restaurante e a vista da cidade lá embaixo. Não sei dizer se está impressionada.

Eu quero que ela fique impressionada?

O olhar dela recai sobre minhas roupas e então volta para o meu rosto.

— Cadê todo mundo?

— Como assim?

— Os outros clientes — diz ela, se inclinando para espiar atrás de uma parede, como se estivessem se escondendo.

O restaurante giratório faz uma rotação de 360 graus a cada 72 minutos. É a estrutura independente mais alta do mundo e a comida é maravilhosa. É impossível fazer uma reserva de última hora, mas, com a ajuda de Mason, consegui.

— Somos só nós dois — explico.

— Ah, tá, porque você reservou o salão inteiro. — Ela ri, mas o sorriso desaparece assim que nota minha expressão neutra. — É sério?

Dou de ombros.

— Achei que assim seria mais confortável para nós dois.

— Por quê? Duvido que alguém se importe tanto assim.

Ela me lança um olhar crítico.

Nunca é divertido falar sobre isso.

— Eu tomo cuidado. Desde o momento em que viralizei, não tive um segundo de paz.

Alguns outros novatos tiveram o mesmo destino, mas nenhum foi pauta de artigos difamatórios nos dias de poucas notícias. E todos eles estão em relacionamentos estáveis, então virei o alvo ideal.

Puxo a cadeira para Sage e depois me sento à sua frente. Música clássica toca baixinho no salão, o que serve para amortecer o silêncio. Quando o garçom enfim se aproxima, nós dois endireitamos a postura e voltamos a atenção para ele.

— Ostras — apresenta ele, servindo o prato entre nós dois.

Quando ele se afasta, ficamos em silêncio de novo e, por um instante, acho que a noite inteira vai ser assim. Mas então Sage chupa uma ostra ruidosamente e coloca a concha de volta no prato com um *toc* alto. Ela me encara, atenta.

— Beleza, nem me pergunta qual é minha cor favorita, nenhuma besteira desse tipo. Só me conta seus segredos mais sombrios e profundos.

Ela coloca os cotovelos na mesa e descansa o queixo nas mãos.

Estou atordoado. Tenho dificuldades em responder. Ou saber por onde começar. Sage me encara por um longo minuto, esperando com toda a paciência do mundo.

Então, ela suspira.

— Tá, eu vou primeiro. Meus pais passaram minha infância inteira em algum beco escuro, usando tanta droga que eu nem sei o nome, me largando junto do meu irmão caçula diabético que nos virássemos sozinhos. No momento, estão foragidos pelo envolvimento no tráfico de narcóticos ilegais, o que quer dizer que não os vejo há anos. Então, minha vida vai muito bem e aprendi bastante sobre Diabetes Tipo 1 e Direito da Família caso alguém venha me encher o saco. Sua vez.

A enxurrada de informações me pega desprevenido, mas Sage conta tudo com tanta facilidade que não consigo deixar de invejar sua indiferença casual ao compartilhar coisas tão profundas sobre sua vida.

Dou um gole na minha água, processando as informações.

— Você não esconde nada mesmo, né?

— Por que faria isso?

— Privacidade?

Ela brinca com a haste de uma taça de vinho vazia, esquadrinhando o restaurante isolado.

— Você não tem muita, né?

— Estou na mídia pelo menos uma vez por semana. Sou proibido de ter privacidade.

Ela faz uma careta, me analisando como se estivesse tentando me entender. Em seguida, o garçom traz o risoto trufado e a lagosta à Thermidor. Sage arregala os olhos para a comida.

— Vinho? — pergunta o garçom.

Estendo a mão para recusar na mesma hora em que Sage repete o gesto. Ela me encara com curiosidade.

— Eu não bebo — explico.

— Eu também não — diz ela. — Quer dizer, não bebo antes de audições nem ensaios, e tenho os dois amanhã.

— Audições?

Ela faz que sim com a cabeça.

— Sou bailarina. Foi por isso que eu estava no leilão.

De repente, a postura dela ter sido a primeira coisa que eu reparei faz sentido.

— Como você conheceu Aiden Crawford? — pergunta ela. — Sei que são do mesmo time, mas ele realmente fez de tudo por você no leilão.

— Ele é como um irmão pra mim. Conheço ele a vida inteira, e fomos pra Dalton juntos. Até moramos juntos na casa do hóquei, com alguns outros amigos.

Sage não faz muitas perguntas sobre hóquei e fico feliz por isso, mas suas anedotas pessoais estão longe do fim e não me importo nem um pouco em saber mais sobre ela. Quando ela fala sobre balé, é impossível não notar a paixão em seu olhar, o que me deixa curioso.

— Quero ser a bailarina principal na produção de *O Lago dos Cisnes*. — Ela se inclina para a frente, os olhos brilhando. — Você já ouviu falar de Misty Copeland? A primeira mulher negra a se tornar bailarina principal na história do Teatro de Balé Americano? A primeira pessoa a falar de diversidade nesta indústria?

— Ela é sua inspiração?

— Ela é meu tudo. Quero fazer o que ela fez.

— Só que melhor — acrescento.

Ela solta uma risada pelo nariz, me olhando como se eu tivesse uns parafusos a menos.

— A gente tá falando de Misty Copeland. Se eu conseguir ser metade do que ela é, já estou feliz.

Balanço a cabeça.

— Pensando assim, você não vai chegar a lugar nenhum. Você tem que saber que pode ser melhor do que os melhores. É assim que se conquista mesmo uma fração daquele sucesso.

Ela se recosta na cadeira e parece estar digerindo minhas palavras, me olhando com um ar de curiosidade. Um tipo de olhar que não recebo de ninguém há algum tempo. Um olhar que me diz que ela está vendo algo em mim que não tinha visto antes.

Quando o garçom volta com o cardápio de sobremesa, fico observando ela escolher. Sage pede o tiramissu e a bomba de avelã. O jeito que ela é decidida é atraente, e o fato de ela não fugir da comida (o que eu esperaria de uma bailarina) me faz sorrir. Até atletas contam calorias ou perdem peso antes da temporada, então é revigorante ver alguém que não está policiando as refeições.

— Tá me julgando por eu ter pedido sobremesa?

Faço uma cara perplexa.

— Por que eu te julgaria?

Ela dá de ombros.

— Tem gente que julga. Não dá pra ser bailarina sem a imagem do corpo perfeito entalhada no cérebro.

Dá pra ver que minha análise anterior pode até ser verdade, mas que não foi sem sacrifício.

As sobremesas chegam poucos minutos depois, e é difícil pra cacete olhar para qualquer outra coisa que não seja essa garota que delira com cada colherada que põe na boca.

Quando o celular dela toca, Sage pede licença, e eu aproveito para dar uma gorjeta aos garçons antes de esperar por ela perto do elevador. Quando ela volta, está sorrindo de orelha a orelha.

— Desculpa, era meu irmão — explica. — Ele estuda em um internato a algumas horas de distância, então não queria perder a ligação dele.

Descemos o elevador e saímos pela entrada dos fundos. Ao pisar no primeiro degrau das escadas, ela agarra o corrimão com uma cara de dor.

— Se eu pudesse estrangular alguém com as tiras desses saltos, seria o estilista — reclama ela, mancando um pouco.

Olho para baixo, para as tiras apertadas dos sapatos pretos, e noto como parecem se enterrar em sua pele.

— Por que você usa? — pergunto.

— Porque são bonitos.

— Mas machucam seus pés.

— Sou bailarina. Meus pés vivem machucados.

— Daí você quer machucar ainda mais?

Ela ri.

— Você não entende. É que nem uma vez no ensino médio em que passei horas colando várias pedrinhas coloridas em volta dos olhos para *O Quebra-Nozes*, só que até subir no palco, todas tinham caído. Depois, eu chorei por horas e meu tio ficou sem entender nada, porque para ele não era nada de mais.

— Marcus, né? Ele é seu tio?

De repente, faz todo o sentido do mundo ele não ser pai de Sage. Até onde eu sei, Marcus não tem filhos. Mas essa nova informação não me deixa nem um pouco aliviado.

— É, o único adulto normal e funcional da minha vida.

Sage ainda está sorrindo quando um de seus saltos fica preso em um buraco e ela tropeça. Estendo a mão e agarro seu punho, puxando-a de volta para cima.

— Para uma bailarina, eu deveria ser mais graciosa, né?

Ela ri, soltando o ar.

Desço meu olhar para os seus pés. Antes que possa manifestar minha preocupação com a pele esfolada, ela se abaixa e liberta os dedos (cujas unhas estão pintadas de lilás) da prisão dos sapatos. No instante em que seus pés descalços tocam o asfalto, ela solta um suspiro de alívio.

— O que está fazendo?

— Não dá pra andar assim.

Quando ela tenta voltar a caminhar até meu carro, seguro seu punho, mas meus dedos são leves e gentis.

— Estamos em um beco. Você pode pisar em uma agulha ou sei lá.

— Desencana. É assim que os seres humanos foram feitos pra andar. — Sage dá um giro no lugar, e meus olhos caem para seus pés de novo. Então, paro na sua frente, bloqueando o caminho. Ela parece perplexa. — Que foi?

— Sobe aqui. Você não vai andar descalça nesse beco.

A confusão dela é palpável.

— Você quer me carregar?

— Sim. Agora, sobe.

Já estou esperando o "não", mas então sua mão desliza por minhas costas, cada movimento mandando arrepios pela minha pele. Ela iça o corpo para cima sem esforço algum, e minhas mãos se enganchavam por baixo de suas coxas, que, por sua vez, apertam minha cintura. O aroma suave de baunilha que emana dela está mais próximo do que nunca.

Seus braços ficam mais firmes ao redor dos meus ombros, e o riso dela ecoa em meus ouvidos a cada passo. Também estou sorrindo enquanto me apresso para sair do beco. Quando finalmente chegamos no carro, há uma pequena multidão nas avenidas principais, então abro a porta para ela e passo rápido para o outro lado enquanto ela entra. Se fosse qualquer outro lugar, não me importaria de caminhar a esmo, mas em Toronto, os fãs são fissurados em hóquei e conseguem identificar qualquer jogador pela cidade a quilômetros de distância.

— E agora? — pergunta Sage quando entro na via expressa.

Lanço um olhar de esguelha para ela.

— Vou te deixar em casa. Você mora em Weston, né?

— Assustador você saber disso — diz ela. — Mas são nove e meia, vovô. Me leva pra algum outro lugar.

Hesito, mas o jeito que ela murchou quando eu falei de ir para casa me fez sentir uma decepção inesperada. Por algum motivo, quero que esse encontro seja bom para ela.

— Onde?

Ela se anima na mesma hora e aponta para o corpo d'água sob a ponte.

— Ali.

Olho para onde o céu da noite escurece a água à distância.

— O lago?

Ela assente.

Deve ser saudade ou nostalgia que cobre seu olhar e que me faz pegar a próxima saída bem para onde ela apontou. Não me dou ao trabalho de olhar para Sage para ver sua reação, porque o gritinho animado que ela dá quando entro no estacionamento é resposta suficiente.

Pinheiros se espalham pela área, e o cascalho faz barulho sob os pneus quando estaciono em uma vaga. É bem isolado a essa hora da noite, mas ainda assim me pego esquadrinhando os arredores, procurando por arbustos que podem esconder fotógrafos. Antes mesmo de desligar o carro, Sage desce e vai andando direto para a água.

Eu a observo, perplexo, mas logo saio do meu estado de choque e corro atrás dela. É bem raro que a temperatura no final da primavera caia o suficiente para desligar o ar-condicionado, mas aqui perto da água é diferente. Hoje, a brisa é forte, e a garota está dobrando a barra da calça.

— Sage, a água deve estar fria.

Seu cabelo esvoaça ao seu redor. Ela olha para mim, de pé observando-a, e grita:

— Você vem ou não, novato?

Tiro os sapatos e as meias, olhando para todos os lados para ver se vem alguém.

Mas, quando corro em direção à água, sentindo a areia áspera sob meus pés, não estou mais pensando nos tabloides. Estou pensando na risada que vem da garota que acabou de entrar correndo no lago Ontario.

6
SAGE

A água está gelada pra cacete.

No instante em que a pele exposta dos meus tornozelos entra em contato com o lago congelante, quase dá para ouvir ela chiar. Mas não deixo que isso me impeça de avançar mais na água, para que acalme imediatamente meus pés doloridos. Elias vem atrás de mim, mas fica a uma distância segura, na margem.

Enquanto entro mais fundo no lago tranquilo, com a barra do jeans dobrada, meu olhar se fixa nas ondulações suaves deslizando pela água à minha frente. O farfalhar das folhas e o canto baixinho dos grilos preenchem o ar. O som das ondinhas quebrando e o cheiro da água doce me acalmam. A única luz vem da lua cheia acima de nós, e quase consigo ver meu reflexo distorcido na água.

— Maior paz, não é? — digo, depois de um momento.

Ele não responde, mas sei que também está olhando para a lua. Então, o barulho rítmico de passos na água atrás de mim ecoa ao redor. Minha pele arrepia quando o calor do braço de Elias encosta no meu.

— Por que estou com a impressão de que não é a primeira vez que você faz isso? — pergunta ele. — Na verdade, estou surpreso que você não entrou pelada.

Mordo o lábio para refrear um sorriso.

— Acha que eu sou tão ousada assim?

— Bom, estamos em um dos Grandes Lagos — diz ele, de maneira direta.

— Você saber sobre corpos d'água é meio sexy. — Junto o cabelo com as mãos e tento fazer um coque, mas fracasso. — E entrar pelada requer que eu tire a roupa na sua frente, e acho que você não é o tipo de cara que faz isso no primeiro encontro.

Ele só faz que não, soltando uma risadinha abafada.

— Mas a gente pode tirar tudo, se quiser. Você começa.

Olho para baixo, para o tecido escuro das calças dele.

— Você vem muito aqui? — pergunta ele, ignorando minha sugestão.

Mexo os pés sob a água, perturbando as pedrinhas lisas do leito.

— Quando era adolescente, vinha todo fim de semana. Só para fugir.

— E hoje em dia?

Eu me abaixo para pegar uma pedrinha e tento fazê-la quicar pela superfície da água. Ela afunda na mesma hora.

— Às vezes, quando as coisas não estão saindo do jeito que eu queria, é legal vir pra cá e me afundar no silêncio. Literalmente.

Elias me observa por um longo minuto, como se minhas palavras significassem algo a mais para ele. Antes que fique desconfortável, ele desvia o olhar e olha para o céu.

— O que não está saindo como você queria? — sonda ele.

— Bom, no momento, a sua recusa em nadar pelado — digo, bem séria, mas quando aquela expressão glacial volta ao rosto dele, eu rio. — O balé — admito. — Estava tentando conseguir fazer a audição para ser a primeira bailarina na produção de *O Lago dos Cisnes*, mas não tive a chance. Até abriram audições, mas estão escolhendo a dedo as bailarinas com mais seguidores nas redes sociais, para vender mais ingressos. Uma das diretoras até se demitiu, uns meses atrás, porque disse que isso era antiético.

Elias me ouve em silêncio, sem me interromper nenhuma vez. É gostoso poder desabafar o que está passando pela minha mente depois de tanto tempo, sem que ninguém me diga que balé é uma carreira sem futuro.

— Então, o que você vai fazer?

— Achar um jeito de virar a nova sensação da internet da noite pro dia.

Dou um sorriso falso a ele.

— Acredite em mim, não é tão bom como dizem.

Há uma expressão distante em seu olhar. Acho que ninguém quer ter que lidar com uma *stalker*, mesmo que não seja violenta, como Lana.

Desta vez, vejo algo de diferente naquele jeito fechado. Algo de vulnerável. Não consigo não aproveitar o calor do momento.

— E você? Já quis fugir?

— E quem não quer?

Bem quando eu acho que ele não vai me dar uma resposta de verdade, Elias solta o ar e pega uma das pedrinhas da minha mão para jogar na água. Na primeira tentativa, a pedra quica seis vezes antes de afundar. Exibido.

— Desde que entrei para a Liga, é como se a mídia tivesse descoberto a carne fresca, e querem usar cada pedacinho. Assim que perceberam que os fãs queriam saber mais sobre o novato, colocaram minha cara debaixo de qualquer manchete que pudesse dar engajamento.

Dou um sorriso empático para ele.

— As matérias são tão ruins assim?

Os olhos dele brilham com uma expressão nova ao se voltarem para mim.

— Você nunca viu?

— Entre o trabalho e as audições, não tenho muito tempo para acompanhar fofoca.

Ele dá um sorriso agradecido e se vira para encarar a água de novo. Tento fazer outra pedrinha saltar. Ela despenca.

— Quando entrei para a Liga, todo mundo estava me elogiando. Era tanto que nosso time de mídias sociais queria me usar em todos os vídeos. — Ele faz uma pausa, brincando com a pedrinha assimétrica antes de largá-la. — Meu desempenho está abaixo do que eu esperava. Do que todo mundo esperava.

— Imagino que não deve ser fácil se concentrar com a mídia em cima de você.

Ficamos olhando para a água brilhando sob o luar, o reflexo distorcido pelas ondulações.

— Quer que eu te ensine a jogar pedras?

Pela mudança de assunto e os olhos fechados dele, vejo que Elias não gosta de falar a respeito. Sobretudo com uma garota que ele nem conhece direito.

— Por favor.

— Tá legal. Primeiro, você tem que sentir o peso. Precisa ser pesada o bastante para pegar impulso, mas leve o bastante para quicar. — Ele pega minha mão e coloca uma pedrinha sobre a palma. — Esta é perfeita.

Assinto, imitando seus gestos e passando as mãos pela superfície lisa. Ela se encaixa perfeitamente na curva da minha mão. Elias se abaixa e pega outra pedra, virando-a na mão até encontrar uma que se encaixe em seus requisitos.

— Segure assim. — Ele coloca meus dedos sobre as curvas da pedra, e tenho uma sensação eletrizante quando ele fica assim tão perto, a ponto de conseguir sentir o frescor do seu perfume. — Comece perto da água, e aí solte o punho quando for jogar.

Faço como ele diz, me concentrando no ângulo, e lanço a pedrinha. Bem quando acho que consegui, ela mal quica e afunda na água.

— Eu desisto — resmungo.

— Que nada, você não é de desistir.

Solto uma risadinha abafada.

— Não é a primeira vez que um cara me diz isso.

Elias fica tenso, e faço minha melhor expressão séria. Cara, ele se constrange tão fácil. Virou minha coisa favorita.

— Tenta de novo, Sage — diz ele, com uma reprimenda em seu tom de voz.

Desta vez, lanço com uma ajudinha dele, e a pedrinha salta. Uma, duas, três vezes, e uma quarta antes de afundar.

— Deu certo!

Dou um pulinho, e em um momento de animação desenfreada, o empurro um pouco forte demais. Ele se desequilibra, pego totalmente de surpresa pelo empurrão repentino. Elias xinga e eu quase grito "Se segura aí!", mas ele agarra minha mão. Desabo por cima dele na parte rasa.

Ele dá um grunhido quando cai de bunda na água. Seu braço molhado envolve minha cintura e encharca o tecido da minha blusinha lilás. Fico presa contra seu corpo quente e a rigidez de seus músculos não me surpreende nem um pouco. Só faz enriquecer o catálogo de imagens dele que eu tenho guardadas no cérebro. Com as mãos em seu peito, me empurro para trás, me sentando meio sem jeito no colo dele.

— Você me agarrou!

Espirro água nele.

Mesmo tentando parecer com raiva, porque minha calça está toda ensopada, não consigo refrear a gargalhada que explode em mim. Por fim, ele ri também, e ouvir esse som é quase tão eufórico quanto os aplausos no final de uma apresentação.

Ele passa a mão no rosto molhado e estreita os olhos para mim.

— Eu? Você que me empurrou.

Dou de ombros, encarando seus olhos castanhos inocentes. Decido não fazer nenhum comentário sobre como nós dois estamos molhados.

Quando a água começa a parecer morna contra minha pele, tenho vontade de sair boiando por aí, livre, leve e solta. Algo que eu costumava fazer na adolescência. Mas agora, por uma fração de segundo, eu quero que Elias me segure mais firme, me faça sentir menos livre — como se houvesse algo para me ancorar. Algo que *quisesse* me ancorar.

Em vez disso, deixo que me ajude a levantar.

— Vamos, eu tenho umas roupas no carro — diz Elias.

Seco as mãos molhadas na camiseta e o sigo até o automóvel. Ele pega os sapatos e o celular no caminho, e estou tremendo enquanto o espero destrancar o porta-malas.

Elias me oferece uma toalha, e eu a aceito em silêncio, me secando enquanto ele vasculha uma bolsa grande. Ele me dá uma camiseta e um short. Ambos são tamanho extragrande, mas não posso reclamar. Não quero ficar só de calcinha e sutiã até chegar em casa.

Sob a privacidade da toalha branca, tiro as roupas molhadas e visto a camiseta larga do Toronto Thunder e o short cinza. Preciso rolar o cós três vezes para que não caia. Quando me viro, ele também já se trocou e colocou minhas roupas molhadas em um saco, junto com meus saltos altos.

Ele me leva para casa e, como o cavalheiro que é, me acompanha até a porta. Em nenhum momento comenta o estado do meu apartamento decrépito ou da porta arranhada, que parece que animais raivosos tentaram derrubar.

— Obrigada pelo encontro. Foi divertido — digo.

Elias permanece em frente à porta, e secretamente espero que ele me beije. Porque, muito embora eu nunca tenha beijado ninguém no primeiro encontro, abriria uma exceção.

Mas o beijo não vem, e Elias dá um passo para trás.

— Boa noite, Sage.

Sorrio, e ele se afasta, voltando para onde estacionou o carro.

E, assim como ele, o sorriso desaparece do meu rosto.

7
ELIAS

Depois do nosso último jogo contra Dallas, passei no fisioterapeuta três vezes. Cair de bunda noite passada não ajudou a dor no corpo que ainda sinto depois de uma trombada bastante brutal. Nem diminuiu quando acordo uma hora antes do despertador porque o sol decidiu me cegar por entre as cortinas.

Encaro o relógio, mas o que chama minha atenção é a pedrinha do lago em cima da mesa de cabeceira. Esqueci que tinha ficado com ela.

De repente, a gargalhada de Sage ecoa em meus ouvidos, e o jeito que ela explode de energia é tão contagiante que foi impossível não sentir também. Despreocupada e feliz. Era como eu a descreveria quando a conheci, mas depois do encontro, sei que essa não é sua realidade. Ela é um livro aberto e age como se não se incomodasse com nada, mas sei que se tirasse a máscara, encontraria algo diferente ali embaixo. Algo que me diria que sua disposição em compartilhar as experiências de vida traumáticas a ajudam a esconder muito mais. Como se ela estivesse se protegendo sob uma fachada de honestidade.

É muito raro eu confiar em alguém com facilidade, isso se chegar a confiar. Mas Sage falava sobre as coisas de um jeito diferente. Sua paixão pelo balé quebrou qualquer sombra de dúvida que eu tinha sobre ela. Sage não tinha topado o encontro para conseguir meu telefone ou fuçar minha vida pessoal. Ela estava cumprindo sua parte de um acordo para o qual tinha sido arrastada.

Meus pensamentos dispersam quando enfim me levanto para tomar banho e café da manhã. Sinto uma agitação ansiosa por dentro antes mesmo de pegar o celular e ver as notificações. Não é incomum receber um zilhão de mensagens e ser marcado em muitas postagens antes de um jogo, mas, dessa vez, é diferente.

PATRULHA COELHA

Kian Ishida
Eli tá namorando e eu tenho que descobrir pela INTERNET?

Dylan Donovan
Vamos visitar em breve, então vocês não vão poder mais ignorar a gente.

Kian Ishida
Eles ficam fora por umas semanas e já se esquecem de nós. Bando de idiotas.

Em pânico, clico no link que Kian enviou e encontro outra matéria de alguma revista de fofoca sobre mim. No entanto, dessa vez não está fazendo alusão a uma "peguete" ou "ficante da semana". A legenda descreve a garota na foto como minha *namorada*. Quando clico na imagem, é uma foto minha e de Sage, de quando ela tinha tirado os saltos e pulado nas minhas costas para eu carregá-la até o carro. Meus lábios quase espasmam em um sorriso antes que eu volte para a realidade. Isso é ruim.

É só questão de tempo até a rotularem como aproveitadora e as pessoas começarem a assediá-la nas redes sociais. Quando Brandy, a fotógrafa do time, foi vista comigo, precisou desativar o perfil porque chegou até a receber mensagens de ódio. Não consigo nem imaginar o que Sage pode receber hoje. Só sei que preciso avisá-la.

SAGE

Elias
A gente pode se ver?

Sage
Eu tô sonhando? Porque jurava que você era só fruto da minha imaginação.

Elias
Sage.

Sage
Dá pra ver você dizendo isso. Todo bravo, que nem um ursinho.

Elias
Ursinho?

Meu celular vibra no mesmo instante com uma chamada. A voz suave de Sage ecoa quando eu atendo.

— Você tá flertando comigo, Westbrook?

— A gente pode se ver? Preciso falar com você.

— Já tá com saudade? — Ela ri. Ouço música no fundo e um barulho, como se ela estivesse movendo coisas de lugar. — Tá, claro. Mas só daqui a uma hora. Pode me encontrar na UT?

— A universidade?

— É, eu dou aula de balé em um estúdio na avenida Brunswick. Posso te encontrar no Bliss Café, que fica bem do lado.

Ir para um campus universitário no qual a gente massacrou o time de hóquei deles no ano passado, e então entrar para o time nacional dos caras, parece uma péssima ideia. Mas causei esse inconveniente na vida de Sage, então posso encarar uma visita.

Quando estaciono em uma vaga, percebo que o boné não está cobrindo meu rosto direito, então coloco o capuz por cima.

Os óculos escuros me fazem parecer deslocado, mas é melhor que ser reconhecido como o "jogador de hóquei que não consegue manter o pau dentro das calças", segundo a mídia. É uma humilhação perceber que as pessoas não estão falando do que faço nos jogos, mas sim o que faço fora do rinque. Passei a vida inteira trabalhando para entrar na Liga e sinto o fardo de carregar uma reputação que degrada o esporte e seus jogadores. Às vezes, o único jeito de lidar é enfrentar a situação. Mas é exatamente isso que não me desce.

Um borrão de saia cor-de-rosa esvoaçante e cabelos castanhos cacheados dança do outro lado da janela do Estúdio de Balé Elegância. Eu me apoio no capô do carro e baixo os óculos escuros. Sage sorri tão radiante que as crianças da turma dela a imitam. Rostinhos atentos seguem a professora, se movendo no ritmo da música. Quase consigo ouvir as notas da música clássica pela janela, conforme assisto.

No hóquei, é fácil ver a diferença entre os jogadores que se esforçam e aqueles que comem e respiram o esporte, como se fosse uma parte da alma deles. É isso que vejo ao assistir Sage. Dançar é parte da sua alma.

A aula termina, e as crianças saem para encontrar os pais do lado de fora, enquanto Sage pega o celular para pausar a música. Quando seu olhar encontra o meu através do vidro, ela estreita os olhos, faz uma pausa e então cai na gargalhada. Ela se dobra, como se tivesse visto um palhaço no meio da rua.

Endireito a postura, olhando em volta para confirmar se ela está rindo de mim. Enxugando lágrimas inexistentes, Sage coloca a mão na barriga para recuperar o fôlego antes de pegar o celular e tirar uma foto minha. Ignorando a saudação mal-educada, entro na cafeteria isolada ao lado do estúdio e espero em uma das mesas no canto.

Ela ainda está radiante quando me encontra.

— Por que tá vestido de *stalker*?

Olho para baixo, para minhas roupas.

— Estou disfarçado.

— Tenho quase certeza de que vi um guarda do campus te seguindo, porque você parece suspeito pra cacete. — Ela se inclina sobre a mesa e tira meus óculos escuros. O gesto é lento e deliberado, e faz meu coração bater mais forte. — Pronto, melhor. Agora, explica essa reunião secreta. Será que a gente deveria achar uma sala vazia e ir direto ao ponto?

Fecho os olhos com força. Talvez eu devesse ter feito isso por telefone.

E arriscar ela te esculhambar por se esconder atrás do celular, feito um covarde?

— Sua foto saiu nos tabloides — digo de uma vez.

Sage inclina a cabeça, dando um longo gole no café que pedi para ela. Seus olhos cor de mel se arregalam, como se ainda estivesse processando a informação.

— Merda. Então é por isso que meu celular não parou a manhã inteira.

Ela pega o aparelho e encara a tela em choque, antes de virá-lo para mim. Centenas de notificações de mensagens e solicitações pendentes enchem a tela do celular. Faço uma careta.

Estou há menos de um mês na Liga e não posso ir em um encontro sem que acabe em confusão. Eu me sinto péssimo que minha vida consiga, de alguma maneira, perturbar a vida de outra pessoa, sendo que não há nada que eu possa fazer a respeito. Costumo tentar não pensar em como isso vai piorar ao longo dos anos.

Algumas temporadas atrás, um de nossos capitães foi pego saindo de um bar com uma mulher que não era sua esposa. A escorraçada que ele levou foi merecida, mas sua esposa grávida não precisava ter passado por tudo aquilo publicamente. A mídia não tem remorso algum sobre como o público trata familiares inocentes, contanto que tenham alguns minutos de atenção.

— Se serve de consolo, essa é a primeira vez que escrevem *namorada* em vez de *peguete* ou algum outro termo pejorativo.

— Sempre ouvi que daria uma boa namorada. Eu tenho esse jeito fofo e adorável.

Dou uma risada abafada.

— Isso é porque não ouviram as besteiras que você fala.

Ela se surpreende com a piada, e tento não parecer ofendido. Não costumo me permitir relaxar o bastante para deixar meu lado despreocupado aflorar.

— Enfim, queria deixar você ciente, para não ser pega de surpresa se algum cara aleatório com uma câmera começar a te seguir.

— Você tá de sacanagem. — Ela começa a olhar em volta na cafeteria, como se fosse ver um deles aqui. — Desde quando jogadores de hóquei viraram a sensação do momento?

— Não faço a menor ideia.

Ela me lança um olhar demorado e avaliador.

— Mas eu consigo entender. Você é um gostoso do caralho, mas o do tipo subestimado. Isso ia acontecer mais cedo ou mais tarde.

Não consigo evitar.

— Você me acha gostoso?

Ela dá um gole ainda mais demorado no café, e meu sorrisinho não vai embora, apesar de saber que não deveria estar agindo assim. *Por que estou flertando com ela?*

— Acho que minhas palavras exatas foram "gostoso do caralho". — O olhar dela desce pelo meu rosto, meus braços e volta para o celular com a tela piscando em cima da mesa. — Quer dizer, uma foto com você e eu tenho milhares de seguidores. Talvez você precise de uma solução, novato. Eu ficaria feliz em ajudar.

— Pra quê? Pra me ver nadar pelado no lago Ontario?

Ela morde o lábio para não sorrir.

— Só tô tentando te ajudar a afundar no silêncio.

— Ou só me afundar — resmungo.

Sage se ilumina com um sorriso e gosto disso. Seu olhar percorre meu rosto de uma forma atenciosa, antes de ela endireitar a postura e arregalar os olhos.

— Ai, meu Deus, é isso! — Ela me observa com tanta intensidade que não tenho escolha a não ser ouvir. — A gente não precisa mais fugir.

— Como assim?

— A gente devia namorar. Eu e você.

Eu recuo.

— Como é que é?

Ela faz uma cara feia para minha expressão, mas continua:

— Um namoro de *mentirinha*. A última coisa que qualquer um de nós precisa é de um relacionamento de verdade. Mas se a mídia achar que você está comprometido, vão te deixar em paz. E, com você sendo meu namorado, posso crescer nas redes sociais o bastante para divulgar minha dança, e aí o teatro vai me notar.

Tento formar uma frase, mas não consigo uma palavra sequer. Ela quer que a gente *namore*?

— Olha. — Ela desbloqueia o celular e abre a primeira matéria que a menciona. — Aqui, não tem dizendo em lugar nenhum que eu sou um casinho de uma noite. Eles acham que temos um relacionamento, o que significa que se a gente confirmar esses boatos, provavelmente vão parar de te encher o saco. Seus fãs de verdade não vão tolerar fofoca se souberem que você tá comprometido. E eu teria a chance de fazer uma audição para o Teatro Nova Ballet.

— Achei que o que o teatro está fazendo fosse antiético.

Ela dá de ombros.

— Se não dá pra vencê-los, junte-se a eles.

Sage não está errada, e tenho certeza de que sua presença em minha vida poderia ajudar a fazer a mídia parar com o escrutínio, mas isso não quer dizer que eu a deixaria na berlinda. Ou que eu quero dar a chance para alguém — sobretudo ela — fuçar minha vida.

— Não.

Minha recusa só faz acender um novo fogo em seu olhar. Ela olha pela janela da cafeteria e tamborila os dedos na mesa de madeira.

— E se eu disser que é pelas crianças?

— *É* pelas crianças?

Ela murcha.

— Não.

Ver a animação dela desmoronar causa um espasmo desconfortável no meu peito.

— Tudo que a mídia fez foi mentir sobre você. Não quer retomar o controle? — insiste ela.

— Me rebaixando ao nível deles?

Ela junta as sobrancelhas.

— Vai ser um término tranquilo, e eu prometo que não tenho nada a ver com Lana, a *stalker*. Se der certo, você fica aqui sendo o melhor novato que Toronto já viu e eu vou viajar com o TNB. — Ela se recosta na cadeira. — Quer que eu adicione também um *test drive*? Um vislumbre de como seria namorar comigo?

— Você não é uma concessionária, Sage. Aqui é a vida real, e eu não namoro.

Meu olhar inexpressivo faz o sorriso dela virar uma careta.

— Por isso mesmo que todo mundo vai acreditar na gente — argumenta ela.

— Eu também não minto.

— Tá, deixa que eu falo então. Você só tem que ficar paradinho sendo lindo.

— A resposta é não.

Uma tempestade começa a se formar em sua expressão, e ela fica de pé. O ruído da cadeira arrastando no chão quebra nossa conversa.

— Não sou de lidar mal com rejeição, mas você poderia pelo menos fingir que vai pensar a respeito.

Passo a mão pelo rosto.

— Acredite em mim, não ia dar certo. Ninguém iria acreditar que isso aqui daria em alguma coisa estável a longo prazo.

Ela solta o ar pelo nariz e recua, parecendo ofendida.

— Quer saber? Esquece. Você deixou bem claro o que pensa de mim. — Levanto as sobrancelhas em surpresa. — Ninguém ia acreditar em nós dois juntos porque eu sou eu e você é você, né? Você acha que, já que minha vida é tão caótica e bagunçada, estou tentando fincar as unhas no atleta famoso mais próximo e que o povo ia sentir na hora o cheiro de uma bailarina derrotada e aproveitadora.

As palavras duras dela me deixam atordoado. Empurrando a cadeira para trás, toco o braço dela de leve para fazê-la parar.

— Não foi isso que eu quis dizer, nem de longe.

O olhar dela tremula com algo tão vulnerável que deixa uma sensação quente e desconfortável se enterrando no meu peito. Que nem uma bendita azia.

— Tenho que ir. — Ela puxa o braço de volta com rispidez. — Tenha uma boa vida, Eli.

Por algum motivo, o apelido soa errado quando vem dela. Sage sai da cafeteria, um laço cor-de-rosa flutuando em seus cabelos cacheados. Sinto um arrependimento profundo retorcer minhas entranhas e bem quando penso em ir atrás dela, alguém se aproxima de mim.

— Eli Westbrook? — Um rapaz alto, provavelmente universitário, me encara perplexo e bloqueia meu caminho sem a menor noção. — Puta merda, mano. Nunca pensei que fosse te ver por aqui. Bem, não depois que vocês nos destruíram nas qualificatórias do último torneio.

É só então que percebo que me esqueci de recolocar o capuz e os óculos de sol, em minha pressa para impedir Sage. Embora, mesmo que ela tope me ouvir, não acho que consiga consertar a situação. Ela quer montar uma farsa para ajudar a nós dois, só que eu nunca seria capaz de executar isso. Seria o prelúdio de um desastre.

Meus lábios formam um sorriso tenso, minha mente ainda distraída com as palavras de Sage, que continuam se repetindo sem parar em minha cabeça.

— Pode autografar isso? — Ele tira o boné do Toronto Thunder. — Quero ser como você quando me formar.

Há uma pequena faísca em meu peito quando me viro para o rapaz de olhos brilhantes, que não deve ser mais do que um calouro. Meu sorriso é genuíno quando pego o boné e ele vasculha a mochila em busca de uma caneta.

Ele ri consigo mesmo, incrédulo, ao me entregar um marcador permanente preto.

— Você é uma inspiração para todos os caras da minha fraternidade. Quer dizer, um contrato milionário fácil e todas as garotas do mundo, isso que é viver. Tem alguma dica?

As palavras batem no meu peito com um baque surdo e cada músculo do meu corpo se contrai. A faísca minúscula de momentos atrás se esvai e mergulho de novo na escuridão. Meu sorriso se transforma numa expressão insincera. Autografo o boné e devolvo ao rapaz.

— Prazer te conhecer — murmuro, indo direto para o meu carro e saindo do estacionamento.

8
SAGE

Quando a vida te dá limões, ela também te encharca com o suco, que queima sua pele.

Ao esvaziar a caixa de correio ontem, esperava encontrar panfletos e cupons, mas um envelope branco se destacou em meio à correspondência inútil. Eu o rasguei e dei de cara com letras vermelhas em negrito que diziam: RECUSADA.

A pequena companhia de balé para a qual me candidatei há algumas semanas, que se apresentava apenas em casas de repouso, parecia uma ótima oportunidade. Eles são tão das antigas que a candidatura pedia que eu enviasse uma cópia física do vídeo da audição pelo correio. Era um trampo estável, e pensei que seria legal finalmente me aquietar. Que piada.

Dentro do apartamento, jogo a carta no lixo e vou direto para o chuveiro. Para acalmar o colapso iminente, acendo uma vela aromática de lavanda. Tiro as roupas e giro a torneira do chuveiro, mas ela cai no chão e acerta meu dedão. Fico lá sentada, pelada na banheira, agarrando meu pé com um soluçar quietinho que abafo com a outra mão.

Meus vizinhos, o sr. e sra. Fielder, se irritam quando eu interrompo a soneca da tarde dos dois com a minha choradeira. De acordo com eles, mulheres só choravam quando seus maridos iam para a guerra. Cá entre nós, gosto de pensar que elas comemoravam em vez disso.

No entanto, não tenho motivo nenhum para comemorar, porque além de Elias ter deixado claro que não sou pra namorar, ainda tenho que encarar minha primeiríssima rejeição.

Depois de uma tentativa longa e patética de consertar a torneira, ligo só a água fria e tomo o banho mais rápido da vida. Mesmo na ducha congelante e com meu corpo em modo de sobrevivência, ainda tenho vislumbres da cara de surpresa de Elias mais cedo. Que humilhação.

Batendo os dentes, visto um par de jeans e uma camiseta branca. Na cozinha, abro um pacotinho de cookies sem açúcar e viro o conteúdo dentro de uma vasilha. As mães iriam me julgar se soubessem que comprei os cookies no mercado. Mas o forno do meu apartamento está quebrado desde que tentei fazer uma lasanha, uns meses atrás. Não falei para a proprietária porque daí ela me pediria para pagar o conserto. Então, tenho sobrevivido à base de refeições congeladas e esquentadas no micro-ondas.

Hoje, a escola de Sean faz um churrasco de primavera obrigatório para os pais e responsáveis. Ou seja, tenho que pegar algumas horas de trem para comer milho e fazer de conta que o povo não está cochichando sobre nossa família. O lado bom é poder ver meu irmão depois de meses, e apesar de ele entender que vivo na correria, gostaria de me redimir pelas ligações perdidas.

Passando o cartão de transporte na estação, chego bem a tempo para o trem da tarde que me leva direto para a Escola Preparatória York, o internato masculino que fica em um subúrbio tranquilo, cercado por casas com acres de terra que as separam de seus vizinhos e das mulheres que carregam os poodles em bolsas de grife.

Não é segredo para ninguém que colocar Sean na York foi difícil, mas com um pouco de sorte e uma ajuda de nosso tio, meu irmão caçula foi aceito. Ele não ficou muito animado com a ideia de morar no internato, mas pelo menos tem o melhor amigo para ajudar a não perder a cabeça.

O melhor amigo de Sean, Josh Sutherland, vem de uma família de fazendeiros. O pai dele é um magnata dos negócios e a mãe é uma palestrante motivacional que escreve um best-seller por ano. Josh é o menino mais doce que conheço, nada a ver com aqueles moleques esnobes que fizeram bullying com meu irmão logo que ele entrou na York. Nosso histórico familiar não é segredo para ninguém, e o conselho de pais fez questão de deixar o diretor ciente do "delinquente" que permitiram entrar na comunidade. Sean nunca reclamou do assédio, e eu só descobri porque Josh deu um soco em um colega, que tinha perguntado a Sean se ele era viciado também. A piada não teve graça nenhuma, e Josh deixou isso bem claro.

Bato as sandálias contra a calçada limpinha conforme atravesso o caminho curto, tomando cuidado com os carros autônomos, que dirigem por aí sem motorista.

Dou uma olhada no pote e fico aliviada que os cookies sem açúcar não esfarelaram durante a viagem turbulenta de trem. Quando avisto as luzinhas penduradas nas paredes cobertas de hera, elas me guiam direto para as mesas de piquenique na área externa, repletas de sobremesas caseiras e, ao que parece, alternativas veganas para o churrasco.

Nunca me preocupei com a formalidade de cumprimentar as pessoas ao redor da mesa, então passo por elas e vou direto para a tigela de refresco de morango. Não demoro para sentir o peso de estar sendo observada, mas vasculho a área procurando por Sean ou Josh.

Mas, graças à minha sorte nos últimos tempos, não é nenhum dos dois que me encontram, e sim a porcaria do meu passado.

Meu ex-namorado acena para mim.

Owen Hart desvia de enxames de pais preconceituosos e seus filhos igualmente irritantes e sorri radiante para mim. Avisto o irmão dele sentado em um banco, me dando um sorrisinho forçado antes de enfiar a cara no celular. Ele era do grupinho que fez bullying com Sean há quatro anos, quando ele entrou na York. Mas quando os responsáveis foram chamados, Owen apareceu com os pais e pediu mil desculpas pelo comportamento do irmão. Ele me ofereceu uma carona para casa naquele dia, e ficamos juntos desde então. Isso é, até alguns meses atrás.

Ele me encara como se eu fosse desaparecer no minuto que desviasse o olhar. Mas eu não poderia, mesmo se quisesse. Estou congelada no lugar, como uma pedra. Há uma parte minha que gostaria que tivéssemos ficado juntos, porque facilitaria tanto a minha vida. Ele era a única coisa estável à qual eu podia me agarrar, mas, no fim das contas, foi isso que ferrou tudo para a gente.

Presumi que ele tinha sido recrutado para um time internacional, então não o veria hoje.

Não era isso que eu tinha em mente.

— Sage.

Ele me puxa para um abraço que deixa minha pele formigando.

— Owen. Fazendo o que por aqui?

O que ele está fazendo é óbvio, mas eu não sou de inovar em conversa fiada.

— Não soube da novidade?

— Que novidade?

Estrategicamente, tenho ficado por fora das notícias desde que Elias mencionou que fotógrafos aleatórios poderiam começar a me seguir. Se bem que tenho certeza de que eles ficariam entediados bem rápido.

— Fui convocado pro time.

Não.

— Sou o novo ala-direita do Toronto Thunder. — As palavras dele batem que nem pedras em minha cabeça, e tento não fazer careta. — Foi seu tio quem me ligou para falar.

Ai, tô passando mal.

Ele põe a mão no meu ombro.

— Ei, tudo bem?

Meu rosto está quente da testa à nuca, e é muito difícil olhar para ele.

— Que ótimo.

— Ah, é? Porque eu estava querendo conversar.

Meu sorriso tenso mascara uma careta.

— Sobre o quê?

— A gente.

Poderiam duas palavras engatilhar um tsunami no estômago? O "a gente" mergulha nas profundezas, queimando no ácido.

— Sage! — Para o meu alívio, é meu irmão Sean, tal qual o anjinho que é. — Estava te procurando há um tempão. O novo vice-diretor quer te conhecer.

Ele gesticula com a cabeça para onde os professores estão reunidos, perto da mesa. É um resgate muito do necessário e a julgar pela cara de urgência de Sean, ele sabe disso. Ele não se dá ao trabalho de cumprimentar meu ex, mas isso não impede Owen de se aproximar.

— Cacete, você espichou, hein, garoto.

Sean lança a ele um olhar cortante, e alterno a atenção entre os dois. Meu irmão não faz ideia do motivo do término, mas sabe que eu não suportava ver a cara de Owen no final.

— Se estiver tentando voltar com minha irmã, vai ter que enfrentar alguns jogadores de hóquei primeiro.

Owen dá uma risadinha.

— Tenho certeza disso. Mas acho que pode valer a pena.

A cara de saudade dele me deixa desconcertada.

Sean se coloca entre nós.

— Ela tá namorando.

Viro a cabeça na direção dele tão rápido que sinto uma fisgada no pescoço. *Que merda é essa?*

— Já ouviu falar em Eli Westbrook?

Ah, nem fodendo.

Eu o chamei de "anjinho"? Quis dizer "diabinho".

Owen bufa.

— Ah, tá. — Mas quando meu olhar complacente encontra o dele, ele empaca. — É sério?

Não digo nada porque, pra ser sincera, não consigo. Minha mente está planejando formas de me vingar de Sean por isso. Mas uma partezinha menor, mais mesquinha, está se deleitando com o jeito que a cara de Owen assume um tom horroroso de vermelho.

— Preciso ir — murmuro, puxando um Sean muito presunçoso comigo.

Andamos até uma área mais vazia, sem pais para me ouvir gritar com esse adolescente irresponsável.

— Você precisa de cuidados médicos?

O sorriso dele desaparece dos lábios.

— Não?

— Porque você só pode estar tendo um derrame, pra falar pro meu ex que eu tô namorando um jogador de hóquei profissional!

— Ah... aquilo.

— É, *aquilo*. O que foi aquilo, Sean?

Ele coça a nuca, sem jeito.

— Mas você tá, ué.

— Quem disse isso?

— Vi no TMZ.

Solto um suspiro alto, querendo arrancar os cabelos.

— O que foi que eu te disse sobre fofocas?

— Que são coisa de gente que não tem o que fazer, para elas se sentirem melhores em suas vidinhas de merda?

— Exato, então por que você tá lendo essas coisas? — pergunto. — E como? Seu acesso à internet é limitado.

Ele dá de ombros.

— Tem algumas brechas.

Cruzo os braços e dou a minha melhor encarada maternal, e ele se encolhe.

— Tá bom, desculpa! Ele estava te olhando todo esquisito e você parecia desconfortável. — Ele suspira. — Além do mais, não foi mentira. Eu vi a foto.

Quem diria que um leilão beneficente poderia complicar minha vida a esse ponto? Ou que ser rejeitada por um jogador de hóquei poderia dar tão ruim?

— Foi um encontro, de um evento de caridade. Duvido que vá falar com ele de novo.

— Bom, eu nem conheço Eli pessoalmente e gosto mais dele do que daquele babacão-mor.

Minha cara séria desmonta quando eu caio na risada. Alguns pais encaram, mas não damos importância.

— Vamos lá falar com seu vice-diretor.

Sean me acompanha até a mesa de lanches, e eu coloco minha melhor cara de guardiã responsável.

— Srta. Beaumont, ouvi muito sobre você — diz o vice-diretor.

— Só coisas boas, eu espero. — Quando ele assente, simpático, presumo que tenha ficado ciente das informações sobre nossa família. — Se for sobre a ficha de Sean, posso explicar as brigas e questões de comportamento…

— Aquilo é passado. Quero seguir em frente, conforme for desempenhando esse novo papel. Não tivemos nenhuma questão com Sean. Ele é um jovem inteligente e talentoso, e suponho que seja graças a você.

As palavras dele dissipam minha ansiedade, e impedem a verborragia para compensar.

— É tudo mérito dele. Ele é ótimo.

Sean parece satisfeito com os elogios, e dou uma risadinha com o sorriso dele. O vice-diretor me informa sobre as mudanças no currículo desde que assumiu, e me concentro nas palavras, em vez da sombra de dezenas de olhares às minhas costas. Sinto um aperto claustrofóbico no peito, e quando olho para Sean, ele está encarando os outros pais de cara fechada. Uma das mães nos observa com tanta intensidade, que parece até que vamos roubar os cachorros-quentes veganos.

— Quer sair daqui? — pergunto a Sean assim que o vice-diretor pede licença para cumprimentar outros responsáveis.

Há uma onda de alívio em sua expressão. Vou gastar um dinheiro que não tenho em uma corrida de Uber só para passar mais umas horinhas com ele. Em algum lugar em que ele não fique inseguro.

— Tá sugerindo que a gente saia de fininho?

— Se chama "sair à francesa". Além do mais, quem quiser reclamar, que vá falar com sua guardiã.

— Mas você é minha guardiã.

— Exatamente.

Dou de ombros como se estivesse sendo espontânea, mas já estou de olho no quadro de saídas perto da entrada. Sou responsável pelo meu irmão e prefiro informar a escola para onde ele foi.

Quando passo o braço pelos seus ombros, percebo que ele já está mais alto do que eu, com quinze anos. Logo, logo, vou parecer ainda menos uma adulta respeitável, e mais como a irmã caçula dele.

Sean abre um sorrisão e me conta uma história sobre algo que com certeza é contra as regras da escola. Mas faço questão de não o tratar como criança, porque quero que ele saiba que ainda podemos ser irmãos, mesmo que eu tenha que cumprir o papel parental.

— Então, me conta como foi esse encontro — diz ele assim que entramos no Uber.

Volto direto para aquela noite, e a lembrança traz um sorriso ao meu rosto. A expressão brincalhona de Sean se transforma em uma de puro choque. A curiosidade ilumina seus olhos, e então, eu conto sobre meu encontro.

Bem, a maior parte.

9
ELIAS

Sinto o peso do arrependimento. A sensação me rouba o sono que eu poderia ter aproveitado durante o voo de volta para casa e me deixa exausto quando eu e Aiden chegamos ao apartamento, na noite passada. Pedimos comida, porque nem mesmo a culinária pode me ajudar a sair desse estado lamentável. Passo a noite me revirando na cama e encarando o brilho vermelho do despertador. A cada minuto que se arrasta, me pego mergulhando nas razões para esse arrependimento que me assombra.

É o olhar de Sage, depois de presumir que eu achava que ela não era boa o suficiente para mim. Se minha maldita boca tivesse ajudado, teria lhe dito que ninguém acreditaria em nosso relacionamento porque eu nunca tive um. Só tive ficantes, e a última foi há mais de quatro anos.

A cereja do bolo é que, mesmo uma semana após o encontro, os boatos continuam firmes e fortes. Só pioraram, na verdade, e eu tive que me policiar para não ver quantos comentários as pessoas fazem nas postagens de Sage, esmiuçando a vida dela e perguntando onde eu entro nisso tudo, porque sei que vou fazer merda — tipo responder só de frustração. Mason me mataria se eu enfiasse a mão nesse vespeiro.

Quando o despertador toca, levanto e me apronto em poucos minutos. É uma manhã tranquila, e eu e Aiden fazemos as coisas no automático na cozinha. Meu melhor amigo está bem descansado e deve ver minhas olheiras escuras, porque se oferece para dirigir. Mas eu não deixo. Então, ele pega nossas bolsas com o equipamento e coloca no porta-malas do SUV, um Bronco. Não consigo me forçar a bater papo no trajeto até a arena. É evidente que ele notou a tensão que emana de mim desde mais cedo, lá na cozinha, mas não pergunta nada. Uma característica da nossa amizade é que não forçamos um ao outro a falar sobre nada. Deixamos que o outro se abra quando estiver pronto. Sempre foi assim.

Tentei ligar para Sage para me desculpar, mas as chamadas caem direto na caixa postal. Deixei claro que me arrependo de ter dito qualquer coisa que a tenha magoado. Mas o recado foi dado em alto e bom som, e o silêncio me faz sentir ainda pior. A última coisa que eu quero ser é aquele tipo de cara que enche a caixa postal de uma mulher e fica a assediando por ignorá-lo. Se ela quisesse falar comigo, teria falado.

— Acho que fiz merda — deixo escapar.

Aiden se vira e olha para mim, mas eu permaneço focado no trânsito.

— Como assim, fez merda?

— Magoei uma pessoa.

Ele solta um suspiro longo, ainda com o em cima de mim. Deve estar suspeitando do que se trata.

— Você pediu desculpas?

— Ela não quis ouvir.

O "ela" escapa antes que eu possa impedir. Mas sei que ele já sabe que isso tem a ver com uma garota. Às vezes, ele parece telepata.

— Já tentou mandar flores para ela? Eu sei de uma que é perfeita.

Olho de esguelha para ele.

— Flores não vão adiantar de nada, e eu não sei se vale a pena tentar consertar as coisas. É capaz de eu nem a ver de novo.

— Ela é sobrinha do diretor-geral. Você vai vê-la de novo — diz ele, astuto.

Solto uma risadinha abafada. Telepata do caralho. Antes que eu possa decidir se flores ou qualquer tentativa de pedir desculpas vão servir de alguma coisa, o painel do carro acende com uma chamada de voz.

— Cadê você? — A voz esganiçada de Mason me diz que ele está atacado. — Marcus quer falar contigo, e a coletiva de imprensa é daqui a meia hora. Reze pra não ter trânsito em plena segunda-feira de manhã.

A menção a nosso diretor-geral me deixa à flor da pele, e Aiden me olha com o canto dos olhos.

— Ele quer falar comigo? — pergunto.

— Urgente.

Engulo em seco.

— Sobre o que é essa coletiva de imprensa?

Mason solta um suspiro alto.

— Recusar três entrevistas pós-jogo quer dizer que você vai compensar hoje. É obrigatório.

Desligo, xingando ao entrar na via expressa movimentada. Mason tem sorte de sermos amigos e de ele ser um ótimo agente, senão eu o teria demitido há muito tempo por ser tão pé no saco.

Na arena, fomos até a área de imprensa e onde fica o escritório de Marcus Smith-Beaumont.

Aiden vai até o agente dele, parado na porta da sala de coletivas de imprensa, ao lado de um Mason extremamente ansioso, que gesticula para que eu entre no escritório do diretor-geral, batendo o dedo no mostrador do relógio.

Eu dou uma batidinha e a porta entreabre com um rangido.

— Queria me ver?

O diretor-geral indica a poltrona à frente dele. Está folheando uma pilha de papéis em cima da mesa de madeira. Seu paletó está pendurado em um gancho, e as mangas de sua camisa estão dobradas. Marcus junta as mãos à sua frente.

— Já vi isso antes, sabe. Várias vezes. — Ele está borbulhando por baixo da fachada tranquila. — Jovem rico da Ivy League que entra para os profissionais sem levantar um dedo.

Apesar de já ter ouvido essa descrição inúmeras vezes, o tom de voz que beira o desgosto me incomoda muito.

— Tenho certeza de que o senhor já viu minhas estatísticas. Não estou aqui de favor, senhor.

Ele deixa o peso de minhas palavras cair entre nós antes de se reclinar na cadeira.

— Suas estatísticas não têm nada a ver com você merecer estar aqui ou não. Eu vejo o crescimento de cada jogador ao longo da temporada e, nesse curto período de tempo em que esteve aqui, você não tem demonstrado nada.

Quando abro a boca para falar alguma coisa, quer seja me defender ou prometer que vou fazer de tudo para melhorar e voltar a ser aquele Eli que marcava mais que qualquer outro jogador da NCAA, ele levanta um dedo para me impedir.

— Não te chamei aqui para debatermos seu desempenho. É claro, não houve melhora desde que você chegou. — Ele mantém o mesmo olhar cortante ao continuar: — Conversei com o conselho, e todos concordaram em te dar o restante da temporada para demonstrar que há uma esperança de crescimento.

Ele não parece muito satisfeito com o ultimato. Tenho a impressão de que estava pronto para assinar a papelada e oficializar uma troca, mas a organização ainda deve botar fé em mim. O ultimato não é surpresa nenhuma. Tinha esperanças de que pudesse adiar essa conversa, mas considerando como estou jogando mal, era inevitável. De cabeça baixa, eu assinto. Não consigo pensar em dizer nada sem minha voz falhar.

Quando ele fica de pé e segue para a porta, faço o mesmo.

— Eli — diz ele, me impedindo. Em vez do olhar de compaixão que eu estava (erroneamente) esperando, Marcus me olha de cima a baixo. — Ouvi dizer que o clima na Rússia é péssimo. Sugiro que peça aos seus pais para te comprarem um casaco.

Ele fecha a porta atrás de mim. A ofensa, aludindo a uma mudança para a liga europeia, me incomoda mais que tudo.

— Eli! — chama Mason.

Meu agente está no fim do corredor, ainda esperando em frente às portas da sala de reunião quando me vê. Ele para de andar de um lado para o outro e acena para que eu me aproxime. Aiden balança a cabeça, ao lado dele. Tenho certeza de que meu amigo percebeu que a conversa com Marcus não foi nada boa.

— Crawford, quer ir junto? — pergunta Mason, e começa a espanar uma sujeira imaginária do meu paletó.

Não é um evento formal, mas espera-se que os jogadores apareçam arrumados antes de um jogo.

— Nem fodendo.

"Cuzão", eu digo só mexendo a boca, e Aiden me mostra o dedo do meio antes de seguir em direção ao vestiário.

Mason para de limpar o paletó.

— Só pra te avisar, eles estão cheios de perguntas, então evite responder "sem comentários".

— Evitar?

— Na verdade, nem use.

De cabeça erguida, me preparo para ser observado por todas as câmeras e olhos no recinto e sigo até o microfone. As palavras de Marcus ainda pesam, e mesmo que tente tirá-las da cabeça, é impossível focar em qualquer outra coisa.

Fotógrafos clicam suas câmeras, repórteres folheiam suas anotações e o bate-papo começa.

— Eli, quais os ajustes você vai fazer para melhorar suas oportunidades de marcar gols nos próximos jogos?

— Você sempre teve uma média de gols alta durante a faculdade, e no Mundial Juvenil também. Como se mantém motivado, mesmo ainda não tendo marcado nada em sua carreira na Liga?

— Acha que suas atividades fora do gelo estão te distraindo e impedindo de alcançar o sucesso, conforme nos aproximamos da pós-temporada?

Puxo o colarinho da camisa ao repetir a mesma resposta para cada uma das perguntas:

— Estou tentando me concentrar e não deixar que nada me distraia. Estou melhorando meu desempenho a cada dia para dar um fim a esse jejum.

Talvez essa estratégia não tenha funcionado ainda, mas com o ultimato pairando sobre minha cabeça, não tenho escolha. Consegui finalmente alcançar meu sonho e, em questão de semanas, posso perdê-lo para sempre. Um som agudo, como uma panela de pressão prestes a assobiar, enche meus ouvidos.

Meu coração acelera quando uma mulher de vestido azul se levanta com a pergunta que temia, a que todos estavam esperando:

— Você tem algo a dizer sobre as últimas notícias que saíram sobre você na mídia? Gostaria de esclarecer a especulação sobre suas atividades fora do gelo com a ficante da semana?

Ficante da semana.

Uma parte estúpida e ingênua de mim achou que não perguntariam sobre isso, mas a mídia sempre vence. As palavras daquele calouro na UT reaparecem no meu cérebro, e cerro a mandíbula. Essa invasão de privacidade está tomando conta da minha vida inteira. É a última vez que eu quero ouvir essa merda, ou que se refiram a mim como o playboy sentado em uma pilha enorme de dinheiro e mulheres, sem proporcionar nada ao meu time.

Cerro os dentes.

— O papel da mídia é criar narrativas, e não tenho o tempo livre para prestar atenção em cada manchete.

— Mas seus fãs estão prestando atenção — rebate ela, implacável. — Você sabe escolher as garotas, claramente. — As pessoas dão risadinhas em resposta ao comentário. Não tenho lido a respeito, então o riso me deixa ansioso. — É verdade que os pais da senhorita Beaumont foram acusados de posse de drogas e estão tentando evitar a prisão no momento?

Ergo a cabeça tão rápido que sinto uma fisgada no pescoço.

Mason fala alguma coisa, mas não consigo ouvi-lo. A raiva parece me enforcar, e meu peito aperta com as palavras da jornalista.

Como caralhos eles sabem disso?

Cada fibra do meu corpo entra em modo de proteção. Minhas mãos se fecham em punhos e por pouco não derrubo esse microfone e saio pisando duro daqui.

Não sei se é a exaustão pela invasão de privacidade, o ultimato que Marcus me deu ou a imagem da expressão magoada de Sage que aparece em minha mente, mas quando me dou conta, as palavras já estão saindo.

— Ela é minha namorada — digo de uma vez. — E não vou tolerar qualquer tipo de desrespeito a ela. Então, essa será minha última resposta a qualquer pergunta sobre minha vida pessoal.

O clique das câmeras pausa antes de explodirem em uma cacofonia de perguntas.

Puta merda.

10
SAGE

O NOVATO DO TORONTO THUNDER NÃO ESTÁ MAIS NA PISTA PRA NEGÓCIO! ENTENDA.

Seis mil seguidores em 24h. Depois que a notícia se espalhou — de que Elias Westbrook está virando a página e em um relacionamento sério —, meu celular começou a explodir com tantas notificações que chegou a esquentar e eu tive que desligar o aparelho.

Estou exausta. Acabei de sair de uma audição na qual tinha cãibra no pé toda vez que fazia um mísero *plié*. A diretora da companhia de balé percebeu minhas caretas de dor e me descartou na mesma hora. Pelo menos acho que foi o caso, porque quando terminei, ela gritou "Próxima!" e fui varrida do palco que nem poeira.

Quando peguei o ônibus para casa e coloquei os fones de ouvido, acabei apagando. Foi o estrondo barulhento do motor e a minha cabeça batendo no vidro da janela que me fizeram acordar no susto. Foi aí que chequei o celular.

E só quando assisti à entrevista inteira foi que senti o estômago contorcer.

Ela é minha namorada.

Odeio cada coisinha a respeito disso. O tanto que ele está gostoso nessa merda de paletó cinza. O jeito que seu cabelo está perfeitamente arrumado, embora eu saiba que essas ondas são naturais mesmo. A forma como sua expressão fica sombria e protetora quando uma repórter menciona meu nome. Sei que ele só está irritado que as coisas chegaram a esse ponto, sendo que a última coisa que ele quer é estar ligado a mim de alguma forma.

Ele poderia ter dito que não estávamos namorando. Mas não disse. E eu não sei o que é pior.

A facada no peito que ele me deu ainda dói, um lembrete de que toda aquela minha ideia foi um erro. Como se eu fosse uma interesseira, que sai por aí oferecendo namoros de mentirinha sem compromisso a atletas ricos.

Ele é um jogador de hóquei famoso, enquanto eu só tinha uns noventa seguidores antes de conhecê-lo. Meus poucos prêmios e competições não são nada comparados às conquistas dele no colégio e na faculdade. Não consigo nem mesmo fechar um papel em uma produção sem precisar da interferência de outra pessoa. Chega a ser patético. Minha longa lista de rejeições no balé não deve me fazer parecer muito atraente como namorada, aliás.

Nem deveria ter perguntado nada, para começo de conversa, e nem esperado um "sim" dele. Mas agora, com essa resposta impulsiva em todos os portais esportivos, aposto que ele está esperando o assunto morrer, assim como minha carreira.

Não consigo me dar ao trabalho de ligar o celular para ler mais nada a respeito dos meus quinze minutos de fama. Não tenho nem forças para tirar vantagem do holofote. Seria errado, pura e simplesmente, sabendo que ele já me rejeitou.

É só quando Sean faz uma chamada de vídeo que toca em meu notebook que preciso processar todo o estrago que a entrevista causou. Elias Westbrook virou oficialmente um desquerido.

— Eli Westbrook é seu *namorado*? Achei que você tinha dito que foi só um encontro! — ele praticamente grita, com sua voz esganiçada que está ficando cada dia mais grave. Nunca pensei que a puberdade do meu irmão caçula me faria lacrimejar.

— É complicado.

Ele parece cético.

— Precisa que eu vá dar um jeito nele?

Dou uma risadinha.

— Acho que consigo lidar sozinha.

Os olhos dele estão arregalados, como se não pudesse acreditar que estou confirmando os boatos.

— Tio Marcus sabe?

Solto um suspiro, me afundando no sofá.

— Aposto que agora sabe.

Há uma parte minha que espera que ele não tenha visto as notícias, mas deve ser impossível, já que ele é o diretor-geral do maldito time.

— Tem umas matérias que falam que vocês vão se casar.

A explosão de gargalhada que dou chega a doer a barriga e levo vários segundos para me recuperar. Elias estava certo. Escrevem qualquer coisa para ganhar cliques.

— É mentira. Para de ler essa porcaria.

— Eu não tô lendo! Foram uns caras que vieram me falar, mas eu quis ouvir de você. — Sean passa a mão pelo cabelo. — Você tá feliz, Sage?

Os olhos redondos cor de mel de Sean me observam com atenção, como se estivesse se preparando para detectar uma mentira. Às vezes, ele parece tanto com minha mãe que chega a ser bizarro. O cabelo castanho cacheado, nariz reto, pele marrom-clara. Ele é tão marroquino quanto ela. Herdamos a cor dos olhos e a altura de nosso pai. Às vezes, acho que fiquei com o temperamento dele também.

Agora, a cara que Sean faz para mim lembra a expressão que fazia quando eu era criança. Sempre que nossos pais iam para a farra, eu tinha que inventar alguma desculpa para contar a Sean. Odiava esconder as coisas dele — ainda mais porque ele só queria saber onde estavam nossos pais, e tinha todo o direito. Então, quando se trata de coisas reais que afetam a nós dois, sempre conto a verdade a ele. Eu nunca o trataria do jeito que nossos pais faziam conosco.

Uma das últimas lembranças que eu tenho deles é da minha mãe, que estava sóbria por mais tempo que eu jamais tinha visto, me olhando bem nos olhos e dizendo:

— *Fazer parte desta família é uma maldição. Você tenta a vida toda consertar uns aos outros, mas a gente não é de consertar, Sage. A gente é de botar fogo em tudo, e nunca vamos ser bons o bastante sequer para varrer as cinzas. Nunca pense que você vale mais do que sua origem.*

Depois, ela saiu atrás dos paramédicos para acompanhar meu pai ao hospital.

Presa em uma casa como aquela, a única coisa que eu desejava é que o tempo passasse depressa — para poder viver uma vida em que não seria mais atormentada pelas decisões dos adultos que deveriam ter me protegido. Agora que consegui, eu me agarro a isso com as duas mãos, mesmo que não seja nada como eu tenha imaginado. Continuaria pegando turnos duplos de bom grado, só para que Sean não tivesse que passar pelos perrengues que eu passei.

O trabalho constante e a correria das audições deixam esses pensamentos sorrateiros contidos — aqueles que me dizem para desacelerar e que não dá para correr do passado. Mas não posso dar ouvidos, porque eles trazem junto uma sensação angustiante de que, não importa o quanto tenha sido maltratada e há quanto tempo esteja sem contato com meus pais, se eles aparecessem na minha porta hoje, eu os deixaria entrar. Só para fingir que fui amada. Quero ser amada incondicionalmente, e não pelo que posso fazer por alguém.

Mas desta vez não se trata dos nossos pais, e sim da minha vida amorosa medíocre e meu irmão caçula não precisa saber.

— Eu tô sempre feliz, maninho.

Pelo jeito que ele aperta os lábios, sabe que eu estou mentindo e, dessa vez, ele insiste:

— Tô falando sério. Feliz, tipo "apaixonada".

— E você lá sabe dessas coisas? — Levanto a sobrancelha, brincalhona, e ele dá de ombros sem jeito. — Não tô apaixonada, mas tô feliz. Tenho o balé, tenho você.

— E Eli.

Elias está tão distante da minha vida real que a coisa toda da mídia parece um sonho febril. Até fiquei encarando a foto do nosso primeiro encontro milhares de vezes, sem acreditar que sou eu. A garota sorridente e alegre que se deixou ser carregada como se se sentisse segura o bastante para abrir mão do controle — essa não sou eu.

— É, ele também.

Depois que Sean me atualiza quanto à escola, desligamos, e uma notificação do Hugger chama minha atenção. O logo laranja berrante do aplicativo de namoro me arranca uma careta e me relembro das atividades irresponsáveis de ontem à noite.

Quando Elias disse que nós nunca daríamos certo, voltei para casa e baixei todos os aplicativos de namoro possíveis. Pode ter sido uma atitude encorajada por um ressentimento amargo, mas na hora me pareceu uma ótima ideia. Depois de olhar um total de sessenta perfis e de perder a esperança a cada vez que deslizava o dedo na tela, um cara me chamou a atenção e mandei uma mensagem para continuar o rol de decisões ruins.

No entanto, a decisão ruim parece bastante atraente no momento. A mensagem de Derek quer saber se estou livre para vê-lo hoje à noite e, para minha surpresa, estou considerando a possibilidade. Aquele pedaço de autoestima que saiu fugido do meu corpo depois da rejeição de Elias até parece retornar.

Porque a única coisa lógica a se fazer quando um cara irritantemente gostoso te dá o fora é achar outro.

11
ELIAS

PATRULHA COELHA

Kian Ishida
Que PORRA foi aquela entrevista?

Aiden Crawford
Num minuto ele está de bico no carro, no outro, tá se declarando numa transmissão ao vivo.

Dylan Donovan
Quem é essa mina? Nunca vi Eli tão exaltado.

Kian Ishida
Nunca? Esqueceu a vez que a gente quebrou as panelas Staub dele tentando jogar pingue-pongue?

Sebastian Hayes
Ele confiscou nossos celulares por uma semana, como se a gente fosse adolescente.

Cole Carter
Ele até se recusou a fazer café da manhã pra mim. Sobrevivi à base de feijão.

Sebastian Hayes
A gente tá ligado.

O jogo daquela tarde terminou em derrota, e foi mais uma partida em que não marquei nenhum gol. Até aí, nenhuma surpresa. Nos clipes de destaque que assisti antes de ir para a cama, vi Marcus Smith-Beaumont balançar a cabeça quando eu errei. Minhas assistências não são mais o bastante para me manter de pé. É como se fosse a porra de uma maldição e já estou desesperado para sair dela. O bastante para acabar me metendo em um relacionamento em rede nacional, com uma garota que não quer nem falar comigo.

Ao menos, é isso que estou dizendo a mim mesmo, porque nada justifica o modo com que reagi na frente daqueles repórteres. Foi muito visceral. Eu não podia ficar lá sentado e deixar que eles especulassem sobre uma garota que não merece que nada de negativo seja dito sobre ela. Depois que saí da sala da coletiva, Mason só ficou parado me encarando, sem palavras, até eu precisar ir para o vestiário antes do jogo.

Nem me dei ao trabalho de contar para Aiden. Ele descobriu sozinho depois do jogo e riu da minha cara, o palhaço. Até reproduziu o áudio da entrevista no Bluetooth.

Hoje, ao sair da sessão matinal de fisioterapia, todo mundo já sabia, vide a enxurrada de mensagens e fotos dos caras rindo enquanto assistiam à entrevista.

Quando entro no carro, a mensagem de apoio de meu ex-treinador Kilner é a primeira coisa que eu vejo. Bom, "apoio" só se a pessoa conhecer o jeitão do nosso técnico universitário.

TREINADOR KILNER

Treinador Kilner
Você não jogou mal ontem. Faz logo essa porra desse gol.

Tenho certeza de que viu a entrevista, ou um dos caras mostrou a ele, e esse é seu jeito de puxar meu foco de volta para o jogo. Ou, ao menos, de tentar me mostrar que é isso que importa.

Recebo uma ligação no painel do carro. Atendo e aumento o volume.

— Eu tento ficar longe dos tabloides, Eli, você sabe bem. Mas quando meu filho declara seu status de relacionamento ao vivo, vou acabar sabendo.

Xingo em voz baixa, apertando a ponte do nariz.

— Ei, sem palavrão. Seu pai e eu queremos saber o que está acontecendo.

— Desculpe, não pensei direito. Não é nada de mais.

Meu pai solta uma gargalhada.

— Se não for, agora com certeza é. A menina vai ficar esperando uma aliança com aquela declaração que você fez, filho.

Uma aliança ou uma chance de me socar. Depende do quanto eu fiz merda.

— Acredite, não tem nada a ver.

— Seja lá como for, queremos conhecê-la. É bom você levá-la em casa depois da temporada.

— Depois do sétimo jogo — acrescenta meu pai. — A gente quer ver aquela taça nas suas mãos.

Meu pai não é fanático por hóquei, mas finge que é, por mim. Dou uma risadinha fraca.

— É o plano.

Depois que eles me contam sobre seu dia e eu não falo nada do ultimato, desligo, verifico as mensagens e vejo que Sage não mandou nada. Tenho certeza de que ela viu a entrevista.

Largo o celular no painel e tiro o carro da minha vaga. Mas, quando entro na via expressa, percebo que Weston não é longe daqui. Antes mesmo de me dar conta, pego a saída para o apartamento de Sage. Preciso vê-la.

Várias construções de tijolos se enfileiram pelo quarteirão. Semicerro os olhos e tento ver os números pela janela do carro. Estava escuro quando a deixei em casa depois do encontro, mas ainda me lembro de qual é a porta dela. Piso no freio com tudo, indo para a frente quando percebo o que estou fazendo.

Não tem nada mais assustador do que aparecer do nada na porta de uma garota que nem atende às suas ligações. Ainda assim, cá estou eu, fazendo papel de idiota pela segunda vez na semana. Mentalmente, me dou uma bronca por pensar que poderia ser uma boa ideia.

Quando me afasto com relutância do meio-fio para voltar para casa, algo puxa meu olhar para os números dourados na porta no canto do prédio. O catorze brilha como se fosse uma joia e aperto o volante para me forçar a ir embora.

Talvez seja o estresse derretendo meu cérebro ou então tomei umas pancadas violentas no jogo de ontem, mas, quando percebo, estou saindo do carro e correndo até a porta dela. Sinto uma leve garoa cair conforme me dirijo ao número que parece chamar meu nome.

A cerca baixa, que não serve de nada para segurança, abre com um rangido com um gesto da minha mão. O caminho de concreto que leva ao apartamento dela está coberto de grama amarela malcuidada e ervas daninhas que crescem das rachaduras. Leio o capacho de boas-vindas em frente à porta: VOLTE QUANDO TROUXER TACOS.

Meu sorriso desaparece quando uma gota d'água cai na minha cabeça, me fazendo olhar para cima, para um vazamento no teto. Bato na porta e espero com uma das pernas chacoalhando de ansiedade, bem quando várias gotas de uma água barrenta e marrom pingam no meu rosto. Com um passo para o lado, seco o rosto com a barra da camiseta.

— É um belo jeito de garantir que eu não bata a porta na sua cara — diz Sage.

Baixo a camiseta e a vejo observando meu abdômen, que acabei de cobrir. Sage está de saltos altos e um vestido preto que me lembra o que ela usou no leilão. Um cacho emoldura seu rosto e seus olhos cor de mel parecem brilhar ainda mais com o delineado escuro que destaca seu formato amendoado.

Pigarreio.

— Nunca bateram a porta na minha cara.

— Ficaria feliz de ser a primeira.

Ela começa a fechar, mas o gesto é lento. Só preciso colocar a mão na porta para evitar que feche completamente.

Ela suspira, abrindo-a de novo.

— Vai falar algo ou veio aqui me roubar? — Ela gesticula para o interior do apartamento com o polegar. — Não tenho muita coisa, mas acho que minha coleção de velas perfumadas pode até te render uma grana.

— Não vim te roubar.

— Tem certeza? Porque você só apareceu aqui sem ser convidado. — Sage cruza os braços. — Sei que acha que sou sua namorada, mas isso é demais até pra mim.

Com o olhar dela no meu, é difícil encontrar palavras. O que ensaiei por dias já não faz mais sentido.

— O que eu disse na coletiva...

— Foi um erro — interrompe ela. — Você tinha razão. A gente não se conhece. Não estava pensando direito quando sugeri o namoro de mentira. Foi uma ideia irracional que eu nunca deveria ter dito em voz alta. Agora, se me dá licença, tenho um compromisso.

Sage se vira para pegar a bolsa na mesa de centro do que presumo ser a sala de estar. Não sei dizer, porque a cozinha e o sofá estão todos no mesmo cômodo, o que seria até normal se não houvesse também uma arara com todas as suas roupas.

Ela põe a bolsa no ombro e sai sem olhar para mim. Eu me afasto para dar espaço para ela trancar a porta. Sage mexe a maçaneta algumas vezes e empurra a porta para conseguir trancá-la com segurança.

— Posso pelo menos pedir desculpas?

Ela suspira.

— Ouvi seu recado na caixa postal, Eli. Não precisa ficar arrastando isso. Não se preocupe em me anunciar como namorada para o mundo. É só questão de tempo até te flagrarem com a próxima ficante da semana.

Eu me encolho, sabendo que assistiu à entrevista e ouviu o que disseram sobre ela.

Então, ela joga as chaves dentro da bolsa e desce os poucos degraus.

— Aonde você vai? Te dou uma carona — ofereço.

Ela se afasta, mas a sigo mesmo assim, observando-a desviar das rachaduras na calçada e das poças enlameadas da chuva de antes.

— Não é possível que você consiga andar direito com esses sapatos.

— Tá de boa, e eu vou pegar o trem. É o meio de transporte preferido das interesseiras.

A alfinetada me acerta em cheio.

— Deixa eu te levar.

— Não aceito carona de estranhos.

— Já te vi pegar Uber.

— Tá, não aceito carona de *idiotas* — retruca ela.

Eu me encolho com uma careta e, se não me engano, ela também. Mas eu mereço.

— Desculpa — digo. Já passamos de onde estacionei o carro, mas ela para na calçada. — Me desculpa por ter feito você se sentir inferior ou que eu não queria ter um relacionamento contigo. Nunca foi minha intenção. Minha recusa não foi por questionar seu caráter.

Ela não diz nada, mas sei que se não explicar agora, só vou piorar tudo.

— Sei na pele como os fãs e a mídia são. Esses comentários que fizeram nos últimos dias? São de boa, comparados com o que disseram nas redes da Brandy, a fotógrafa do time, quando ela foi vista comigo. As coisas que falaram dela... nem vale a pena repetir, mas eu não quero nunca que você tenha que passar por isso. Nunca quis te magoar.

Ficamos em silêncio por um momento, e só escuto a chuva e o zumbido dos postes de luz.

— Bom, mas magoou — sussurra ela.

— Eu sei. — Minha voz é grave com o peso do arrependimento. — E sinto muito. Ser impulsivo nunca me ajudou, então evito a todo custo. Não podia só meter o louco e dizer "sim" para sua proposta.

Meter o louco? Passo as mãos no rosto e então olho para ela, que ainda está de costas. Dou alguns passos e fico na sua frente.

— Só me escuta, Sage.

Quando ela dá um passo para o lado, provavelmente para seguir para a estação de trem de Weston, a impeço com um toque no braço, mas tiro a mão na mesma hora.

— Estou atrasada, Eli.

Eli.

— A gente pode conversar no meu carro, no caminho.

— Você nem sabe pra onde eu tô indo.

Vejo sua defesa vacilar, mas não completamente.

— Então me diz. Eu te levo.

Fazer algo por Sage pode ser só para acalmar meu ego, mas preciso saber que ela não me odeia por invadir sua privacidade.

Ela baixa o olhar para a calçada antes de me encarar.

— Então você aparece aqui sem me avisar e agora quer me forçar a entrar no seu carro? — pergunta ela, sem qualquer expressão.

— Mas você já andou de carro comigo antes.

— Foi por causa do leilão. Você ainda pode ser um psicopata esquartejador no tempo livre. — Ela me dá uma olhadela cética. — Seu comportamento só prova essa teoria.

Minha risada nervosa não ajuda a derrubar a alegação.

— Só me diz pra onde você vai e te deixo lá. Pode tirar uma foto da minha carteira de habilitação e mandar para uma amiga, se quiser.

Ela ri, e por mais gostoso que seja de ouvir, ainda não me sinto tranquilo.

— Eu não tenho amigas, lembra?

— Isso é um sim?

— Sim, pode me dar carona. — Ela pega o celular. — Estou indo para o Pint.

— Lá no centro?

Não escondo bem a curiosidade, e quando ela assente, fico me perguntando por que ela está indo para um bar. Mas não pergunto, porque já cheguei no limite da insistência.

Dentro do carro silencioso, sinto a boca seca enquanto tento pensar em algo para dizer.

O celular de Sage toca, interrompendo meus pensamentos, e ela atende. Pela conversa entrecortada que escuto, sei que ela está falando com o irmão sobre uma confusão da farmácia com a medicação dele. Nos próximos vinte minutos de nosso trajeto, ela liga para várias pessoas. Até dirijo mais devagar, mas não consigo mais adiar a chegada.

Sage desliga bem quando eu encosto na rotatória da entrada do bar. Ela se prepara para sair, mas, por puro instinto, travo as portas do carro.

Ela vira a cabeça para mim.

— Isso é esquisito em tantos níveis.

— Acho que a gente devia conversar sobre o que eu disse na coletiva de imprensa.

Sage verifica as horas no celular.

— Tá de boa. Deixa pra lá.

— E se eu não quiser deixar pra lá?

Ela observa meu rosto como se tentasse acreditar que acabei de dizer o que disse.

— Tem um carinha me esperando, Eli.

— Quê?

Tudo congela. Minha cabeça está uma bagunça, e o que ela diz só piora tudo. Acabei de anunciar que Sage é minha namorada, e ela veio aqui ver outro cara?

— Marquei um encontro com uma pessoa e você está me atrasando — explica ela.

Minha boca parece dormente. Quando ela estende a mão para abrir a porta de novo, enfim as destravo, os cliques ressoando em uníssono. Ela lança um olhar de esguelha na minha direção, com um resquício do que interpreto como pena em seus olhos.

— Mas as pessoas acham que você é minha namorada. Não seria... impróprio? — protesto.

Sage balança a cabeça, como se esperasse que minhas palavras fizessem mais sentido desse jeito. Sinto como se tivesse desnudado minha alma, mas ela reage como se eu tivesse jogado areia nela.

— Você mesmo disse que a possibilidade de nós dois como casal é inacreditável — diz ela, ríspida. — E acontece que "impróprio" é meu nome do meio. Tchau, Eli.

Lá está, de novo. O maldito *Eli*, em vez de Elias. Ela começou a me chamar pelo apelido depois que eu fiz merda, e agora pegou a mania. Nem mesmo sei por que me importo; ninguém me chama de Elias.

Sage desce do carro antes que eu possa dizer mais alguma coisa. Inquietação toma conta de mim ao vê-la desaparecer dentro do bar. No banco do motorista, ainda encarando a porta, tenho a esperança de que ela volte correndo para o carro. Minutos se arrastam enquanto meu olhar continua fixo nas portas pretas, com o logo do Pint — uma caneca de cerveja transbordando espuma — gravado no vidro.

Quando alguém buzina atrás de mim, volto com tudo para a realidade.

Minha namorada de mentira acabou de ir em um encontro.

Estou prestes a tomar o rumo de casa, como sei que deveria, e reavaliar minhas escolhas. Em vez disso, procuro uma vaga e estaciono. Então, antes que mude de ideia, desço do carro e entro no bar.

12
SAGE

Estou me divertindo. *Estou me divertindo. Estou me divertindo.*

Merda. Essa baboseira de "manifestar" não está funcionando e, além disso, está me fodendo neste momento. Nos nove minutos desde que cheguei, Derek provou ser uma pessoa de verdade e não um mentiroso, mas, infelizmente, é onde os pontos positivos terminam. Ele tomou a liberdade de pedir meu drinque, escolhendo uma margarita azul frutada com um guarda-chuvinha. Ousado.

Ele conta como quase conseguiu entrar na NBA, mas uma lesão no ligamento anterior cruzado do joelho acabou com essas ambições. No momento, ele joga pela Associação Cristã de Moços (ACM) local, como reserva. Não julgo, afinal, sou do time reserva no balé também. Mas manter o interesse nessas divagações de todos os seus "quase" e "e se" é praticamente impossível. Quando ele tenta colocar a mão na minha coxa, me afasto no mesmo instante.

Em algum momento durante os nove minutos, mencionei o balé. Derek aproveitou a oportunidade para se enfiar embaixo da mesa e encarar meus pés — machucados pelos ensaios de ontem — por um tempo longo e desconfortável.

Nunca quis tanto ter partes do corpo retráteis.

De alguma forma, escolhi o cara mais carente da cidade para ter um encontro.

Depois de tomar um gole do drinque excessivamente doce, enxugo a boca para evitar que o corante azul manche a pele.

— Você tem lindos lábios — diz Derek.

Reprimo um arrepio de desconforto.

— Obrigada.

Eu me odeio por agradecer. Mas rogar praga em todas as gerações da família dele não me ajudaria, ainda mais porque esse homem tem cara de que poderia facilmente me seguir até em casa e se esconder nos arbustos malcuidados em frente ao prédio.

Autopreservação é uma lição que toda mulher precisa aprender antes de se aventurar fora de casa. No entanto, aprendi entrando em situações pelas quais nenhuma garota deveria passar. Autopreservação autodidata é uma verdadeira medalha de honra ao mérito.

Tentando abafar a voz de Derek na minha cabeça, passo os olhos pelo bar cheio de gente, só para ouvir de novo as palavras de Elias. O Pint é um estabelecimento popular, ainda mais em dias de jogo. Partidas de basquete e hóquei são transmitidas em várias telas de TV, sendo que a disputa entre Vancouver e Los Angeles chama a atenção da maior parte dos clientes. O que confirma a preocupação de Elias de alguém me reconhecer.

— Mais uma margarita?

Viro a cabeça de volta para Derek, que agora está de pé. Meu primeiro drinque segue quase intocado.

— Não, obrigada. Mas aceito uma água.

— Ok, vou pedir uns petiscos pra gente também — diz ele, me dando um sorriso torto.

Quando ele se afasta, afundo na cadeira, me arrependendo de cada escolha. Não dá para confiar na Sage com raiva e, pelo jeito, a Sage vingativa é ainda pior.

Antes de Elias aparecer na minha porta, estava debatendo comigo mesma no espelho do banheiro se deveria ler os comentários deixados no meu perfil ou só sair de casa e ignorar. Ver Elias me lembrou do caos completo em que ele me jogou.

Eu até poderia encarar, mas o sujeito me rejeitou. Ele não pode apenas decidir em rede nacional de uma segunda-feira aleatória que vamos tentar seu plano "inacreditável".

Quando ele apareceu, com a camiseta cinza justinha molhada de chuva e aquela cara de cachorrinho que caiu do caminhão da mudança, só solidificou minha decisão. Eu precisava me distrair com outro cara, ou este aqui e seu tanquinho perfeito iam grudar na minha mente feito chiclete.

Derek volta em tempo recorde.

— Então. E o balé, como é que vai?

Ele se senta e arrasta a cadeira para a frente, de forma que seu abdômen fica contra a mesa de madeira. O espaço entre nós não é mais uma bolha confortável; em vez disso, os joelhos dele estão encostando nos meus e seu rosto está a meros centímetros de distância.

Afasto minha cadeira para compensar a falta de espaço.

— Recebi duas rejeições em uma semana, então não vai muito bem — digo, sem nem me dar ao trabalho de impressioná-lo com uma mentira.

A primeira rejeição foi aquela do teatro pequeno que se apresenta em casas de repouso e a segunda foi para um curto internato de verão com uma escola de balé. Nada muito decepcionante, só a cereja no topo de uma semana que já estava péssima. Porém, minha checagem diária do site do Teatro Nova Ballet mostrou que ainda não atualizaram a escalação para o papel duplo de Odette e Odile, o que significa que ainda não fizeram a escolha. É toda a motivação que preciso para continuar, até dar um jeito de me enfiar em uma audição. Mas vi as escolhas para o Príncipe Siegfried, interpretado por Adam Culver, e Rothbart, que será Jason Levy.

A companhia abriu audições para solistas internacionais, então no momento estão viajando ao redor do mundo para encontrar a Rainha Cisne, após selecionar a maior parte do elenco. Já que essa é a primeira produção de *O Lago dos Cisnes* de Zimmerman, ele deve estar atrás da perfeição.

— Tenho certeza de que logo vai melhorar. Tem algo em você que grita "dançarina". Devem ser suas pernas.

Dou risada, encolhendo as pernas embaixo da cadeira, porque ele está olhando como se estivesse avaliando o potencial de venda no mercado clandestino.

Ele abre um sorrisinho, se aproximando, e odeio tudo isso. Seu perfume forte, misturado com um cheiro almiscarado masculino, nos encobre como uma nuvem escura. Minha garganta fica seca de desconforto, então pego o copo d'água e dou um gole. Assim que pouso o copo de novo sobre a mesa, sua mão calejada encobre a minha, e observo, horrorizada, enquanto ele a leva à boca e a beija.

— Você...

— Sugiro que você tire as mãos de cima da minha namorada.

A voz manda um arrepio por minhas costas antes de invadir meus ouvidos.

Derek levanta a cabeça, seus olhos fixos no homem atrás de mim, sua expressão impressionada. Nem preciso olhar para saber quem ele vê. Camiseta justa, peitoral durinho, um rosto que é a pura perfeição. Se pegasse um dicionário, veria uma foto dele ao lado da palavra.

Respiro fundo antes de me virar para o homem de mandíbula cerrada que acabou de entrar em um bar lotado para anunciar — de novo — que sou a namorada dele. Elias está com roupa de malhar e, ainda assim, está mais bonito que todo mundo que encontrei hoje. Chega a ser injusto.

Não há dúvidas de que Elias é um partidão nesta ninhada decepcionante de espécimes masculinos, e tenho total noção das mulheres *e* homens que estão babando por ele agora.

— N-namorada? — gagueja Derek, com a boca congelada no meio do caminho até a minha mão.

Franzo a testa com tanta força, que uma dor de cabeça começa a desabrochar.

— Não sou namorada dele — digo entre dentes.

Derek continua encarando o homem atrás de mim, de olhos arregalados. Sei que reconheceu Elias na fração de segundo que ele levou para chegar da porta até aqui.

Irritada, estalo os dedos para fazer Derek voltar a olhar para mim.

— O que você ia dizer?

Ele engole em seco, ainda encarando Elias enquanto dá um beijo trêmulo na minha mão.

— Você tem mãos lindas.

O elogio é bem a cara dele, mas dou uma risadinha, um sorriso tímido e bato os cílios fazendo charme. Só para irritar o cara que me chamou de namorada.

A torta de climão está servida quando me viro para o novato, me rondando como uma mosca.

— Moço, você deve ter se enganado.

Vejo um músculo em sua mandíbula saltar.

— Nunca teve engano nenhum, Sage.

Que merda é essa? Esse jogador de hóquei pretensioso e riquinho acha que pode aparecer no meu encontro e esperar que eu caia aos pés dele agora que decidiu que sou sua namorada?

Ridículo.

Preciso me esforçar muito para não dar o gostinho de responder. Quando me viro, esperando encontrar um Derek ainda espantado, ele fica de pé e larga minha mão na mesa.

Que ótimo, acabei de perder meu encontro para um jogador de hóquei.

— Eli Westbrook, né? Eu vi sua entrevista... — Ele faz uma pausa, alternando o olhar entre mim e ele. — Pera. Essa é *sua* Sage?

Abaixo a cabeça nas mãos, derrotada.

— Eu não sou *dele* — resmungo.

Derek nem me escuta, ainda está olhando para Elias com cara de culpado.

— Me desculpe, cara, não fazia ideia. — Ele se vira para mim. — Você sabe que o Hugger é um app de namoro, né?

Lanço um olhar feio, mas é como se ele finalmente estivesse nos vendo. E não é o único, porque começo a sentir o toque invasivo das encaradas às minhas costas, e o sussurro do sobrenome de Elias circulando pelo bar.

Suponho que vá dar meia-volta e ir embora, já que não é de gostar de atenção, mas ele continua parado ao meu lado, imperturbável.

Derek nos observa incerto antes de seus olhos brilharem com a faísca de um interesse renovado. Pego a água de novo para acalmar meu coração retumbando.

— A não ser que seja, tipo, fetiche de vocês. Esquisito, mas não vou contar a ninguém.

Ele faz um gesto de zíper em frente à boca.

— É, é nosso lance — responde Elias, colocando o braço no encosto da minha cadeira. — Ela me faz ciúme e eu a castigo por isso.

Eu me engasgo com a água e preciso bater no peito para conseguir respirar de novo. Um calor sobe pelo meu corpo, e tento não me ater muito às palavras, porque não acredito que ele as tenha dito. Superconfusa e cansada desse vai e vem, fico de pé, arrastando a cadeira para agarrar o braço de Elias. Começo a puxá-lo pelo corredor e saímos pela porta dos fundos, onde a brisa sopra agora que o sol desapareceu além do horizonte.

Ele parece satisfeito por estarmos a sós aqui fora. O fator de choque da declaração dele foi perfeitamente executado.

— Não sei por que você achou que entrar aqui era uma boa ideia, mas…

— Eu quero.

Pisco várias vezes.

— O quê?

Ele dá um passo na minha direção, abaixando o tom de voz.

— Ser seu namorado de mentira.

De todos os cenários que poderiam resultar desta noite, este é um que eu não antecipei. Esse passou mesmo do ponto.

Inclino a cabeça para a esquerda, depois para a direita, avaliando-o.

— Se me lembro bem, faz só uma semana que você me disse que nunca ia rolar. Se estiver fazendo isso por pena, pode esquecer. É para ser de benefício mútuo.

— Mas vai ser... já é. Hoje de manhã, me passaram um resumo das perguntas que vou ter que responder na próxima coletiva, e todas têm a ver com hóquei. Não tem uma única pergunta pessoal.

Começo a bater o pé de impaciência.

— Tá, e...?

— Você não leu as matérias? — insiste ele.

Não há uma célula no meu corpo que ligue para o que gente aleatória na internet fala de mim. Não se constrói uma carreira de treze anos de balé sem desenvolver uma casca grossa e um filtro para bloquear opiniões inúteis.

— Não. Não leio essas coisas.

Vejo um pequeno espasmo em seus lábios, e ele me observa com uma cara pensativa.

— Bom, eu estava errado. Acreditaram na história do namoro e respeitaram meu pedido de manter nossa privacidade.

Nossa.

— E agora você quer namorar comigo? — pergunto, devagar.

Ele assente.

Uma confiança renovada preenche meu corpo.

— Então, o que você está dizendo é que... eu tinha razão o tempo todo.

— Sim, Sage, você tinha razão.

— Peraí. — Pego o celular. — Pode falar de novo? Quero que seja minha mensagem da caixa postal. E despertador. E meu toque.

Ele pega minha mão para me interromper.

— Quer ser minha namorada de mentira?

Bato um dedo no queixo, ponderando.

— Não sei, Elias. Tem um ótimo candidato bem ali, dentro do bar.

Não posso abrir o jogo totalmente ainda.

— Melhor que eu?

— Acredite ou não, eles existem.

— O que você quer que eu faça?

A expressão dele é séria.

Fico surpresa com aquela resposta. Ele acabou de me dar um mundo de oportunidades, e não consigo conter meu sorrisinho maldoso.

— Implore.

— Como é?

— Quero que você implore. Ganha ponto extra se ficar de joelhos.

Ele levanta uma sobrancelha.

— Isso vai realizar alguma fantasia sua?

— Minhas fantasias são bem mais explícitas que isso, Elias.

Confuso, ele balança a cabeça, e então começa a se abaixar. Mas antes que fique de joelhos e implore de verdade, estendo os braços para impedi-lo, olhando em volta para ver se tem alguém nos observando. Caio na risada, dando um tapinha no seu braço enquanto tento recuperar o fôlego.

— Ai, meu Deus! Eu estava blefando, você caiu direitinho.

Ele pisca, confuso, mas continua com a expressão séria. Depois, fica de pé. Mesmo de salto, ele é muito mais alto do que eu.

— Então, você topa? — pergunta ele, com um traço de esperança.

— Topo.

O sorriso dele é radiante, e não consigo não retribuir.

— Seu tio vai me odiar.

— Se te ajuda a se sentir melhor, ele já odeia.

Meu tio pega pesado com os jogadores porque quer que eles sejam os melhores. É isso que acontece quando o time não ganha uma Copa Stanley há anos. As pessoas ficam frustradas.

Quando Elias estende a mão, eu aceito, andando atrás dele, mas sentindo a queimação nos pés a cada passo. Maldito seja Derek e seu fetiche. De alguma forma, ele agourou meus pés.

— Que foi?

Dou de ombros.

— Tive ensaio ontem. Meus pés estão me punindo por usar esse salto alto agora.

Elias para de andar e fica na minha frente, virado de costas para mim. Encaro a camiseta escura, justa às suas costas.

— Bora.

Eu hesito.

— Você quer me carregar?

— Nós dois sabemos que não é a primeira vez.

Mordendo o lábio para não sorrir, contemplo a possibilidade, mas quando ele se agacha, não perco tempo. O vestido é longo o bastante para esvoaçar ao meu redor sem eu mostrar nada. Então, quando ele me levanta, sinto o alívio instantâneo da pressão nas solas dos pés.

Ele volta para o bar — em vez de ir por fora, como eu em parte presumi que faria — e cruza o estabelecimento até a porta da frente, com todos os olhos em nós.

Aquela garota da foto, rindo ao ser carregada pelas ruas do centro, escapa de novo. Eu me sinto segura. E não reprimo a gargalhada.

Quando saímos do bar e vamos em direção ao carro, descanso o queixo no ombro dele, e Elias se vira para mim.

— É assim que a gente sempre vai terminar a noite?

— Comigo montada em cima de você? — Eu o aperto um pouco mais forte. — Ai, tomara.

Ele dá risada.

— Olha ela aí.

13
ELIAS

Esta é a primeira semana desde que eu tenho dezoito anos que não tive meu pesadelo recorrente.

Começa com meus pais pairando em cima da minha cama, com uma expressão de horror no rosto. Minha mãe chora e meu pai balança a cabeça decepcionado. Sinto uma dor lancinante na cabeça e as luzes piscam através da janela. Então, sou transportado a uma casa suja, que tem uma mulher gritando na cozinha, e um homem quebrando uma garrafa de cerveja na bancada. É essa visão que me acorda de supetão.

A frequência desses pesadelos varia, a depender do meu nível de estresse. Eram raros na faculdade, mas desde que entrei na Liga, sempre aparecem. Até esperava um na noite passada, mas não veio. Só houve uma única mudança, que deveria me estressar, porque odeio mentir.

Mas não consigo encontrar uma lógica na minha tomada de decisões ultimamente. A única crítica que ouvi a respeito de minha vida amorosa foi de Aiden.

— Esse negócio de relacionamento falso não tem nada a ver com você, Eli — disse ele. — Você nunca mentiu em toda a sua vida e agora vai entrar nessa só para tirar a mídia do seu pé?

Eu disse que me importava com a opinião dos fãs, mas ele não se convenceu.

— E você acha que isso aí é melhor? Esquece a mídia. Você não namora há anos, e aí o primeiro relacionamento que você entra é de mentira. Espero que saiba o que está fazendo e que, se você sentir que está ficando daquele jeito de novo, estou aqui por você. Todos nós estamos.

Daquele jeito foi como fiquei quando descobri que meu genitor estava chantageando meus pais. Não deixei aquilo arruinar minha vida e também não vou deixar isso aqui me afetar. Sei o que estou fazendo.

Sendo assim, Sage e eu decidimos nos reunir para alinhar os detalhes e evitar que alguém descubra nosso plano tão rápido quanto Aiden. Mas ela já adiou o encontro três vezes. Hoje, enquanto volto para casa da academia, ela me manda uma mensagem com a mesma desculpa.

SAGE

Sage
Pode ser depois? Outra emergência de balé.

Não sei que tipo de emergências ocorrem em balé, mas não devem ser sérias o bastante para adiar nossa reunião em uma semana. Sobretudo porque tenho um jogo contra Chicago no sábado, e eu queria muito conversar antes de viajar no fim de semana.

— Quer pedir comida?

Levanto os olhos do celular quando Aiden entra na sala de estar, secando o cabelo molhado com uma toalha.

Decido não me abalar com a mensagem de Sage, e jogo o aparelho no sofá.

— Não, hoje eu tô a fim de cozinhar.

Ele balança a cabeça como quem gostou do que ouviu, se largando no sofá e ligando o videogame. É o horário que os caras de Dalton costumam entrar, então eles jogam juntos.

— Vai fazer o quê?

— Tacos.

Na cozinha, começo jogando a carne moída na frigideira e espero que comece a chiar antes de adicionar os temperos. Pico e refogo os vegetais em outra panela antes de esquentar as tortilhas. Culinária é minha meditação — o som rítmico dos cortes e a sequência de movimentos sempre me ancoram.

Quando morava com meus pais, cozinhava todos os dias para impressioná-los. Eles sempre foram bem receptivos e foi assim que me tornei o cozinheiro oficial na casa do hóquei na faculdade. Cozinhar para os caras proporcionava um momento de fazermos uma refeição juntos e acho que isso nos aproximou ainda mais.

Aiden pausa o jogo para me ajudar a pegar os pratos na cozinha. Mas quando me oferece uma bebida, decido jantar em outro lugar hoje.

— Você se importa de eu levar as outras porções?

— Vai pra onde? — pergunta ele, mastigando a comida.

— Preciso resolver um negócio.

Aiden dá uma risadinha, levando o prato de volta para a sala de estar.

— Manda um oi pra ela.

Coloco a comida em vasilhas e vou direto para Weston. Nem me dou ao trabalho de mandar mensagem, porque sei qual vai ser a resposta de Sage. *Emergência de balé*. Mas, se eu estiver certo, ela estará em casa.

Ao chegar em Weston, estaciono em frente ao apartamento de Sage e percebo que o portão está escancarado. Esse lugar não tem segurança nenhuma. Bato na porta e estou examinando as dobradiças enferrujadas quando ela se abre.

Sage toma um susto, a máscara facial de tigrinho deslizando no rosto. Ela vira de costas, depois se volta para mim e então vira as costas de novo.

— Não era pra você me ver desse jeito.

— Que jeito?

— Esse jeito! — Ela aponta para a máscara facial. O cabelo está preso em um coque e ela está vestindo uma camiseta velha e larga de Sidney Crosby e nada mais. Suas pernas tonificadas brilham, como se tivesse acabado de passar hidratante, e seus dedos do pé estão recém-pintados de cor-de-rosa, com aqueles separadores de espuma entre eles. — Talvez você possa sair e voltar em cinco minutos. Daí, a gente pode esquecer que isso aconteceu.

— Sage, você parece confortável. Por que isso me incomodaria?

Ela suspira quando não faço menção de me mexer e então nota o saco de papel que estou segurando.

— Comprou comida?

— Cozinhei — respondo. — Você ainda não comeu, né?

— Tá tentando me forçar a jantar contigo? Podia só ter convidado, sabe?

— Eu convidaria, mas você tem me evitado.

Ela se encolhe com uma careta, gesticulando timidamente para que eu entre. Depois, fecha a porta com o quadril, passa quatro trancas diferentes e verifica cada uma.

O teto com textura gotelé e a tinta descascada nas paredes chamam minha atenção primeiro. Depois, o carpete cinza áspero, que me lembra aqueles de escola pública. As portas lascadas dos armários na cozinha estão penduradas nas dobradiças. Embora o apartamento esteja limpíssimo, está caindo aos pedaços.

— É minha noite de autocuidado, não estava esperando visita — explica Sage, apressada.

Ela coloca uma cestinha cor-de-rosa cheia de esmaltes e garrafinhas coloridas em uma mesa de canto, quase derrubando a arara de roupas próxima. O notebook reproduz um filme em volume baixo no centro, ao lado de um porta-retrato com uma foto dela e — presumo eu — seu irmão, sorrindo radiantes em um de seus recitais de balé.

Há uma coleção ligeiramente preocupante de velas perfumadas em uma mesa lateral. Três estão acesas, exalando uma mistura suave de aromas. Baunilha, lavanda e mais um que não consigo identificar.

Sage tira a máscara facial e a descarta na lixeira. Depois, gesticula para que eu me sente no sofá, e então limpa uma poeira imaginária. Levo um segundo para perceber que ela está nervosa, o que me deixa desconcertado, porque nunca a vi desse jeito.

— Quer colocar também?

Sage pega uma caixinha de pedaços de silicone em forma de meia-lua e coloca dois sob os olhos. Sua expressão esperançosa faz a máscara para os olhos transparente com estrelinhas douradas levantar.

Só dou um olhar em resposta, mas não posso evitar o sorriso.

— Tá sorrindo! Você quer demais. — Ela usa uma pinça para pegar mais duas. — Tá bom, talvez eu me empolgue de leve. Nunca ninguém quis fazer isso comigo. Não tenho muitas amigas, aliás amiga nenhuma, e Sean não curte essas coisas, então... só avisando.

Isso desperta minha curiosidade.

— Nem seus ex-namorados?

— O último não ia nem encostar em mim se me visse desse jeito.

— Por que não?

Ela evita meu olhar e se ocupa em colocar as máscaras sob meus olhos. Posso sentir o aroma de baunilha de seu hidratante com ela assim tão perto. Por um momento, até me distraio da pergunta não respondida.

Mas então, ela diz:

— Ele me via como uma bailarina de caixa de música, pronta para performar sempre que ele desse corda.

Um instinto de proteção deixa meu corpo rígido.

Sage segura uma ferramenta verde.

— Quer um rolinho facial? É divertido.

Ainda estou envolto no comentário sobre o ex quando percebo seu entusiasmo. É praticamente contagiante. Ela nunca fez isso com ninguém antes, então eu cedo. A pedra fria é gostosa contra a pele, mas o jeito que ela segura a risada quando experimento o rolinho me diz que devo parecer ridículo.

Ela saca o celular e se aproxima para tirar uma foto. Posso confirmar — estou ridículo mesmo. Ela ri de mim, mas acho que não me incomodo.

— Vai me dizer por que anda me evitando? — pergunto, enfim.

— Então. — Ela pausa o filme que estava passando em seu notebook. — Acho que a gente meteu os pés pelas mãos com esse negócio de namoro de mentirinha.

— Quer desistir?

— Não! — exclama. — Não cem por cento. É só que a gente não tem ideia do que esperar. Não existem regras sobre esse tipo de coisa, então, como é que a gente sabe se está fazendo direito?

Essa é a única coisa que está dando certo para mim, e agora ela está insegura, talvez até desistindo, antes mesmo de começar.

— É disso que você precisa? Regras?

Ela dá de ombros, me observando como se eu tivesse todas as respostas.

— Vamos estabelecer uns termos e condições, então — declaro. — Mas, primeiro, vamos jantar.

— Por mim, tudo bem. — Sage pega dois pratos com guardanapos enquanto eu monto os tacos. Ela se senta de pernas cruzadas no sofá, de frente para mim. Quando dá uma mordida, arregala os olhos. — Você que fez?

Não consigo tirar os olhos da boca dela quando assinto.

— Você podia só ter cozinhado pra mim e eu teria topado namorar você.

Ela limpa a boca com um guardanapo e mastiga como se estivesse comendo um manjar dos deuses.

— Gostou?

Ela solta um "uhum" demorado, e algo aquece meu peito. Comemos em um silêncio confortável, esquecendo as regras por uns minutos. Quando leva os pratos vazios para a pia, eu a sigo, secando a louça depois que ela lava, como se essa fosse nossa rotina de toda noite.

— Tá bom, então, qual é a primeira regra? — pergunta Sage.

— A gente pode começar com quem está autorizado a saber que o namoro é de mentira. Aiden e alguns amigos lá de casa já sabem, então se você tiver pessoas em quem confia, não precisa mentir para elas.

Ela só assente com a cabeça, e quando nos acomodamos no sofá de novo, pega o celular e digita "Namoro de Mentira para Leigos" no aplicativo de notas. Seus ombros ainda estão tensos, mas pelo menos ela parou de morder o lábio de ansiedade.

— Essa é fácil. Eu não tenho amigos.

Nunca ouvi alguém dizer algo tão triste com tanta confiança. Já a ouvi dizer isso antes, mas sempre achei que estava brincando.

— Nenhum?

— Nenhum. E não, não sou nenhuma otária. Só nunca tive tempo para fazer amigos na faculdade, e não mantive contato com ninguém do ensino médio — diz ela, casualmente.

Eu não entendo. Foram meus amigos que fizeram a experiência da faculdade valer a pena. Tirando a casa dos meus pais, a casa do hóquei era o meu lar.

— E seu irmão?

— De jeito nenhum. Ele disse que eu pareço feliz de verdade com você, não posso dizer a ele que não é real. Nem sei o que vou dizer se ele descobrir por outra pessoa.

— É isso? Você tem medo de que descubram que estamos fingindo?

— Sim — diz ela, afundando a cabeça nas mãos. — Talvez eu tenha lido alguns comentários e você estava certo. Não tem jeito de eu ser boa o suficiente para namorar um astro do hóquei.

Solto uma gargalhada que a faz levantar a cabeça para olhar para mim.

— Me lembre de nunca mais ficar vulnerável perto de você — resmunga ela.

— Desculpa, não estou rindo de você. As pessoas vão falar e, como eu disse antes, não concordo com elas. Você é talentosa e linda. Pra ser sincero, deveriam estar se perguntando o que foi que você viu em mim.

Corando, Sage se ajeita no sofá para se sentar do meu lado, em vez de ficar de frente para mim. A lateral do braço dela encosta no meu, e eu ignoro aquela faísca do toque.

— Então tá, primeiro, vamos fazer um esboço do que queremos. Que nem aquelas lojas de Crie Sua Pelúcia, só que para um namoro de mentirinha. Crie Seu Namorado!

Ela se dá um tapinha nas costas pela piada.

— E eu, posso Criar Minha Namorada também?

— Não, eu já venho toda equipada.

— E eu não?

Sage me encara sem qualquer expressão, como se eu não tivesse captado.

— Que foi?

Ela parece relutante em continuar.

— Quando estava lendo os comentários, naquele único momento de fraqueza, acabei vendo alguns que eram sobre você. Disseram que você nunca esteve em um relacionamento. Ou que, se esteve, nunca assumiu pro público.

— Nunca estive.

— Pois é. — Ela esconde a surpresa. — Então, vou te transformar no namorado perfeito. Basicamente, estou fazendo um favor a sua futura namorada.

— Essa é a parte beneficente do nosso relacionamento?

Ela sorri.

— Não vou te forçar a nada que você não queira, Elias.

— Duvido que exista alguma coisa que eu não queira fazer com você. — As palavras saem com facilidade. Não tenho a intenção de ser tão sugestivo, mas ela arregala os olhos. Pigarreio. — Então, como é esse namorado perfeito?

— Você — Sage deixa escapar, e então se endireita no sofá. — Digo, alguém que é leal e gentil. O tipo de cara que não é grosso com o garçom e que admite quando está errado. E que se importa comigo.

— Então... o mínimo.

Ela dá uma risada irônica pelo nariz.

— Acredite, a maior parte do que estou dizendo já é querer demais de um monte de caras.

É difícil tirar a cara de pena do meu rosto.

— O que mais tem nessa lista inalcançável?

— Ele tem que ser alto. Mais alto do que eu, pelo menos. — Então, o olhar dela sobe pelo meu bíceps, onde a manga longa da minha camisa se molda ao redor de meus braços. — E forte. Com certeza, forte.

Ela adiciona outro tópico: "Redes sociais".

— Já que você anunciou nossa relação em rede nacional... — Ela me dá um longo olhar de soslaio. — ... podemos só postar uma foto nossa essa semana, e seguir daí.

Deixo-a preencher a tela com suas próprias regras, na esperança de que isso a deixe tranquila com toda a situação.

— Flores, chocolates, presentes caros. Não precisamos fazer nada disso — diz ela. — O povo sabe que você tem grana. E isso é de mentira, então não precisa gastar comigo.

— Flores não vão me levar à falência.

— Eu nem gosto de flores.

Aprendi com a minha mãe que se uma mulher — se qualquer pessoa, na verdade — diz que não gosta de flores é porque nunca recebeu. Ou porque tem uma alergia mortal.

— Nenhuma? Você não tem uma flor preferida?

Ela faz que não e continua a digitar a regra ridícula. Não faz sentido para mim, e não porque eu nunca estive em um relacionamento sério antes, mas porque Sage parece desconfortável com a ideia de alguém fazer algo tão simples por ela.

Tiro o celular das suas mãos e escrevo: "Encontros".

— Vamos precisar ser vistos em Toronto algumas vezes para isso parecer plausível.

Ela levanta uma sobrancelha.

— Qual foi a última vez que você teve um encontro?

— Semana passada. Com você — digo, direto.

A risada de Sage é delicada. E me lembra da primeira vez que a ouvi, quando estávamos no lago, e a lembrança quase me faz sorrir, mas então percebo que ela está rindo de mim.

— Aquilo não foi um encontro. Foi praticamente um rolê comprado no leilão.

Rolê comprado no leilão? Foi o primeiro encontro que tive em anos, e ela reduz a *rolê*?

Relaxo a mandíbula.

— Então, a gente vai ter que ter um que conte.

— Tá, mas nada exagerado que nem semana passada. Me contento em comer falafel de um *food truck* e ir naquele cinema antigo que passa *Dirty Dancing - Ritmo quente* todo mês.

— *Dirty Dancing - Ritmo quente?*

— É meu filme conforto. Assisto todo ano no meu aniversário também, com um bolo de chocolate da McCain que eu divido com Sean. Estou assistindo agora mesmo. — Ela aponta para a tela do notebook, pausada em um casal nadando em um lago. Depois, se volta para mim. — E aí, o que mais?

— Vamos ter que ir no jantar de pré-eliminatórias dos donos do Thunder. E você provavelmente deveria ir em um dos meus jogos, semana que vem.

A possibilidade não parece deixá-la nervosa, o que é uma vitória.

— Tenho uma apresentação pequena na próxima quinta, então posso ir qualquer dia depois disso.

— Então, combinado. Eu vou na sua apresentação, e você vai no meu jogo.

Ela congela.

— Quê? Não. Não precisa ir me assistir. É realmente bem pequena.

Levanto uma sobrancelha com a reação.

— Está me dizendo *não*?

— É que não vai ser uma noitada divertida. Não se sinta obrigado só porque eu vou no seu jogo.

— Eu decido como passar minha noite de quinta-feira, Sage. Mais alguma coisa pra nossa lista?

Sage suspira, e depois dá batidinhas no queixo enquanto pensa.

— Você já sabe da minha família e minha carreira decadente. Não tenho nenhum ex maluco. Eu acho.

— Você *acha* que não tem nenhum ex maluco?

Seus olhos expressivos se fecham.

— Tenho certeza.

— Estou surpreso por encontrarmos algo que você não está disposta a compartilhar.

Ela mordisca o lábio e me encara através dos cílios escuros.

— Vamos só dizer que ele reapareceu na minha vida faz pouco tempo.

— Ele tá te incomodando?

— Não — responde ela, apressada. — Ele não vai interferir na gente. Não precisa se preocupar.

— Não foi por isso que perguntei. Se ele estiver te incomodando, eu resolvo o problema.

Sage abana o rosto.

— Que delícia. Pode continuar com essa vibe de namorado protetor.

Não insisto mais porque ela voltou a fazer piada. Mas há uma parte minha que quer conhecê-la para além do que ela diz que é. Ver o que tem embaixo de todas essas piadas.

— Quer praticar uns beijos?

A guinada que Sage dá funciona, porque eu me engasgo com as palavras e tenho um acesso de tosse.

— Não. Não tem necessidade de demonstrações públicas de afeto — digo, com a voz rouca.

— Nadinha? Você quer que eu faça exames ou algo do tipo? Porque só ficar parados um do lado do outro, como se fôssemos primos, não vai deixar o negócio mais plausível.

— Não tem nada a ver com você.

Ela inclina a cabeça.

— Quer mesmo que eu acredite nisso?

— Nada de afeto em público — afirmo, e isso a faz parar de tentar me decifrar como um quebra-cabeças.

— Tá, então nada de outras garotas — rebate ela. — Não sou ciumenta, só quero dizer pra você manter o sigilo, ao menos para a mídia.

— Não vou ter outras garotas.

Não tenho outras garotas há um bom tempo.

— Nenhuma? — Ela ergue as sobrancelhas, surpresa. — Não precisa parar seus esquemas por minha causa.

Percebo por que ela está tão nem aí para eu sair com outras garotas. E odeio isso. Sage acreditar nessa merda é muito pior do que os boatos em si.

— Você acredita nessa história?

— Não é que eu *acredite* — começa ela. — É só que são muitas manchetes e você mesmo diz que não namora. Mas sei que deve ser assim no seu mundo. Normal.

— Não pra mim.

Sage ergue as mãos, rendida.

— Tá bom, credo. Estava te dando uma justificativa.

— Não preciso. E você?

— Se eu quiser transar com alguém, te aviso, seu guarda.

Fecho os olhos com força.

— Se estiver inclinada a *sair* com alguém, então me avise, para terminarmos. Não preciso saber da sua vida sexual.

Ela está com um sorrisinho maroto agora.

— Por quê? Te deixa desconfortável? Se te ajuda, sou só eu e um amiguinho a pilha bastante confiável.

Falar do vibrador dela, que deve estar em uma dessas caixas ao redor, não estava no meu cartão de bingo dessa noite. No momento, engolir a saliva parece bem difícil.

— Esquecemos de uma — diz ela. — Nada de se apaixonar.

Eu congelo. Essa não estava *mesmo* na minha cabeça.

Sage vê minha expressão abalada e cai na risada.

— A sua cara! — Ela gargalha, batendo no meu braço. — Não se preocupe, você vai estar correndo para as colinas no final disso tudo.

Meu riso é áspero e nem um pouco plausível.

— Tá, então combinado. Quando acabar sua temporada e eu tiver retorno da audição para o TNB, terminamos. Sem compromisso.

— Sem compromisso.

Aperto a mão dela. E, simples assim, tenho uma namorada de mentira.

— Antes de ir...

Ela digita algo no celular, e o meu apita em resposta.

A foto que recebi está desfocada, mas dá para ver quem são. Sage está montada em minhas costas, braços ao redor de meus ombros, e eu carrego os sapatos dela conforme saímos do Pint.

— É pra você postar mais tarde — diz ela.

— Quando tirou essa foto?

— Não tirei. Foi alguém que me marcou.

— Quer que eu coloque "a melhor parte do meu dia" na legenda? — Leio a mensagem que veio junto, tentando segurar o riso. — Meio presunçoso, não acha, não?

— Desista da regra de "proibido beijar" e vai ser verdade.

Fico sem palavras, mas Sage só sorri do meu desconforto.

— Não esquece de me marcar, Elias.

14
SAGE

Bombeiros musculosos cercados de fumaça sempre tiveram um certo apelo. Mas esse apelo morre bem rápido quando percebo que a fumaça vem do meu apartamento, e que os bombeiros estão jogando água em todos os meus pertences.

Depois de dar minha última aula do dia e postar com sucesso meu primeiro vídeo dançando no perfil, peguei um ônibus e atravessei a cidade para uma audição de última hora. Recebi um e-mail dizendo que o Balé Nacional estava com audições abertas. Espero que a coreografia que apresentei tenha cumprido com as expectativas. Com aquela sensação ruim de antecipação, estava decidida a tomar um banho quentinho antes de me arrumar para o primeiro encontro de verdade com Elias. Ele deve vir me buscar daqui a uma hora.

Mas, é claro, o universo tinha outros planos.

Eu congelo, imóvel na calçada, porque se der um passo a mais em direção à porta arranhada, serei forçada a admitir a realidade do que está acontecendo diante de mim. Uma parte de mim gostaria de só ignorar a cena e entrar em outro apartamento, que não esteja repleto de fumaça e homens de uniformes amarelos. Alguns estão até de camiseta azul-marinho, justas no peitoral. Seria a situação ideal, em outro cenário.

Um homem parado à minha porta se vira para mim, quando finalmente me aproximo.

— Srta. Beaumont?

Faço que sim com a cabeça, de olhos arregalados para o apartamento coberto de cinzas, ainda na esperança de que tudo seja uma grande piada, e que na verdade, eles sejam strippers vindo me dar um presente de aniversário adiantado.

— O que aconteceu?

O homem tira o capacete amarelo e me dá um olhar de quem está com pena, mas que também quer me dar uma bronca. Um olhar paternal, presumo, não que eu saiba qualquer coisa a respeito.

— Você se lembra de acender isso?

Ele me mostra um cilindro de vidro quebrado, com uma crosta de cera preta nas laterais. Minha vela de magnólia, de hoje de manhã, está na palma de sua mão enluvada, e me encolho com uma careta.

Que autocuidado, hein?

— Eu juro que me lembro de ter apagado. Isso nunca aconteceu antes.

Ele assente, deixando a vela junto com uma pilha de pertences queimados. Meu cobertor, um abajur e algumas roupas. O fogo deve ter se espalhado rápido, porque minha sala de estar minúscula — que fazia as vezes de quarto, com a cama embutida — está inteiramente chamuscada. A cozinha parece que levou o maior impacto.

— É sempre assim. Elas podem parecer inofensivas, mas vela acesa é um perigo. Precisa ter cuidado. Poderia ter sido muito pior.

A emoção entala na minha garganta e meus olhos começam a lacrimejar, mas não por causa da fumaça.

Outro bombeiro entra, segurando uma prancheta.

— Eu sugiro arranjar algum lugar pra dormir, moça. O cheiro de fumaça vai ficar impregnado nas paredes.

Ponderando aquelas palavras, avalio as opções. Se eu ligar para meu tio, só vou dar munição para ele insistir que morar sozinha não é uma boa ideia. Ele quer que eu vá morar com ele desde que o banco tomou a casa de meus pais, mas sempre recusei. Não sou o fardo dele.

Não tenho amigos, nem grana suficiente para um hotel. A nuvem escura de fumaça que envolve meu apartamento começa a me encobrir, e tento muito não soluçar na frente dos bombeiros gostosos.

Meus pés quebram alguns detritos, e percebo que meu notebook também foi carbonizado. Se eu tivesse seguro, talvez isso fosse menos devastador, mas, no momento, o pânico aperta meu peito. Minha respiração vem rápida e rasa, e a fumaça parece piche em meus pulmões.

Os bombeiros terminam de jogar água no que sobrou das coisas e juntam o equipamento. Eu me encosto em um canto da bancada que não foi tomado pelo fogo e fico castigando meu cérebro em busca de um lugar para ficar. Até então, os arbustos lá fora parecem bem confortáveis.

Desesperada, me volto para eles:

— Vocês têm uma cama extra lá no posto de bombeiros?

Os homens se entreolham e dão uma risadinha com a minha imposição.

— Se precisar de recursos…

— Sage?

Minha porta da frente é escancarada, e Elias Westbrook entra correndo com seus 1,93m. É claro que ele chegou mais cedo, antes que eu tivesse a chance de pedir para remarcar o encontro. Ele está usando uma camisa de flanela preta por cima de uma camiseta branca e jeans, e o cabelo está bagunçado, como se ele tivesse corrido. De alguma forma, ele consegue ser até mais gostoso que os bombeiros.

Ele para a centímetros de tocar meu rosto.

— Você tá bem? Se machucou?

Elias escaneia meu corpo, procurando… queimaduras? Não sei. Mas ele parece preocupado de um jeito que nunca vi, e levo um minuto para perceber que ele está preocupado *comigo*. Um formigamento estranho se espalhando sob minha pele me faz endireitar a postura.

— Parece que não vai precisar de recursos, afinal — diz o bombeiro. — Já estamos de saída. E, por favor, apague as velas antes de sair de casa.

Meu olhar acompanha os bombeiros, mas minha mente ainda está presa em Elias. A expressão em seu rosto. O jeito que meu coração acelerou quando o vi.

— Uma vela causou tudo isso?

Elias avalia meus pertences. O que não é muita coisa, já que foram reduzidos a cinzas.

— Não é tão ruim assim. Ainda tem um cantinho seco bem ali.

Aponto para um lugar da casa que não conseguiria comportar nem os ratos que correm por aqui no meio da noite.

— Sage, não está pensando em ficar aqui, está?

— Não posso me dar ao luxo de gastar com hotel no momento e a mesinha de centro é bem resistente.

Ele faz uma careta.

— Tem uma mochila com roupas por aí?

— Tá encharcada. — Gesticulo para a bolsa molhada, suprimindo as emoções para quando estiver sozinha. — Posso estender as roupas pra secar. De boa. E minhas coisas de balé estão aqui.

Levanto a bolsa que levo para as aulas. Contanto que meu material caro de balé esteja a salvo, consigo segurar a onda e não perder as estribeiras

Faço menção de levá-lo até a porta, mas ele franze a testa.

Elias Westbrook está com raiva.

— Se você pensa que eu vou deixar você ficar aqui, deve me achar uma pessoa bem horrível.

Sei que ele não deixaria, o problema é esse. Um momento atrás, não tinha escolha a não ser dormir na rua. Saber que Elias não só está preocupado, mas se importa o bastante para insistir que eu não durma aqui faz aquela sensação de formigamento no meu peito descer para a barriga.

— Não te acho uma pessoa horrível. Muito pelo contrário.

O cheiro de fumaça e o som distante das portas do caminhão de bombeiros se fechando nos envolvem.

— Você não vai ficar aqui — reforça ele.

Talvez seja teimosia, mas preciso ficar sozinha. Do jeito que sempre foi.

— Minhas roupas estão todas encharcadas ou queimadas. Não acho que um hotel barato vai me deixar mais confortável.

— Vem comigo, então. Pode usar minhas roupas, e eu coloco as suas pra lavar.

Ficamos nos encarando por tanto tempo, que beira o desconforto. Ele já está me ajudando com o negócio das redes sociais, além de aparecer aleatoriamente com comida. Não posso aceitar mais. Não vou me tornar um fardo.

Abro a boca em uma tentativa de me livrar desse impasse.

— Você só quer me ver usando uma camiseta sua, né? — brinco, baixando o olhar para a cestinha de autocuidado derretida. *Vai se foder, magnólia*. Quanto mais evito o olhar irritado de Elias, mais coisas queimadas reconheço no chão cheio de destroços.

— Quero ter certeza de que você não vai inalar fumaça e desmaiar.

— Que exagero, olha as janelas ali.

Ele solta o ar com força e se aproxima de mim, ficando bem perto.

— Sabe o que eu acho, Sage? — Ele está tão perto, que preciso esticar o pescoço para encará-lo. — Acho que você fala muito, mas quando alguém quer cuidar de você, você se esconde atrás dessas piadas para não ter que pedir ajuda.

Engulo em seco.

— Então não vou perguntar. Junte o que sobrou das suas coisas e entra no meu carro, senão eu vou te levar carregada.

Eita. Depois dessa, não tenho escolha a não ser pegar a bolsa de academia molhada e alguns itens de banheiro. Não consigo ignorar o nó de incerteza que finalmente se desata em meu estômago.

Elias me observa da porta, encostado no batente de braços cruzados e uma cara séria. O cara doce e fofinho está bem longe, mas acho que é culpa minha.

Ele pega a bolsa de mim e fecha a porta do apartamento ao sairmos. Então, sua mão desliza e segura a minha enquanto andamos até o carro.

Minha pele não está mais impregnada de fumaça. Em vez disso, só sinto o cheiro do sabonete de Elias. Eu pagaria uma boa grana para injetarem esse negócio em minhas veias.

Não conversamos muito no trajeto até a sua casa, nem quando ele me sentou à mesa de jantar e eu devorei uma cumbuca enorme de rigattoni cremoso. Depois do banho, vesti calças largas de moletom e uma camiseta dele.

Na sala de estar, Elias, Aiden e uma moça lindíssima de cabelos e olhos castanhos se viram e olham para mim. A conversa morre, e fico lá parada sem jeito.

— Não quis interromper — digo, com a voz baixa.

— Imagina — diz a garota. Ela fica de pé e me envolve em um abraço. — Soube do que aconteceu. Sinto muito. Deve ser horrível.

— Não é tão ruim. Eu nem tinha tanta coisa assim.

Estou amenizando, claro, mas na verdade estou ferrada. Dormir aqui com Elias não será permanente e logo, logo vou precisar de um lugar para ficar. Sei que não vou achar nada tão barato como meu apartamento, cujo aluguel era controlado, e sei que meu salário de professora não vai cobrir muito.

Quando Elias se levanta e vem ficar ao meu lado, o braço dele roça no meu, e uma descarga de energia estática corre até a ponta dos meus dedos.

— Esta é a Summer, namorada de Aiden — informa ele.

— Eu já ia me apresentar. Mas é como se eu já te conhecesse, do tanto que os fãs do Thunder falam de você — diz Summer.

— Ai, Deus, não quero nem pensar o que estão falando de mim agora.

— Não se preocupe. Tirando um e outro *troll*, são só coisas boas. E os caras também falam de você o tempo todo. Você é praticamente uma celebridade na casa do hóquei.

Elias chama a casa em que moraram durante a faculdade de “casa do hóquei”, então ela está se referindo aos amigos deles.

— Vão ficar eufóricos pra te conhecer quando vierem visitar em breve — comenta Aiden. Depois, confere o horário no celular, passando um braço ao redor de Summer para puxá-la consigo. — A gente vai pra cama, mas sinta-se em casa, Sage. Pode ficar o quanto precisar.

— Obrigada — respondo, observando-os se afastarem.

Entro em hipervigilância, agora que somos só eu e Elias.

— Pode ficar no meu quarto — ele diz, simplesmente.

Estou prestes a recusar e sugerir que eu durma no sofá, mas nem tenho a chance, porque ele sai andando pelo corredor até o banheiro principal. Decido esperar, mas quando ouço o chuveiro ligar, vou até o seu quarto.

Preciso fazer de tudo para não bisbilhotar, mas quando vou desligar o abajur, noto uma pedrinha lisa em cima da cômoda. Como aquelas do lago, em nosso encontro. Quando a porta do banheiro abre com um rangido, largo a pedra e apago as luzes antes de me enfiar debaixo das cobertas.

É aí que percebo que meu colchão lá do apartamento era uma bosta. Na escuridão do quarto, fecho os olhos, sentindo o cansaço bater.

Horas mais tarde, ainda estou lutando contra minha mente, acordadíssima.

Vou botar a culpa da falta de sono na noção de que Elias está dormindo a poucos metros de distância. E não na insônia que tive por boa parte da vida.

O som ocasional de carros passando ou de uma sirene de ambulância tocando e banhando as paredes de vermelho acompanham minha mente inquieta. Então, um barulho alto dentro do apartamento me faz levantar de uma só vez. Só pode ser Elias, porque Aiden e Summer estão dormindo do outro lado do corredor. Saio do quarto na ponta dos pés, precisando de uma conversa que não se passe dentro da minha cabeça. Uma puxada de ar forte e um grunhido, vindos da sala de estar, me fazem virar naquela direção, e é então que o vejo.

O rápido subir e descer do peito de Elias e os espasmos em seus braços são exatamente os de alguém tendo um sonho ruim. Não. Não um sonho ruim. Um pesadelo.

Ele está deitado de um jeito esquisito e suas pernas se alongam para além do sofá. O defensor de 1,93m nunca pareceu tão desconfortável. Ainda assim, ele está dormindo aqui, porque montei acampamento em seu quarto.

Elias treme, e a lua ilumina o brilho de suor em sua testa.

Quando Sean era pequeno, costumava ter terrores noturnos. Meus pais nunca estavam em casa, então era eu quem ia vê-lo de vez em quando durante a noite. Oi, insônia.

Mas o que aprendi foi a nunca acordar ninguém no meio de um terror noturno. Sei porque Sean tinha pesadelos; não dá para vir de uma família como a nossa e crescer normal. Mas Elias parece tão seguro. Como se tivesse tudo em ordem e seguisse o plano de vida que fez tão meticulosamente, que um mero desvio o mataria. Fico o encarando por tanto tempo, parece até que estou tentando ler sua mente, mas não consigo fazer isso nem quando ele está acordado e falando, que dirá quando está dormindo.

Que tipo de caos ruge aprisionado dentro daquela cabecinha linda?

Sem fazer barulho, me ajoelho ao lado do sofá e deslizo a mão na dele. Para minha surpresa, ele a agarra como se fosse um bote salva-vidas. Sua respiração e coração se acalmam, e seu corpo exausto relaxa.

Fico concentrada na mão dele, que não solta a minha, tentando não pensar no sorriso que toca meus lábios. Desenhar círculos na pele dele com o polegar me relaxa e considero só dormir aqui no chão a seu lado. Mas não penso nisso por muito tempo, porque logo sua respiração estável se interrompe, e olhos castanhos se abrem para encarar os meus.

Quando ele vê nossas mãos entrelaçadas, se senta e me solta tão rápido que deixa uma sensação de frio na minha mão e no meu peito. Ele parece preocupado, e devo parecer magoada, mas ambos fazemos o melhor para controlar nossas emoções.

— Não consigo dormir — solto de uma vez, sem querer que ele se sinta envergonhado.

— É minha cama? — pergunta ele com uma voz rouca de sono que faz meu estomago contrair. O tom dele é áspero, como se estivesse irritado que a cama fosse a razão para minha falta de sono. Como se ela fosse sua inimiga número um, neste momento.

— Não, sua cama é perfeita. — *E tem seu cheiro, também.* — É que eu tenho um negócio superdivertido chamado insônia.

— Como? — Ele parece confuso. — Você é a pessoa mais animada que eu conheço.

— Vou tomar isso como um elogio, pro seu próprio bem. — Ele faz uma careta, mas não o deixo se desculpar. — Tenho desde a adolescência, e aí de vez em quando ela aparece. — *Tipo, toda noite, de um ano para cá.*

Quando Elias fica de pé, gesticula para que eu o siga. Eu me sinto uma prisioneira que não conseguiu fugir da cadeia e está sendo levada de volta pelo carcereiro. Um carcereiro com o qual eu meio que quero dormir junto.

— Nunca percebi quanta luz passa por essa cortina — diz ele, de pé perto da janela do quarto, fazendo cara feia para os postes e luzes da cidade.

— Não se preocupa, eu sou sempre assim. Com ou sem luz, não ia conseguir dormir de todo jeito.

Ele para por um momento e depois vai em direção à porta.

— Me chame se precisar de qualquer coisa.

Qualquer coisa? Meu corpo todo está em alerta, e sei que se ele sair, eu só vou ficar deitada encarando o teto e pensando nele. Quando ele está passando pelo batente, as palavras escapolem:

— Elias — chamo. Ele se vira para mim, e engulo em seco. — Dorme aqui comigo?

Ele pisca várias vezes.

— Sage…

— Só essa noite! — me apresso em completar. — Não é possível que aquele sofá seja confortável. Você é, tipo, gigante.

— Não é tão ruim assim.

— Por favor? — Subo o olhar até o dele. — Acho que conseguiria pegar no sono se tivesse alguém do meu lado. Pra me deixar tranquila, sabe?

Estou mentindo. Isso nunca funcionou. Às vezes, Sean vinha para o meu quarto depois de um pesadelo, e mesmo assim eu não pregava os olhos.

— Não sei se é uma boa ideia.

Eu me aproximo dele. A camiseta fina não deve estar me ajudando.

— Por que não? Você é gostoso e tudo mais, mas eu consigo me controlar por uma noite, novato. — Deixo meu dedo descer pelo seu abdômen durinho. Depois de provocá-lo, eu o cutuco. — A não ser que você não consiga.

Ele solta um som estrangulado, e uma faísca de satisfação percorre meu corpo. Fico esperando a reação, observando o peito dele subir e descer, como se estivesse pesando os prós e contras.

Então, seus ombros tensos relaxam.

— Só pra te ajudar a dormir.

O chão treme, ou melhor, eu me tremo inteira. A resposta dele me deixa sem ação até eu recuperar a compostura para pensar em uma réplica indiferente.

— Tá bom, vem logo, tenho que dar aula de manhã.

Estou indo para a cama com Elias Westbrook!

Elias tira a camisa, flexionando os músculos definidos com o gesto, e soltando os ombros largos junto com o ar. Ficar com tesão pelo namorado de mentira deveria vir com um aviso de cautela. Não que eu fosse seguir, mas enfim.

Minha investigação na internet revelou o vídeo que fez as pessoas começarem a falar sobre o novato, e eu não as culpo.

Ele é tão doce e atraente no vídeo quanto na vida real. Não precisa de muito mais coisa, a essa altura. Depois, caí num buraco negro assistindo aos gols e entrevistas do torneio universitário. Agora, este showzinho particular será selecionado pela curadoria de cada pensamento malicioso da minha mente. Interrompo os devaneios quando ele me lança um olhar de esguelha, e mergulho embaixo das cobertas.

— Boa noite — digo, a voz abafada sob o cobertor.

— Boa noite, Sage.

Com um clique do abajur, somos banhados pela escuridão. No silêncio do quarto, com o calor do corpo dele nesta cama *king-size*, percebo que essa pode ter sido minha ideia mais idiota até então. Dormir com meu namorado de mentira e fingir que não sou suscetível a queimar por dentro, que nem meu apartamento, não é muito inteligente da minha parte.

Os minutos se passam, e voltei a contar carneirinhos, só que eles começam a parecer com vários Elias sem camisa, e fico com calor de novo. Viro de lado, depois me encolho em posição fetal, depois rolo de costas de novo para encarar o teto.

— Tudo bem? — Ah lá, aquela voz rouca de novo. Pura tortura para meu cérebro superativo.

— Uhum. — Pigarreio. — Contando carneirinho.

Deve ter sido uma resposta aceitável, porque ele não diz mais nada. Eu, por outro lado, encontrei uma forma de girar horizontalmente para tentar encontrar a posição perfeita.

— Vem cá. — A voz grave de Elias corta o silêncio do quarto e me dá um susto.

— Falou comigo? — sussurro.

— Não, com a outra pessoa aqui na cama com a gente — responde ele, inexpressivo. — Falei, vem cá, Sage.

A exigência me atinge como uma descarga de energia entre as pernas. Existem tantos outros contextos nos quais poderia imaginá-lo dizendo isso, mas, no momento, só consigo pensar em um e é melhor deixar quieto. Nem tenho uma resposta para o sarcasmo dele.

Meus olhos se ajustam à escuridão e encontram os dele, me observando de volta.

— Onde?

— Aqui. — Ele levanta o braço, como se fosse a coisa mais natural do mundo. — Você tá virando de um lado pro outro. Disse que te deixaria tranquila se tivesse alguém dormindo do seu lado, né?

Eu disse isso? A Sage de uns minutos atrás era uma idiota completa. De costas, chego mais perto, deixando bastante espaço para o Espírito Santo. Mas, enquanto estou congelada no lugar, ele me puxa contra si. Solto um gritinho e tenho uma fração de segundo de insanidade em que quero esfregar a bunda nele. Mas não faço isso. *Óbvio.*

— Melhor? — sussurra ele bem no meu ouvido.

Não. A gente tá de conchinha.

— Uhum.

O polegar dele acaricia minha barriga distraidamente, e poderia queimar sem dificuldade alguma através da camiseta. Tem algo muito vivo debaixo desses lençóis, e estou morrendo de medo de que ele sinta o pulsar, se descer só mais alguns centímetros.

O peso do seu braço, o cheiro de seu sabonete e até a batida de seu coração às minhas costas são tão calmantes. Um segundo atrás, não ia conseguir pregar os olhos de jeito nenhum, mas deitada nos braços dele desse jeito, é assustador admitir que talvez meu remédio inventado funcione.

— Você sempre tem cheiro de baunilha. — Consigo sentir a voz dele no meu cabelo. Me dá arrepios.

Solto uma risadinha sem jeito, sem saber o que exatamente está acontecendo entre nós neste momento. Isso é um convite? "Baunilha" é algum código? Devo tirar a roupa?

O suspiro contente dele é só o que escuto, como se de alguma forma, meu hidratante o tenha enfeitiçado.

— Tá dormindo? — pergunto.

Há uma longa pausa antes de ele se ajeitar para me encaixar na curva de seu corpo.

— Tentando.

— Ah.

Ele suspira, e eu não gosto muito.

— No que está pensando?

Faria tudo para deixar isso menos constrangedor, mas Elias parece perfeitamente bem do jeito que estamos.

— Nada. Pode dormir. Só porque tenho insônia, não quer dizer que você também precisa ter.

— Tô acordado. — Meu longo silêncio o incentiva a continuar: — Não tenho eles todas as noites.

Minhas orelhas levantam, como de um cachorrinho animado.

— Os pesadelos?

— Costumavam ser raros, mas desde que entrei na Liga, piorou. Acontece sempre que estou estressado.

Ficar de conchinha e revelar seus segredos mais profundos e sombrios é tão... não a cara de Elias que tenho vontade de me virar só para ver se não é um robô muito quentinho.

— Já falou com alguém? Sean costumava ter e o psicólogo infantil ajudou bastante.

— Não. Não quero que meus pais saibam e se sintam culpados, por nada.

Tento não dizer algo que possa ofendê-lo, mas não consigo me controlar:

— Isso não é lá muito justo com você. E todo esse estresse no seu corpo não deve estar ajudando no lance do hóquei.

Em vez de se afastar como eu esperava, ele enterra a cabeça em meu cabelo.

— Acho que não.

A julgar pelo tom, presumo que encerramos a conversa. Mas, mesmo quando meus olhos começam a se fechar, eu pergunto:

— Isso também te ajuda? Ter alguém do lado.

— Não sei. É a primeira vez pra mim — responde ele.

— Nunca dormiu com alguém antes?

— Nunca. Mas estou começando a achar que você sempre vai ser a exceção.

15
ELIAS

Já queimei três panquecas em um intervalo de dez minutos.

Raspo o fundo da frigideira, jogo os restos carbonizados no lixo orgânico e recomeço a massa.

Cozinhar costuma ser relaxante, mas hoje deu ruim, porque estou no meu limite desde a noite passada.

Ainda consigo sentir os pés gelados de Sage nas minhas pernas. Ela só ficou inquieta por alguns minutos em meu abraço antes de adormecer. Não sei quanto tempo ela demora para pegar no sono normalmente, nem se eu ajudei de alguma forma, mas fico feliz que tenha descansado. Ela precisa, dado o número de aulas e audições que faz. Mas a parte ruim do esquema da noite passada foi que *eu* não dormi nada. Não quando dava para senti-la *em toda parte*.

Com o corpo dela aninhado contra o meu e nossa conversa se repetindo sem parar na minha mente, não me dei conta do tempo passando. A manhã veio ligeira, e a luz passou pela bosta de cortina fina e clareou o quarto. Comprei o blecaute assim que saí da cama.

Estou colocando a primeira panqueca decente no prato quando Sage vem cambaleando até a cozinha. Ainda é cedo, então fico surpreso ao vê-la, porque Aiden e Summer ainda nem acordaram. Eu e Aiden temos que sair em uma hora, porque temos um jogo em Tampa hoje à noite.

Sage parece um pouco perdida e congela quando me vê. Seus olhos passeiam pelo meu peitoral. Devia ter vestido uma camisa, mas não quis acordá-la com o rangido da porta do armário.

Ela esfrega os olhos, e a gola de minha camiseta escorrega de um ombro, revelando sua pele macia. Ela está com uma cara de descansada e desgrenhada, e preciso me virar, bem a tempo de evitar que outra panqueca queime.

— Senta aí. Te faço um prato — digo.

— Não me trate como hóspede, Elias — reclama ela.

O som dos armários se abrindo é o único barulho na cozinha, além do meu coração batendo como louco. Faço o melhor que posso para não a encarar enquanto ela se move na ponta dos pés até achar o armário certo.

Aiden e eu guardamos os pratos em prateleiras bem altas, porque somos só nós dois morando aqui, mas ao ver Sage com dificuldades para alcançá-los, percebo que talvez isso precise mudar. Deixo que tente por conta própria, até que ela levanta uma perna para subir em cima da bancada. Abaixo o fogo para me posicionar atrás dela.

Ela tromba contra meu peitoral. Alcanço o braço ao redor dela para pegar uma pilha de pratos.

— Eu podia pegar — murmura ela, um pouco sem fôlego.

— Acho que você quer dizer "obrigada".

Ela se vira e seu olhar captura o meu, prendendo-o por vários segundos.

— Obrigada, Elias.

Assinto, sabendo que o agradecimento tem menos a ver com o prato e muito mais com a noite passada. Quebro o contato visual e me ocupo em servir o café da manhã.

— Você fez um sorrisinho na panqueca? — pergunta ela, surpresa.

Não tinha percebido, mas estou tão acostumado a fazer assim para os caras na Dalton, que já virou automático. Kian costumava sugerir algo indecente, e eu sempre cedia fazendo um desenho com as gotas de chocolate ou algo do tipo.

Sage sorri radiante enquanto a sigo até a mesa e me sento à frente dela. Faço menção de pegar o xarope de bordo para colocar nas minhas panquecas, mas ela é mais rápida.

— Deixa que eu faço.

Ela vira a garrafa de cabeça para baixo para desenhar uma espiral, mas sua mira não é das melhores, e acaba melando meu polegar.

Ela arregala os olhos enquanto avalia minha expressão neutra, esperando por uma reação, mas não demonstro nenhuma. Só a encaro de volta.

— Que foi? Quer que eu lamba?

Há uma cadência de provocação em sua voz que manda uma onda de calor direto para minha virilha. Ela olha para minha garganta e vê com uma expressão satisfeita meu pomo de adão subir e descer, revelando meus pensamentos.

Então, em um momento que só pode ter sido causado pela minha falta de sono, levanto a mão e a deixo erguida entre nós dois. Meu polegar a centímetros de distância de seus lábios entreabertos em choque, e o desafio silencioso paira entre nós. O cômodo está tão quieto, que dá para ouvir a torneira pingando na cozinha.

Ela se inclina para a frente, e blefe ou não, a única coisa da qual eu tenho certeza no momento é de que estou muito fodido. Sage coloca meu dedo na boca e sela os lábios ao redor dele. Então, solta um "hummm" quando sua língua quente encosta no xarope de bordo, e lambe tudo antes de ir mais fundo.

Nossos olhos se encontram.

Seus lábios cor-de-rosa formam um O ao redor do meu polegar, fazendo todo o sangue no meu corpo descer. Cerro a mandíbula com força para evitar que um gemido escape da garganta.

Então, uma porta range no corredor, e Sage se afasta, me soltando com um *pop* bem quando Aiden e Summer entram na sala de jantar. Abaixo a mão e a repouso em cima da mesa.

Aiden vai em silêncio para a cozinha, provavelmente para fazer chai para Summer, enquanto ela se senta ao lado de Sage e exclama:

— Panquecas!

Ela parece bem interessada em se aproximar da minha namorada de mentira. Mas mesmo enquanto Sage engata uma conversa com Summer, posso ver a forma com que seu pescoço e colo estão corados.

Estou tão duro que mal consigo me mexer. Durante todo o café da manhã, ela não olha para mim, nenhuma vez, e eu não consigo tirar os olhos dela.

Sage 1, Elias 0.

O voo não foi como o esperado, porque passei todas as três horas da viagem fantasiando com xarope de bordo e um certo par de lábios. A imagem mental é uma tortura para meu cérebro, e não ajuda o fato de que, em breve, estarei em um quarto de hotel com tempo para matar antes do jogo. Porém, estou tentando ao máximo não imaginar aqueles lábios chupando outra coisa.

A situação só piora quando Socket — nosso goleiro, que está no time há cinco anos — e Owen Hart — nosso novo ala-direita —, sentados na fileira ao lado de mim e Aiden, continuam falando dos encontros que tiveram em Toronto. Mas a conversa deles não me interessa nem um pouco porque, diferente de Socket, Owen ainda fala sobre mulheres como se estivesse na faculdade. Ouvi-lo tagarelar das coisas que faz nos encontros não me desce.

— Dá pra falar mais baixo? A gente não quer ouvir essa merda — digo, interrompendo a fala inútil de Owen. Isso chama a atenção dele, e Socket se encolhe quando olha para mim.

Owen faz que sim com a cabeça, mas o sorrisinho em seu rosto é o de quem sabe de algo que eu não sei. Antes que eu possa perguntar onde está a graça, Aiden me chama a atenção de volta para o tablet. Ele está me ajudando a encontrar uma jogada melhor para meu gol que ainda não veio. Desta vez, identificou uma em que ele pode dar assistência e permitir que eu me liberte dessa caixinha que construí ao meu redor.

Ainda não deu meio-dia quando pousamos em Tampa. Nosso jogo é daqui a algumas horas, então vamos para nossos respectivos hotéis. Desta vez, não preciso me preocupar com mulheres peladas esperando no quarto e posso apenas cair direto na cama. É uma sensação esquisita, não me estressar com o que as pessoas vão dizer sobre mim agora, e devo isso a Sage.

Peço serviço de quarto em seguida, e depois de comer minha refeição pré-jogo, verifico minha bolsa de equipamentos e sigo para o ônibus que vem nos buscar.

Quando chegamos na Arena Amalie, já estou vestido e ansioso para entrar no gelo. No rinque, derrubo a montanha de discos empilhados e os mando deslizando pelo gelo, para o nosso aquecimento. Patinamos em direção às redes, concentrados nos lançamentos e passes, sentindo o ritmo familiar das jogadas ensaiadas. O som das lâminas cortando o gelo preenche o ar, e a cada lançamento meu passando por Socket, posicionado em frente à rede, me sinto pronto.

Com o jogo prestes a começar, minha mente vagueia até a garota que esteve na minha cabeça o dia inteiro. Quero saber se ela vai assistir ao jogo de hoje com Summer, lá no apartamento, ou se está ocupada.

— Hoje é a sua chance. — O treinador Wilson aparece atrás de mim, com os olhos na prancheta.

Ele tem razão. Tampa é o time de pior desempenho na Confederação Leste da Liga, e devo poder usar isso a meu favor esta noite. O ultimato pairando sobre minha cabeça se soma à pressão do jogo de hoje, e eu estou focado em finalmente provar que estavam todos errados. Sobretudo, esfregar o gol na cara esnobe de Marcus.

— Eu sei — respondo, passando por ele para patinar até a linha central, para o hino nacional. Quando soa o apito, vamos com tudo. Não demora muito até que eu esteja fazendo lançamentos contra a rede.

No segundo período, o disco voa para além da luva do goleiro, e meu coração para enquanto o observo passar zunindo em câmera lenta. O barulho dos espectadores vira uma estática abafada em meus ouvidos. Então, o disco bate na trave e vai parar do lado oposto a mim, bem no taco do defensor do Tampa. A tensão retorna ao meu corpo, e os caras trombam em mim numa demonstração silenciosa de apoio pela falha.

O sangue bombeia em meus ouvidos e acende um fogo sob minha pele pelo resto do jogo. Isso me incentiva a cada lançamento contra a rede, mas acabo só prestando assistência em cada gol marcado hoje, inclusive o de desempate marcado por Aiden, o qual gera um coro de vaias da multidão quando o alarme soa. Vencemos por quatro a três.

— Foi do caralho! — exclama Socket, trombando em mim no vestiário.

Acabo de sair do banho, e ainda estou repassando todos os lançamentos que errei. Dar assistência para meus colegas de time marcarem gols é parte do esporte, mas estou cansado disso. Consigo imaginar a organização riscando cada jogo do calendário, só esperando Marcus assinar a papelada para minha troca e para se livrar de mim de uma vez por todas.

— Vamos comemorar. Minha família tem um bar aqui na cidade — diz Socket.

Aiden me dá um olhar de esguelha, e faço que não, nem um pouco a fim de lidar com meus colegas bêbados.

— Ainda estou dolorido do último jogo. Vejo vocês amanhã.

— Eu também — diz Aiden, pondo a bolsa no ombro.

Socket resmunga algo sobre sermos os novatos mais chatos do mundo, depois se volta ao restante do time, para convencê-los a saírem com ele.

— Não precisa ficar por minha causa.

— Quando foi que eu quis comemorar algo sem você? — pergunta Aiden, com uma olhadela.

— Você marcou o gol da vitória, cara. Isso é digno de comemoração.

Ele só dá de ombros, e não consigo evitar me sentir mal por arrastá-lo para baixo junto comigo. Mas não consigo fingir nada no momento, então me deixo acreditar que ele também não está no clima para sair.

16
ELIAS

— **Tá me ligando** só porque não quer parecer um otário, sozinho no quarto de hotel?

Assim que Sage atende, sei que fiz a escolha certa ao ligar para ela. Só o som de sua voz já ameniza a decepção do jogo de hoje.

— Ninguém nunca te disse que as palavras machucam? — Finjo estar ofendido.

— Bom, não tive lá os melhores modelos em quem me espelhar na infância, então não — rebate ela, e eu quase peço desculpas, mas logo continua: — Vi suas assistências e seu percentual de lançamentos ao gol. Você arrebentou hoje, quer queira acreditar nisso ou não.

— Nada de mais. Ainda não…

— Marcou ponto, sim, sim, a gente sabe — interrompe ela. — Se eu te pedir uma coisa, você faz?

Sim.

— Depende.

— Quero que você dê um passeio.

Solto uma risadinha.

— Sabe, se odeia falar comigo tanto assim, pode desligar.

— Primeiro, eu amo falar, não importa com quem. Segundo, você precisa sair dessa fossa patética e socializar com o time. Nem Aiden foi comemorar o gol da prorrogação porque você quer ficar acorrentado ao pé da cama.

— Como é que sabe disso?

— Summer estava no telefone com ele agora há pouco, e presumi que a resistência dele em ir pra farra tinha a ver com um certo novato rabugento.

Muito embora ela esteja me alfinetando, sorrio em saber que Sage está conversando com Summer, porque ela mencionou que não tinha amigas.

— Então, você não quer falar comigo?

— Não... bom, tecnicamente, sim. Eu quero que você saia com o time e comemore.

Eu não respondo.

— Elias. — Ela bufa. — Você tem essa noção deturpada de que se baixar suas expectativas e não se empolgar com as coisas boas que te acontecem, não vai se decepcionar, mas está errado. A gente tem que celebrar as coisas boas, porque as ruins vão dar um jeito de aparecer, apesar de qualquer coisa.

Eu me sento na cama.

— Algumas assistências não são nada de mais.

— São para mim. São para os seus colegas e os seus fãs — insiste ela. — Agora, vai lá com seu time e comemore a vitória. Que se fodam os *paparazzi*.

— E se inventarem alguma fofoca? Não quero que ninguém questione se estou sendo fiel a você.

— Deixa. Ficarei mais do que feliz de lembrar a todo mundo que você está em um relacionamento sério e feliz com o amor da sua vida.

— Amor da minha vida, é?

Ela faz uma pausa.

— Mais ou menos.

— Ok. — Acabo cedendo. — Eu vou, mas só por alguns minutos.

— Uma hora.

— Meia hora.

— Quarenta e cinco minutos — rebate ela.

Dou uma risadinha, balançando a cabeça diante de sua dedicação à causa.

— Tá bom.

— Sério?

Dá para ouvir a animação em sua voz, e é adorável que ela se importe comigo largado no quarto de hotel ou na rua, com amigos.

— Quando é que você vai aprender que eu sou incapaz de te dizer "não"?

O bar que os caras escolheram é bem mais chique do que eu esperava. Fica na cobertura, em um terraço com luz ambiente que cria um clima aconchegante. Pelo visto, a equipe reservou o espaço inteiro para nos acomodar, para que possamos relaxar sem que cada movimento seja fotografado.

Aiden estava no quarto exatamente como Sage disse, e quando perguntei se queria se juntar ao time ele estava de pé e pronto para ir em questão de minutos. Embora nenhum de nós dois planeje beber, a conversa leve que flui entre os caras já faz o rolê valer a pena.

Detesto admitir, mas estou curtindo o momento em que posso conhecer melhor os jogadores fora do gelo. Admiro alguns deles há anos.

— O que te fez sair da toca? — pergunta um Socket já meio alto.

— Sage.

Ele gosta da resposta, porque me dá um tapinha nas minhas costas, como um pai orgulhoso.

— Essa garota te faz bem. Quer dizer, olha só pra tudo que você fez hoje.

Fico confuso com a alegria.

— Como assim? Tentei marcar tantas vezes, e mesmo com todo mundo me ajudando, ainda errei, do jeitinho que você falou que todos os novatos erram.

— Ainda assim, você jogou bem pra caralho. Pode não ter marcado, mas nenhuma das suas jogadas foi amadora. Um dos motivos de termos vencido hoje foi por causa das suas assistências. Comemore isso.

Brindo minha cerveja não alcoólica à dele, que toma um grande gole antes de se afastar, cantando a música que toca pelos alto-falantes. Estamos todos rindo quando mais alguns se juntam ao coro desafinado. E, mesmo que esteja me divertindo, meu celular parece pesado no bolso, então o puxo e mando uma mensagem.

SAGE

Elias
Quanto tempo falta até eu poder sair de fininho?

Sage
Seu ridículo.

Elias
É sério.

Sage
Você tá se divertindo que eu sei. Larga o celular e vai socializar.

Elias
Tá bom, mas pelo menos me diz que você também está se divertindo.

Trocar mensagens com ela acaba se tornando uma tortura pessoal, porque ela me manda uma foto em resposta. Summer está ao fundo, com uma máscara facial, e Sage sorri radiante. Ela está com uma toalha na cabeça e aquelas máscaras para olhos com as estrelinhas douradas. Presumo que seja uma noite de autocuidado, porque ela está com o pé em cima do sofá, com o separador de espuma entre os dedos e um vidrinho de esmalte, e está usando só uma camiseta branca. Ela está maravilhosa, e me faz querer largar o time aqui e pegar um voo noturno para casa, só para vê-la fazer algo tão mundano como pintar as unhas.

Elias
Jesus. Estou no meio do bar, Beaumont.

Sage
Ué. É só uma camiseta larga.

Elias
E minhas camisetas ficam bem pra caralho em você.

O balão de "digitando..." aparece duas vezes antes de sumir pra valer. Ainda estou preso na conversa, encarando a foto que ela mandou por mais tempo do que seria saudável. Quando rolo a tela, noto a foto que Sage mandou no outro dia, para que eu postasse com a legenda genérica. Em vez de usar a foto que ela mandou (de nós dois saindo do Pint, algumas semanas atrás), encontro outra que me faz sorrir. Abro o aplicativo e posto a foto. Enfio o celular de volta no bolso, me viro para os caras e tento prestar atenção em algo que não seja ela, para variar.

17
SAGE

Quando chega o dia da apresentação, a ansiedade pré-espetáculo come solta.

Elias chegou de manhã bem cedo, e eu só percebi porque minha insônia estava a todo vapor. O último vídeo que eu postei foi curtido por todo tipo de perfil, dois deles sendo o da Liga e do Toronto Thunder. Mas a curtida que fez minhas mãos suarem veio da página oficial do TNB, depois que várias pessoas os marcaram nos comentários. Já deixei claro que meu objetivo é dançar pela companhia, e agora que eles sabem da minha existência, estou apavorada.

Mas meus pensamentos se dividem entre a possibilidade de realizar meu sonho e a foto que Elias postou ontem à noite.

Ontem, Summer e eu fizemos a noite de autocuidado, assistindo a uma novela turca que ela insistiu que eu ia amar. E estava certa, porque fiquei grudada na TV já no segundo episódio. Foi algo que nunca fiz com outra pessoa antes, e foi bem legal. Relaxante, até.

Quando contei sobre minha apresentação na semana seguinte, ela estava disposta a adiar o voo de volta para Dalton para me assistir. Obviamente, não a deixei fazer isso, mas só a ideia me deu um quentinho no coração.

Depois, quando estava me mostrando vídeos constrangedores de seus amigos na faculdade, ela tomou um susto. Elias tinha postado uma foto de nós dois com as máscaras de estrelinhas sob os olhos, aquela que eu tirei na primeira noite que ele foi me ver. Ele está com a cabeça colada na minha, olhando para mim enquanto eu sorrio. A legenda diz: "a melhor parte do meu dia".

Tive uma reação física ao ver aquelas seis palavras sob uma foto nossa, postada de bom grado e por vontade própria. Não porque aquilo levou minha quantidade de seguidores à casa das dezenas de milhares, mas porque fiquei com calor, minhas mãos começaram a suar e precisei me lembrar várias e várias vezes que era só de mentirinha. Senti o rosto corar em diversos tons diferentes, e a provocação de Summer sem dúvida não ajudou.

Hoje de manhã, Elias estava em sono profundo, então saí de fininho direto para o estúdio, para um ensaio rápido. E agora, o caos organizado dos bastidores do auditório do colégio Rosedale faz a adrenalina correr em minhas veias.

Mandei o endereço para meu tio, e hesitei, e então apaguei a mesma mensagem que estava prestes a mandar para Elias. Ele está exausto do último jogo, deu para ver pelo tanto que dormiu, e tenho certeza de que só disse que viria por gentileza. Além disso, ele já está fazendo mais do que o suficiente ao postar coisas comigo.

Meu figurino está apertado, e espero que seja por causa do nervosismo e não porque aumentei um número. Mando o pensamento intrusivo para longe. Não, eu não penso mais assim. Mas foi só uma ou outra diretora de balé ruim, durante a adolescência, para que esse tipo de mentalidade virasse uma constante. Tem sido difícil não cair nela de novo, mas eu me esforço. Não me imponho restrições alimentares nem foco um tamanho específico.

Eu visto as roupas, não são as roupas que me vestem.

Há uma batida na porta do meu camarim — que também é usado como depósito de limpeza —, e termino de colar uma última pedrinha no canto do olho. Abro a porta, esperando encontrar nossa diretora de palco ou a bailarina com quem estou dividindo o espaço, mas é Elias.

Perco o ar por completo e o encaro, embasbacada. Ele está de jeans escuros e uma camiseta preta sob uma jaqueta fina azul-marinho. O tecido de algodão da camiseta fica bem justo em seu peitoral, e eu secretamente queria que ela rasgasse espontaneamente. Seu corpo preenche toda a moldura da porta, e ele segura um buquê de peônias cor-de-rosa e brancas.

— Você veio — digo, sem fôlego.

Os olhos dele percorrem meu figurino verde e o chiffon delicado com bordados em prata. Estou usando uma coroa encrustada de joias e um colar de pedra da lua para emular Titânia, a rainha das fadas.

Ele pigarreia.

— Eu disse que viria.

Espio as flores.

— São pra mim?

Elias não responde. Em vez disso, mergulha o olhar em mim, queimando tudo pelo caminho ao percorrer lentamente cada centímetro de pele. Meu coração martela como louco contra as costelas.

— Elias.

Ele sobe o olhar até o meu e me entrega as flores às pressas. Admiro o lindo buquê, inspirando a doçura com um toque cítrico.

Lanço um olhar aguçado para ele.

— O que houve com a regra de "nada de flores"?

— Não gostei dela.

Solto um muxoxo.

— Isso não é justo. E as regras que *eu* não gosto?

— Por quê? — Ele chega mais perto. — Acha que vai precisar de um beijo de boa sorte?

Uma onda de calor faz irromper um incêndio caótico dentro de mim. Engulo em seco, baixando o olhar para seus lábios.

— Não seria o fim do mundo.

O silêncio marca a expectativa em meu coração retumbante.

— Mas pode ser — sussurra ele antes de andar até a penteadeira que ilumina o cômodo. Depois, passa os dedos por minha maquiagem e caderno. — Então, como é seu ritual antes de uma apresentação?

— Normalmente, faço anotações da coreografia e repasso cada posição na minha cabeça. Mas parece que eu sempre me esqueço de alguma, de qualquer forma.

Ele assente, estudando o espaço minúsculo com calma. Mais alguém bate à porta, e o diretor de palco enfia a cabeça pela fresta.

— Cinco minutos, Sage.

Quando a porta se fecha, me sinto sufocada de novo. Tenho medo de ficar sem fôlego nenhum para dançar se Elias permanecer aqui mais um segundo. Mas, quando ele se aproxima de mim, eu deixo.

Elias se aproxima, e todo o resto deixa de existir. O barulho do corpo de baile no corredor, o ruído do cenário sendo arrastado pela equipe de produção e o sistema de comunicação que anuncia o tempo até o espetáculo começar. Neste momento, somos só eu e ele. E o ataque cardíaco que estou tendo.

Mas, em vez de tomar meus lábios como eu esperava, ele beija minha testa.

— Boa sorte — sussurra, e então vai embora antes que eu consiga compreender o que rolou aqui.

Minha mente está um turbilhão quando chego na lateral do palco e espero a minha deixa. Mas, no instante em que escuto as primeiras notas, me concentro só na dança.

As luzes ofuscantes do palco me banham de branco, fazendo o tecido do meu figurino brilhar quando assumo a primeira posição. Dessa vez, quando olho para a plateia, vejo meu tio bem na frente, sorrindo como sempre. Mas o rosto que manda uma flecha em meu coração é o de Elias. O olhar dele está grudado em mim como um ímã, e sinto uma estática de eletricidade me envolver.

Quando termino a minha parte, assisto ao resto do espetáculo da coxia, e ainda estou eufórica quando minha antiga professora, Madame Laurent, me dá um tapinha no ombro.

— Sage, vi seus vídeos nas redes. Minhas alunas te amam, estão obcecadas por você — elogia ela.

Depois de uma apresentação, é difícil conter as emoções, então meus olhos enchem d'água quando dou um abraço apertado nela. Amy Laurent foi uma constante em minha vida dos onze até os dezoito anos, então ela me viu crescer durante as principais fases da minha vida.

— Como tem passado?

A pergunta gentil me faz sorrir, porque me lembro dela como a professora de balé rigorosa que sempre exigia de mim até o limite.

— Tenho feito bastante testes tentando conseguir uma audição para *O Lago dos Cisnes*.

— Seus objetivos não mudaram, mas você sim — diz ela, com carinho. — E assim que te virem dançar, vão te escalar. Tenho certeza disso. — Então, ela inclina a cabeça. — Aquele jogador de hóquei na primeira fileira é seu namorado? Gostaria de conhecê-lo, depois do espetáculo.

Assinto, e espero que ela não tenha visto o que só uma mísera menção a ele causa em minha expressão.

Pouco tempo depois, nos juntamos de volta no palco para o agradecimento final e a revisão de nossa apresentação pelos diretores. Quando me dirijo ao lobby principal da escola, vejo meu tio.

— Você arrebentou. Amy ficou tão feliz por você ter dançado como convidada — diz ele.

Por muito tempo, pensei que Madame Laurent e meu tio dariam um ótimo casal. Ele estava em um relacionamento alguns anos atrás, então nunca disse nada. Mas agora seria perfeito.

— Ela tá solteira, sabia?

— Vejo que seu sonho da adolescência de bancar nosso cupido ainda não morreu.

Tio Marcus terminou um noivado há uns anos. Ele nunca fala a respeito, e eu nunca pergunto, mas sempre tive a impressão de que foi por nossa causa. Duvido que mulher alguma aceitasse ser negligenciada por causa dos filhos do meio-irmão viciado de seu parceiro.

— Nunca.

Ele me lança um olhar de pedra.

— Bora, eu te deixo em casa.

É então que percebo: ele não faz ideia do incêndio desastroso em meu apartamento nem que estou morando com o novato que ele contratou.

— Vou ficar mais um pouquinho.

Tento ignorar a conversa que deveríamos estar tendo.

Ele fica impassível.

— É difícil não notar um jogador de hóquei de 1,93m no meio da multidão, Sage.

— Eu ia te contar — digo, com o rosto quente.

— Antes ou depois de ele ter anunciado numa coletiva em rede nacional? — Eu me encolho. — Sei que você é adulta e faz suas próprias escolhas. Só me deixe fazer parte de algumas, tá bem? Mesmo que eu não seja muito a favor dessa em específico.

— Ele é um cara legal, tio Marcus. Você nem deu uma chance a ele.

— Acredite, eu dei uma chance.

Como se estivesse só esperando a deixa, Elias aparece atrás de mim, passando o braço ao redor de minha cintura como qualquer outro namorado. Mesmo assim, perco o ar.

— Eli — cumprimenta meu tio.

— Marcus — devolve Elias.

— Me mande uma mensagem quando estiver em casa, Sage — diz meu tio antes de sair pelas portas.

Elias o observa ir embora com uma carranca.

— Vocês dois precisam se acertar — digo, me virando para ele. — E aí, o que achou?

— Do quê?

Dou um tapinha brincalhão em seu peito.

— Tudo. De zero a dez?

Elias finalmente olha para mim, e aquela avaliação lenta me deixa arrependida de ter perguntado.

— O figurino, sem dúvida, dez. Maquiagem, outro dez. Mas a apresentação... — Ele deixa no ar.

Quando vou dar outro tapa, ele agarra meu punho e me puxa para bem perto.

Elias tira um papel do bolso. São minhas anotações do camarim, com a sequência de passos da coreografia.

— Foi onze. Você foi maravilhosa. Pesquisei todos os movimentos no Google e você cravou cada um deles.

Não sei bem o que pensar.

— Por que você fez isso?

Ele deve entender o que quero dizer, porque seus olhos castanhos não desviam dos meus.

— Porque você duvida de si mesma e acha que está péssima em cima do palco, quando não está. Só para o caso de você ter esquecido, quis que fosse eu a te lembrar.

As palavras dele causam reações físicas em meu corpo. Mas ele confunde meu arrepio com frio, e tira a jaqueta para colocá-la sobre meus ombros.

Ajeito a peça para que me envolva melhor, e quando toco no bolso, vejo um pacote de pedrinhas coloridas familiar.

— O que é isso?

— Seus cristais e cola reserva.

É o saquinho que deixei em casa.

— Por que trouxe isso?

— Você me contou daquela vez em que as pedrinhas soltaram antes mesmo de entrar no palco e como você ficou chateada. Não quis que acontecesse de novo.

Um sentimento estranho agarra meu coração e, para fugir dele, envolvo Elias em um abraço apertado. Minhas mãos mal se encontram ao redor de seus ombros, mas ele me levanta do chão com facilidade, e eu derreto em seus braços.

Quando estou em pé de novo, continuo sorrindo.

— Se você me abraçar assim, vou acabar esquecendo que isso aqui é só de...

Ele me interrompe quando junta os lábios nos meus.

O beijo é doce, hesitante, como se Elias estivesse surpreso ao sentir minha boca na dele, pronta e recíproca, sem perder um único segundo. Agarro sua camiseta, querendo-o ainda mais perto apesar da brisa abafada do verão. Ele inclina minha cabeça para aprofundar o beijo, e todas as minhas terminações nervosas viram uma confusão emaranhada de pisca-piscas coloridos. Ele me segura firme pelo cabelo, e o puxão acompanha o desejo que irrompe entre minhas pernas. Minha mente tenta desesperadamente entender o toque possessivo, seu gesto como uma peça de quebra-cabeça esquecida, encontrada no chão, para enfim completar o quadro.

Elias Westbrook gosta de estar no controle.

Ficaria chocada de sentir o coração dele martelando sob a palma da minha mão, se o meu não estivesse tão errático. O suspiro que solto é de puro prazer e satisfação, mas o gemido que ele dá em resposta é atormentado. O toque ligeiro e provocante de sua língua deixa um formigamento em minha boca que implora por mais.

Quando ele se afasta, estou desorientada. Como se tivesse acabado de descer de uma montanha-russa e precisasse me apoiar em alguma coisa para não perder o equilíbrio. Mas, se me apoiasse em Elias, tenho certeza de que arrancaria a roupa e pediria para ele me comer no banheiro da escola ou algo igualmente inconsequente.

Um clarão me traz de volta para a realidade. Um adolescente, na multidão de parentes e amigos, aponta o celular para nós dois na maior cara de pau.

Volto o olhar para a expressão neutra de Elias e, por um segundo, chego a pensar que imaginei o beijo. Mas o borrão de brilho labial em seus lábios me diz que foi real. Quero cobri-lo inteiro de marcas de beijos de brilho e tomar posse dele como um animal.

— Você deve ser o namorado.

A voz de Amy Laurent faz meu corpo tensionar, e me afasto de Elias. Ele aperta a mão de minha antiga professora e assente orgulhoso.

— Sim, senhora.

— Dou aula pra Sage desde sempre, e nunca a vi assim, tão livre ao dançar. Dá gosto de ver. Acho que isso é, em parte, graças a você.

— O mérito é todo dela. Sage vira outra pessoa em cima do palco.

Elias me puxa para o lado dele, e Madame Laurent nos observa com um sorriso tão grande que deve estar doendo o rosto.

— Venham, vamos tirar uma foto com todo mundo — diz ela.

Enquanto o resto do corpo de baile se junta para a foto, não me aguento. Dou um puxão na camiseta de Elias.

— O que rolou com "nada de afeto em público"? — sussurro, quando ele se inclina.

Consigo ver seu pomo de adão subir e descer antes de ele responder:

— Pareceu necessário no momento.

— Então, foi de verdade?

Meu coração martela loucamente.

— Foi.

— Foi?

— Você estava quase falando que a gente era de mentira, no meio de todo mundo. Com o pessoal filmando, tirando foto. Já vi matérias falando que nossa relação era um golpe publicitário e não queria adicionar lenha naquela fogueira.

Eu murcho. Ele estava tentando me calar. Mas mesmo com a esperança se esvaindo, minha mente se agarra à última parte da frase.

— Continua lendo essa merda?

Ele dá de ombros.

Mesmo com meus lábios ainda formigando depois daquele beijo, fico irritada por Elias continuar deixando as manchetes mexerem com sua cabeça. Ele não merece isso, e eu mesma queria mostrar isso a ele.

Elias se senta em um banco ao lado de Madame Laurent, e então me enlaça pela cintura para me puxar para seu colo. Fico tensa na hora.

Os lábios dele roçam em minha orelha.

— Relaxa.

Meu sorriso trêmulo mal se segura, e quando o flash dispara, percebo que Elias não está olhando para a câmera. Está olhando para mim.

18
SAGE

A luz do fim da tarde banha o estúdio em um dourado suave, iluminando o chão de madeira da sala enquanto guio minha turma por uma série de movimentos.

— Braços lá em cima, postura alongada e lembrem-se: movimentos suaves.

A aula de hoje é para uma turma mista, de seis a nove anos. Estamos praticando os fundamentos para dar às crianças uma base sólida. Elas espelham meus movimentos, e as deixo praticarem sozinhas por alguns compassos. Nina, uma das alunas mais velhas, saltita pela sala para ajudar os colegas. A menina tem oito anos e lembra tanto a mim mesma que tenho um fraco por ela.

Já houve vezes em que a avistei andando para casa sozinha, então a acompanhava. A julgar por como ela se isola quando pergunto sobre sua família, sei que as coisas não andam bem em casa. Até agora, estou aqui para intervir se necessário; sei melhor do que ninguém como é ter pais de merda. Mas o balé é um refúgio para mim, e jamais ia querer atrapalhar a experiência dela ao ultrapassar algum limite.

Meu celular vibra na beira da barra espelhada do estúdio. Tiro os olhos de Nina para espiar a tela. É um recado na caixa postal que vem do Balé Nacional, para o qual fiz uma audição na semana passada. A balbúrdia que se instaura no meu peito não tem nada a ver com as notas calmas de piano que reverberam pela sala.

— E agora um arabesque, alongando a postura — encorajo, mesmo com a pontinha de ansiedade tomando conta. Sem querer esperar mais, agarro o celular e acesso a caixa postal.

— Aqui é Sonya, em nome do Balé Nacional do Canadá. Estamos entrando em contato a respeito de sua audição. Infelizmente, você não foi selecionada desta vez. Nossas audições de outono...

A rejeição faz um nó se formar em minha garganta, e um líquido viscoso e preto se acumular no ácido do meu estômago. Respiro fundo, escondendo a decepção que ameaça se derramar.

Durante os próximos quarenta minutos da aula, a mensagem pesa em meu peito como uma âncora e parece impossível respirar. Mas consigo concluí-la sem que as crianças me vejam desmoronar e cair no choro. Uma vitória, ao menos. A única do dia.

Quando chego no apartamento de Elias, ouço a TV na sala de estar, o que ameniza um tiquinho o sentimento de solidão. Os garotos estavam viajando por causa de um jogo, então passei os últimos dois dias sobrevivendo à base das marmitas que Elias deixou para mim no congelador e pegando mais alguns turnos no estúdio, porque, de repente, não consigo ficar sozinha. Sei que não deveria querer ser sugada para a vida dele só porque nunca tive isso antes, mas, agora que eles voltaram, não sinto mais como se estivesse faltando alguma coisa.

Uma parte de mim queria voltar para meu apartamento, mas a proprietária disse que não vai ser liberado tão cedo, por causa da demora na aprovação do seguro. Tenho certeza de que, se souberem que a otária aqui largou uma vela acesa, iam negar mais rápido do que o fogo que consumiu minhas roupas. Obrigada, seguro do inquilino.

Dou um sorriso quando passo pelos caras, tentando parecer casual, mas falhando quando olho para Elias. Na cozinha, espero que ele tenha feito algum docinho que suprima esse aperto no peito. Dou um suspiro de alívio quando encontro uma fornada de bolinhos de mirtilo em uma bandeja.

Só dou uma única mordida antes de Elias entrar na cozinha.

— Como foi a aula?

Ele vai até a geladeira para pegar uma garrafa d'água, a qual abre e oferece para mim.

A pergunta bate bem na boca do meu estômago e tento não deixar as comportas se abrirem. Mas com ele por perto, o fardo pesado implora para ser aliviado por seus ombros fortes. Tudo sobre ele grita "conforto".

— Foi boa — digo em vez disso, tomando um gole da água.

Com um passo, ele se aproxima de mim e levanta meu queixo. O toque causa uma reviravolta devastadora em meu estômago.

— Acho que ganhei o direito de não precisar ouvir as mentiras de disfarce.

Engulo o bolo na garganta.

— Tive outra resposta negativa.

— Vem cá.

A mão dele esfregando minhas costas ameniza o peso que vinha se acomodando nos meus ombros durante toda essa semana, e me aninho em seu peito. Pela primeira vez, sinto que posso me permitir chorar fora do banho e na frente de alguém que não vai desmoronar ao ver minhas lágrimas.

— Achei que dessa vez ia dar certo — digo, com a cara enfiada no tecido de sua camiseta. — Acho que não sou tão boa como pensei.

— Não é verdade. — Elias se afasta para segurar meu rosto. — Você é incrível. Não estou dizendo isso só porque é o que eu acho, mas porque vi como as pessoas reagem ao te ver em cima do palco. As crianças na plateia ficam radiantes quando te assistem. — Seus olhos castanhos mergulham nos meus de um jeito tão intenso que fico sem fôlego. — Elas têm fotos suas e te escrevem cartinhas. Você é uma inspiração, Sage.

— Você acha?

— Eu *sei*.

Meus olhos vão parar em um buquê de rosas cor-de-rosa perto da pia.

— Que flores são essas?

— São suas.

Há um calor no meu peito que não se acalma. Só fica pior quando baixo os olhos para a boca dele, sem pensar. Subo o olhar de novo com a mesma rapidez, mas Eli percebe o gesto e a tensão entre nós parece estalar com eletricidade. A ideia de beijá-lo de verdade faz minha mente implodir e fico desesperada para sentir seus lábios nos meus.

Cada célula do meu corpo quer testar meu precário autocontrole. Ele está tão cheiroso que tenho vontade de rasgar essa camiseta de cima a baixo e inspirar fundo na sua pele, para saber a mistura exata de fragrâncias. Mas não consigo esquecer aquelas malditas regras.

Mas então ele se afasta, como sempre. E meu peito murcha, como sempre.

— Chegamos! — grita uma voz grave.

Dois caras enormes, quase tão altos quanto Aiden e Elias, estão parados com malas na entrada do apartamento. Entre eles, Summer sorri radiante para mim. O olhar dela paira entre mim e Elias, como se estivesse interpretando alguma coisa de nossa proximidade.

— Sentiu saudades? — pergunta ela, me puxando para um abraço.

Nunca tive esse tipo de amizade que parece família. Mas também nunca tive bem uma família para colocar em comparação, de qualquer forma. Mas com Summer sinto uma necessidade avassaladora de lhe contar tudo, todos os meus pensamentos, sem um pingo de julgamento. De deixá-la se aproximar. De não estar mais sozinha.

Quando ela se afasta, ainda consigo sentir o calor de seu abraço. Dou uma espiada nos caras, que poderiam facilmente ser modelos, atrás dela. Summer deve perceber a curiosidade em meu olhar, porque acena para os dois.

— Esses são Kian e Dylan. Eli já deve ter falado sobre eles.

— Ouvi algumas histórias — digo.

— Só as indecentes, espero — comenta Dylan com uma piscadinha que só um cara bonito como ele consegue sustentar.

— Essa é Sage. Minha namorada — apresenta Elias e vem ficar do meu lado.

A fala dele soa como uma ameaça, mas os amigos sabem do nosso esquema. Summer segura uma risadinha em resposta à minha expressão antes de escapulir para ajudar Aiden com a bagagem. Ele não deixa, então ela só o segue pelo corredor.

— Ah é, a namorada *de mentira* — enfatiza Dylan.

Kian está sorrindo, me encarando com uma espécie de brilho maravilhado no olhar. Ele usa uma camiseta e short que expõem suas tatuagens. Desenhos pretos e vermelhos cobrem suas coxas e braços.

Então, os dois se aproximam para me dar um abraço e são tão cheirosos que fico até zonza ali no meio deles. É como se afogar em um mar de gostosos.

— Estão fazendo o que aqui? — A pergunta abrupta de Elias faz eles se afastarem.

— Viemos pra festa de inauguração das eliminatórias. A gente tá falando disso há semanas no grupo — diz Dylan.

— Até pedi sua opinião nos meus looks, mas você me deixou no vácuo — acrescenta Kian, aparentando estar chateado pela falta de resposta do amigo.

Elias fica ainda mais confuso.

— Como conseguiram convites?

Até onde sei, o jantar pré-eliminatórias é só para o time e alguns veteranos aposentados, então convites para acompanhantes são limitados. Sobretudo porque é mais uma superstição do que uma festa. Elias me contou que, da única vez em que não fizeram, o Toronto Thunder foi eliminado na primeira rodada.

— O pai de Summer. Lukas Preston? O cara me ama, mano. Tá perdido, hein? — brinca Kian.

— Claramente tô em outro planeta. — Elias se vira para mim. — Lukas Preston não gosta de ninguém, só da esposa e das filhas.

— E agora, de Kian — acrescento.

Ouvi falar da dificuldade que Aiden teve para fazer o pai de Summer, um cara do Hall da Fama do hóquei, gostar dele. Então, essa é uma situação inesperada.

— Enfim, ele disse que eu podia ir, daí trouxe Dylan como meu acompanhante.

— Tradução: ele encheu o saco do pai de Summer até conseguir dois convites.

Dou risada e Kian só dá de ombros, todo orgulhoso pelo feito.

Quando nos sentamos na sala de estar, Elias entrega uma garrafa d'água para Dylan, que faz uma careta.

— Não tem cerveja?

— Você acha que é uma boa beber a essa hora?

Há algo no ar que deixa o clima constrangedor com a pergunta. Sinto que não deveria estar aqui, embora pareça que nenhum dos dois dá a mínima.

— Não me diga que vai ficar no meu pé com isso também — resmunga Dylan.

— Vou sim. Você não pode relaxar nesse período fora de temporada.

— Isso aqui é relaxar? — Dylan levanta a camiseta para mostrar o abdômen. De tanquinho. Tento não arregalar os olhos e, em vez disso, fico encarando minhas mãos, como uma freira escandalizada.

O universo deve estar me fazendo um favor (finalmente!), porque Summer volta com Aiden, cortando a tensão na sala. Kian se senta no sofá entre mim e Dylan.

— É tão bom finalmente te conhecer, Sage. Eli não para de falar de você — diz ele, com um sorrisinho travesso.

— Duvido muito. — Minhas palavras atiçam a curiosidade dos dois. Mas sou salva de mais perguntas quando Aiden entra na conversa:

— Como vocês conseguiram recesso da faculdade?

Kian olha para Dylan, que não parece querer responder a ninguém, então ele mesmo fala:

— O semestre atual está quase no fim e a gente só tem uma disciplina. Mas o de outono vai ser brutal.

Quando os garotos começam a conversar sobre hóquei, meio que desligo o cérebro. Nunca tive esse tipo de caos confortável na vida. Em que não tem ninguém brigando, é só um grupo de amigos batendo papo de boa. Elias parece feliz com eles. Nunca o vi tão despreocupado. Até o jeito que ele ri é leve e solto.

Depois de algum tempo, Kian começa a reclamar que está faminto, Aiden pergunta o que queremos comer e decidimos por pizza. Sou a primeira a atender a porta quando ela chega, deixando o pessoal conversar. Mas, quando carrego as caixas até a cozinha e vou pegar pratos, Elias já está atrás de mim. O toque suave de seu peitoral contra minhas costas, quando ele abre o armário, faz minha pele inteira se arrepiar. Ele pega os pratos mesmo que eu consiga alcançar agora, já que todos os itens foram movidos para a prateleira de baixo.

Quando ele se afasta, fico brincando sem jeito com um elástico de cabelo. Com meus cachos recém-lavados, é quase impossível conseguir fazer um coque arrumadinho.

— Quer ajuda? — Há um toque preguiçoso de humor em sua voz quando vê minha dificuldade.

— Não tem graça.

Um sorriso torto se espalha por seu rosto.

— Vira de costas. Deixa que eu faço.

Meus braços estão cansados depois da quinta tentativa, então desisto e dou o elástico para ele. Tenho certeza de que ele não tem ideia do que está fazendo, e confirmo isso quando ele puxa meu cabelo.

— Olha, adoro que puxem meu cabelo, mas seus amigos estão logo ali na sala.

— Cala a boca, Sage.

Elias se concentra, e observo sua expressão pelo reflexo no micro-ondas. Ele torce a boca com cada volta e puxão, e então, enfim revela um sorriso satisfeito. Parece tão orgulhoso de si mesmo que deixo a bagunça embolada que ele fez no meu cabelo do jeito que está, mesmo sabendo que vai doer amanhã.

— Você leva jeito — comento.

— E você tá linda — diz ele de repente, brincando com um cachinho que escapou do coque.

— Você tá bêbado?

Meu olhar cai na latinha em cima da bancada, para ver se foi aberta.

Seus lábios se curvam em um sorrisinho diabólico.

— Eu não bebo.

Arrepios correm por minha pele, e seus olhos estão semicerrados de um jeito que diz que ele deve estar pensando o mesmo que eu. Minutos se passam, densos e lentos, enquanto o observo.

— É bom vocês dois não estarem comendo a pizza toda sozinhos! — exclama Kian lá da sala, e nós dois nos afastamos de supetão.

Ajudo Elias a levar as coisas para a sala, rezando para que o clima quente disfarce o rubor suave nas minhas bochechas.

— O que vamos assistir?

Summer se ilumina no meio do gole de chai:

— Tenho uma ideia.

— Nãooo — todos respondem em uníssono, e ela se larga de volta nos braços de Aiden. Ele sussurra algo para a namorada, que assente, parecendo um pouquinho mais feliz agora.

Quando sugiro um filme de terror, todos concordam, mas Summer avisa que vai pegar no sono na metade. Pelo visto, ela só consegue prestar atenção se for uma novela turca.

Devo estar sofrendo do mesmo problema, porque quando acordo no susto, é com Elias me colocando gentilmente na cama. Depois, quando acho que ele vai voltar para a sala, ele levanta as cobertas e se deita ao meu lado. Estamos dormindo juntos na maioria das noites desde aquele meu truque, mas mantendo distância. Desta vez, aproveito o braço na minha cintura que me puxa para perto dele e o beijo que dá em meu cabelo.

— Elias?

Tenho certeza de que ele estava dormindo, porque leva um minuto para me responder.

— Humm?

— Por que você me dá flores?

Ele responde depois de um instante:

— Porque gosto de ver você se iluminar, mesmo dizendo que não gosta delas.

Toda vez que vejo um toque de cor-de-rosa ou um amarelo vibrante em um vaso, algo parecido com anseio desabrocha em meu peito. Algo que não deveria estar ali.

— Não queremos quebrar nenhuma outra regra — digo, meio brincando. Mas tem uma que eu adoraria quebrar. Ainda mais agora, com ele me envolvendo em seu calor. Tem alguma coisa nessa nossa conexão. A transferência de algo criado em nosso corpo, que estamos dispostos a compartilhar. É pequeno, minúsculo até, mas faz meu coração queimar. Roubo o calor de Elias como se fosse minha propriedade, e ele me dá como se fosse verdade.

— Não vamos quebrar.

Elias tira o braço de cima de mim, e mal me seguro para não o puxar de volta. A resposta bate como uma rejeição pesada, e quando ele vira de lado, dando as costas para mim, sei que não vou pregar os olhos esta noite.

19
ELIAS

Tentar sair do apartamento para ir ao evento vira uma confusão do caralho. Os caras e Summer foram mais cedo, enquanto eu esperava Sage voltar do trabalho. Ela saiu cedo de manhã, então não tive a chance de falar com ela sobre a festa ou combinar de buscá-la depois do meu treino.

Agora, ela está no banheiro há uma hora, e eu estou andando de um lado para o outro no quarto, impaciente. Não tento apressá-la, porque ela está se desculpando desde que entrou voando pela porta.

— Sinto muito. A fila na farmácia estava enorme, fui pagar a insulina de Sean e meu cartão não passou, então virou todo um rolê. Desculpa por te atrasar.

Sage nunca me conta dos seus problemas financeiros, mas esse escapou tão rápido que tenho certeza de que nem percebeu. Tudo o que o seguro não cobre, ela paga do próprio bolso, e sei que não ganha muito com as aulas de balé. Duvido que tenha sobrado algo para ela, depois de pagar tudo.

Ela nunca pediria, mas quero muito ajudá-la. Um pouquinho que seja.

— Você sabe onde Summer deixou a bolsa que ia me emprestar? — pergunta ela de dentro do banheiro. Summer deixou para Sage um de seus vestidos e uma bolsa combinando.

— Tá bem aqui.

Estou segurando esse treco cintilante pela última hora ou mais, mas não saberia dizer, porque parei de olhar o relógio a cada minuto. Eu me sento na cama para não suar no terno de tanto andar.

Então, a porta se abre, e saltos batem no chão de madeira.

— Se odiar, pode me dizer.

Subo o olhar para encontrar saltos brancos, pernas compridas e o vestido azul-claro abraçando cada curva. O contraste é impressionante contra o brilho de sua pele marrom. Enquanto meus olhos deslizam por sua silhueta, encontro o tecido pendurado em seus ombros, deixando seu pescoço e ombros expostos. Imagino como ela deve estar cheirosa. Se eu enterrasse meu rosto ali… O pensamento me faz desviar o olhar tão rápido que meu coração dispara.

— Você odiou.

Engulo o bolo em minha garganta para ter coragem de finalmente olhar para o rosto dela, e é ele o motivo do meu colapso. Posso ter travado por um minuto ou dois. Seu cabelo escuro está ondulado, emoldurando seu rosto junto com os brincos que brilham quase tanto quanto seus olhos. Há um toque rosado em sua pele, e ela puxa seu lábio brilhante entre os dentes enquanto espera minha reação.

Vai ser uma longa noite.

— Eu definitivamente não odiei.

Ela dá um passo à frente, e fica claro que minha resposta não é o suficiente. Puta merda, se ela soubesse o que eu queria dizer de verdade, nós nunca sairíamos desse cômodo. Eu me levanto, só porque sei que vê-la pairando sobre mim naqueles saltos não vai ser nada bom para minha imaginação. Mas meu afastamento faz ela me estudar. Seus olhos castanhos se estreitam e um sorriso irônico levanta seus lábios.

Não consigo me lembrar da última vez que me senti assim. Desesperado, carente, *louco*. Quero dizer tanta coisa, quero fazer tanta coisa. Com o olhar de Sage preso no meu, parece um desafio. Como se eu precisasse tirar aquele sorriso irônico do rosto dela e dar um uso melhor para aqueles lábios perfeitos.

— Não tenha medo, Elias. Eu não mordo — provoca ela.

Eu me aproximo e me inclino para a frente e mordisco o lóbulo da orelha dela.

— Mas eu sim.

De repente, a nota provocadora que tingia o ar ao nosso redor se derrete. Meu olhar se fixa em seus lábios por tanto tempo que ela troca o peso de uma perna para a outra, desconfortável.

— Você está linda. É inacreditável.

Ela pisca, cílios longos e uma pincelada escura de maquiagem sobre os olhos, destacando a cor de mel.

— Ah — murmura ela com uma voz esganiçada. — Nesse caso, você também está bem inacreditável.

Levanto uma sobrancelha.

— Então, você só está me elogiando porque eu te elogiei primeiro?

— Você sabe que é gostoso, Elias. As pessoas imploram para você tirar a camisa todos os dias.

E agora não consigo parar de sorrir.

Não sei se é o cheiro inebriante dela ou se é porque finalmente estamos sozinhos no apartamento, mas inclino a cabeça e digo:

— É isso que você quer ouvir, Sage? Como eu acho que você está gostosa com esse vestido e como ele ficaria muito melhor caindo do seu corpo?

Seus olhos se arregalam e seus lábios se abrem, como se sua réplica ficasse presa na garganta, mas ela se recupera logo:

— Quem diria, hein? Era supertímido, e agora está aí todo cheio de papinho.

Suas palavras são indiferentes, mas o rubor que se espalha em seu peito e pescoço a denuncia.

— Acho que foi só a mulher certa aparecer.

— E eu sou a mulher certa?

— Você é a mulher perfeita.

Ficar balançando a perna só piora minha ansiedade. A qualquer momento, um dos treinadores ou gerentes vai vir até mim e perceber o fracasso total que eu tenho sido para o time desde que cheguei. Parece que minhas estatísticas estão coladas na minha testa, com a maneira como todos estão me encarando. Pode ser só a ansiedade falando, mas não adianta tentar convencer meu cérebro de que está tudo bem.

Atribuí os olhares apreciativos que recebi, entrando no evento, ao fato de ter Sage ao meu lado. Quer dizer, a garota é deslumbrante, e seu cabelo cacheado, olhos cor de mel e pele brilhante me fazem parecer um cartaz de papelão em comparação.

E ela se pergunta por que eu lhe dou flores. Eu esvaziaria uma floricultura inteira só para ela escolher sua flor favorita.

Hoje à noite, estou feliz por ter a atenção longe da minha realidade como jogador. O treinador pode parabenizar minhas assistências e jogabilidade o dia todo, mas enquanto esse gol não for feito, estarei sempre atrás do resto do time. Cada dia só prova que as expectativas de Marcus Smith-Beaumont sobre mim são válidas, e esse relacionamento é minha única esperança de entrar no caminho certo.

Um toque quente derrete na minha pele, e a mãozinha de Sage com suas unhas peroladas e bem-feitas se entrelaça com a minha na mesa.

Minha perna para de tremer, porque a preocupação que franze seu cenho me confunde. Preocupação *comigo*.

— Bebidas! — Kian e Dylan correm em nossa direção, colocando quatro *shots* de algum tipo de álcool colorido na nossa frente.

Summer faz menção de pegar uma, mas Aiden coloca a mão em cima da dela.

— O que tem nisso?

— É praticamente suco, para de ser chato — diz Dylan.

Sage ri ao meu lado, olhando para meus dois melhores amigos que agem como palhaços sempre que estão juntos.

— Eu vou querer — comenta ela, me surpreendendo.

— Eu também — diz Summer.

Aiden me lança um olhar do outro lado da mesa, claramente desistindo de monitorar o quanto nossos amigos vão beber esta noite. Assim, os quatro pegam os *shots*, brindando antes de bebê-los de um gole só.

— Amaretto e tequila? — gagueja Summer.

— Isso é perigoso. — Sage tosse, engolindo a água que lhe ofereço enquanto rio de sua careta.

Quando olho para o bar, vejo Socket e Owen pegando uma garrafa e saindo pelas portas da varanda. Então, meu olhar se fixa em Marcus me observando do outro lado da sala, seu rosto sem revelar nada, mas ainda conseguindo deixar uma nota de pavor no meu estômago.

Uma pressão quente na minha mão me puxa do olhar de Marcus para a tranquilidade nos olhos de Sage. Sinto a necessidade de me desculpar de novo ou dizer algo para preencher o silêncio, mas ela é mais rápida.

— Podemos sair de fininho pelos fundos. Vou dizer que estou com febre. — Ela olha ao redor com cautela e sussurra:
— Posso até fingir desmaiar perto da porta.

Puta merda, como eu quero beijá-la.

— Vou ficar bem. É só que parece que todo mundo está me encarando. Como se estivessem me julgando silenciosamente por ser o cara que vai ser negociado a qualquer momento.

Sage balança a cabeça.

— Eu conheço pessoas do hóquei há muito tempo. Acredite em mim, os executivos fodões só ligam pra eles mesmos. Na verdade, eles veem você como um cifrão, e não pensam em nada além disso.

— Que alívio — digo, seco.

— É, bom, é por isso que você tem que jogar por você. Não porque tem medo do que vão pensar, mas porque esse é o seu sonho e você quer que ele dure. — Sage dá um tapinha na minha mão. — Agora, pode finalmente voltar a ser você mesmo, falante e extrovertido?

Eu rio.

— Falo mais com você do que com qualquer outra pessoa que eu conheço.

— Nossa, sua garganta deve estar cansada de carregar esse fardo, hein?

Não é preciso muito para perceber que as piadas são só para me animar. Não sinto mais, mas minha linguagem corporal ainda deve estar tensa, porque ela não para de dar umas apertadinhas na minha mão.

De repente, ela parece muito distante. Gosto da nossa pequena bolha. É a primeira vez em duas horas que relaxo e não sinto que estou tentando "me adequar". Agarro a base da sua cadeira e a puxo para perto até que seus joelhos batam nos meus.

— Isso era para ser uma piada safada?

Ela arqueja.

— Foi sem querer! Juro que estou me comportando muito bem esta noite. Muito conservadora.

— Não há nada de conservador com você nesse vestido.

Ela se agita nervosamente quando olha para sua roupa, sua voz soando um pouco em pânico.

— Então me dá seu paletó ou algo assim e eu me cubro.

— Até parece! — digo. — Se eu pudesse, te colocava em um pedestal e te exibia a noite toda.

Sua risada é calorosa e borbulhante, como champanhe.

— Tenho certeza de que posso encontrar um pedestal em algum lugar.

Quando levanto seu braço para beijar a parte interna do punho, ela cora, desviando o rosto e se concentrando nas pessoas que se juntam à pista de dança com certo tipo de anseio no olhar. Essa garota ama dançar e só de ouvir a batida lenta da música, posso ver que ela quer estar lá.

Eu não danço, mas ela sem dúvida faz isso.

— Vamos, estão tocando nossa música.

— Nós não temos uma música.

— Agora temos.

Com as mãos já entrelaçadas, caminhamos até a pista de dança, ouvindo a batida suave que se transforma em uma melodia lenta. Por mais que eu esteja tentando evitar os holofotes esta noite, não deixar a luz dessa garota brilhar seria estupidez para qualquer pessoa, ainda mais do namorado dela.

"Fade Into You", de Mazzy Star, toca nos alto-falantes, e algo mexe comigo quando vejo a maneira como Sage me deixa guiar suas mãos para meus ombros. Ela descansa a cabeça no meu peito.

— Você não parece ser do tipo que dança.

— Não sou. Mas você é — digo, depositando um beijo em seu cabelo que não acho que dá para sentir. Ou espero que ela não tenha sentido.

Porque é confuso pra caralho quando ela olha para mim com aqueles olhos que não parecem estar fingindo coisa nenhuma. Ou quando diz coisas que parecem tão reais, que eu quero acreditar. Mas há um limite bem claro que desaparece nesses sentimentos, que preciso ver como um lembrete para mim mesmo de que tudo isso é de mentira. É egoísmo da minha parte desejá-la do jeito que eu desejo. Especialmente quando um relacionamento é a última coisa que ela quer.

Sage balança em meus braços, e sinto que quero de alguma forma tê-la mais perto. Tudo nela parece ser meu. Meu para segurar, meu para tocar e meu para admirar.

Estou tão fodido.

Quando ela se afasta, percebe meu olhar, e o que quer que ela vê faz seu pescoço tensionar.

— Você não devia olhar para mim desse jeito, sabe?

— Assim como?

— Como se eu fosse sua.

— E se eu quiser?

Ela faz uma pausa.

— Então você pode fazer muito mais do que só olhar, Westbrook.

Minha garganta fica seca. Estou perdido em seu perfume de baunilha e na sensação de seu vestido de seda sob minhas mãos quando alguém dá uma batidinha em meu ombro. Posso ouvir sua voz antes mesmo que ele fale.

Mason tosse.

— Isso é fofo, mas você tem que ir fazer a ronda.

Sage se afasta de mim primeiro quando ouve a voz do meu agente.

— Ronda?

— Há câmeras lá fora que Eli convenientemente evitou quando vocês dois chegaram. — Ele me lança um olhar mordaz. — Sage, você pode, por favor, acompanhar seu namorado até o tapete para tirar algumas fotos? É uma ótima publicidade para vocês dois.

Sage estende a mão, e eu tomo a dela sem pensar duas vezes. Estou começando a pensar que consigo fazer qualquer coisa com ela ao meu lado.

Na entrada do evento, os flashes estouram quando ficamos onde Mason orienta, no tapete curto. Não é nenhuma surpresa, porque essas festas ficaram mais famosas ao longo dos anos. Nosso capitão e alguns outros jogadores namoram cantoras e outras pessoas famosas há um tempo, então nosso time atrai muita atenção da mídia.

Fico me coçando para acabar logo com isso, porque as perguntas que me fazem ainda são muito pessoais. Tinha melhorado por um tempo, mas presumo que não marcar um gol tenha a ver com a mudança.

Quando meus pensamentos começam a espiralar, Sage se vira para mim e sussurra:

— Desça mais essa mão e você vai acabar pegando embaixo do meu vestido. Isso vai dar o que falar.

Subo a mão para sua cintura, tomando cuidado para não a deixar descer de novo depois de quase apalpar Sage em público. Ela solta uma risadinha curta quando vê minha expressão de pânico.

— Não falei que achei ruim, novato — diz ela, dessa vez no meu pescoço.

É a calmaria suave de sua voz, que flui através de mim como um riacho suave, que faz com que eu pare de me preocupar e me concentre na garota ao meu lado. Sage é a perfeição envolta em seda. Minha língua parece pesada na boca e, quando olho para ela, há uma chama ardente que percorre toda a minha coluna.

É impossível de ignorar.

Posamos para algumas fotos, e espero que seja só isso, mas Mason me lança um olhar que me diz que temos que parar em cada marcador ao longo do tapete.

Devo ter ficado tenso e apertado Sage com mais firmeza, porque sua mão cobre a minha em sua cintura, e ela encontra meus olhos e me traz de volta. Isso me deixa mais inquieto — não porque ela não me acalma, mas porque tê-la perto de mim, sorrindo daquele jeito, só faz o barulho no meu peito ficar mais excessivo. Meus olhos devem trair meus pensamentos porque o olhar de Sage se torna ansioso, e seus olhos procuram por algo. As câmeras adoram. Sei que elas querem um beijo, mas não vou — *não posso*. Não para elas.

De repente, Sage pisca para afastar aquele olhar, como se tivesse se distraído por um segundo. Se não fosse pelos homens gritando, eu também poderia ter me esquecido. Chegar ao fim do tapete alivia um pouco o aperto no meu peito, mas quando Sage se vira para mim, tudo volta de uma só vez.

— Desculpa — sussurra ela. — Eu me deixei levar pelo momento.

Em um movimento imprudente, alimentado pelo calor do seu olhar e aquela desgraça de vestido, pego sua mão e a tiro do tapete. A equipe do evento passa por nós, e posso ver o time no saguão do hotel. Mas não nos levo até lá. Puxo Sage pela primeira porta que vejo. Por sorte, é um depósito com uma única bancada, bancos e sinalização.

Deve ser o clique da porta que estala algo no meu cérebro, porque eu me viro para Sage e a névoa na minha mente implode todos os pensamentos lógicos.

— O que você...?

Eu a interrompo quando a puxo para mim e agarro a parte de trás de suas coxas para sentá-la na bancada, para que fique quase no nível dos olhos. Seu gritinho de surpresa coincide com meu gemido angustiado. Ponho as mãos em seus joelhos para separar suas pernas, para que eu possa entrar direto no calor dela. Sage me recebe de bom grado no mesmo instante e, agora que estou tão perto, me pergunto como consegui ficar longe esse tempo todo. Algo está tomando conta do meu corpo, queimando meu autocontrole. Ou a ansiedade de estar aqui está mexendo com minha função motora, ou é porque ela é cheirosa pra caralho. Ela engole em seco e a Sage de alguns segundos atrás sumiu, assim como minha paciência.

— Eu não quero te beijar — digo com a voz rouca, correndo o nariz ao longo de seu pescoço, sentindo sua pele quente.

— Conheço as regras — murmura ela.

O jeito que a expressão dela murcha me faz gemer.

— Eu não *posso* te beijar.

— É só um beijo, Elias.

Ela está mais ofegante quando fala dessa vez.

A maneira como meu nome escorre de sua língua me faz agarrar seu queixo e roçar os lábios nos dela. Seria tão fácil assim, tão perfeito. Em um movimento, eu a estaria beijando, deixando-a consumir cada parte de mim que a deseja tanto, que chega a doer.

— Nunca vai ser só um beijo para mim. Se eu te beijar, Sage, não vou conseguir parar.

Seu olhar oscila entre meus olhos e lábios.

— Então, me solte — sussurra ela.

— Também não posso fazer isso.

Ela está tão perto, me observando como se não tivesse ideia do que vou fazer ou dizer a seguir. Foi pega totalmente de surpresa, e amo a maneira como seu corpo me aquece e me esfria ao mesmo tempo. É uma dicotomia que não consigo entender.

Uma pergunta dança em seus olhos, mas não é a mesma que ela expressa.

— O que você pode fazer, então?

Sage está me dando uma saída, mas a pergunta só me pega de surpresa e me derruba no chão. Ela está enrolada em mim como todas as vezes que sonhei com isso. Estou com essa mulher linda, que ilumina todos os cômodos em que entra, e não posso beijá-la. Chega a ser constrangedor.

— Nada, isso já é demais, eu não devia ter te tocado daquele jeito. Não sei o que deu em mim.

Eu me afasto por completo, dissipando a névoa.

Sage está vulnerável. *Nós* estamos. Mas ela não tem onde ficar, trabalha até a exaustão para ter uma chance no TNB e confia em mim para deixá-la realizar esses sonhos sem nenhum obstáculo. A merda pela qual passei no ensino médio me tornou rigoroso com minhas regras. Mas se eu jogar tudo para o alto agora, nunca me perdoaria por deixar nós dois mergulharmos em algo que não é real. Algo que tem uma data de validade clara. Porque no final de tudo isso, ela vai embora, e eu vou ficar aqui, preso a ela.

Sage me tira dos meus pensamentos.

— Por que você não pode me tocar?

A pergunta é como um picador de gelo bem no peito, e há um fogo em suas palavras que não será apagado até que eu lhe dê uma resposta.

— Porque eu sou celibatário.

20
SAGE

Celibatário. Elias Westbrook é *celibatário*.

Ai.

Meu.

Deus.

Depois que Elias jogou aquela bomba, fiquei sem conseguir respirar, muito menos dar qualquer tipo de resposta coerente. Então, quando ele me ajudou a descer da bancada e a ficar de pé, eu só o segui de volta para o evento.

A revelação me faz encher a cara feito um marinheiro voltando de uma viagem de um mês. Consigo ouvir risadas, tipo as de *sitcom*, tocando em algum lugar. Há uma parte de mim que culpa Kian e Dylan por me fazerem começar com aquele *shot* nojento, mas sei o verdadeiro motivo. O álcool deveria diminuir a sensação triste e pesada no meu estômago, mas, em vez disso, me deixa de mau humor. Eu não gosto de beber, e não gosto de pensar no porquê. Com pais viciados, é difícil pensar no álcool como algo separado deles. No entanto, quando cada terminação nervosa do meu corpo está implorando por Elias, nada disso me vem à mente. Então, o álcool não queima tanto quanto queimaria em outro momento. Ainda mais quando meu namorado de mentira, com quem tenho tido sonhos eróticos enquanto ele dorme ao meu lado, acabou de me dizer que é celibatário. Qualquer um beberia por isso.

Bem quando acho que finalmente poderia me perder em Elias, aquela placa enorme e em negrito de *Pare!* aparece entre nós como a empata-foda que é.

O celibato sendo literalmente o empata-foda, no caso, mas tenho que respeitar a decisão dele. Ele só me tratou com respeito até agora. Exceto naquele quartinho, onde ele me tratou do jeitinho como eu queria: selvagem e com desespero.

Eu não devia ter te tocado daquele jeito.

As palavras poderiam ferir o ego de qualquer garota sem nenhuma dificuldade, ainda mais quando seus lábios estavam tão perto, que dava para sentir o gosto. Mas temos regras, e agora estou mais obstinada em segui-las, porque estaria me causando decepção desnecessária se me desviasse. Nada de afeto em público, nada de sexo, nada de apego. A última é para meu próprio bem.

Quando estou prestes a virar outro *shot*, alguém arranca o copo da minha mão. É Summer, que engole o líquido e passa a mão no queixo antes de sorrir para mim.

— Agora estamos quites.

— Você estava contando?

— Não. — Ela soluça. — Mas Eli estava e ele disse que eu devia te fazer parar de beber.

Meu olhar desliza para onde Elias e Aiden estão conversando, mas encaro por muito tempo porque ele me pega observando e aqueles olhos castanhos fazem com que eu me sinta mal.

Porque eu sou celibatário.

Quero gritar e agarrar aquele rosto lindo e esmagar seus lábios nos meus. Mas percebi que sou a única que tem misturado as coisas e Elias aparentemente não tem esse problema. Não sou nem um pouco romântica, mas nas últimas semanas não consigo evitar de meu coração palpitar quando ele dá um beijinho em meu punho ou afasta meu cabelo do rosto, como se odiasse que obstruísse sua visão.

Isso sem falar nas refeições que cozinha para mim. Quem disse que o caminho para o coração de uma pessoa é pelo estômago tinha razão. Só que nesse cenário, Elias cozinha e eu como. Em vez de artérias entupidas por colesterol alto, a única coisa que está entupindo meu coração é essa situação.

— A equipe reservou alguns quartos no hotel. Você e Elias vão ficar?

— Ele é alérgico a mim.

Fecho a boca assim que digo isso, mas Summer ri.

O álcool está me deixando amargurada.

— É uma baita alergia então, porque ele não tirou os olhos de você a noite toda.

Eu bufo.

— Deve ser para ter certeza de que não estou contando uma piada safada pra algum executivo.

— Acho que não.

Tem alguma coisa em Summer e naquele quentinho que sinto quando ela está por perto que me faz querer desabafar todos os meus sentimentos e deixá-la trançar meu cabelo ou algo assim.

Ela pega minha mão na dela, o rosto sério.

— Olha, eu nunca vi Eli com ninguém desde que o conheço. — Ela olha para onde ele está sentado, antes de se inclinar. — E, pelo que sei, se abrir com alguém não é a maior prioridade dele. Mas com você é diferente. Eu nunca o vi tão… tranquilo.

Faço que não.

— Nós dois ficamos muito bons em fingir.

Summer suspira, mas não diz mais nada e pede duas margaritas.

— Achei que você ia me fazer parar de beber?

— Nem sempre faço o que mandam.

Ela pisca, desliza uma bebida para mim assim que chega e me observa com entusiasmo quando bebo o treco com gosto de fruta só por sua causa.

— Quer dançar? — pergunto, e ela estende a mão. Eu a pego, evitando o olhar ardente que me segue até a pista de dança.

Kian e Dylan nos encontram sem nenhuma dificuldade na multidão, nos puxando para seu círculo enquanto a música e o brilho do álcool fazem com que eu me sinta leve. Quando vejo Owen de relance na multidão, o medo se acumula em meu estômago. Eu me abaixo para evitá-lo, mas o universo deve estar do meu lado, porque Socket o leva para longe.

— Seu namorado chato não quis dançar? — pergunta Kian, inclinando-se bem perto do meu ouvido para que eu possa ouvi-lo.

Endireito a postura.

— Eu não convidei.

Ele ri e assente, como se estivesse orgulhoso de mim. Elias acha que sou *demais*. Devo estar exalando autopiedade, porque Kian pega minha mão e me gira direto em direção a Dylan, que desliza a mão na minha com facilidade. Seus movimentos são fluidos e descontraídos, se encaixando perfeitamente no ritmo. Dylan Donovan sabe dançar. Dá para ver na maneira como seu corpo está relaxado se movendo ao som da música como se fosse natural. Assim como o balé é para mim.

— Você dança? — pergunto a ele.

Ele dá de ombros.

— Às vezes.

A resposta evasiva de Dylan me faz estreitar os olhos, mas então ele me puxa para perto.

— O que você tá fazendo?

— Fazendo seu namorado perceber que é um idiota por não dançar com você.

Olho por cima do ombro, observando Elias, que está sentado à mesa agora, nos encarando. É um olhar acalorado direcionado a Dylan, que parece indiferente. Eu o ignoro também, porque se ele desse a mínima, devia estar aqui. Não me rejeitando duas vezes em uma noite.

— Ele não liga.

Dylan me olha como se achasse que sou idiota.

— É, porque esse é definitivamente o olhar de um homem que não se importa.

Dylan me gira e me abaixa em seus braços, e me ajusto ao seu ritmo, rindo enquanto dança como um profissional. "Às vezes", até parece.

O olhar feio às minhas costas fica mais quente. Elias se levanta e vem até nós, e Dylan me solta na mesma hora e desaparece, e fico ali parada como um peixe fora d'água.

— Se quiser dançar, me chama da próxima vez.

Olho para os nossos pés. Saltos brancos e sapatos sociais marrons.

— Duvido que vai ter uma próxima vez — digo, embora minhas palavras saiam emboladas. O álcool ainda está zumbindo na minha corrente sanguínea. Summer devia mesmo ter me feito parar de beber.

A expressão dele fica neutra e, na mesma hora, me sinto mal. Não sou uma pessoa má, mas a mágoa persistente faz uma escuridão me enevoar. Quero me desculpar, mas não consigo. Não quando é verdade.

— Pronta pra ir?

Summer esbarra em Elias, levantando um dedo rígido.

— Para de ser chato. A gente tá dançando.

Ela me puxa para perto e eu seguro uma risada. Elias olha para Aiden, que apenas dá de ombros.

21
ELIAS

— **Sua namorada** não gosta muito de você — diz Summer.

Quando Aiden foi para o quarto de hotel, depois que eu disse que levaria as meninas, não pensei que seria assim. Os quatro — as duas, Dylan e Kian — dançaram até não sobrar quase ninguém na pista. Até o DJ queria ir para casa.

De alguma forma, saímos e deixamos Sage no quarto primeiro, e agora estou acompanhando Summer até o dela.

Eu sei, sou um covarde.

Mas, em minha defesa, Sage também não queria ficar sozinha comigo, e prefiro que ela durma até ficar sóbria do que diga algo que me faça questionar tudo. Eu lhe disse que sou celibatário e acho que isso requer um pouco de espaço.

— Ela não é minha namorada. É de mentira — lembro, embora dizer algo lógico para uma Summer bêbada seja inútil.

— Shh! Vai estragar o esquema. — Ela olha ao redor do corredor vazio. — Você vai dormir no quarto dela?

— O quê? Não.

Pedi dois quartos, mas dormiria até no saguão se precisasse.

Covarde.

Ela para no meio do corredor.

— Você não acha que podem achar suspeito? Não dá pra confiar no concierge, sabia? — diz ela. — Você não conhece mesmo a primeira regra dos relacionamentos falsos?

Embora ela tenha razão, levanto uma sobrancelha, cético.

— E você conhece?

— Já viu minha biblioteca? — rebate ela, sem qualquer expressão. — Depois de me entregar para aquele cara chato que chamo de namorado, vá para o quarto dela. Confie em mim.

— Eu não acho que isso seja algo decente de se fazer.

— Ótimo. É pra ser bem *indecente*.

Summer me dá uma piscadela terrível. Tento ignorar sua sugestão, porque isso é exatamente o que eu não deveria querer. Aiden abre a porta antes que eu possa bater.

— São duas da manhã. Levou esse tempo todo para tirá-los da pista de dança?

Ele está examinando Summer da cabeça aos pés, como se eu tivesse deixado algo acontecer com ela.

— Sua namorada não é uma bêbada muito cooperativa.

— Ei! A sua também não é — dispara Summer antes de cair nos braços abertos do namorado.

Aiden sorri para ela.

— Você tá tão bêbada, amor.

— Tô sóbria como nunca. Faço até "de quatro" pra provar.

E essa é a minha deixa para ir embora.

— Pense no que eu disse! — sussurra Summer alto o suficiente antes que a porta se feche, e eu sigo pelo corredor.

Apesar de eu não querer, suas palavras circulam meus pensamentos, como um laço em um rodeio. Ir para o quarto de Sage a essa hora é uma má ideia.

Mas e se ela tiver bebido tanto que precise de alguém para cuidar dela?

Meu Deus, estou mesmo levando a sério o conselho de uma Summer bêbada? Não existem circunstâncias em que ir para o quarto de Sage faria bem a qualquer um de nós. Principalmente porque não consegui tirar da cabeça a imagem dela sentada naquela bancada.

Já faz quatro anos e nunca me senti assim. Uma necessidade desesperada, dolorida de sentir o corpo suado dela deslizar contra o meu. O pensamento até parece perigoso. Mas a expressão em seu rosto depois que eu contei a ela que sou celibatário estourou a bolha de luxúria.

De alguma forma, paro bem na frente do quarto e, quando bato na porta, sei que já perdi qualquer autocontrole em que pudesse confiar.

Alguns minutos se passam antes que Sage, irritada, responda:

— Que é?

Ela ainda está vestida, de salto, bolsa no ombro e tudo. E parece meio adormecida e prestes a cair a qualquer momento.

— Passei só pra saber como você está. Por que não foi dormir?

— Ai, que vergonha. — Ela olha para o chão. — Eu tropecei e fiquei deitada no chão até você bater.

Na mesma hora, meus olhos observam cada centímetro dela.

— Tá tudo bem? Você se machucou?

— Tô de boa.

Ela não parece de boa. Seu joelho está arranhado e seus pés estão vermelhos dos saltos.

— Posso ajudar?

— Isso chega meio perto da categoria "namorado de verdade"? — Ela aponta um dedo para mim. — Nada de misturar os dois. Você é zona proibida.

Zona proibida. Puta que me pariu.

— Sage, deixa eu ajudar.

— Mas eu tô de boa. Viu?

Ela tenta se equilibrar em uma perna. A demonstração de sobriedade não se sustenta quando Sage se desequilibra e cai em cima de mim com um gritinho.

— Deixa que eu te pego.

— Quem me dera.

Atravessando o quarto e se apoiando bastante em mim, ela suspira quando a sento na cama e me ajoelho para tirar seus sapatos. Quando aperto o peito do seu pé sem querer, ela geme e cai de volta na cama. Então, naturalmente, faço de novo, provocando a mesma reação.

— Gostoso?

— Muito gostoso.

Solto uma risadinha, colocando os dois sapatos de lado e massageando seus pés porque sei que Sage está com dor. Também pode ter a ver com os sons de prazer que ela faz a cada apertão.

— Você é um deus.

— Nunca recebeu uma massagem nos pés?

— Nunca.

— Que crime.

— Sabe o que mais é um crime?

— Humm?

— Nenhum cara nunca ter me feito gozar.

Quase engasgo com a saliva.

— Sage.

Era de se esperar que eu já estivesse acostumado com sua franqueza, mas ela me pega de surpresa toda vez.

— Desculpa, quase esqueci que você é… — Ela soluça. — Mas é verdade. Não consigo nem me fazer gozar quando estou com um cara. É como se eu travasse, porque esperam que eu performe. Irônico, eu sei.

Estamos navegando em águas perigosas, e sei com todas as minhas forças que não quero explorar esse tópico na conversa. Sobretudo não com o que eu disse mais cedo, e definitivamente não quando ela está bêbada.

Cerro os dentes para me impedir de responder, mas o que ela está dizendo é blasfêmia. Não consigo imaginar que nenhum cara nunca tenha feito um bom oral nela especialmente para fazê-la sentir prazer. Ou pelo prazer dos dois.

— Nunca? — pergunto apesar de tentar me controlar.

— Não. É muito complicado e eu sou muito exigente. Muito difícil.

— Quem te disse isso?

Ela bufa.

— Todo cara. Até você.

— Eu nunca disse que você era difícil, Sage. Você com certeza não é fácil, mas gosto disso em você.

— Você não age como se gostasse. Tenho certeza de que você acha que sou uma chata que te prendeu na minha vida toda bagunçada.

— Ei. — Eu a puxo pelos braços para que fique sentada. — Você não me prendeu. Eu quis fazer isso.

— Então por que você não consegue olhar pra mim? Parece que não suporta ver a minha cara.

Dou uma risada. Uma risada genuína e calorosa.

Ela franze a testa.

— Nossa. Não precisa esfregar na cara.

— Correndo o risco de falar demais, não quero olhar para você por muito tempo porque gosto demais de te olhar.

Ela inclina a cabeça, e sei que está tentando decifrar minhas palavras. Mas seu cérebro bêbado a impede e espero que a faça esquecê-las também.

Ainda estou ajoelhado diante dela, observando seus olhos cor de mel piscarem rapidamente como se ela estivesse tentando ver através de uma névoa. Pressiono a mão com delicadeza em sua perna.

— E pra falar a verdade, qualquer cara que perdeu a chance de te dar um orgasmo é um idiota. Você está melhor sem eles.

— Alguns até tentaram. Mas não conseguiram.

— Então, estão fazendo errado.

— Pode ser que o problema seja comigo.

— Não é.

— Eli…

— Eles estão errados. — Nivelo nossos olhares. — Se fosse comigo, eu ia chupar sua boceta até você gozar quando eu mandasse.

Sage cai de volta na cama, resmungando algo. Quando pigarreio e me levanto, meu corpo todo está quente e tenho certeza de que se ela me tocasse, eu a queimaria.

— O que você ia vestir para dormir?

— Nada.

Meu Deus. Sage só tem o vestido que está usando agora e, pelo visto, está desconfortável pra cacete, porque ela puxa e se coça como se o tecido estivesse lhe sufocando.

Desistindo, tiro o paletó e desabotoo a camisa social. Eu a tiro, ignorando a maneira como ela encara meu peitoral desnudo.

— Toma.

Coloco a camisa em seu colo. Sem dizer nada, Sage agarra a roupa, leva até o rosto e inala. Quando solta o ar, parece tão contente, que preciso segurar uma risada. Eu tinha acabado de lavar, então deve estar cheirando a amaciante e suponho que com um pouco do meu perfume também. Mas a maneira como ela se demora me diz que gosta do cheiro. Quando ela abre o zíper lateral do vestido, eu me viro para a parede para lhe dar um pouco de privacidade.

— Nada que você não tenha visto antes — murmura ela.

Verdade, mas tenho a sensação de que se só suas pernas tonificadas já me fazem perder o foco, a visão do resto de seu corpo pode causar danos irreparáveis. Depois de passar alguns segundos ouvindo meus batimentos cardíacos e o barulho silencioso do tecido, o edredom farfalha e me viro para encontrá-la enterrada sob ele.

— Você não tirou a maquiagem.

Ela solta um resmungo.

— Lido com isso amanhã.

Crescer com uma mãe obcecada por cuidados com a pele me ensinou que dormir de maquiagem é terrível para o rosto. Mas a pele de Sage é impecável, então eu realmente não consigo perceber quando está maquiada ou não. Mas hoje, o brilho em suas pálpebras e os cantos externos esfumados tornam óbvio.

— O que você usa para tirar? — Não entendo nada de maquiagem, mas acho que consigo ajudar.

— Água micelar, mas tá no banheiro e não vou levantar. Isso é um problema para a Sage do futuro.

Balançando a cabeça, abro a porta do banheiro e vasculho seus produtos de higiene para procurar o que caralhos seja água micelar. Depois de examinar cada rótulo, encontro o líquido transparente em uma garrafa cor-de-rosa, pego uma toalha de rosto e me sento na beirada da cama.

— Senta direito pra mim.

Ela resmunga uma recusa, então tenho que colocar mais um travesseiro para levantá-la. Passando um pouco da água na toalha, limpo o glitter primeiro, depois uso mais para limpar todo o seu rosto. Roço o polegar em sua pele lisa, e seus olhos mal se abrem.

Sage me observa enquanto continuo tirando toda a maquiagem.

— Isso é muito além das obrigações de um namorado de mentira — sussurra ela, as palavras emboladas pela exaustão e pelo álcool.

Depois que seu rosto está limpo e hidratado, continuamos parados. Um toque de aroma de melancia permanece em minhas mãos e penetra em sua pele marrom. Meu pescoço dói por causa da posição estranha, mas não consigo me mover ou me importar quando ela olha para mim como se estivesse mapeando uma constelação inteira com os olhos.

— Não, isso aqui é só o Elias e a Sage.

— Sem filtro?

Eu rio.

— Uhum. Sem filtro.

22
SAGE

Não há nada mais vergonhoso do que correr pelas ruas do centro de Toronto de collant. É segunda-feira, então minha agenda está lotada e a ressaca do fim de semana não ajudou. É fácil fingir, sob o pretexto do álcool, que esqueci todas as coisas bobas que posso ter dito ou as coisas que Elias fez que deixaram minhas mãos suadas. Fingi que a noite correu exatamente do jeito que postei nas redes sociais.

A música nos fones de ouvido acompanha minha corrida até a farmácia, mas os olhares no caminho me impedem de me perder na playlist.

Eu esqueci. *De novo.*

Ser uma boa irmã mais velha vem com muitas responsabilidades e viver esquecendo de ligar para seu irmão caçula ou não garantir o pagamento de seus insumos antes que acabem não estão entre elas. Avisto o símbolo verde, estou quase na farmácia. Uma mulher de jaleco branco está atrás do vidro, estendendo a mão para virar a placa de aberto para fechado, mas passo correndo pela porta, empurrando-a no processo.

— Desculpa — digo quando finalmente recupero o fôlego. — Preciso pagar minha fatura.

A mulher ajeita os óculos tortos, me dando um olhar que não é nem de longe tão amigável quanto da vez em que a conheci. Ela me reconhece — ou melhor, reconhece meu atraso.

— Srta. Beaumont — diz ela, praticamente resmungando. — Pagamento atrasado de novo, presumo.

Finjo um sorriso, pegando a carteira enquanto ela me leva até o balcão da frente.

— Desculpa, só precisava de um pouco mais de tempo. O teto para obter o desconto do plano de saúde é maior do que eu esperava.

Em vez de me ajudar, ela acena para uma técnica cujo sorriso eu já me acostumei das muitas vezes que precisei vir aqui. Tenho sorte que a farmacêutica não precisa lidar comigo, caso contrário, com a cara que ela me julga, eu já estaria banida da farmácia.

— Sage, que bom que você conseguiu vir — diz a técnica.

Ela digita no teclado, abrindo o perfil de Sean. Então, arregala os olhos.

— Que foi? — pergunto, inclinando-me sobre o balcão para olhar a tela.

Ela solta um "humm", seus lábios se apertando enquanto clica mais algumas vezes.

— Parece que você tinha uma fatura atrasada do mês passado.

— Posso pagar agora — respondo rápido.

— E a insulina que Sean está usando aumentou de preço.

Minha garganta fica seca. Um aumento? Mal posso pagar o valor atual, enquanto não terminar de pagar o teto para obter o desconto do plano de saúde.

— Quanto ao teto para obter o desconto dele...

— Eu juro que posso pagar. Só me dá mais alguns dias, pro meu salário cair.

— Srta. Beaumont...

— Por favor, você sabe que eu sou honesta. O estoque dele tá acabando, e eu jamais seria tão negligente, mas você tem que confiar em mim.

Ela coloca uma das mãos sobre a minha, trêmula, e me olha calmamente. Acho que está prestes a recusar, e sei que estou prestes a chorar ou ameaçar roubar essa farmácia. Que se dane a cadeia.

— Srta. Beaumont, já está pago. Na verdade, está tudo pago. O teto máximo de Sean está acertado, e o restante que o plano não cobre também está pago.

Pisco várias vezes, como se isso me ajudasse a ouvir melhor.

— Como assim?

Ela sorri, subindo os óculos.

— A receita de Sean será renovada e os insumos enviados a ele conforme necessário. Nem precisa mais lidar conosco.

— Mas… como?

Ela se vira de volta para a tela e, depois de mais alguns cliques, vira o monitor na minha direção.

— Pago na íntegra por Elias Westbrook.

Não.

ELIAS

No momento em que a porta da frente bate e uma bolsa pesada cai atrás de mim na bancada da cozinha, percebo que não é um dos caras nem Summer.

— Como você pôde? — A voz de Sage está carregada de emoção.

Olho por cima do ombro e a vejo com roupa de balé, me encarando com um fogo nos olhos que eu só tinha visto uma vez — quando ela invadiu o vestiário masculino para me confrontar por ter lhe dado o número de Mason.

Por alguma razão perversa, gosto quando Sage me deixa ver toda a sua gama de emoções. Isso me faz sentir como se eu tivesse ganhado na loteria.

O molho para o macarrão Alfredo que vamos comer hoje à noite borbulha.

— Experimenta.

Em um movimento rápido, eu mexo e levo a colher para Sage, deslizando-a entre seus lábios entreabertos.

Ela não consegue reagir rápido o suficiente, e quando o sabor atinge sua língua, emite um som involuntário de prazer e seu estômago ronca de aprovação. Quando abre os olhos novamente, está desorientada, mas então retorna à sua expressão anterior.

Seu olhar desliza para o buquê de cravos cor-de-rosa e azuis, e Sage faz uma cara de puro ódio para as flores. Ok, não são as favoritas.

Jogo a colher na pia, volto para o fogão e abaixo o fogo, apenas para ouvir um suspiro frustrado antes que ela bata o armário. Sage se serve de água e bebe às pressas.

Avalio sua postura rígida e me viro para lhe dar toda a minha atenção, me inclinando contra a bancada para encará-la.

— Quer conversar?

Ela solta um muxoxo e se vira dramaticamente, seus cachos saltando de seus ombros.

— Não sei. Será? — Ela estreita os olhos como se estivesse furiosa só de olhar para a minha cara. Então, solta um suspiro frustrado. — Se eu soubesse que você era um doido do caralho, não tinha me oferecido para ser sua namorada de mentira.

— Acho que suas palavras exatas foram "*gostoso* do caralho".

Não consigo evitar quando meus lábios se curvam em um sorriso, e sua expressão tensa só está me divertindo mais. Desde a noite da festa, há uma névoa espessa flutuando ao nosso redor.

— Não se faça de inocente. Como você pôde pagar o tratamento de Sean sem me falar?

Ah. Eu deveria ter previsto essa.

— Achei que não fosse nada de mais.

Ela me encara com grandes olhos raivosos.

— É de mais, sim! Ele é meu irmão.

— E você é minha namorada. Não tem problema nenhum. — Sustento seu olhar. Talvez eu tenha praticado esse discurso algumas vezes na minha cabeça, porque Sage é alérgica a ajuda. — Você montou sua vida inteira para nunca ter que depender de ninguém, mas quando chega num um ponto em que precisa, vai lá e fica brava. Por que não me deixa fazer essa única coisa por você?

Ela aperta a ponte do nariz.

— Porque as pessoas dependem de mim. O que você acha que vai acontecer se eu depender de outra pessoa? Tudo ia dar errado, Elias.

Sei que ela diz isso por experiência própria, mas odeio que se force a lidar com tudo sozinha. Eu me importo com ela, e não é só por causa do nosso acordo.

— Não necessariamente — digo.

— Não dá pra confiar em algo que nem é real. — Ela passa a mão pelo cabelo. — Você não pode fazer promessas que não pode cumprir. Já fizeram isso demais comigo, e não vou deixar você fazer também.

— *Meu Deus*, Sage, parece até que você quer essa vida, que não tem nem um segundo para respirar, só porque você acha que tem que carregar tudo sozinha.

— Eu só sei viver assim! — exclama ela. — Não é fácil deixar pra lá e me abrir com alguém como você.

— Como assim?

— Nada.

Não a deixo escapar. Em vez disso, dou um passo em sua direção e espero por uma resposta.

Ela sustenta meu olhar e suspira.

— Você é todo bem-resolvido, Elias. Logo, logo, vai perceber que minha vida é exatamente como todo mundo diz: um desastre. É uma fachada, porque eu estrago as coisas. Eu estrago as pessoas.

— Você não estragou ninguém.

— Sean já quase ficou sem insulina um milhão de vezes por minha causa. Sem falar que ele sofreu bullying na escola por meses antes de eu descobrir. Meus pais? Eles nunca nem queriam estar em casa porque eu os fazia lembrar de tudo o que eles queriam evitar. Tudo isso só fez com que eles fossem embora.

— Nada disso é culpa sua. Sean é um garoto forte e capaz de fazer qualquer coisa. E não ouse dizer que as escolhas dos seus pais têm a ver com você. Não carregue um fardo que não é seu.

Sage abaixa o olhar.

— Não é só isso. Parece que não importa o que eu faça, não importa o quanto eu tente, mal consigo me virar. Eu sou uma bagunça do caralho.

— Você é minha bagunça.

Sage bufa.

— Era para isso ser romântico?

— Era para ser um jeito de te dizer que estou aqui e que vou cuidar de você.

Ela registra as palavras como se eu tivesse falado uma língua estrangeira. Lenta e confusa.

— Mas você tem razão. — Eu dou um passo para trás. — Eu não deveria ter feito isso sem falar contigo.

Ela encontra meu olhar.

— Vou te pagar de volta...

— Não — interrompo. — Entendo a intenção, mas o que eu fiz não foi por nenhuma outra razão além de querer ajudar. Então, não, você não vai me pagar de volta.

Ela não gosta dessa resposta.

— Só... não faz isso de novo.

— Não posso prometer nada. Mas da próxima vez que eu quiser fazer algo por você, vou te contar primeiro.

— Acho que você quis dizer "perguntar".

Não quis, mas vou deixá-la pensar assim por enquanto.

— Viu, você pode só agradecer e seguir em frente, certo?

Ela bufa, fervendo de ódio, ao lado da pia.

— Obrigada.

Não espero que ela fique tranquila na mesma hora, mas não quero que pense que é um problema maior do que é.

Tiro a panela com água fervente do fogão e vou até a pia para escorrer o macarrão em uma peneira. Sage não se mexe.

Quando volto para a pia para lavar a panela, meu celular toca, e nos viramos para o aparelho que repousa em um pano de prato perto do fogão.

— Pode pegar pra mim? — pergunto, mostrando minhas mãos molhadas.

Ela assente e traz o aparelho.

— É sua mãe.

— Pode atender.

Sage arregala os olhos.

— É uma chamada de vídeo. E se ela perceber que estamos mentindo e que sou uma interesseira...?

— Atende o telefone, Sage.

— Oi — diz ela quando finalmente atende, acenando para a tela do telefone.

Minha mãe fica em silêncio por um tempão, e o olhar de Sage salta do meu para o celular. Ela está nervosa. Que fofa.

— Ian! Vem rápido, é a namorada do Eli! — grita minha mãe. Sage está sorrindo quando se vira para me mostrar a tela também. — Ah, Sage, a gente estava implorando para o nosso menino tímido nos deixar te conhecer. Você é tão linda quanto nos seus vídeos de balé.

Então meu pai aparece na tela, com um sorriso radiante.

— Fizemos todos os nossos amigos do clube de campo seguirem sua conta. Você tem muitos fãs aqui em Connecticut.

Sage ri.

— Obrigada, significa muito pra mim.

— Ele está te tratando bem? — pergunta minha mãe. — Me passa seu número. Eu te ligo pra...

— Mãe — repreendo.

Ela murcha.

— Tá bom, desculpe. Pelo visto, eu sou "autoritária" quando estou animada.

— Não seja rude, Elias. — Sage me lança um olhar sério. — Vou adorar conversar quando quiser ligar.

Minha mãe sorri vitoriosa quando consegue o que queria.

— São cravos? São minhas flores favoritas.

Sage parece atordoada e, quando se vira para a câmera, morde o interior da bochecha.

— Elias quer que eu tenha uma flor preferida, então, compra um buquê novo toda semana.

— Ai, que romântico! — Minha mãe quase derrete e sorri satisfeita. — Você vai voltar para casa com Eli quando terminar a temporada? Adoraríamos te conhecer pessoalmente.

Sage hesita. Essa relação entre nós terá acabado até lá, e sei que ela não vai mentir ou dar falsas esperanças para minha mãe. Jane Westbrook tem esse efeito nas pessoas.

— Mãe, a gente liga mais tarde. Sage acabou de voltar da aula e está exausta. Né, meu bem?

As palavras escapam dos meus lábios e eu congelo. E Sage também. Ela vira a cabeça com tudo para mim, arregalando os olhos como se eu tivesse acabado de xingar na frente da minha mãe.

Há uma tensão estranha palpável antes que minha mãe pigarreie.

— Tá bom, me mande o número dela então, Eli.

Limpo as mãos ensaboadas e pego o telefone de Sage depois que eles desligam.

— Eles parecem ser muito legais — comenta ela, recuando para onde deixou sua bolsa. — A quem você puxou? Não consegui ver.

A pergunta me confunde. Encaro a pia outra vez e continuo enxaguando a louça.

— Nenhum dos dois — digo. Minha resposta é curta.

Talvez curta demais, porque ela não diz nada depois disso. A próxima coisa que ouço é ela saindo da cozinha e a porta do nosso... do *meu* quarto se fechando.

23
SAGE

Passar por pontos de ônibus estampados com o rosto do seu namorado de mentira é um negócio muito bizarro.

Passei todo o trajeto do trabalho para casa no telefone com Jane Westbrook. A mãe de Elias é tão doce quanto parece, e não é de admirar que ele seja tão cavalheiro.

Desde que os pais dele se aposentaram, passam a maior parte do tempo viajando, e ela me contou que, na última viagem, foram ao balé em Paris. Aparentemente, eu os influenciei.

No caminho para o apartamento, meu celular vibra de novo, mas dessa vez é uma chamada de vídeo de Sean. Quando atendo, aponto a câmera para os grandes pôsteres de Elias no ponto de ônibus, e o favorito de Sean, o número vinte e dois, em outro pôster ao lado.

— Queria estar aí — diz ele quando viro a câmera de volta para mim.

— Quer que eu vá aí te sequestrar? — brinco.

— Você é uma péssima influência. — Ele ri. — Mas liguei pra perguntar uma coisa.

— O que foi? É pra te dar uma camisa autografada?

— Ah, sim, falando nisso, obrigado por mandar. São iradas. Josh ficou felizão de ganhar uma também. — Ele vai até o armário para me mostrar sua camisa nova do Toronto Thunder, com a parte de trás assinada pelo time inteiro. — Chegou pelo correio uns dias atrás.

Elias deve ter enviado para ele. É claro.

— Então, voltando ao assunto. Um amigo meu convidou a galera pra ficar na casa dele durante o recesso do meio do semestre. Ele tem um videogame novo que nem saiu ainda.

Quando Sean começou naquela escola, era superexcluído. Ele não se encaixava com as crianças ricas, e os professores não gostavam da presença dele. Mas depois de alguns anos, fico feliz que tenha feito alguns amigos de verdade.

— Parece divertido. Mas lembra das regras: quero os nomes dos seus amigos, os números dos pais deles e o endereço.

— Vou mandar tudo por mensagem — garante ele. — Ah, e você precisa confirmar com a escola que a mãe dele pode me buscar.

— Tá bom. — Vasculho a bolsa em busca da chave. — E você lembra a regra do telefone?

— Você e o tio Marcus estão nos meus contatos de emergência, e vou ligar pra vocês todo dia.

Eu sorrio. Nosso tio ia adorar saber que está nos contatos de emergência.

— Ótimo, eu ligo para os pais deles e confirmo com a escola antes de você ir. Me ligue todas as noites, Sean. Se esquecer, eu apareço lá. Com um taco.

A risada dele é meio vacilante.

— Então... você realmente não se importa?

— Por que eu me importaria? Acho que passar um tempo com sua irmã mais velha acaba sendo um pouco chato, né?

Meu apartamento ainda está danificado pelo incêndio, e eu nunca faria Elias abrigar mais um Beaumont sob seu teto. Uma já é mais do que suficiente.

Sean não responde.

— Que foi?

— Vai ser no dia 28 — informa ele. — No dia que eu ia sair pra comemorar seu aniversário.

Paro na calçada e murmuro um pedido de desculpas quando alguém esbarra em mim. Meu coração se contorce em uma bola desconfortável que aperta tanto que acho que vai estourar.

— Desculpa. Nem sei por que perguntei. Posso cancelar. A gente só...

— Não. — Luto contra a ardência nos olhos. — Não cancele. A gente comemora depois que seu semestre acabar. Vá passar um tempo com seus amigos.

Ele não cai no meu papo.

— Sage, esse rolê não é nada de mais. A gente sempre comemora seu aniversário. Nem era pra eu ter dito "sim" a eles.

Conversar é difícil quando parece que há uma faca enfiada em sua garganta.

— Sean, tá tudo bem. Tenho aquela apresentação chegando e tô tão ocupada que seria difícil arranjar tempo.

— Tem certeza?

Faço que sim com a cabeça, meio tensa.

— Vamos comemorar outra hora. Tenho que ir, mas te ligo mais tarde!

Encerrando a chamada, finalmente deixo meu rosto murchar. A última vez que estive sozinha no meu aniversário, Sean ainda não tinha nascido, e meus pais me deixaram sozinha em casa para fazer Deus sabe o quê. Odiei meus aniversários por muito tempo, até que Sean e eu finalmente saímos daquela casa e os tornamos especiais outra vez. Mas acho que ele nunca percebeu como aqueles dias eram importantes para mim, porque eu me certifiquei de que, no aniversário dele, meu irmão nunca sentisse a solidão que eu sentia. Há um buraco fundo no meu estômago que parece muito com traição, mas não posso culpar Sean por querer sair com seus amigos. Se eu fosse adolescente, gostaria de fazer a mesma coisa. E se ele está feliz, eu também estou feliz.

Quando abro a porta do apartamento, passo direto por todos rindo na sala de jantar. Os amigos de Elias são ótimos, e adoro ouvir suas histórias malucas. Mas hoje suas risadas doem. Nunca tive o luxo de ter amigos, e agora está batendo muito mais forte do que o normal. Aceno quando me veem e encontro o cômodo mais próximo para me trancar. Acontece que é o banheiro principal e, uma vez que entro, me arrependo de não ter ido direto para o quarto de Elias.

Minhas lágrimas são uma torneira quebrada, e elas caem mais forte quando todas as rejeições pesam sobre mim.

Toc. Toc. Toc.

— Sage?

Merda. Meu coração dá um salto quando a voz de Elias vem depois da batida. Olho para meu rosto encharcado de lágrimas no espelho. Respiro fundo e tento me recompor.

— Só um segundo!

Ouço um barulho do outro lado da porta, e quando meus batimentos cardíacos se acalmam, sua voz profunda passa pela porta novamente.

— Pode abrir aqui pra mim?

Estou um caco, e todos os amigos dele estão aqui. Ele vai achar que sou louca.

— Não — digo, mas minha voz não faz um bom trabalho em esconder minhas emoções dessa vez.

— Eu sei, mas abre mesmo assim.

Com uma onda repentina de confiança, abro a porta para ver o olhar suave de Elias. Seus olhos disparam por meu rosto manchado e, antes que eu perceba, ele entra e tranca a porta do banheiro. Suas mãos seguram meu rosto enquanto seu polegar passa um toque suave ao longo do meu queixo.

— Por que você tá chorando? — Suas palavras estão cheias de preocupação.

Meu olhar cai para o chão.

— É besteira.

— Não pra mim.

Sem nenhum aviso, suas mãos grandes emolduram minha cintura, e ele me iça para a bancada. Chocada, fico lá sentada enquanto ele vai até a pia para pegar uma toalhinha da prateleira, molhando-a sob a torneira.

Elias entra no meio de minhas pernas, ocupando todo o espaço.

— Posso?

Não tenho certeza de para que ele está pedindo permissão, mas faria qualquer coisa para não ser a otária chorando no banheiro. Então eu assinto, e quando ele pressiona a toalha molhada no meu rosto, o calor dela penetra na minha pele e desce para estrangular meu coração. Ele enxuga as lágrimas com delicadeza, uma das mãos em volta da minha nuca enquanto se concentra intensamente nas manchas de rímel sob meus olhos.

— Não precisa me contar. Mas sempre que quiser conversar, tô aqui pra te ouvir.

Desta vez, são as palavras gentis que estouram a represa, em vez do peso da rejeição. Lágrimas escorrem pelo meu rosto, e não consigo evitar a tremedeira dos meus lábios. Mas Elias não vai embora, ele fica. Ele fica, e limpa minha pele com uma toalha morna e úmida, e coloca uma mão gentil no meu pescoço.

Eu fungo.

— Não quero te entediar.

— Você não conseguiria nem se tentasse.

— Não acho que consigo falar agora — admito depois de um tempo.

— Então, eu falo.

Meu olhar se volta para ele em choque. Elias oferecendo informações é uma raridade. Nem quando contei toda a minha história familiar no nosso primeiro encontro ele compartilhou alguma coisa. O homem é um cofre.

— Lembra quando você falou com meus pais no telefone e perguntou a quem eu puxei?

Eu assinto.

— Eu sou adotado. Os Westbrook me acolheram quando eu era criança, então é por isso que não pareço com eles. Eu sou a cara do meu pai biológico. Temos até o mesmo nome. É por isso que todo mundo me chama de Eli. Não sou lá muito fã do meu nome inteiro.

Eu me encolho, sabendo que o chamei assim desde o primeiro dia em que nos conhecemos. Ele deve ver que estou prestes a me desculpar, porque me interrompe.

— Gosto quando é você que diz.

Reprimo um sorriso idiota.

— Você está me dando muitas das suas primeiras vezes, Elias. Cuidado, ou posso pensar que você gosta de mim de verdade.

— Eu gosto de você, Sage.

Meu coração canta uma melodia feliz quando nossos olhos se encontram, e isso me faz querer tirar o peso dos meus ombros.

— Meu aniversário é semana que vem — começo. — Mas entra ano e sai ano, e eu tô sempre empacada no mesmo lugar. Parece que eu tô sempre correndo, mas nunca chegando a lugar nenhum.

Ele escuta com toda a atenção do mundo.

— E eu odeio chorar assim, mas não podia parar para sentir coisas naquela época, então agora, quando tenho uma emoção, não reprimo. Tipo assim, eu dizia que estava com dor de cabeça e minha mãe ia dizer que tem enxaquecas crônicas. Eu chorava por causa das professoras de balé de merda e ela dizia que chorou tanto na vida que ficou sem lágrimas. Ela ficava competindo e às vezes era melhor simplesmente perder.

"Uma das razões pelas quais entrei pro balé foi para escapar de casa algumas vezes por semana. Era difícil estar perto dos meus pais quando eles brigavam, e piorou quando Sean nasceu. Eu me sentia impotente. Como se eu fosse ótima, mas nunca o suficiente. Mal conseguia acompanhar a escola e a vida em casa, mas sabia que se largasse o balé, ia cair no buraco que eles cavaram para mim, e a gente nunca mais ia sair de lá. Nos últimos tempos, tenho sentido como se ainda estivesse lá."

Elias deixa cair as mãos dos meus lados, na bancada.

— Sean está em uma ótima escola e provavelmente vai para uma faculdade ainda melhor. Você ganhou prêmios, fez tantas apresentações e agora vai garantir uma audição para um dos teatros mais prestigiados do mundo. Você não está empacada, nem de longe.

Suas palavras parecem me envolver como a água morna da torneira.

— Seus pais sumiram e largaram uma responsabilidade enorme no seu colo, mas você continua se culpando pelo abandono deles. Eles decidiram que as drogas eram mais importantes do que os filhos, e deixaram uma criança para cuidar de outra. — Ele solta o ar com força. — Você perseverou em tudo isso e se tornou uma mulher forte, capaz e linda. Não há nada em você que diga que você é fraca. Essa palavra nem existe em uma frase que te descreva.

Eu soluço, engolindo o ar como se tivesse acabado de ressurgir do oceano.

— Nossa. Você meio que é ótimo nesse negócio de consolar.

Durante toda a minha vida, fui eu quem assumiu a liderança. Por mais exaustivo que seja, nunca houve um momento em que eu pudesse desligar essa parte de mim. Sempre pareceu que sou eu contra o mundo, e pode até ser, mas até mesmo a ilusão de alguém carregando o peso por mim é o suficiente para afrouxar o nó antigo no meu estômago.

Ele esfrega o polegar na minha bochecha.

— É fácil demais quando se trata de você.

Eu sorrio e ele também, e quando alguém bate na porta do banheiro, ele me lança um olhar que pergunta se estou bem, e eu assinto. Então, saímos. De mãos dadas.

Summer e eu nos retiramos para a varanda depois do jantar para observar o céu colorido se desfazer em escuridão. Os garotos estavam reclamando sobre ter que voltar para Dalton amanhã de manhã, e já estou com saudades de todos eles.

— Tá tudo bem? — pergunta ela, encostada na grade de metal preta.

— Aham. Elias meio que tem jeito com as palavras.

Ela concorda.

— Ele sempre garante que as pessoas que ele ama estejam bem cuidadas.

Desta vez, não a corrijo. Pela primeira vez, gostaria de fazer parte dessa categoria, mesmo sabendo que não é verdade.

— Sum — chama Aiden. — Vem lembrar o Dylan por que seu pai não gosta dele.

Summer olha para mim com uma expressão divertida, então segue o namorado para dentro do apartamento.

Eu me sento no chão para assistir ao pôr do sol tranquilo. Nunca tive essa vista do meu apartamento. O máximo que dava para ver eram carrinhos de compras abandonados e arbustos malcuidados.

— Guardei um cupcake pra você — diz Kian assim que põe os pés na varanda.

Ele se abaixa e se senta no chão ao meu lado, segurando um cupcake com cobertura cor-de-rosa. Abro um meio sorriso e o pego. O silêncio não é desconfortável. Não sei bem o que é, mas sua presença é estranhamente reconfortante.

Kian olha para mim com um sorriso suave.

— Sabe, às vezes leva tempo pra perceber que tem gente no mundo que quer te ajudar sem querer nada em troca.

Tenho a sensação de que ele também percebeu que algo estava errado quando saí do banheiro com os olhos inchados. Ninguém tocou no assunto e agradeci por isso, mas acho que foi porque Elias lhes deu um aviso silencioso.

— Às vezes, não é tão fácil assim — sussurro.

Kian se vira para o céu escuro.

— Não sei se isso é verdade. Acho que as pessoas mostram quem são bem rápido. Cabe a você decidir se quer confiar nelas.

Ele tem razão. Elias mostrou o tipo de cara que é na hora que o conheci. Não precisei pensar muito sobre querer que ele fosse meu namorado de mentira.

Dou uma mordida no cupcake.

— Tá de "Kian Filósofo" hoje?

— Sabia não? Sou como um sábio dos conselhos pra esses caras. Eles não conseguem fazer nada sem a minha ajuda.

— Por algum motivo, eu realmente acredito nisso.

Ele bate o ombro no meu.

— Acho que seremos grandes amigos, Sage.

— É porque eu sou a única que não fica te criticando?

— Mais ou menos. — Ele me olha de soslaio. — Não vá mudar isso.

— Não vou.

Ficamos sentados assim por um tempo. A única conversa é a que acontece lá dentro, e não consigo deixar de aproveitar o entendimento silencioso que se estabelece entre mim e Kian. É o tipo de silêncio que me faz sentir ouvida. Algo que eu nunca experimentei antes de conhecer Elias.

Nota mental: Deixar a luz entrar.

24
SAGE

Chorar no meu aniversário é minha pequena tradição. Exceto que este ano é menos existencial e mais sobre me sentir uma fracassada. O relógio na parede do estúdio de balé brilha em vermelho; já faz três horas desde que entrei aqui. Estou dando tudo de mim para aperfeiçoar minhas partes para os papéis de Odette e Odile, só para o caso de eu receber um convite para fazer uma audição para o TNB. No resto do tempo, filmei conteúdo para minha página e postei para compartilhar com meus seguidores. Já são quatro da tarde, o que significa que trabalhei mais da metade do dia.

Ficar sozinha no aniversário parece tortura. Mas não é como se eu tivesse planos de todo jeito. Não tenho amigos em Toronto, Sean está na casa de um amigo e até meu namorado de mentira está ocupado assistindo a vídeos de jogos com o time. Sou oficialmente patética.

A porta de vidro do estúdio se abre e meus alunos entram sem pressa. Não me dei ao trabalho de tirar o dia de folga, já que não tinha planos, mas essa é minha única aula do dia. O interesse em nosso programa para iniciantes tem sido avassalador e, quando o estúdio me enviou um e-mail sobre abrir mais turmas, concordei. Acontece que alguns dos meus seguidores moram em Toronto, e os pais me procuraram nas redes sociais. Não me importo porque, com a agenda lotada, consigo me manter com as finanças.

Quando o relógio marca quatro e meia, toco a música nos alto-falantes e instruo a turma a me mostrar do que se lembram da última aula. Ando pela sala, corrigindo e elogiando cada uma das crianças.

— Srta. Beaumont, não consigo fazer as subidas de perna — diz um deles.

— Eu também tinha dificuldade, Jamie. Vamos fazer alguns exercícios que podem dar apoio aos seus movimentos.

Mostro a ele o uso de *développés* e *battements* para enfatizar o controle e o alinhamento em cada movimento. Quando ele tenta outra vez, eu o encorajo a repetir a forma para obter as melhores extensões possíveis. Ele assente, alegre, e eu vou para a frente da classe.

Com mais algumas rodadas de prática, chegamos perto do fim da aula, e eu ensino à turma um pouco de terminologia de balé. Eles assassinam o francês, mas logo, logo, vão aprender a pronunciar direito.

As crianças repetem o que digo, mas paro no meio da palavra quando a porta do estúdio tilinta e Elias entra. Não consigo tirar os olhos dele. Está vestindo uma camiseta azul do Thunder e jeans, o cabelo desgrenhado pelo vento.

É o suspiro de um dos meus alunos que chama minha atenção de volta.

— É Eli Westbrook! — anuncia uma das meninas.

A mistura de fãs de balé e hóquei nessa turma nunca deixa de me divertir. As crianças se levantam e correm até ele. Elias é tão alto que elas mal batem em seu abdômen. Ele olha para mim com uma expressão alarmada, mãos levantadas em sinal de rendição, quando elas começam a disparar perguntas.

— Você tomou muito leite pra ficar assim tão alto?

— Você tá namorando nossa professora?

— Você é rico?

— Tá bom. Deixem ele em paz, galera. — Eu os disperso ficando na frente de Elias como um escudo. — Seus pais estão esperando lá fora.

Eles reclamam em uníssono, mas vão até os pais, com olhos ainda em Elias. É quando vejo Nina, arrumando suas coisas em silêncio, sem participar do interrogatório completo.

Eu a paro antes que ela possa ir até uma caminhonete velha, que buzina de forma incômoda.

— Ei, você estava tão quietinha hoje. Tá tudo bem?

Olhos lacrimejantes encontram os meus.

— Tá sim. Minha mãe me inscreveu em outra competição de balé essa semana. O prêmio é muito dinheiro, não quero decepcionar ela.

— Você vai ser ótima, não importa o resultado. E se precisar de ajuda, estou aqui. — Pego um dos cartões de visita do estúdio e escrevo meu telefone pessoal nele também. — Esse é meu número, caso precise.

Seus olhos piscam com uma emoção que eu ainda não tinha visto nela. Algo parecido com esperança. Mas desaparece quando a caminhonete buzina de novo e ela sai correndo do estúdio.

Quando a sala esvazia, ficamos só Elias e eu.

Ele olha para minhas pernas primeiro, e pouco a pouco sobe por meu corpo inteiro até meu rosto. O rosto suado e vermelho que não era para ninguém ver, muito menos um homem que exala sexo simplesmente só existindo. A conferida lenta causa um arrepio, me fazendo lutar para não estremecer.

— Queria te ver.

Ai, o coração chega a errar as batidas.

— Ah, é?

— Não fique tão surpresa, Sage. É isso que os namorados fazem.

Quero fazer uma piada sobre ele não ter como saber disso, mas meu mau humor não me deixaria aproveitar totalmente um de seus olhares de pedra. Ele passa por mim para olhar as fotos que prendi em um quadro de cortiça. São Polaroids de quando comecei aqui, junto com alguns espetáculos que fiz com meus alunos.

— Quando foi isso?

Ele aponta para uma foto da minha primeira apresentação.

— Eu tinha oito anos. Foi no show de talentos da escola. Meu tio fez tantas cópias dessa foto, que tive que achar um lugar para colocar. — Vou até minha mesa para guardar os papéis e a caixinha de som. — Por que você veio pra cá? Eu ia pegar o ônibus. Seu treino não ia atrasar?

Elias não responde por um bom tempo, mas quando me viro para olhá-lo, ele está colocando algo no bolso.

— Talvez eu queira uma dança particular — diz ele.

A resposta faz meu rosto ficar vermelho. Aqui é tão íntimo, não consigo imaginar ter toda a atenção dele em mim enquanto danço. Não há como ele não notar o ataque de calor que floresce no meu peito, porque ele olha por um minuto inteiro — ou uma hora, não tenho tanta certeza — e então desvia o olhar sem mencionar nada. Outra gota no balde de seus grandes esforços, eu presumo.

— Tem que pagar a mais por isso, novato — consigo dizer.

— Um encontro, serve?

— Um encontro? — Uma onda vergonhosamente tonta de animação me percorre, e paro para me perguntar se ele sabe que é meu aniversário. Mas eu não disse qual era a data. — Merda. Esqueci de algum compromisso que convidaram a gente?

— Não. Quero te levar em um lugar. Podemos passar no apartamento para você se trocar, ou podemos sair assim mesmo. Você está perfeita, de qualquer maneira.

O elogio casual atinge meu peito como se ele o tivesse carregado em um estilingue. Olho para meu collant e a saia transparente, depois para Elias, que me observa com expectativa, aparentemente inconsciente do efeito de suas palavras.

— Trouxe uma muda de roupa.

Meu guarda-roupa é bem limitado, mas tenho um par simples de jeans e uma blusinha bonita para vestir depois da aula.

Ele assente, e vou para a sala dos fundos trocar o collant apertado. Quando volto, ele sorri.

— Linda.

Eu mexo no tecido da blusa.

— Gosta dessa cor?

— Por acaso, verde-sálvia é a minha cor preferida.

Quando ele pega minha mão, eu a entrelaço com a dele. Já tive aniversários piores.

Chegamos em uma área de fazenda abandonada, e me pergunto se ele vai me largar no meio do mato. Elias dá ré na caminhonete — a caminhonete de Aiden — onde há uma tela branca parecida com um outdoor atrás de nós. Então, salta para fora antes de dar a volta para abrir minha porta.

Uma fresta de laranja lançada pelo sol da tarde ainda brilha no horizonte. Há árvores ao redor da grama e nenhum outro carro à vista. Sigo Elias até a parte de trás, onde ele abre a porta da caçamba, e vejo um colchão de ar inflado.

Ergo as sobrancelhas.

— Sabe, tem lugares melhores para me ver como eu vim ao mundo.

Elias pisca confuso e então olha para a carroceria da caminhonete, coçando a cabeça como se só agora tivesse entendido o que eu estava pensando.

— Confie em mim, você vai gostar.

— Pra ser sincera, tenho certeza de que ia gostar de qualquer coisa que você fizesse comigo.

Lá está aquele olhar nada impressionado de novo.

— Cala a boca, Sage.

Obedeço, mas só porque suas mãos grandes seguram minha cintura e me levantam. Elias sobe atrás de mim, e é quando noto o bolo de chocolate. Antes que eu possa fazer qualquer pergunta ou fazer outra piada, uma luz forte me cega do projetor bem na nossa frente. Que merda é essa?

Quando "Be My Baby", das Ronettes, toca, eu congelo. Reconheceria essa introdução em qualquer lugar. Olho para a tela branca que está iluminada com meu filme favorito.

O título *Dirty Dancing - Ritmo quente* aparece, e percebo que estamos em um dos antigos cinemas a céu aberto localizados nos arredores da cidade. Volto para o colchão de ar, que antes era assustador, e agora quero chorar. Elias está sorrindo, com uma vela enfiada no bolo.

— Isso aí é pra quem? — As palavras tropeçam para fora dos meus lábios, traindo minha máscara de indiferença.

— Ouvi dizer que tem alguém fazendo aniversário.

— Como você sabia?

— Tenho meus métodos. — Eu o imobilizo com um olhar cético, e sua expressão neutra se abre com um sorriso. — Sean me mandou mensagem — admite. — Agora, vem cá.

O comando desliza bem entre minhas pernas e tenta puxar minhas calças para baixo. *Sossega, Sage*. Pulo no colchão de ar e o espero acender a vela.

— Eu sempre deixo Sean fazer essa parte pra mim — digo.

Meu irmão e eu passamos quase todos os aniversários juntos desde que ele nasceu, e este dói um pouco.

— Como assim?

— É ele que sopra a velinha.

O olhar de Elias é de pena, e levanto uma sobrancelha para ele.

— Então, você tem um dia no ano para celebrar você mesma, e ainda assim consegue passar o holofote pra outra pessoa? — Ele faz uma breve pausa. — O que é fofo, aliás, mas aí não vira mais seu dia.

— Sempre foi assim.

— Assim, no caso, cuidar de todo mundo, menos de você mesma? É, eu sei.

Ele está certo; faço tudo por alguém que amo, mas não para mim. Tento reprimir o pensamento. É uma revelação assustadora pensar que não me amo do mesmo jeito que amo os outros.

A vela ilumina seu rosto.

— Dessa vez, faça um pedido pra você.

Se gênios existissem, acho que Elias poderia ser um. Ele tornou meu aniversário especial. Ele garantiu o tratamento de Sean. Ele, sozinho, está garantindo que eu tenha uma chance de estrelar a produção de balé dos meus sonhos. Com tudo que eu sempre quis ao meu alcance, fecho os olhos e faço o único pedido que consigo pensar.

Quero que Elias marque o primeiro gol de sua carreira.

Tirando a vela, ele corta uma fatia e dou a primeira mordida. O gosto é igual ao do bolo que compro todo ano. As memórias começam a inundar.

— Bolo de chocolate da McCain? Você tá me mimando — digo com a boca cheia.

— Você merece, mas não é da McCain.

— Não é? — Caí direitinho, o gosto é idêntico, na verdade talvez até melhor. — Não precisava ter comprado um bolo de aniversário de verdade.

— Não comprei. Eu fiz.

Quase engasgo com o pedação de bolo de chocolate e cobertura na boca. Nada graciosa. Demoro um tempo para engolir e compreender o que ele está dizendo.

— Você *fez* um bolo de aniversário para mim?

Ele assente como se não fosse grande coisa.

— Comprei um bolo McCain também, mas está lá em casa. Achei que você e Sean iam querer manter essa tradição entre os dois.

Em *casa*. Como foi que eu acabei em um namoro de mentira com o homem mais atencioso do planeta? Meus olhos ardem, mas não quero fechá-los. Quero continuar olhando para o homem que fez um bolo de aniversário para mim.

Ele até pensou em incluir meu irmão. Sean me desejou feliz aniversário essa manhã, mas não foi a mesma coisa. Eu nunca assumiria, mas chorei de soluçar por uns bons dez minutos depois do telefonema.

— É estranho ver Sean crescer, mas entendo ele querer ir para a casa do amigo. Quer dizer, eu não queria sair com adultos na idade dele.

— Você tem o direito de se sentir magoada, Sage.

Faço que não.

— Ele não queria me magoar. Eu não o culpo.

— Não precisa. Ele é adolescente; claro que quer sair com os amigos. Mas não tem problema ficar triste quando a única pessoa que você sempre teve ao seu lado está crescendo. Isso não faz de nenhum dos dois pessoas ruins.

Um forte calor envolve meu coração.

— Se ele sair só um pouco parecido com você, vou saber que fiz um bom trabalho.

Hesito por um segundo antes de envolvê-lo em um abraço apertado. Ele faz o mesmo, me segurando perto o suficiente para que seus lábios encostem no topo da minha cabeça, deixando um breve beijo no meu cabelo.

A luz do filme ilumina seu rosto, e seus olhos brilham. Quebrando o contato visual intenso, termino o bolo e lambo o prato, feito um bicho.

Ele ri, pegando o prato de mim.

— Me promete uma coisa?

Olho para ele.

— Não abra seu e-mail até meia-noite.

Fico surpresa com seu pedido e olho para meu celular, como uma viciada que não pode mais usá-lo. Verifico meus e-mails o tempo todo, para o caso de novas audições e rejeições não tão divertidas. No momento em que o TNB me mandar um e-mail, se é que algum dia vão mandar, quero estar pronta.

— Os e-mails ainda vão estar lá amanhã. E Sean tem nossos números. Sei que você já ligou, mas também liguei para os pais do amigo dele para me apresentar.

Meu coração dispara, e só posso creditar isso às suas palavras leves como uma pluma.

— Mas...

— E, caso ainda não esteja satisfeita, consegui o contato dos vizinhos deles.

— Eli...

— Os dois vizinhos. De cada lado.

Não consigo evitar a risada. Coloco o celular em sua mão e fecho seus dedos em volta dele.

— Eu ia deixar o toque ligado, mas tudo bem, não vou olhar. Faltam só algumas horas para a meia-noite.

— Certeza?

— Certeza.

Ele aproveita a oportunidade e me puxa para perto, permitindo que eu me incline sobre ele como um travesseiro de corpo. Elias se embola com o cobertor cor-de-rosa felpudo, garantindo que ele cubra minhas pernas, e coloca seu próprio travesseiro atrás dele. O filme passa, e embora essa seja uma das minhas tradições favoritas de aniversário, há uma parte de mim que quer só sentar e conversar com Elias. Ouvir sua voz e a vibração baixa de seu peito quando ele fala. Deixar a overdose de serotonina me invadir sempre que ele presta atenção em mim.

Com um leve roçar de seus lábios contra meu ouvido, ele sussurra:

— Feliz aniversário, Sage.

— Obrigada, Elias.

O cheiro de chocolate permanece no ar enquanto o brilho do projetor do cinema *drive-in* nos banha em luz. Uma brisa suave passa por nós, e me aconchego mais perto dele, esquecendo apenas por uma noite que isso não é real. Porque sei até quando isso vai durar, e não é tempo suficiente. Mas esta noite, quero passar meu aniversário nos braços de um jogador de hóquei atencioso e não me preocupar com mais nada.

25
ELIAS

Em vez de voltar para casa como planejei, quando Sage adormeceu em meus braços no meio do filme, não a acordei. Ela não costuma dormir assim tão bem. Então, ficamos aqui a noite toda.

Tufos de cabelo castanho encaracolado brilham como fios dourados na luz da manhã. A brisa não está mais fria; já deve estar perto do meio-dia para que a temperatura esteja assim tão quente. Nosso cobertor está há muito esquecido e Sage está deitada em cima de mim, as pernas entrelaçadas nas minhas e uma das mãos aberta sobre meu peito. É uma felicidade absoluta.

Mas também pura tortura. Porque sua mão é como uma marca no meu peito, e como se todos os nervos do meu corpo soubessem que ela está por perto enviam uma descarga direta para o meu pau. Minha ereção matinal não está muito bem escondida, mas estou tentando ao máximo que não seja a primeira coisa a cumprimentá-la. Olho para Sage para me concentrar de novo nos belos traços de seu rosto e não em seu corpo perfeito grudado no meu.

Para me distrair, pego o celular para tirar uma foto de Sage dormindo e posto. Percebi o quanto ela tem se esforçado postando toda semana e respondendo aos comentários. Então, se uma postagem minha ajudasse a aliviar a pressão, faria sem que ela tivesse que pedir.

Enquanto tiro um cacho solto de cima do seu olho, ela pisca. Sua mão desliza pelo meu peito e eu a seguro. Instintivamente, beijo a parte interna de seu punho e sinto seus batimentos contra meus lábios. Ela gosta quando faço isso. O toque simples e afetuoso faz seu rosto inteiro se iluminar e, embora ela tente esconder, vejo seu sorriso tímido.

— Eu te acordei? — Minha voz está rouca de sono.

— Não, mas posso voltar a dormir se você quiser continuar me olhando feito um psicopata.

Eu rio. Só Sage mesmo para ter uma piada pronta mesmo desorientada de sono.

— Procurei saber de seu irmão. A mãe do amigo dele disse que vai pedir para ele ligar quando acordar.

— O que foi que te deixou assim? — pergunta ela. — Tão fofo e carinhoso. Foi sua mãe?

A pergunta me faz sorrir.

— Sim, ela provavelmente é um grande motivo, mas acho que desde que fui adotado, gosto de cuidar das pessoas.

Isso fez de mim a figura paterna superprotetora no nosso grupo de amigos, e os caras gostam de pegar no meu pé por isso.

— Quantos anos você tinha?

— Quatro.

Ela processa a informação por um minuto, e parece estranho falar sobre isso, mas com ela, eu quero. Quero que me pergunte qualquer coisa só para eu poder continuar ouvindo sua voz.

— Você tem contato com seus pais biológicos? — Quando ela olha para mim, deve ver algo tenso no meu rosto, porque se levanta para se sentar. — Desculpa. Não precisa responder, sei que é uma pergunta incômoda.

— Não, eu posso contar.

Um tsunami de emoções surge em seu rosto enquanto ela espera que eu continue.

— Não conheço eles, mas tenho contato com meu pai, porque mando dinheiro para ele.

Ela franze as sobrancelhas perfeitas.

— Por quê?

— Pra ele não tentar chantagear meus pais. De novo — revelo amargamente.

Sage vira o corpo para me encarar e me dar espaço, mas quero tocá-la. É muito mais fácil falar sobre isso quando posso senti-la em meus braços, como algo tangível, estável.

— Eu tinha dezoito anos quando ganhamos o Mundial Juvenil, e sabia que queria passar o resto da vida atrás desse sonho. Só que, naquela noite, a gente foi comemorar. O time visitante invadiu nossa festa, e tudo saiu do controle.

Lembrar disso depois de tantos anos é como remover um objeto pontiagudo que estava preso dentro de mim, mas Sage desenha padrões suaves na palma da minha mão que me incentivam a continuar:

— A festa estava rolando em vários quartos e todo mundo estava bebendo. Pra gente, um campeonato, álcool e algumas garotas fizeram com que nos sentíssemos no topo do mundo. — Dou uma risada irônica da nossa ingenuidade naquela época. — Não era qualquer um que entrava, só gente da nossa escola, porque nossos treinadores iam ficar putos se descobrissem que estávamos bebendo, mas tinha uma garota com quem eu me dei bem.

Eu me lembro com clareza daquela noite. Não tem como esquecer.

— Ela ficou um tempo, e logo a gente estava no meu quarto, e acabamos dormindo juntos. Peguei no sono achando que ela estava do meu lado, mas a primeira coisa que vi quando acordei foram meus pais na beira da cama. Eles estavam me encarando com tanta decepção que me assombra até hoje.

Respiro fundo e continuo:

— Acontece que a garota já invadiu a festa me tendo como alvo. Ela tirou fotos minhas bebendo e depois, quando fui dormir, tirou mais fotos que faziam parecer que eu tinha usado drogas. E ela mandou para meus pais.

— Por que ela faria isso? — pergunta Sage, horrorizada.

— Pelo visto, meu pai biológico descobriu que meus pais adotivos são ricos. Ele estava com dificuldades, e encontrou uma universitária tão desesperada quanto ele disposta a fazer qualquer coisa para pagar suas dívidas. Então, ele chantageou meus pais com a ameaça de divulgar aquelas fotos. Se isso acontecesse, eu teria sido banido do hóquei em segundos. Minha aceitação em Dalton seria revogada, e meu sonho de jogar na NHL seria só isso. Um sonho.

— Seus pais acreditaram?

— Quando eles chegaram, ouviram o que eu tinha a dizer e confiaram em mim. E a garota confessou, alguns dias depois do acontecido. Eu disse a eles que tinha bebido, mas nunca tinha tocado em nenhum tipo de droga. Só precisaram ouvir isso pra colocar um dos melhores advogados no caso.

— É por isso que você não bebe?

Faço que sim com a cabeça.

— E é por isso que você não...? — Sage para de falar, mas eu sei o que ela está pensando.

— Não fiquei com ninguém desde então — confirmo. — Não sei se é paranoia ou porque não consigo tirar da cabeça a imagem da decepção dos meus pais, mas é mais fácil assim.

Sage assente com calma, olhando para mim de um jeito que parece que ela está segurando meu coração nas palmas das mãos.

— E seu pai? Por que ele não está na cadeia?

— A gente fez um acordo. Se o negócio fosse para o tribunal, a mídia teria caído em cima, e ele conseguiria o que queria. Meus pais acharam que ele ia sair completamente da nossa vida depois que o pagassem.

— Mas você ainda está pagando.

— Ele me ameaçou de novo depois do ocorrido, e eu nunca quis que meus pais se arrependessem de me deixar entrar na vida deles. Então, nunca contei nada, e estou pagando a ele há anos.

Os lábios de Sage se abrem em choque.

— Mas ele tentou te extorquir, arruinar sua carreira, te chantagear. Como você consegue dar um centavo sequer a alguém assim?

Entendo de onde vem sua indignação. Eu mesmo sinto, mas vivi com isso por tanto tempo que não importa mais para mim.

— Eu precisava que ele fosse embora. A decepção no rosto dos meus pais naquele dia foi o suficiente para eu ter certeza dessa decisão.

— E eles ainda não sabem?

Faço que não.

Ela me dá um olhar simpático.

— Você pretende parar algum dia?

— Uma vez, a transferência atrasou, e assim que ele não viu o dinheiro, perguntou se minha nova carreira na NHL era mesmo tão importante pra mim.

— Isso é chantagem. É...

Balanço a cabeça de novo.

— Não é. O acordo foi minha ideia, e tá dando certo. Nada vai mudar isso.

Sage se endireita para nivelar nossos olhares.

— Só que *não* tá dando certo. Você mal consegue se permitir relaxar perto das pessoas. O que aquela garota fez com você por causa dele... Você não se abre com ninguém, Elias. Nem comigo. — Sua voz falha.

Eu a puxo para o meu colo, segurando seu rosto em minhas mãos enquanto respirações irregulares saem de seus lábios.

— Eu me sinto mais eu mesmo perto de você do que de qualquer outra pessoa. Você me faz sentir como se eu não precisasse me segurar e, *porra*, Sage, você não tem ideia do quanto eu quero me soltar quando estou com você.

— Então por que não se solta? — Suas mãos se movem para meus ombros. — Você tem um fardo tão grande em seus ombros, Elias. — Seu olhar se fixa no meu com uma espécie de determinação pesada. — Divide um pouco desse fardo comigo.

Suas palavras fazem o oposto do que ela pretende, e eu me sinto arrasado. Essa garota que carrega a dor e os problemas de todos está me pedindo sinceramente para lhe dar mais. Para lhe dar meus problemas, porque ela prefere carregá-los do que me ver desmoronar sob o peso. Sage é linda e forte, um raio de luz em um campo de escuridão.

— Eu não quero te conhecer que nem todo mundo. Eu quero o seu verdadeiro eu — diz ela.

Deslizo o polegar ao longo de sua bochecha.

— Então, é isso que eu vou te dar, mas tenha um pouquinho de paciência comigo, tá bem?

Sage levanta minha mão e beija a parte interna do meu pulso. O calor dos seus lábios chamusca minha pele.

— Sempre.

26
ELIAS

Estamos a um jogo das eliminatórias, o que significa que estou a um jogo ruim de ser negociado. O lembrete constante nos treinos tem causado o tipo de estresse que leva aos meus pesadelos recorrentes. Cada vez que acordo sobressaltado, Sage está lá, segurando minha mão e me lembrando de que é só um sonho. Ela alivia a sensação constante de que, se eu for dormir, vou acordar sendo a decepção de alguém.

Desde que contei a ela sobre meu pai biológico, me sinto mais leve. Há algo novo em nossas interações, como se ambos nos sentíssemos mais à vontade. O limite da relação deveria estar bem claro, mas os momentos que compartilhamos na escuridão do meu quarto só me fazem querer ultrapassá-lo. Não falamos sobre as noites, mas a memória está viva na maneira como meu olhar se fixa em Sage quando ela está perto.

Nunca estive tão tentado a quebrar meu voto. Mas apesar de querer tocar Sage do jeito que eu sonho, sei que isso só ia complicar nosso relacionamento. A única coisa que me ajuda a não misturar os sentimentos em nosso namoro de mentira é meu celibato. É difícil confiar em alguém desde o que meu pai biológico fez, e confiar em Sage o suficiente para quebrar meu celibato só para ela ir embora depois tornaria a coisa toda mais difícil para nós dois. A última coisa que quero para

Sage é jogar meus sentimentos nela, sendo que ela nem teve a chance de viver seu sonho. Eu nunca a prenderia desse jeito. Não *posso*.

Para nosso aquecimento pré-jogo, o treinador nos deu uma colher de chá e nos colocou na sala de musculação para fazer exercícios de calistenia. Eu preferiria estar no gelo, praticando para garantir que eu me livre logo dessa maldição do gol que não vem. Alguns dias, parece que nunca vai rolar, mas então dou uma assistência, e me sinto um passo mais perto. Agora, de volta ao vestiário, sinto que estou rastejando outra vez para aqueles pensamentos negativos.

— Chama "travar".

Eu paro de passar fita em meu taco de hóquei e encontro Socket parado na minha frente.

— Hein?

— Aquilo que acontece com você na linha do gol. Eu vejo isso em novatos o tempo todo. Eles vêm direto pra cima de mim, tão determinados, prontos para marcar um gol e aí congelam. Dá até pra ver a insegurança se infiltrando. E, *puf*, a oportunidade desliza bem debaixo do nariz deles.

— Eu sei o que é travar — resmungo.

— Claro que sabe. Só quero dizer que não precisa. Mas você tá se deixando entrar naquela caixinha da insegurança, e ninguém consegue jogar hóquei desse jeito.

Socket é goleiro do Thunder há alguns anos, então ele tem experiência.

— E o que você sugere pra eu sair dessa caixa?

— Quebra ela. Esse momento de dúvida tem que ser destruído. Você sabe que *consegue*, e agora você *precisa*. Não pense, e você não vai travar.

Não pense. Reflito sobre o conselho, murmurando um agradecimento, quando ele se vira para o próprio armário. Socket é bem sábio para um cara que lambeu cerveja de um skate só porque alguém disse "duvido".

Dou play na música em meus fones de ouvido, mas há uma mudança no ar que me faz olhar para as portas do vestiário. Marcus e nosso ala-direita, Owen Hart, entram. Eles estão rindo juntos, algo que nunca fiz com nosso diretor-geral.

— Boa tarde — diz Marcus, acenando com a mão. — Como hoje é o último jogo da temporada regular, não vou falar muito. Vou guardar o discurso para as eliminatórias na semana que vem, o que para alguns de vocês pode ser um sonho distante. — Tento ignorar a maneira como ele encontra meus olhos. — Mas o sonho chegou e, se você arrasar lá fora hoje à noite, o resto vai ser moleza.

A fala cortante dele não me magoa muito hoje porque joguei bem no último jogo. Mesmo que eu não tenha marcado, os executivos têm que ter notado minha melhora. Não é possível que tenha acabado para mim.

O treinador entra no vestiário.

— Não me envergonhem lá fora. Mas depois desses últimos jogos, eu vi do que são capazes. E preciso de todas as confirmações de presença para o jantar, porque a patroa não vai ficar feliz se sobrar comida.

Ele grita o lembrete de novo para os caras que chegam atrasados.

O treinador decidiu ontem à noite que quer aumentar o moral do time, porque dois dos nossos defensores tiveram uma discussão acalorada no gelo durante o último jogo. Eles até tiraram as luvas e cuspiram os protetores bucais antes de o resto do time separar a briga. A mídia culpou nossa organização por promover o espírito esportivo ruim. Agora, os executivos pressionaram o treinador Wilson para aliviar a tensão.

Quando a música em meus ouvidos para, verifico o celular e encontro uma mensagem.

SAGE

Sage
Uma camisa com seu nome? Um pouco presunçoso, não acha?

Não consigo evitar o sorriso que a mensagem traz ao meu rosto. Nosso gerente de equipe me deu uma camisa do tamanho dela e deixei em cima da cama essa manhã. Este é o primeiro jogo que ela vai assistir e, como minha namorada, tem que usar minha camisa. Mas essa não é a única razão pela qual quero que ela a use.

Elias
E ia usar a de outra pessoa, por acaso?

Sage
E se eu usasse?

Elias
Paga pra ver, então.

Sage
Não provoca, Elias. Você quer mesmo que eu use?
Não é cafona? Você já tem muitas fãs.

Elias
Você é a única que importa.

— Não é estranho? — A voz de Socket desvia minha atenção dos balões de "Digitando..." que aparecem e desaparecem na minha tela. Quando eles somem e Sage não responde, jogo o celular de volta no banco.

Tiro um fone de ouvido.

— O quê?

— Owen estar aqui?

— Por que seria estranho? Conheci muitos caras que já enfrentei no gelo, no passado.

— Não, quero dizer por ele ser ex de Sage.

Viro a cabeça com tudo para ele.

— É o quê?

Uma sensação corrosiva queima minhas veias.

— Ai, deixa pra lá. — Socket se vira para focar a barra de *pull-up* como se fosse uma máquina complexa.

— Como assim "ex de Sage"?

— Se ela não disse nada, deve ter um bom motivo. Ela provavelmente nem sabe que ele foi negociado pra cá — desvia ele.

Estou tentando lembrar se ela me disse isso, mas a única coisa que ela disse foi que um ex-namorado reapareceu em sua vida. De repente, está começando a fazer sentido.

— Quando foi isso?

Socket suspira.

— Ele disse que os dois namoraram por alguns anos. Acho que terminaram faz poucos meses. Mas só sei até aí.

Ele levanta as duas mãos em sinal de rendição.

A informação não alivia a queimação no meu peito. Quero ligar ou mandar mensagem para Sage para saber mais. Mas se ela quisesse me contar do ex, teria contado — a garota é um livro aberto.

Owen continua falando com Marcus antes de caminhar até o próprio armário, mais adiante. O tapinha nas costas e o sorriso que ele recebeu de Marcus me deixam com inveja. Estou aqui há mais tempo e mal ganho um "bom-dia", mas o ex de Sage está todo melhor amigo do nosso diretor-geral.

— Westbrook — cumprimenta Owen quando passa.

Agora, essa interação parece tensa.

— Hart.

— Tô com um bom pressentimento sobre o jogo de hoje — diz Aiden, finalmente aparecendo depois de passar a noite na casa dos pais de Summer.

— Por quê?

— É o primeiro jogo da sua garota. Não tem motivação melhor.

Reviro os olhos e jogo a fita de pano nele.

— Sean vem? Aquele moleque ficava aqui o tempo todo quando eu comecei — diz Socket enquanto amarra os patins.

— Não, ele tá na escola, fica a algumas horas de distância.

— A York, né?

Nossas cabeças se voltam para Owen, que sorri inocente. A pergunta começa uma perigosa ebulição em minhas veias. Aiden olha para mim com uma cara confusa.

— Meu irmão está no mesmo ano que Sean.

É impossível não olhar feio para ele.

A risada de Socket corta a tensão.

— Cara, nunca que eu ia sobreviver em um internato. Eles iam me expulsar assim que eu começasse a jogar hóquei nos corredores.

Seu comentário faz alguns dos caras ao nosso redor rirem e começarem uma conversa sobre coisas imprudentes que eles fizeram na escola. De repente, mesmo enquanto a conversa avança, não consigo mais ficar sentado aqui. Esse sentimento me impulsiona a passar pelas portas duplas, ignorando o chamado de Aiden, e direto para Marcus, que está se retirando para o escritório.

— Marcus, tem um segundo?

Ele cruza os braços e suspira alto, mas assente, e eu o sigo até seu escritório. Posso estar piorando as coisas, mas preciso me esforçar para consolidar meu lugar aqui.

— Queria me ver para se despedir direito? — pergunta Marcus.

Ignoro o golpe direto.

— Vim aqui para garantir que não vou deixar essa oportunidade escapar tão fácil. Sei que hoje é o último dia antes da organização decidir sobre mim, mas não vou te dar a chance de assinar essa troca.

Se cara feia matasse, ninguém sobreviveria a essa que ele está me dando.

— E como vai fazer isso? Porque você não tem chegado na expectativa que a gente precisa. Você é um bom jogador, dá pra ver, mas se isso não se traduzir em gols, não temos utilidade pra você. Assistências são ótimas até que não tenha mais ninguém para ajudar.

— Mas eu estou...

— E seja qual for esse controle de danos que você tá tentando fazer com minha sobrinha, não vai ajudar em nada. — Seu olhar se torna letal. — Confio em Sage para tomar as próprias decisões, mas não vou tolerar sua reputação interferindo na vida dela. Se partir o coração dela, vou garantir que sua carreira nunca mais se recupere.

A ameaça deveria me fazer encolher, mas não posso deixar de sentir alívio por, embora Sage não pense assim, ela ter pessoas que a apoiam. Até mesmo eu.

— Eu nunca deixaria minha imagem pública afetá-la. Ela está comigo porque nos gostamos, e sabe que eu faria qualquer coisa por ela. Por isso que está morando comigo.

— Morando com você?

Caralho. Pela sua cara de ódio, acho que Sage não disse que está ficando no meu apartamento. Primeiro Owen, agora isso. A garota não poderia deixar mais claro que eu sou só uma coisa temporária na vida dela.

Marcus solta um muxoxo.

— Então, no meio de sua carreira balançando por um fio, você acha que consegue se concentrar em um relacionamento? Mal consegue focar no seu jogo. Aqui não é a NCAA pra você escapar se seus pais assinarem um cheque.

Esses lembretes constantes da riqueza da minha família, dissolvendo minha habilidade em um mero favor, me fazem fechar a mão em um punho. Tenho que cerrar a mandíbula para não dizer algo que possa me fazer ser expulso antes mesmo de conseguir jogar a última partida que tenho para provar meu valor.

— Não acho que você tenha o que é preciso para ser ótimo, Eli. — Então ele dá o ataque final. — E, pra ser sincero, também não acho que você seja bom o bastante para a Sage.

27
SAGE

Fãs de hóquei são desagradáveis e barulhentos, e mal posso esperar para me tornar um deles.

A Arena Scotiabank está lotada de azul e branco enquanto sigo a longa fila para passar pela segurança. Depois que verificam minha bolsa, sigo para o camarote que o time reserva para as famílias dos jogadores. Já me sentei aqui algumas vezes com meu tio. Mas desta vez, entrar e encontrar um grupo unido de esposas e namoradas de hóquei me faz sentir uma fraude. Antes de tomar a decisão conscientemente, começo a descer para as seções inferiores, onde o time tem alguns assentos reservados. Como é nosso último jogo da temporada regular, não está lotado, então esses assentos costumam ficar vazios.

— A gente precisa conversar. — A voz do meu tio corta o caos da arena, e tiro o olhar sombrio do rosto. Fico surpresa ao ver que ele não está feliz como sempre fica nessas noites, mas tenho uma ideia do porquê.

Marcus Smith-Beaumont cuidou de Sean e de mim desde que éramos crianças. Ele está em todas as minhas boas memórias de infância. As que ele não está têm a ver com meus pais ausentes e a polícia revistando a casa quando meu pai entrou no ramo de narcóticos ilegais.

Quando se cresce em meio ao caos, os momentos felizes são como botes salva-vidas. Mas quando fiz dezoito anos, esses botes não pareciam mais seguros. Trabalhei duro e economizei o suficiente para nunca perder meu irmão para o sistema de adoção e mostrar que eu poderia proporcionar uma vida estável para ele. Por sorte, eu era adulta, o que significava que poderia assumir Sean como meu dependente. No entanto, quando meu tio descobriu o que aconteceu com nossos pais, ele se ofereceu para adotá-lo, e me senti ameaçada. Ameaçada de que outro adulto em minha vida iria tirar algo de mim.

Vendo isso, tio Marcus retirou a oferta na mesma hora e me garantiu que sabia como era importante que eu me tornasse guardiã legal de Sean. Desde então, ele tem sido a única figura adulta em nossa vida. Ele nunca passou dos limites, mas isso não o impede de dar a cartada do tio.

— Sobre o quê?

Ele estreita os olhos.

— Não vem com essa. Quando você ia me falar que está morando com o Westbrook?

Ai, droga.

— Eu tô numa correria…

— Eu pedi pra você me atualizar das coisas.

— Você não ia concordar.

Tio Marcus cruza os braços.

— Desde quando minha aprovação dita como você vive sua vida? Você tá namorando o erro que recrutei para esse time. E por mais que eu queira que você continue feliz, esse namoro não vai salvá-lo de uma troca.

Eu dou um muxoxo.

— Ele não precisa que eu o salve. Ele vai se provar, você vai ver.

Ele me dá seu melhor olhar paternal.

— Não tinha ninguém melhor, não?

— Tipo quem? Owen?

Tio Marcus sempre gostou de Owen e nunca entendeu por que terminamos, porque eu não contei a ele. Para ser justa, Owen era o garoto canadense jogador de hóquei ideal. O sonho de qualquer tio diretor-geral.

Sua mandíbula fica tensa.

— Quer saber? Que tal só ficar longe de caras do hóquei no geral?

Eu bufo.

— Você tá melhorando nessa coisa de conselho paternal. Que tal casar e ter filhos, para não ter que praticar mais comigo?

— Talvez eles não furem meus pneus.

Eu me encolho com uma careta. Esse incidente foi na mesma época do desastre da tutela. Antes de eu conversar com ele como adultos de verdade. Descobri que tio Marcus tinha ido a um advogado de família para discutir a adoção de Sean e, em um acesso de raiva adolescente, usei um canivete para furar um único pneu. O plural que usou é um exagero.

— Você tá no camarote?

Faço que não.

— Na beira do rinque.

— Divirta-se, mas não espere ver nada significativo do seu jogador.

Reviro os olhos.

— Ele é *seu* jogador, e não seja babaca.

Ele faz uma careta e desaparece pelo corredor, onde o resto dos homens em ternos elegantes o seguem. Esses são os executivos que estão de olho em todos os jogadores esta noite. Tenho certeza de que eles têm muita coisa em jogo, mas sei que ninguém sente tanta pressão quanto Elias no momento.

Quando encontro minha seção, o jogo já começou. Achei que meu look estava fofo, mas não levei em consideração que um jogo de hóquei ia fazer frio. Mas não importa, porque me sinto bem. Por anos, me preocupei em não estar bonita o suficiente.

Muito gorda, muito alta, muito magra, muito *tudo*. Agora, depois de anos de trabalho duro, trato meu corpo com amor. Ele é a razão pela qual posso fazer o que amo.

Então, quando recebo olhares de outros fãs por estar "arrumada demais", não abaixo a saia nem mexo na camisa. Se fizesse isso, provavelmente puxaria alguns fios, porque usei essa saia tantas vezes que ela já deveria estar no lixo. Mas sou do tipo de garota que reutiliza, reduz e recicla. Pode me processar.

Bem na frente do vidro, consigo ver todos com facilidade. Nunca fui muito de esportes, mas por causa de Sean e meu tio, e agora Elias, tenho uma queda por hóquei.

Diria que é um pouco desconfortável estar em um jogo onde uma garota segura um cartaz pedindo para meu namorado *tacar* nela. Namorado *de mentira*, mas mesmo assim, estou com ciúmes. Eu sei disso, e a garota está prestes a saber também. Talvez quando meu punho encontrar seu rosto…

— Sage! — Ouço a voz de Summer e me viro para vê-la se aproximando. Ela não está de camisa; e sim com uma jaqueta com o número de Aiden. — Estava te procurando em tudo quanto é canto. Não quis ficar no camarote?

Olho de volta para as mulheres no camarote da família, bebendo drinques e torcendo por seus parceiros.

— Sean disse que seria um desserviço ao hóquei se eu não sentasse na beira do rinque.

— Garoto esperto. — Summer se senta na cadeira vazia ao meu lado e me oferece um pouco de pipoca. — Sempre gostei mais de sentar aqui. É por isso que meu pai reserva pra maioria dos jogos.

— Você vai em todos os jogos do Aiden?

— Era mais fácil quando ele estava em Dalton, mas ainda tento ir à maioria deles. É bom saber que tem alguém lá torcendo por você, né?

Não há sensação melhor do que olhar para uma multidão de estranhos e encontrar uma pessoa que coloca um sorriso no seu rosto.

Meu sorriso some quando um corpo familiar bate contra o vidro. Owen pisca para mim, seu sorriso largo e cheio de dentes.

— Conhece ele? — sussurra Summer, dando uma olhada no cara.

Eu encho a boca com uma mãozona de pipoca para evitar responder, mas ela arqueja. Claramente, a mulher é um gênio.

— Isso explica.

— Explica o quê?

Ela aponta para o número oitenta e oito, Elias, que encara Owen com um olhar que podia eviscerar alguém, fazendo parecer que nem estão no mesmo time.

— Elias não sabe que eu namorei Owen — digo a Summer, mas é mais uma garantia para mim mesma.

— Bom, sem querer apontar o óbvio, mas aquele ali é um homem que sabe mais do que você pensa.

Engulo em seco, observando a interação hostil entre Elias e Owen. Mesmo quando Aiden se aproxima, Elias ignora o que quer que seu amigo tenha dito e patina para longe, fazendo um lançamento de treino na rede. O disco passa direto por Socket com uma precisão que faz os fãs atrás de mim vibrarem.

Mexendo as mãos nervosamente, sinto uma sensação estranha no estômago.

— Tudo bem? — Summer coloca uma das mãos na minha perna inquieta.

— Devia ter contado a ele.

Mordisco o lábio. Summer ri e balança a cabeça.

— Eu sei que Eli não fala sobre os sentimentos dele, mas acredite em mim, ele nunca ficaria bravo contigo.

— Como é que você sabe?

— Porque ele gosta de você.

Eu me engasgo com suas palavras, ou talvez com um milho solitário do punhado de pipoca que comi. Summer me oferece sua bebida, e tomo um pouco.

Há muitas perguntas na minha cabeça, mas todas elas ficam sem resposta porque Summer já está de pé e gritando com os árbitros quando o jogo continua.

Elias não gosta de mim. Se gostasse, já teria pelo menos me beijado. A única vez que ele disse que gostava de mim foi quando eu estava um caco, chorando no banheiro. Foi praticamente obrigado.

Pelo resto do jogo, fico ruminando aqueles pensamentos, mas sou arrancada dos devaneios quando rola um *breakaway*: o Thunder tem posse do disco e não tem nenhum jogador do outro time posicionado, só o goleiro. A arena ecoa com o rugido da multidão, e Elias avança, faminto pelo que sabe que é dele. Estou tensa de expectativa, torcendo e desejando. Ele parece diferente, um novo propósito por trás de seus patins lhe dando impulso.

O disco está colado em seu taco, então ele faz um lançamento com o punho que corta o ar, e o tempo para no momento em que o apito soa.

Ele marcou. Elias marcou o primeiro gol da carreira.

A multidão atrás de mim vai à loucura. Meu coração dispara, e meu grito é tão alto que sei que minha garganta vai doer amanhã. Batemos contra o vidro acrílico e assistimos Elias dar uma volta curta ao redor da lateral do rinque. Quando nos vê acenando para ele, abre um sorriso. Ele bate contra o vidro, colocando a mão enluvada bem onde a minha encontra o acrílico, e mesmo com a barreira, sinto o calor do seu toque.

Enquanto ele patina para longe, seus companheiros de equipe se amontoam em cima dele. Meus olhos ficam turvos de lágrimas, ainda mais quando o telão mostra o camarote executivo onde meu tio não comemora, mas sei que está feliz.

Nos dois períodos restantes, Elias consegue marcar mais dois gols — um com assistência de Aiden e outro, surpreendentemente, de Owen. O trio de pontos deixa a multidão em frenesi, e comemoro com todo mundo, derrubando sacos de pipoca e caindo da cadeira. Summer e eu nos abraçamos no final, e posso sentir a energia da multidão vibrando em mim.

Elias se esforçou tanto. Eu o via se culpando por não ter feito gols e por como a mídia o trata. Mas agora tudo parece valer a pena. É um dedo do meio para todo mundo que duvidou dele.

Enquanto a arena esvazia pouco a pouco, Summer me puxa por um corredor estreito em direção aos vestiários. Ela não solta meu braço, o que me faz sorrir. Os seguranças nos cumprimentam, e nós passamos sem dificuldade para esperar por eles. Minha ansiedade anterior quase desaparece quando ouço a maneira como todos falam sobre Elias. É um pouco tarde, mas não poderia estar mais feliz que ele finalmente esteja recebendo o reconhecimento que merece.

Quando Elias enfim aparece no corredor, não consigo evitar pular em cima dele. Hoje foi tão importante, e mesmo que ele não esteja sorrindo, sorrio por ele.

— Você conseguiu!

Ele puxa a alça da bolsa mais para cima do ombro e examina a camisa que estou usando. Mas mesmo que haja um lampejo de algo atrás de seus olhos, ele só me dá um sorriso tenso em resposta. Estranho que ele não esteja feliz, então fico na ponta dos pés para envolver meus braços em volta do pescoço dele. Elias tropeça, sem me tocar, mas não deixo que isso detenha a força do meu abraço.

— Tô tão orgulhosa de você — sussurro em seu pescoço, apertando-o com força.

Então, com um suspiro profundo, ele desliza os braços em volta da minha cintura e me levanta do chão.

— Obrigado — diz ele, baixinho, e me coloca no chão rápido demais.

Socket sai do vestiário e dá um tapão nas costas de Elias.

— Bebidas por sua conta. Foi um primeiro gol do caralho.

— Valeu a pena a espera — diz Aiden, com um sorriso imenso enquanto passa a mão pelo cabelo de Elias.

Elias empurra o braço do amigo de brincadeira, ajeitando o cabelo, como se pudesse ficar mais bonito.

— Eu diria que o amuleto da sorte deu certo — diz Summer, me dando um esbarrão com o ombro.

A expressão de Elias é neutra.

— Me manda a conta. Vou pra casa.

Socket entra na frente dele.

— Ah, não vai se safar assim, não. É seu primeiro gol, conhece as regras.

— Ele tá certo, Eli. Você tem que pagar suas dívidas. Todos nós pagamos. — Aiden se vira para o grupo de rapazes reunidos no corredor. — Bebidas lá em casa. Quem quiser, é só chegar.

Meu olhar dispara para Elias, que parece resignado e assente com a cabeça. Os caras gritam e dão tapinhas em suas costas enquanto entram em seus carros para nos seguir até o apartamento. Aiden e Summer vão para o carro, e Elias só se mexe quando o corredor fica vazio.

Não sei lidar com esse tratamento do silêncio, do nada. Não vou ficar aqui o vendo todo mal-humorado pelos cantos. Ainda mais na maior noite de sua carreira de novato.

Quando ele abre a porta do carona para mim, começo a dizer algo, mas com seus dois amigos no carro, fico em silêncio.

Sinto um aperto no estômago quando ele fecha minha porta. Quando saímos do estacionamento, Elias para e dá alguns autógrafos pela janela.

— Assina minha testa!

— Pode mandar um oi pro meu filho? Ele te ama.

Elias atende alegremente a todos os pedidos, puxando uma conversa fiada que deve ter aprendido no treinamento de mídia. Embora tenha a reputação de ser o menino de ouro caladão, presumo que todos saibam como ele é. Mas ele lida com tudo com desenvoltura.

Alguns deles dizem oi para Summer e para mim. Uma jovem se ilumina quando percebe que estou no carro.

— Sua performance em *Giselle* ano passado foi linda!

Fico tão chocada que levo um segundo inteiro para processar o que ela disse. Elias se vira para mim, avaliando minha reação. Ele exibe um sorriso fraco e orgulhoso.

Nunca fui elogiada por uma apresentação meses depois de ela ter acontecido. Sempre presumi que era porque não sou uma bailarina memorável. Mas ser reconhecida aqui, do lado de fora de uma arena de hóquei no centro de Toronto, pela minha performance em um espetáculo pequeno que fiz no inverno passado, planta uma alegria em meu coração. Agradeço à garota que não percebe o impacto que suas palavras têm em mim, especialmente com o desânimo de não ter conseguido uma audição para *O Lago dos Cisnes*.

Summer dá um apertão animado no meu ombro, do banco de trás.

Quando fechamos a janela, o sorriso no meu rosto não desaparece. Dirigimos até o apartamento e o silêncio volta a se instalar. Mas sou uma mulher determinada e não vou deixar Elias estragar a própria noite com essa atitude solene.

28
SAGE

Risadas me seguem de lá da varanda, onde todos os caras estão sentados. Quando chegamos em casa, pedimos comida e bebidas, então todos comeram e conversaram até irem beber do lado de fora. A varanda é grande o suficiente para todo mundo se sentar confortavelmente nos sofás e cadeiras ao ar livre.

Passo por alguns dos caras para colocar o prato de salgadinhos e frutas na mesa de vidro. Quando começo a recolher as garrafas de cerveja vazias, Aiden me impede.

— Deixa — diz ele, e pega as garrafas de mim.

Summer me dá um sorriso gentil enquanto fico ali, como um cervo diante dos faróis.

— É, vem pra cá. A gente se vira se precisar de alguma coisa — comenta Socket.

Os caras me dão as boas-vindas, e fico ali por um minuto percebendo que não tem lugar para sentar. Até as cadeiras de dentro estão aqui fora, e ocupadas.

— Aqui, pode sentar no meu lugar.

Eu me viro para encontrar Owen de pé. O sorriso dele me dá um ranço enorme.

— Ela vai se sentar comigo.

O comando de Elias é baixo, mas tem uma autoridade pesada. Quando me viro para ele, finalmente encontrando seus olhos, ele não parece carente ou desesperado. Ele só declarou um simples fato, mas disse como se tivesse tanta certeza de mim, que eu seria idiota se não obedecesse.

Owen continua a me encarar, como se esperasse que eu me sentasse na cadeira que ele ofereceu, mas pego um prato de salgadinhos e vou até Elias. Ele não se mexe, apenas se inclina para trás e bate na coxa.

O comando silencioso é tão autoritário que sinto um tremor percorrer meu corpo quando obedeço. Mas não vou mostrar a ele como sua ordem me afeta, ou como manda uma sensação elétrica direto entre minhas pernas.

Agarrando meu prato com força, minha mão treme enquanto me acomodo no colo de Elias. Ele está quente e confortável, me distraindo por um segundo do nervosismo. Sua mão descansa contra minha cintura e ele me puxa para si, para que eu fique encostada nele.

Meu cabelo rebelde está todo na sua cara, mas ele não faz menção de afastá-lo. Elias até participa da conversa de vez em quando. Termino os poucos pretzels e frutas no meu prato e, quando começo a me levantar para levá-lo para dentro, ele me impede.

— Fica aqui. Eu levo mais tarde.

Com seu braço na minha cintura e sua mão na minha perna, estou presa. Estou hiperconsciente dos padrões que ele desenha na minha coxa e cada toque de seus dedos. Quando sua mão passa pela barra da minha saia, dispara um incêndio debaixo da minha pele, mas eu jamais diria para ele parar.

Sem ter para onde ir e com a brisa fresca na minha pele, eu me afundo mais em Elias. Enquanto os caras discutem o jogo desta noite, eu me concentro no homem abaixo de mim. Quando ele se ajeita, minha cabeça cai na curva do seu pescoço, embalada pela mão gentil que faz cafuné no meu cabelo. É como hipnose, e eu me pego cochilando, mesmo lutando contra o sono.

Isso é novidade. Nunca tive que lutar para ficar acordada.

Só quando sinto certeza de que tem baba ao redor da minha boca, acompanhada pelo barulho leve das cadeiras arrastando contra o chão da varanda, é que abro os olhos de novo. Levanto a cabeça do peito de Elias e o encontro me observando. Seu olhar mapeia meu rosto, e deve ser a névoa do sono que me faz querer me aninhar ainda mais nele. Com ele olhando para mim com essa avidez, sei que só posso estar sonhando.

Então, ouço alguém chamá-lo e me afasto num sobressalto. *Merda*. Peguei no sono em cima dele.

— Desculpa! Por que você não me acordou? — sussurro e limpo sua camisa, embora não tenha nada lá. Só preciso fazer algo com minhas mãos inquietas. Não consigo mais sentir a brisa, só o calor entre minhas pernas quando ele olha para mim desse jeito. Como se, nesse momento, nada mais existisse além nós dois.

— Por que eu faria isso?

Estreito os olhos.

— Meu Deus, eu ronquei? É por isso que você tá sendo tão legal comigo? Porque eu te envergonhei na frente dos seus colegas de time?

— Na verdade, não. — Seus lábios se erguem como se ele estivesse mentindo para mim. — Além disso, com você se mexendo no meu colo, eu não ia conseguir me levantar nem se quisesse.

Eita. *Eita*.

Elias tira o cabelo do meu rosto, como se ele não tivesse acabado de admitir que eu o deixei de pau duro. Tenho que ficar de boca fechada para não dizer nada. *Ele é celibatário, Sage.*

— Eli — chama Socket perto das portas de correr.

Há uma fração de segundo em que ele não se mexe um centímetro. Como se quisesse dizer algo, mas então gentilmente me tira do seu colo e nos levantamos. Ele leva meu prato quando entramos, onde seus companheiros de equipe conversam na entrada do apartamento.

— Obrigado por nos receber — diz Socket meio embolado, envolvendo Elias em um abraço. — Você é o cara! O melhor novato...

Pego o prato da mão de Elias e vou para a cozinha enquanto Socket continua a elogiá-lo.

— Sage — sussurra uma voz suave.

Xingo baixinho antes de me virar para encontrar Owen caminhando direto para mim. Ele me abraça, e é tão pesado que é até difícil de empurrar. Um alarme dispara na minha cabeça. Meu ex-namorado é um bêbado chorão.

— Owen — resmungo.

— Desculpa, esqueci que você tá de namorado novo. — Ele se afasta. — Você me odeia?

Solto um suspiro.

— Eu não te odeio, Owen. A gente só se distanciou.

— Mas tô de volta agora. A gente podia construir algo juntos. Algo real.

Real. A palavra dispara uma pontada aguda na minha espinha. Soa até um idioma estrangeiro.

— Você costumava dançar pra mim. Lembra? — continua ele. Que exagero, a única vez que ele me viu dançar foi a única vez que ensaiei na frente dele. Ele nunca foi a nenhuma das minhas apresentações. — Dança pra mim só mais uma vez — pede ele. Seus olhos castanhos estão vermelhos de embriaguez quando se arregalam. — Quero ver...

Então minha visão de Owen é completamente obstruída, porque Elias se coloca no meio. A única coisa que consigo ver é sua camiseta branca impecável, bem justa nas costas.

— Você tá bêbado, Hart. — Sua voz profunda ressoa. — Vai pra casa.

Tem um bolo na minha garganta. Meu ex está prestes a protestar, mas Aiden entra na cozinha com Summer. Ela olha para Owen como se estivesse disposta a arrancar os olhos dele, se eu pedisse.

Owen engole em seco e sai da cozinha arrastando os pés. Há uma vibração silenciosa que permanece no ar mesmo quando o seguimos para fora da cozinha. Elias não olha para mim, e a percepção faz minhas mãos suarem.

— Vamos levar todo mundo até a porta — diz Summer de repente. Ela puxa um Aiden confuso com ela. — E depois talvez sair pra comer uma sobremesa. Vamos ficar fora por um tempo.

Ela enfatiza a última parte com um olhar penetrante direcionado a mim. Então a porta se fecha, e somos apenas Elias e eu.

Eu me afasto da porta para enfim falar com ele, que já está se retirando para a sala de estar. Lanço um olhar feio em direção às suas costas e sigo em seu encalço. Quando ele para na frente do sofá, começo a dizer algo, mas as palavras me faltam quando Elias dá meia volta, ficando a poucos centímetros de distância.

— Por quem você está aqui, Sage? — pergunta ele de repente.

A pergunta me confunde, e a silhueta enorme dele pairando sobre mim também não me ajuda a retomar a linha de raciocínio.

— Por s-sua causa — gaguejo.

Sua mão agarra a barra da minha camisa, amassando o tecido.

— De quem é o nome nas suas costas?

Um calor sobe pela minha espinha.

— O seu.

Elias passa o polegar pelo meu lábio inferior.

— E o nome de quem você estava gritando lá na arquibancada?

O calor do seu toque me faz tremer. Engulo em seco.

— O seu.

— De mais ninguém?

Levanto uma sobrancelha.

— Por que haveria mais alguém?

Ele abaixa a mão.

— Porque seu ex-namorado pode não concordar.

Suas palavras são uma lufada de ar frio. Summer estava certa.

— Você soube? — pergunto, timidamente.

— É, eu soube. — Ele bufa. — E você se diz um livro aberto.

Fico atordoada demais para falar, e ele se afasta para encarar a parede oposta. Como se não suportasse olhar na minha cara.

— Eu *sou* um livro aberto. Owen é meu ex, só isso. Eu teria contado se fosse importante.

Elias não se vira.

— Ele é do meu time, Sage. Descobri no vestiário antes do jogo que vocês ficaram juntos por *anos*. Acho que é importante pra caralho.

— E daí? — Soltei um suspiro frustrado. — Não é como se você também desse o dossiê completo das suas ex-namoradas.

— Porque nenhuma vai brotar na sua apresentação pra participar do corpo de baile.

— Tá bom. Eu deveria ter contado, me desculpe por isso. Mas ele não é nada pra mim.

Elias olha por cima do ombro, parecendo cético.

— É sério. A gente só ficou tanto tempo junto porque era confortável. Não era nada além de comodidade.

— Ele sabe coisas sobre você que eu não sei — diz ele baixinho.

Solto um muxoxo.

— Tipo o quê? Minha média do primeiro semestre e meu nome do meio? Nada disso é importante. Ele só conhece a Sage do passado. Ele não me conhece mais.

Ele ainda está de costas para mim, e então noto suas mãos fechadas em punhos.

Por um segundo, acho que meus olhos estão me pregando peças, mas então cai a ficha.

— Você tá com *ciúme*?

— Não.

Elias se vira para sair da sala de estar, mas bloqueio o caminho.

— Meu Deus, você tá muito com ciúme! — Não consigo tirar o sorriso do rosto. — Rápido! Acho que ele tá voltando. Me beija como se fosse meu dono.

Sua expressão de pedra só me incentiva. Eu o paro no sofá com as duas mãos em seu peitoral firme, impedindo que vá embora. Seu olhar cai nas minhas mãos sobre ele, e mesmo que queime, não as removo.

— Bora, põe pra fora essas emoções de homem das cavernas. — Estou sorrindo quando fico na ponta dos pés para sussurrar em seu ouvido. — Pergunta de quem é o nome que eu quero gritar. Garanto que não é de Ow...

Elias me interrompe quando agarra meu cabelo. A dor só dura um segundo porque ele sela seus lábios nos meus.

O beijo rouba tudo de mim.

Para parar o tremor em minhas mãos, eu as afundo em seu cabelo. Não perco tempo deslizando minha língua em sua boca, sentindo a dele deslizar contra a minha. Já sei que ele beija bem, mas agora não tem mais nenhuma amarra, e ele prova isso ao me dar mais.

Até penso em olhar se tem câmeras por perto, mas somos só nós. Ele está me beijando *de verdade*, e eu o deixo me provar como quiser. Meus pulmões queimam e eu preciso respirar desesperadamente, mas preciso mais disso. Preciso mais *dele*.

Quando ele pressiona o quadril no meu, me deixando sentir sua rigidez, solto um gemido. Ele acaricia minha boca com cada movimento da língua, eletrificando cada nervo adormecido em meu corpo antes de se afastar. Faço um som de protesto, mas então sua mão desliza pela minha bochecha, e eu cedo com o toque, incapaz de resistir ao calor de seu olhar, que acorda algo rebelde dentro de mim. Quando a ponta do seu polegar gentilmente liberta meu lábio de entre meus dentes, eu choramingo. Real oficial, *choramingo*.

— Sage — diz ele com a voz rouca, como se fosse um aviso, e juro que perco todos os neurônios. Desta vez, avanço para a frente e colo a boca na sua tão de repente que ele perde o equilíbrio. Elias envolve um braço em volta da minha cintura e cai sentado no sofá, comigo por cima.

Então, quando acho que fui longe demais, e que ele está prestes a me tirar do seu colo, Elias toma minha boca de novo. Ele me beija com uma espécie de fervor que me faz cair em uma espiral vertiginosa.

Engulo seus grunhidos em minha boca. Cada grama de pressão de seus lábios desce para o meu ventre. Meus quadris se movem por conta própria, e me ajeito para que sua coxa fique entre minhas pernas, exatamente onde eu quero. Elias estuda a nova posição, e o calor de seu olhar acende meu desejo. Acho que talvez diga algo para me impedir, mas em vez disso, ele empurra a coxa para cima, pressionando-a contra meu ponto pulsante.

Estou completamente excitada, a sensação de seu toque me deixando corada e molhada. Incapaz de me segurar por mais tempo, mexo os quadris, desesperada por mais. Seu olhar desliza pelo meu corpo com um fascínio que me leva ao limite.

É indecente, safado, impróprio, e ainda assim não consigo parar. Descanso as mãos em seus ombros, cravando as unhas nele. Um gemido escapa quando ele flexiona a coxa, e vejo o volume óbvio em seu jeans. Apoio a mão em seu joelho, inclino o corpo para trás e me esfrego nele descaradamente como uma gata no cio.

Quando suas mãos pousam em minhas coxas, acho que sou capaz de desmaiar.

— Você vai gozar na minha coxa, Sage?

É, com certeza vou desmaiar.

Estou ficando desesperada, choramingando e gemendo quando seus dedos pressionam minha pele macia, onde a saia subiu por completo. Já faz tanto tempo, que eu sou praticamente um gatilho ambulante a essa altura, e não tenho a menor vergonha. Com sua mandíbula cerrada, ele me observa enquanto me esfrego contra sua coxa para dar um toque de pressão contra meu clitóris.

— Deixa eu te ver.

Não perco tempo. Puxo a calcinha para o lado para que ele tenha a visão perfeita. Outro movimento dos meus quadris faz um gemido escapar.

Ao ouvi-lo, ele solta um grunhido tão alto que abafa com a mão. Elias baixa os olhos até o ponto onde minha calcinha encontra seu jeans.

— Se toca, vai.

Estou começando a pensar que se Elias Westbrook mandasse eu latir, eu latiria.

Sem vergonha, meus dedos descem até a minha boceta, e esfrego meu clitóris enquanto ele observa. Se não estivesse tão perdida em minha própria névoa, poderia jurar que ele estremeceu. A excitação cobre meus dedos quando os deslizo para dentro, e queria que fossem os dele. Só o pensamento me faria perder o controle, se não fossem as mãos pesadas de Elias descansando em minhas coxas.

— Ai, meu Deus — grito com o fogo de êxtase que me atravessa, desesperada pelo clímax.

Ele me aperta com mais força e fecha os olhos como se estivesse com dor antes de encarar os meus novamente.

— Me fala no que você está pensando, Sage.

— Você — respondo na mesma hora. Tento parar ali para me impedir de dizer algo idiota, mas minha boca não concorda. — S-seus dedos. Sua língua na minha…

Elias me interrompe com seus lábios. Ele devora cada centímetro da minha boca, explorando-a com sua língua quente. Praticamente me desfaço inteira só com essa pressão.

Solto um gemido durante o beijo, enterrando uma das mãos em seu cabelo. Elias xinga.

É quando sua coxa estremece, causando uma fricção ofuscante contra meu clitóris. Grito quando meus dedos acham o lugarzinho perfeito e estremeço sob a pressão. Explodo com o clímax, e caio para a frente me apoiando em seu ombro enquanto o orgasmo devasta meu corpo.

Nós ficamos assim por minutos que parecem horas. Não olho para cima, porque estou com vergonha depois de ter sarrado na coxa dele feito um animal. Agora que a euforia está passando, posso acabar dizendo algo tão idiota quanto o que acabei de fazer. Mas Elias toma essa decisão por mim, porque se levanta, me carregando em seus braços.

Por instinto, prendo as mãos em volta de seu pescoço.

— O que você tá fazendo?

— Te levando pra cama.

O diabo entre minhas pernas se aperta em expectativa, e espero que Elias não sinta a maneira como meu coração dispara. Quando entramos em seu quarto, ele me coloca na cama e caminha até a janela para fechar as cortinas de blecaute. Envoltos na escuridão, meus olhos gradualmente se ajustam, revelando a silhueta dele levantando o edredom de leve sobre mim. *Que merda é essa?*

Ele se senta na cama ao meu lado, percebendo minha expressão perplexa, e planta um beijo carinhoso na minha testa.

— Vou dormir no sofá — murmura ele e se levanta para sair.

Ah. Eu quero desesperadamente que ele fique, mas sei que só existe uma maneira de terminar a noite. E não é montada em cima de Elias.

— E Sage? — Ele para na porta. — Nunca mais diga que você é muito difícil.

29
ELIAS

Já faz doze horas desde que me deixei fazer algo imprudente. Ou quatro anos, se estiver contando de verdade. Quando ela se sentou no meu colo, apesar de Owen chamar Sage para se sentar no lugar, senti uma necessidade possessiva de tê-la para mim, e lembrá-la de que ela é minha. Sage me disse que Owen não significava nada, e acredito nisso. Mas a imagem dele a olhando do jeito que eu provavelmente olho criou um incêndio florestal em meu peito. Naquele momento, a expressão "de mentira" não surgiu na minha cabeça nenhuma vez. A única coisa que vi foi sua suave pele marrom e coxas fortes me envolvendo, e o calor de sua boceta na minha perna. O esfregar de seus quadris contra mim me deixou desesperado para saber como ela ficaria completamente nua e me tomando por inteiro.

— *Caralho.*

Apoio uma das mãos na parede de azulejos. Me masturbar no chuveiro não é nem de longe tão satisfatório, agora que vi a maneira que ela entreabre os lábios quando goza.

Ontem à noite, fechei a porta do quarto com ela dentro e dormi no sofá. Eu estava determinado a dormir até passar a ereção dolorosa, em vez de cuidar dela com as próprias mãos. Tentar aliviar a pressão só pioraria os pensamentos que passavam pela minha mente.

Eu tinha regras. Eu *tenho* regras.

Desde que meu pai biológico mandou aquela garota, todos aqueles anos atrás, confiar em mim mesmo para me soltar com outra pessoa é impossível. Não que eu não tenha tentado. Durante o primeiro ano, eu ia para festas com os caras. Logo percebi que ficar bêbado e ir parar em um quarto aleatório de uma fraternidade qualquer não me ajudaria. Não tiraria a grande decepção que ainda vive no meu peito, de quando meus pais me viram naquela manhã quatro anos atrás.

Com Sage, não tem álcool correndo em minhas veias, mas é a mesma sensação.

É um tipo especial de tortura saber que ela está do outro lado do corredor. Optei por usar o banheiro social esta manhã, em vez do banheiro da suíte, onde estão todas as minhas coisas. Há uma parte de mim que sabe que se eu vir aquela cara de sono e cabelo bagunçado, ou ouvi-la chamar meu nome, não serei capaz de sair daquele quarto até ouvir os sons que ela fez ontem à noite de novo.

Um flash dela puxando a calcinha minúscula para o lado e me mostrando exatamente o que eu queria — não, o que eu *precisava* — leva minha mão a aumentar ritmo. Imagino aqueles olhos travessos me observando, deixando a água do chuveiro deslizar por seu corpo e encharcar as finas regatas brancas que ela geralmente usa para dormir. Suas mãos macias sobem pelos meus lados, e ela lambe os lábios. *Se solta, Elias*, sussurra. *Seja meu por inteiro.*

Então, ela me engole por inteiro, lábios carnudos e boca quente chupando meu pau enquanto perde todo o ar das bochechas com o movimento. São só alguns segundos antes de eu jogar a cabeça para trás e me derramar em sua garganta. O orgasmo sacode meu corpo violentamente. Mas mesmo enquanto recupero o fôlego, ainda não me sinto satisfeito. Meu cérebro evoca uma imagem dela plantando beijos e subindo por meu torso molhado, até que eu esteja desesperado para prendê-la contra os ladrilhos e escorregar para dentro dela para ouvi-la gemer meu nome.

Não.

Pisco e volto à realidade. Se fizer isso, não serei capaz de olhá-la nos olhos de novo.

Quando termino o banho e saio do chuveiro, encontro Aiden sentado na sala de estar assistindo a um jogo. Summer foi para Dalton cedo esta manhã, então é por isso que ele está acordado. O travesseiro e o cobertor que usei para dormir estão no canto do sofá.

Ele me olha como se soubesse um pouco demais.

— Você usou o chuveiro principal?

Dou de ombros.

— Para os canos não enferrujarem.

Dou a volta no sofá para assistir ao jogo. É Nova Jersey, o time que enfrentaremos amanhã.

— Você tá bem? — pergunta ele depois de um tempo.

Sofrendo.

— Tô ótimo, por quê?

Ele apenas dá de ombros, ri e então volta para seu quarto. Reviro os olhos.

Quando o calor queima minha nuca, sei que Sage está acordada. Ela vai direto para a cozinha, sem me ver na sala de estar. Ouço o barulho da máquina de café, e a sigo, como um cachorrinho. É impossível ficar longe dela, apesar de saber que deveria.

Sage se inclina para vasculhar a geladeira, e aquele shortinho de dormir minúsculo sobe e se enterra em sua bunda. Pura tortura. Olho para o teto.

Quando Sage arqueja, volto meu olhar para ela, que segura um copo de iogurte junto ao peito.

— Que susto! Que foi?

Ela olha para o teto também.

Pigarreio.

— Nada.

Ficar ali sem jeito só deixa a lembrança da noite passada mais vívida, então dou meia-volta e vou me encostar na pia.

— O treinador Wilson tá organizando uma festinha da equipe, já que estamos nas eliminatórias. — Eu coço a nuca, e ela escuta pacientemente. — Fomos convidados.

Ela não me olha nos olhos quando se empoleira em um banquinho e mergulha uma colher no iogurte de morango.

— Legal. Devo pedir comida, não precisa se preocupar comigo.

Seu sorriso doce me confunde. Ela termina o iogurte, lambendo a colher como... deixa pra lá. Eu processo suas palavras.

— Ué, por quê?

— Ué, eu preciso comer, e não quero arriscar causar um incêndio na sua cozinha.

— Sage. *Nós* fomos convidados, não só eu e Aiden. Eu quero que você vá como minha namorada.

Ela para de raspar a colher no copo. Quando me encara, há uma mancha de iogurte no canto de sua boca.

— Eu?

— Não sabia que tinha outra namorada.

Sua risadinha é frágil. Algo me possui para limpar o canto da boca dela com meu polegar. Ela perde o fôlego, e levo o dedo até minha boca e passo a língua.

— Então, você vai? — pergunto, indiferente.

Seus olhos permanecem focados na minha boca.

— Claro. Vou sair do trabalho mais cedo.

— Te pago pelo que custar.

Suas sobrancelhas franzem, aborrecimento escrito na linha entre elas.

— Não sou acompanhante de luxo, Elias. Não preciso do seu dinheiro.

Eu me inclino para a frente.

— Eu sei. Mas você provavelmente vai precisar de um vestido, então eu pago pelo que você precisar.

Quando começo a tirar meu cartão da carteira, ela se levanta.

— Você só pode estar de sacanagem.

Deixando o cartão cair na bancada de mármore, olho para ela de novo.

Ela cruza os braços.

— Eu já tô morando aqui, e agora você quer me dar roupas? Sou muitas coisas, mas não sou aproveitadora.

— Você também é minha namorada, e eu nunca ia te deixar pagar por um vestido que você precisa usar para sair comigo.

— Isso não é justo. Isso aqui é de mentira. Essas regras não se aplicam.

Inclino a cabeça.

— Não me lembro de combinarmos isso lá no início.

Lábios carnudos se pressionam em uma linha reta, mas quando seus ombros caem, sei que ela cedeu. E essa vitória parece melhor do que qualquer gol que eu tenha marcado.

Ela começa a protestar.

— Você não vai me pagar de volta — digo antes que ela possa sugerir. — Eu te mando os detalhes. Vou ficar fora por alguns dias, então me manda mensagem se precisar de qualquer coisa.

O "qualquer coisa" faz seu olhar se fixar no meu, e agora sei que nós dois estamos pensando na noite passada. É bem difícil não pensar quando ainda consigo senti-la se esfregando na minha perna.

Mas ela parece envergonhada quando desvia o olhar.

— Sobre a noite passada…

— Calor do momento — concluo por ela. — Não precisa explicar nada. A gente pode só esquecer.

Sage assente devagar. O clima parece escaldante até que ela pigarreia.

— É Hakima, aliás.

— Humm?

Estou confuso, mas agradeço pela mudança de assunto.

— Meu nome do meio, acabei não contando. É o nome da minha mãe. Significa "sábia", assim como Sage.

Lembro da nossa conversa, noite passada antes de... tudo.

— Hakima? Que lindo.

Ela dá de ombros.

— Acho que minha mãe me deu uma parte boa dela.

— Toda parte de você é boa, Sage.

Ela sorri, mas o gesto parece errado quando ela se levanta.

— É melhor eu ir. Tenho uma aula para dar para umas crianças de oito anos muito estudiosas, daqui a uma hora.

— Certo. Te vejo em alguns dias, então.

Ficamos sem jeito na cozinha antes de cada um tomar seu rumo.

30
SAGE

Gritar no ônibus é uma reação perfeitamente apropriada quando se descobre que foi convidada para fazer uma audição para o papel principal em *O Lago dos Cisnes*. Mas o senhorzinho sentado ao meu lado não concorda.

Faz uma semana que não penso em nada além da expressão desesperada de Elias quando me sentei no colo dele. Mas hoje é só o convite do TNB que ocupa minha cabeça.

Assim que meus seguidores mudaram de "fãs de hóquei deixando comentários indecentes" para "bailarinas solidárias e mães de balé", o reconhecimento de outros bailarinos famosos começou a chegar aos montes.

Essa audição garante que vou ser avaliada por Zimmerman, e a parte rancorosa de mim está desesperada para arrasar. Quero provar a ele que esta "ninguém" evoluiu muito desde o dia que ele riu de mim, do lado de fora da minha primeira audição.

Não contei a ninguém, nem para o meu irmão, nem para Elias, porque não quero mais ninguém preso às minhas esperanças. Rejeições são difíceis, mas já passei por tantas que tenho certeza de que posso enfrentar essa tempestade de novo. O problema é que se qualquer um deles me vir perder a única coisa pela qual lutei desde os oito anos, só iria me envergonhar.

Meus sentimentos pelo meu namorado de mentira não parecem mentira de forma alguma. Estou prestes a realizar o sonho da minha vida, e minha mente insiste em pensar na coxa musculosa dele flexionando entre minhas pernas.

Não é só isso. O vestido que vou usar hoje, presente dele, é tão lindo que mal consigo acreditar que é meu.

Quando chego ao apartamento vazio, vou até o quarto de Elias para admirar o tecido vermelho-rubi pendurado no armário. Apesar da minha recusa, ele estava certo sobre eu precisar de um vestido novo. Não ia dar para repetir o pretinho básico que tenho usado para tudo. Mas essa não é a parte da conversa que tem me incomodado.

Elias só mencionou meu ato desesperado de me esfregar na coxa dele porque quer esquecer. Como se fosse um lapso, um erro idiota de uma garota tarada perdida na névoa da própria luxúria. Bem, talvez a descrição seja um pouco correta, mas eu não estava perdida nem sendo estúpida. Estava muito bem ciente de sua coxa perfeitamente encaixada entre as minhas pernas me fazendo pulsar de prazer e, se bem me lembro, essa mesma luxúria nebulosa o fez pulsar também. Nós dois somos igualmente culpados. Mas por que sinto que a única condenada sou eu?

Estou pronta e esperando Elias me buscar, já que ele se arrumou na arena depois do treino. Ele tem estado estressado com os últimos jogos, então tenho ficado na minha. Eles venceram a primeira rodada, e o time tem treinado muito para se manter assim. Porém, Elias disse que o treinador Wilson não está satisfeito com o desempenho de todos, e acha que a reunião de entrosamento da equipe é necessária, já que eles só conseguem marcar na prorrogação ou com jogadas ofensivas.

Estou tirando o papel de um dos bolinhos de cenoura caseiros de Elias, esperando-o me mandar mensagem, quando a porta da frente se abre. Passos ecoam contra o assoalho antes que eu o veja. O cabelo escuro está desgrenhado o suficiente para que um único cachinho caia na testa, mesmo que ele passe a mão por ele. O terno preto abraça seu corpo, acentuando seu porte atlético e postura confiante. Os sapatos pretos refletem as luzes da cozinha, cada passo o levando em minha direção. Fico boquiaberta e quase engasgo com o bolinho quando o vejo de perto.

Se eu morresse agora, nem ia ficar brava com essa última visão.

— Você está linda — elogia ele, me tirando do transe.

— Com certeza é o vestido — digo, me levantando timidamente.

— Com certeza é você.

A reunião é íntima, nem um pouco parecida com a festa que fomos algumas semanas atrás. Só a escalação inicial e alguns dos jogadores da segunda linha estão aqui. Desta vez, estamos na casa do treinador Wilson. A casa de estilo francês fica nos subúrbios, não muito longe da escola de Sean. Lá dentro, passamos pelo grande saguão e um conjunto de escadas amplas para a sala de jantar, onde um lustre de cristal decora o espaço. A casa é enorme, e tenho que me lembrar de não ficar de queixo caído.

O jantar é cheio de perguntas e apresentações, a maioria das quais me faz sentir uma impostora. Elias percebe quando me retraio, porque coloca a mão sobre a minha por baixo da mesa. Um toque só para mim. Isso desacelera meus pensamentos até que a esposa do treinador nos leva para fora, para nos reunirmos em volta da mesa que fica em um pátio de pedra.

Os outros caras do time socializam, sentados com as namoradas e esposas. Alguns trouxeram os filhos, que brincam juntos no pátio, enquanto outros foram para casa com bebês dormindo nos braços.

Essa coisa toda foi para aumentar o moral do time, e acho que a ideia do treinador Wilson está funcionando. Eu meio que queria que Summer estivesse aqui, porque ela tornaria tudo isso um pouco mais fácil. Mas ela está em Dalton, e Aiden está treinando com o pai dela na pista de gelo coberta da casa dele.

Então, hoje à noite, somos apenas Elias e eu.

Socket ajuda a acender uma fogueira, e todos se sentam ao redor dela quando a brisa fresca diminui a temperatura. Elias não solta minha mão. Em vez disso, ele me puxa para seu colo quando se senta. Tento parecer confortável, mas só a lembrança da última vez que sentei em sua coxa me deixa nervosa. Saber que meu tio está do outro lado da fogueira me faz me comportar da melhor forma possível.

Elias puxa minhas pernas para seu colo, e tento ao máximo não afundar em seu toque.

— Como vocês dois se conheceram? Sei que Marcus com certeza não os apresentou — pergunta o treinador Wilson.

Olho para o meu tio, que está encarando o próprio copo de água.

— A gente se conheceu no leilão. — Elias coloca a mão sobre a minha. Ele tem me tocado bastante hoje, não consigo entender.

— Eu vou ao banheiro por dois segundos, e ele dá em cima da minha sobrinha. Que elegante. — A voz áspera do meu tio faz Elias ficar tenso.

Alguns dos jogadores ao redor da mesa se viram para olhar para nós.

— Na verdade, eu quem dei um lance nele — interrompo.

O treinador Wilson ri. Meu tio faz uma careta. Estou farta dele tratando Elias como se ele não fosse bom o suficiente para mim quando, na verdade, eu é que não sou boa o suficiente para ele.

— Mas eu ainda tive que convencê-la a ir em um segundo encontro — acrescenta Elias.

Ouvindo o tópico da conversa, Owen também se vira.

— Eu tive que chamá-la para sair por um ano inteiro antes de ela aceitar — comenta.

A atmosfera tranquila despenca até o inferno.

— E a gente ficou num vai e vem por anos — diz ele de onde está sentado, embolando as palavras. — Mas a solidão sempre fazia a gente se reencontrar.

Quero que um buraco se abra no chão agorinha e me engula inteira.

Owen continua:

— Mas eu faria tudo de novo se ela…

— Eu teria cuidado com a forma que você vai terminar essa frase. — A ameaça de Elias é baixa e rouca. Sua voz profunda torna toda essa interação ainda mais insuportável.

Owen ri.

— Relaxa, Eli, você sabe que eu nunca passaria do limite.

Olho para Elias, que observa Owen com um brilho perigoso nos olhos. *Ops*.

Já falamos sobre isso, e Elias sabe que não há nada entre mim e Owen. Mas não espero que ele se torne o melhor amigo do meu ex. De repente, não suporto mais ficar aqui.

— Tá ficando tarde. Me leva pra casa? — pergunto.

Desta vez, a emoção cintila nos olhos castanhos de Elias, mas ele pisca para afastá-la.

— Quer ir embora?

Faço que sim. Damos um tchau rápido para todos e partimos. No carro, ele não me toca. Nada de mão na coxa e nada de conversa. A música está alta, mas completamente silenciosa. A caminhada até o apartamento é ainda mais silenciosa.

Estou ansiosa para falar, mas fecho a boca para não ser a primeira. Lá dentro, ele fecha a porta da frente atrás de nós e há um formigamento quente que percorre minha espinha. O clique dos meus saltos contra o piso de madeira combina com as batidas do meu coração enquanto vou para o quarto dele.

— É verdade o que ele falou? — A voz profunda de Elias me assusta. — Você voltava pra ele sempre que se sentia sozinha?

Ele diz as palavras calmamente, mas há um tom frustrado em sua pergunta, que parecia estar fervendo durante todo o trajeto até aqui.

— Ele estava bêbado — desvio.

Tiro os saltos e vou direto para o banheiro.

A porta fechada não o impede de entrar comigo. Em uma noite normal, esse banheiro é grande o suficiente para uma festa, mas hoje parece apertado e sufocante. Deixo meus brincos na bancada e, com relutância, encontro seus olhos no reflexo do espelho.

— Foi há muito tempo. Eu não tinha amigos — digo. — Me sentir sozinha era inevitável.

Elias se aproxima.

— Você se sente sozinha agora?

Seu hálito quente cai no meu pescoço, e um arrepio silencioso passa por mim.

— Eu não sei — sussurro, agarrando a borda da bancada.

— Isso não é resposta, Sage.

Eu bufo.

— Por que isso importa? Você ainda tá com ciúme ou o quê?

— Parece que estou com ciúmes? — diz ele. — Eu não me importo com ele. Me importo com você.

Há uma fome em seu olhar que poderia me devorar em minutos, e eu sei com toda a certeza do mundo que preciso me afastar. Não porque eu não quero que isso aconteça. Eu quero muito, desesperadamente. Mas eu sei que, se continuarmos, não ia haver mais qualquer limite. Nem mesmo o pouco que já mal controlamos.

Quando ele abaixa a cabeça para a curva do meu pescoço, perco o ar. Elias corre o nariz ao longo do meu pescoço, onde meu pulso dispara. Parece que meus dedos vão quebrar a bancada de mármore, mas então suas mãos seguram as minhas. Me prendendo.

Seus lábios roçam contra minha orelha dessa vez.

— Eu nunca deixaria você se sentir sozinha.

Ai, *meu Deus*. Essas palavras. O calor que emana de seu corpo. Meu coração palpitante. Tudo se mistura para me enviar a um estupor irracional. Como uma faca de manteiga no meu coração amolecido. Perdi todas as piadas, porque no momento em que a possibilidade de Elias e eu ser real, não consigo brincar.

Ele deixa um beijo fantasma no meu ombro, e não consigo deixar de me virar para encará-lo. Olhos castanhos descem para meu pescoço quando eu engulo em seco. Estar perto dele é viciante, fazendo com que eu queira sempre mais. Já estivemos próximos antes, mas nunca vi seu olhar assim. Faminto. Saudoso. *Derretido*.

Estou brincando com fogo, mas não tenho medo de me queimar. E, puta merda, eu quero que Elias Westbrook me queime.

Empurro meus quadris nos dele e ele geme. Um gemido profundo e gutural.

— Então me mostra — digo.

É tudo o que é preciso, porque no momento seguinte, Elias sela seus lábios nos meus.

O beijo não é suave e doce, é exigente e áspero, como a frustração que marcou suas palavras segundos atrás. Como se ele estivesse provando algo para mim. Ou para si mesmo.

Lábios quentes encontram um caminho pelo meu pescoço e para a base da minha garganta, onde minha pulsação acelera. Ele mordisca a pele de leve, deixando um ardor antes que sua língua a acalme. Deslizo as mãos pela frente de sua camisa social. Sinto muito calor para estar neste vestido sufocante. Meu peito arfa, e ele desce os lábios até beijar a curva dos meus seios. O movimento destrói qualquer pensamento de autocontrole, e empurro meu corpo contra o dele para sentir seu pau rígido pressionando meu umbigo, a poucos centímetros de onde eu o quero.

Ele hesita, mas estou impaciente. Eu me viro para encarar o espelho de novo.

— Abra o zíper. *Por favor* — imploro.

O olhar de Elias parece em conflito enquanto estala de luxúria, e ele pressiona os quadris na minha bunda.

— Me manda parar — diz ele.

— Não quero.

Ele geme mais alto dessa vez.

— Não diz isso. — Ele morde meu pescoço, e eu me arqueio para ele. — Pelo amor de Deus. Você vai me matar, Sage.

— E você, vai fazer o quê?

É ousado. Talvez ousado demais, porque Elias congela. Ficamos assim por tanto tempo que não tenho ideia do que ele está pensando. Mas então ele suspira e tira as mãos da bancada.

Eu me afasto às pressas, e um lampejo de insegurança passa por suas feições.

— Desculpa. Você é celibatário, eu não deveria ter dito isso.

Ele balança a cabeça.

— Não é sua culpa se eu quis.

Meu rosto empalidece.

Elias se aproxima para segurar meu rosto, estabilizando minha mente, que parece girar.

— É difícil pra mim, depois de tudo, e eu não quero jogar esse peso em você — diz ele.

— Não tem problema — respondo muito rápido.

Há um sorriso em seus lábios, como se ele achasse meu desejo divertido.

— Você é perfeita. E se tem alguém por quem eu quebraria meu voto, é você.

— Eu nunca pediria isso de você.

Abaixo a cabeça e percebo que meu vestido caiu, indecentemente amontoado em volta da minha cintura, e meus mamilos estão duros. Meu corpo está fazendo o pedido por mim, pelo visto.

Ele solta um suspiro pesado e desvia o olhar obscurecido.

— Eu sei, e é bom ouvir isso. Mas quanto mais você fala, mais eu quero te dobrar por cima dessa bancada e provar o quanto você tá molhada.

Abro a boca para sugerir que ele faça exatamente isso, mas a fecho de repente. *Ele é celibatário, Sage.*

Passo a mão pelo cabelo, e meu vestido sobe no processo. Eu o empurro de volta para baixo, timidamente observando-o por baixo dos meus cílios.

— Eu quero você, Elias. Mas não sei o que você quer que eu faça — digo. — Eu não posso...

— Diga isso de novo.

Sou pega de surpresa pela demanda repentina, enquanto Elias dá um passo hesitante para mais perto. Como se o fio ao qual ele está se segurando desesperadamente precisasse só de um bom puxão para arrebentar.

— O quê?

— Diga de novo, Sage — ordena ele, com um traço de impaciência.

Engulo em seco.

— Eu quero você, Elias.

Sua garganta ressoa com um som apreciativo. Elias agarra minha cintura e me empurra de volta para a borda da bancada até que o mármore crava em minha coluna. Eu não registro a pontada de dor, porque ele arrasta a língua pela lateral do meu pescoço até minha orelha.

— De novo — exige ele, a voz rouca.

Minha respiração é um pouco trêmula quando ele me pega e me coloca sentada na bancada. O mármore frio toca a pele escaldante das minhas coxas, me fazendo cravar as unhas em seus ombros e sussurrar:

— Eu quero você.

Um estalo audível pode ser ouvido no banheiro abafado.

Nunca vi Elias bêbado, mas presumo que essa versão dele é como seria. A versão que me bebe como um licor suave. Mas assim que penso que ele vai arrancar meu vestido e me comer nesta bancada, Elias beija minha testa e fica lá por tanto tempo que parece que está contando. Ou se repreendendo.

Ele está balançando a cabeça quando olho para ele.

— Que foi?

Sua respiração se acalma. Ele coloca meu cabelo atrás da orelha e me ajuda a sair do balcão.

— Você deveria dormir um pouco, Sage. Vou tomar banho.

Elias não encontra meus olhos quando sai do banheiro perfeitamente funcional e vai para o do corredor. Uma dura verdade cospe na minha cara quando o observo se afastar.

Elias Westbrook é o homem mais gentil que já conheci, mas, se quisesse, poderia despedaçar meu coração.

31
SAGE

O que significa quando seu namorado de mentira celibatário te beija como se fosse morrer se parasse? Não há manual que possa me dar uma resposta, e o Google não está se mostrando tão inteligente quanto afirma ser. Sinto como se tivesse perdido um jogo que ninguém me disse que eu estava jogando. O celibato de Elias me jogou em uma espiral descendente quase tão complicada quanto nosso relacionamento de mentira. Lembro de coisas que disse ou fiz quando ele estava por perto, e tremo de vergonha. Ele deve rir de todas as vezes que me humilhei na sua frente.

Quando saio do chuveiro, visto roupas limpas. O tecido do vestido de verão é fino e parece um lenço de papel barato, mas é a única roupa que não está lavando. Elias pegou minha pilha de roupa suja esta manhã e colocou na máquina de lavar. *Meu Deus*, o homem não existe.

Quando estou passando um pente no meu cabelo emaranhado, ouço um xingamento abafado vindo da cozinha e corro pelo corredor para encontrar Elias balançando a mão.

— Você tá bem?

Pego sua mão para inspecionar o machucado, ignorando a corrente que dispara pelas pontas dos meus dedos.

— É só uma queimadura — responde.

Eu o levo até a pia e seguro seu dedo sob a água fria.

— Estava assando o quê?

— Tentando algo novo — diz ele. — Você gosta de scones?

— Nunca comi, mas tenho certeza de que qualquer coisa que você fizer, eu vou adorar.

Ele ainda está me observando quando fecha a torneira e seca a mão em um pano de prato.

O cabelo molhado escorre pelas minhas costas, e cada gota me sacode com a forte consciência da minha pele escaldante.

— Você tomou banho? — pergunta ele.

Uma gota d'água atinge meu pescoço, e tento não estremecer.

— Uhum.

Ele inclina a cabeça.

— Você parece meio nervosa hoje. Tá se sentindo bem?

Outra gota. Desta vez, ela desliza pela lateral do meu pescoço e desce pela minha clavícula.

— Nunca estive melhor.

Seu olhar se fixa nas gotas que caem lentamente, e meu corpo está eletrizado. O problema é que água e eletricidade não se misturam bem. Eu tremo quando vejo algo escuro nadando em seus olhos castanhos.

— Tira uma foto, Elias. Vai te manter ocupado durante o voo.

— Você acha que eu preciso de uma foto pra me lembrar de como você está agora?

O silêncio é longo e desconfortável. Olho para o fogão para ler as horas, percebendo que é só meio-dia e ainda faltam algumas horas para ele sair. Os últimos minutos já parecem torturantes — não tenho certeza se consigo sobreviver a *horas*.

Ele chega bem perto, pegando meu vestido.

— O que você tá querendo aqui, Sage?

A pergunta me deixa excitada. A mão de Elias é grande, forte e cheia de veias, e eu não diria uma palavra sequer se ele arrancasse meu vestido.

Inclino a cabeça.

— Só tô tentando sobreviver ao calor.

Seus olhos se estreitam.

— O apartamento tem ar-condicionado.

Talvez eu devesse ter sido mais específica. Eu quis dizer que precisava sobreviver ao calor *dele*.

— Sou calorenta.

— Você bota esses seus pés gelados em mim quase todas as noites.

Ele está me provocando, mas eu me recuso a cair na armadilha.

— Seja lá o que você esteja tentando me fazer dizer, não vai funcionar. Eu não tenho segundas intenções. Ao contrário de você, eu digo o que quero em vez de falar em enigmas.

— Como assim?

Eu me endireito, tentando parecer mais alta, embora ele seja imponente.

— Que você afirma ser o cara mais honesto do planeta, mas não consegue admitir nem por um segundo que está mentindo para si mesmo. E esse é provavelmente o pior tipo de desonestidade que existe.

Há uma tempestade se formando em seu rosto.

— Eu não tô mentindo pra ninguém.

Solto um muxoxo nada bonito.

— Tá bom, vai repetindo pra si mesmo. Mas você é celibatário esse tempo todo porque está se punindo por uma coisa que fez anos atrás. Você acha que isso alivia sua consciência, mas só está se machucando.

Eu não sabia até esse exato segundo que isso me incomodava. Para ser realista, não sou namorada dele e não tenho o direito de questionar seus motivos, mas, puta merda, parece um soco na cara quando vejo que ele sabe quase tudo sobre mim. Inclusive a vida sexual.

Tudo isso parece muito arriscado agora. Meus sentimentos. Os dele. Sejam quais forem. Seria o suficiente para me jogar em um quarto de paredes brancas sem janelas e com uma camisa de força. Montar na coxa dele daquela vez e implorar por ele ontem à noite só trazem o calor do constrangimento de volta ao meu rosto.

De repente, minha confiança evapora, e me viro para sair de perto. Elias avança, me empurrando contra a geladeira e derrubando um ímã no chão. Uma foto de todos os caras do torneio universitário deste ano cai aos meus pés.

Suas mãos calejadas roçam a pele nua das minhas coxas, então ele desliza para cima, levantando o tecido fino do meu vestido. Mesmo se eu quisesse dizer algo, não diria.

— Eu não minto — diz ele, rouco. — E não estou sendo desonesto.

Minha voz sai como um sussurro.

— Seu nariz está crescendo, Elias.

Ele ri, o hálito quente atingindo minha pele como o chicote de um cinto.

— Quer ouvir uma mentira, Sage?

Sua mão sobe até o ossinho do meu quadril, direto para a tira da minha calcinha.

Eu seguro um gemido, sem querer me envergonhar ainda mais.

— Ver você andando por aí nesse maldito vestido não me faz querer arrancá-lo.

Engulo em seco.

— Sua boca não ficou presa na minha mente desde que provei pela primeira vez.

Mal consigo respirar.

— E eu não me masturbei pensando em você ontem à noite.

Puta merda.

Falar com ele é como brincar com os fios de uma bomba e não saber qual deles vai te derrubar e queimar cada centímetro da sua pele.

— Satisfeita?

— Nunca — respondo.

Ele arrebenta a tira da minha calcinha, e eu dou um gritinho. O ardor na minha pele é como se ele tivesse me dado uma palmada.

— E se eu achar que é você quem está mentindo? — pergunta Eli.

Estou à mercê dele, mas finjo estar ofendida.

— Não estou.

— Não? Então, não tá frustrada porque eu não te comi ontem?

Minha garganta está seca.

— Cadê, Sage? Pensei que você fosse um livro aberto — provoca ele.

Estreito os olhos.

— Você não me conhece.

— Talvez. — Sua mão deixa a pele formigante da minha coxa nua e aperta meu pulso, e ele passa o polegar sobre as veias, sentindo meu coração bater loucamente. — Mas seu corpo tá dizendo outra coisa.

— Meu corpo diz muitas coisas, acho que você não sabe ler.

Espero que minhas palavras arranquem aquele olhar arrogante em seu rosto.

— Você acha que, por não ter te tocado, não sei o que vai te fazer gozar?

Ler nas entrelinhas é muito fácil quando os olhos dele brilham com algo que diz: *Minha coxa pode te fazer gozar em menos de trinta segundos*.

Por mais irritante que seja o sorriso, ele é lindo, assim como a mão que serpenteia sob meu vestido para brincar com o pedaço de tecido entre minhas nádegas. Então ele o puxa, e o aperto quase me faz cair para a frente, mas eu travo os joelhos.

— Cuidado, Eli, tá falando sacanagem demais pra quem não pode.

Ele solta um muxoxo. Real oficial, um muxoxo.

— Não tenho medo de falar sacanagem, Sage, mas acho que você fica nervosa só de pensar.

Meus pensamentos se dispersam. Como ratos correndo em um beco ao som de passos.

Minha risada não é convincente. Ela é interrompida quando o cronômetro do forno apita e corta nossa competição de quem pisca primeiro. Elias recua, e eu também.

Passo as próximas duas horas costurando minhas sapatilhas de ponta com perfeição, dando a ele apenas um pequeno aceno quando me diz que estará de volta em alguns dias.

A última apresentação de *Sonho de uma Noite de Verão* faz com que eu me sinta uma celebridade. Até me faz esquecer da proprietária do apartamento, que ligou mais cedo. Minha casa está liberada e pronta para eu voltar. Mas pensar nisso faz o buraco no meu estômago ficar mais fundo do que um abismo.

Amy Laurent, minha antiga professora, me agradece bastante quando me vê nos bastidores. Não entendo o porquê no começo, mas pelo visto meu post sobre o espetáculo de hoje à noite, com links para os ingressos, ajudou a lotar a casa.

Energia elétrica vibra nos bastidores quando o segundo ato começa e as cortinas se abrem. Alguém poderia pensar que fazer a mesma dança seria comum, mas só fico mais animada. Toda vez que faço meu solo como Titânia, a rainha das fadas, sei que estou melhor.

As notas sonhadoras do noturno de Mendelssohn tocam quando estou no palco, e eu não penso. Não me deixo me perder nos labirintos da minha cabeça.

Desta vez, não examino a multidão, porque meu tio está fora com o time — mas ele fez questão de me pedir o link para a apresentação ao vivo. Quando as cortinas fecham, vou conversar com as famílias na frente do palco. Uma mulher bate no meu ombro.

— Meu filho é um grande fã de hóquei — começa ela. — E desde que vimos você nos jogos do Thunder, minha filha está em êxtase. Ela está obcecada com todas as suas apresentações.

Ela aponta para a filha, que está usando uma tiara no topo da cabeça, o cabelo cacheado preso em um coque. A jovem me abraça e me entrega uma cartinha escrita à mão. É exatamente o que Elias disse sobre ser uma inspiração para eles. Isso me faz desejar que ele estivesse aqui para ver.

Depois de uma longa viagem de ônibus, por fim volto ao apartamento vazio. A vontade de ligar para Elias me atormenta, mas sei que seu jogo de hóquei está a todo vapor. Então, me acomodo em frente à TV para vê-lo jogar. Os jogos fora de casa são os piores, e me deixam sentindo uma pontada de solidão. Sobretudo hoje, com a euforia da minha apresentação ainda correndo em minhas veias, eu mataria para compartilhar esse momento com Elias, para testemunhar o brilho em seus olhos sempre que falo sobre balé.

Quando o jogo entra no terceiro período, procuro Elias em meio ao caos de jogadores patinando por todo lado. Uma onda de alívio me inunda ao vê-lo saindo do banco, mas dura pouco, porque os comentaristas relatam um golpe brutal contra ele no primeiro período.

Enquanto o replay pisca na tela, meu coração se aperta, capturado pelo momento de gelar os ossos do corpo de Elias colidindo contra o acrílico ao redor do rinque. A intensidade do impacto me dá arrepios, como se eu pudesse sentir as reverberações ecoando pelos meus ossos. A briga subsequente que irrompeu após o golpe só aumenta minha angústia, com Aiden retaliando contra o jogador que mirou em Elias.

É algo natural em um esporte de contato como hóquei, mas não consigo evitar a pontada de desamparo.

À medida que o fim do jogo se aproxima, uma sensação hesitante de alívio se instala em mim. Mas assim que começo a respirar com facilidade, meus piores medos se materializam diante dos meus olhos. Elias vai contra o vidro outra vez, seus patins deixando o gelo por completo em uma demonstração aterrorizante de impulso. O tempo congela quando ele cai de novo, imóvel. O estádio é tomado por um silêncio ensurdecedor, assim como os comentaristas.

Meu coração martela contra minhas costelas como um pássaro preso. Eu me esforço desesperadamente para captar qualquer vislumbre de movimento, qualquer lampejo de garantia de que Elias está bem. Mas então vejo seu capacete descartado e o protetor bucal que ele cuspiu.

Não consigo desviar os olhos, mesmo que todos os meus instintos gritem para eu não olhar. A equipe médica corre para o gelo. Então a câmera corta do nada. A voz do locutor por fim irrompe na cena, dando a notícia de que Elias não vai retornar pelo resto do jogo.

O controle remoto escorrega dos meus dedos trêmulos e cai no chão.

32
ELIAS

Revejo a pancada de novo e de novo em loop na minha cabeça, cada vez trazendo à tona uma nova onda de arrependimento. Eu não devia ter ficado confiante demais.

Meu primeiro gol da noite acendeu uma fome de vingança em nossos oponentes, e quando o ala-direita de Pittsburgh veio me atacar, não tive escolha a não ser me preparar para o impacto.

Depois disso, eu estava voando pela defesa de novo, mas enquanto corria atrás de um possível gol, o segundo golpe realmente tirou o ar dos meus pulmões.

— Bom, não foi uma concussão, mas os hematomas no seu corpo são preocupantes — diz o médico da equipe enquanto joga uma luz nos meus olhos. — Vamos ficar de olho nisso. Você vai precisar descansar e tomar ibuprofeno para a dor.

Apenas uma pergunta paira no ar.

— Estou liberado para jogar na sexta?

É o segundo jogo das eliminatórias da segunda rodada e a ideia de perdê-lo me enche de desespero. Houve uma fração de segundo após a pancada em que o medo tomou conta de mim. Medo de que minha carreira estivesse escapando dos meus dedos mais uma vez.

— Não, Eli, você não pode jogar com costelas machucadas e uma quase concussão. Você está fora desta rodada, e vou precisar reavaliá-lo antes da próxima — diz o dr. Harris antes de sair.

Meus ombros caem, pesados pela decepção. Solto um longo suspiro que faz com que uma dor aguda irradie das minhas costelas machucadas.

Do lado de fora do vestiário, ouço as vozes abafadas do treinador Wilson e do dr. Harris conversando. Quando as portas finalmente se abrem, o treinador está lá, com uma expressão sombria.

O início de uma dor de cabeça me atinge como um tambor implacável e coloco um saco de gelo nela.

— Não é a notícia que a gente queria, mas sua saúde vem em primeiro lugar — diz ele. — Você jogou bem, Eli. Vamos garantir que continue assim, para que essa não seja a última vez que te vemos nas eliminatórias.

Uma aceitação relutante me cobre com suas palavras.

— Vamos providenciar um motorista para te levar de volta ao hotel. Descanse, e amanhã voltamos pra casa. — A voz do treinador está carregada de compaixão.

Saio da sala, sobrecarregado pelo gosto amargo do fracasso que permanece. A dor de perder não só o jogo de hoje, mas o próximo, me corrói desconfortavelmente.

Quando chego ao hotel, não me demoro. Fecho o zíper da mala, chamo um Uber e vou direto para o aeroporto. Em vez de mandar uma mensagem para o treinador, mando para Aiden, para avisá-lo que estou indo embora. O treinador nunca aprovaria minha decisão de voar depois de levar uma pancada dessas, mas estar em casa é tudo em que consigo pensar. Porque Sage estará lá, e ela é a única que pode tornar essa situação um pouco suportável.

Meu primeiro pensamento depois de ser jogado contra o acrílico não foi se eu tinha quebrado algum osso ou se minha visão voltaria. Mas sim em Sage.

Naquela noite, quando colei meus lábios nos dela com tanta vontade, sua resposta correspondeu à minha intensidade.

Ouvir o som suave de seu gemido de prazer escorregando de seus lábios e descendo pela minha garganta ficou gravado em minha mente.

O entusiasmo dela não é bom para minha imaginação. Sage é minha ruína, e não tenho certeza se sei dar conta dessa mulher. Eu sabia que tinha feito merda quando minha língua passou pela dela, e a faísca de eletricidade tornou quase impossível parar. Foi como se eu pudesse ouvir o tilintar da armadura de metal caindo aos meus pés, e algo em meu peito se encaixou. Mas a percepção do que ela queria e do que eu não deveria dar me atingiu com força.

O voo do aeroporto de Pittsburgh é curto. Tento dormir, mas com o assento desconfortável que consegui de última hora, bem entre duas outras pessoas, e o gelo na minha cabeça, não consigo relaxar. Quando aterrisso, visto o capuz do moletom e pego um Uber de volta para casa.

O porteiro me vê se aproximando e, quando ele tenta correr para ajudar, eu o paro. Estou mancando bastante, mas não quero chamar mais atenção. Dando um sorriso para ele, entro cambaleando no elevador e caio contra a parede espelhada.

Meu corpo grita em agonia, mas uma parte de mim quer se mover mais rápido. Minhas chaves caem no chão. Eu me abaixo para pegá-las com uma série de grunhidos, e quando estou prestes a colocar na fechadura, a porta se abre para revelar uma Sage de olhos marejados.

Ela está lá, os olhos me varrendo da cabeça aos pés. O cabelo cacheado emoldura seu rosto, e seus dedos agarram o batente da porta com força suficiente para que fiquem brancos. O peso de seu olhar quase emana de sua expressão, me envolvendo como se eu pudesse senti-lo fisicamente.

Sage pega meu braço e me deixa mudar o peso de uma perna para a outra para entrar. Eu me apoio nela só um pouco, porque a derrubaria se me apoiasse do jeito que preciso. Assim que entramos no meu quarto, ela recua um passo, me deixando sozinho. Ela parece aterrorizada ou nervosa, mas não diz nada para eu descobrir qual é.

— Eu tô bem — tranquilizo, esperando que seja isso que ela queira.

Um minúsculo suspiro de alívio joga seus ombros tensos para baixo.

— Eu vi a pancada, Elias. As duas. — Ela não me olha nos olhos. — Foi assustador ver você daquele jeito.

Suas palavras me pegam desprevenido, e um calor se espalha pela dor nas minhas costelas.

— Você ficou preocupada comigo?

Não consigo suprimir o sorriso que puxa meus lábios.

— É pré-requisito desse trabalho. — Ela faz a piada com um tom meio amargo mexendo as mãos e sem olhar para mim. Eu não gosto disso.

— Hoje é noite de autocuidado?

— Hoje é quarta-feira, eu não costumo... — Sua voz some, seu olhar se desloca para meu corpo machucado e maltratado com uma mistura de pena e preocupação. — Sim, é noite de autocuidado.

Ela me ajuda a ir ao banheiro, usando toda a força para amparar meu corpo manco. Então, gira a torneira para encher a banheira e vasculha os armários.

— Você vai precisar de um banho quente primeiro. Tenho sais de banho — informa ela, despejando o sal com aroma de lavanda na água soltando vapor.

— Toma banho comigo.

Ela congela.

— Eu vi sua apresentação. Provavelmente uma das suas melhores, então tenho certeza de que você também precisa de um.

Ela me encara com os olhos arregalados.

— Você assistiu?

— Eu não perderia por nada — digo —, mas, da próxima vez, me manda o link para eu não ter que pedir ao seu tio.

Dou um passo mais perto até que estejamos a poucos centímetros de distância. Sua respiração falha quando a parte de trás de suas coxas encontra a borda da banheira, e eu resisto à vontade de estremecer enquanto me inclino.

— Você vai se juntar a mim?

Ela engole em seco antes de olhar para a água e depois de volta para mim.

— Mas você é… você sabe.

— Não é uma palavra ruim, Sage.

Ela suspira.

— Eu sei. Mas não quero te deixar desconfortável.

Corro o polegar ao longo de sua mandíbula e encontro seus olhos.

— Estou com dor, Sage. Faz ela passar.

Ela mal assente, seu corpo traindo sua relutância quando se aproxima, atraída por uma força invisível.

Enquanto tiro as roupas e afundo na água quente, cada machucado em meu corpo parece derreter sob o calor. Enquanto isso, Sage fica perto da banheira, cautelosa ao olhar para minha pele avermelhada. É irônico — a garota que montou no meu colo como se não houvesse amanhã está incerta sobre algo tão simples quanto tomar banho juntos.

— Quer que eu feche os olhos? — provoco. Mas percebo um lampejo de desconforto em seu olhar que me faz parar. — Tem algo errado?

— É que… eu sei que meu corpo tá diferente agora, e meus músculos estão mais definidos — começa ela. — Mas eu amo meu corpo, e disse a mim mesma há muito tempo que nunca deixaria ninguém ditar como eu me sinto em relação ele. — Ela respira com pesar, e não consigo entender por que ela tem que dizer isso. — Eu trabalhei muito e lutei muito contra questões de autoimagem. Ninguém vira bailarina sem que todos os instrutores desde os oito anos de idade digam que dá pra perder mais peso. Ou que beleza é dor, e passar fome faz parte.

Suas palavras me atingiram como um caminhão.

— Você acha que eu sou como eles? Essas pessoas doentes que atacam a autoestima dos outros, porque não têm ideia de que corpos saudáveis são diferentes?

Sage pisca rapidamente. Eu quero estender a mão e confortá-la, mas sei que minhas palavras são o que ela precisa.

— Meu Deus, Sage. Desde o momento em que te vi, não consegui parar de te olhar. E não tinha nada a ver com seu corpo ou rosto. Era só você. Sua energia, sua determinação, sua força. Era tudo o que eu conseguia ver. Era ofuscante.

— Você não pode estar falando sério.

— Entra aqui e vou te mostrar o quanto estou falando sério.

Uma onda de vitória se instala quando ela tira a camiseta longa — uma das minhas — e depois a calcinha antes de mergulhar o pé no banho fumegante. Mordo meu punho para não gemer alto ao vê-la. Ela tenta manter distância enquanto se senta entre minhas pernas.

Alarmes disparam na minha cabeça. Perto demais. Demais. Bom demais.

Para me distrair, passo uma bucha nas costas dela. Quando a sinto sob minha mão e inalo seu perfume doce, não consigo evitar me certificar de que ela estar sendo cuidada não quer dizer que estou comprometendo minhas regras. Quero mostrar que ela não é "demais". Que ela merece ser cuidada.

Com a mão na pele nua de sua cintura, puxo-a contra mim e deixo beijos leves onde seu pescoço encontra seus ombros.

— Você foi tão bem esta noite — sussurro.

Ela estremece, virando a cabeça na outra direção.

Ajeito seu coque bagunçado, sabendo que ela não quer molhar o cabelo. Não há como parar o que sinto agora, porque mesmo com a pior dor física que já senti, reconheço como é bom quando ela está sentada perto de mim.

— A gente não p-pode — gagueja ela.

— Não pode o quê, Sage? — sussurro contra a concha de sua orelha. — Não posso te tocar assim?

Traço um dedo sem pressa por sua coluna. As regras que impus a mim mesmo ficaram confusas no momento em que senti seus lábios. Mas eu nunca quis que Sage sentisse que precisava desempenhar um papel impossível só porque eu estava quebrando uma regra por ela. Quero que ela saiba que, se eu tocá-la, é porque eu quero. Porque agora ela precisa, e eu quero dar isso a ela.

Ela choraminga.

— O que você tá fazendo, Elias? Você é celibatário.

— *Eu* sou celibatário — sussurro. — Mas você ainda merece se sentir bem. Eu posso fazer isso. Deixa eu te dar prazer, Sage.

Ela agarra a lateral da banheira com tanta força que os nós dos seus dedos ficam brancos, mas não se mexe.

Tenho certeza de que ela sente meu coração martelando contra suas costas também.

— Deixa eu cuidar de você.

Sua respiração falha como se essas palavras nunca tivessem sido ditas a ela.

— Não preciso que cuidem de mim.

Minutos se passam sem outra palavra, e sua declaração paira no ar. É como se fosse uma frase ensaiada. Como se ela acreditasse de verdade nessa merda.

— Sabe, quem diz isso costuma ser quem mais precisa. — Sou cuidadoso quando passo uma mecha de cabelo atrás da orelha dela, de um jeito delicado e gentil, do jeito que ela precisa. — Se você acha que isso é verdade, vou mostrar que não é.

Depois de um longo silêncio, ela sussurra:

— Não espero que você me prove nada.

— Não precisa.

Ninguém nunca cuidou de Sage Beaumont, e tenho a honra de ser o primeiro.

Meus dedos encontram sua coxa macia sob a água e deslizam por entre as pernas para sentir sua excitação. Ela se contorce sob meu toque, desesperada pelo clímax. Tremendo de nervosismo e expectativa.

— Me diz do que você gosta, Sage.

— Você — diz ela em um suspiro.

Porra. Meto dois dedos, incapaz de esperar mais. Ela geme tão alto que tenho que cerrar o maxilar para não fazer o mesmo. Isso é só para ela.

— Rebola, vai.

Ela se move mais rápido, então seu olhar incerto encontra o meu.

— Não quero te machucar.

— A única coisa que me machucaria é não ver você gozar.

Ela não hesita dessa vez. Sage rebola nos meus dedos, seus gemidos ecoando quando atinge o êxtase, a cabeça descansando na curva do meu pescoço. Ela xinga e fecha os olhos com força quando goza na minha mão. Linda.

Meu corpo dói pelo esforço de se conter.

— Vira — surrurro contra sua têmpora.

Ela se vira, montando em mim, tomando cuidado com os hematomas que começam a deixar minha pele roxa.

Passo a mão na sua bochecha, e ela cede ao toque.

— Cadê suas piadas? — pergunto.

Ela dá um sorriso fraco, seus olhos cor de mel quentes de desejo.

— Agora você sabe como me fazer calar a boca.

— Eu nunca quero calar sua boca. Você é a única pessoa com quem eu quero conversar.

Com a mão na nuca dela, puxo seus lábios para os meus, beijando-a até gemer de prazer. Eu nunca poderia me cansar de senti-la se render a mim, abrindo mão do controle e me permitindo segurá-la completamente.

— Posso te tocar? — pergunta ela. — Você merece sentir prazer também. Faço tudo que você quiser.

Meu Deus. Suas palavras são como uma armadilha. A sinceridade em seu rosto só me faz querer assentir. Se eu sentir a mão dela em volta de mim, nunca vou me recuperar. Nunca serei capaz de apaziguar a parte de mim que não quer deixá-la ir. E essa é a última coisa de que ela precisa.

Sei que estou testando os limites do meu autocontrole, mas eu consigo. Eu posso lidar com isso. Fazê-la feliz, mesmo que eu esteja miserável pra caralho.

— Te dar prazer me dá prazer.

Ela não parece convencida.

— Quero que você goze comigo.

Ter essa mulher me dizendo o que ela quer pode ser minha coisa favorita.

— Que tal assim?

Faço com que ela olhe para o meu pau duro. Ela observa meus movimentos rítmicos através da água com sabão, e engole em seco.

— Isso é... você tem piercing?

Ela mal contém seu choque.

O piercing de metal brilha sob a água com sabão. Suas mãos descansam em minhas coxas, e o toque me faz estremecer. Fiz o piercing na faculdade, então nenhuma garota nunca viu. Agora, com Sage brincando com meu autocontrole, me contenho para não pedir para ela tocá-lo com a língua.

— Longa história.

Sage não precisa saber das merdas imprudentes que os caras e eu fizemos em Dalton.

Ela me olha com um sorriso.

— É bonitinho. Inesperado, mas bonitinho.

Eu gemo alto.

— Não diz que eu sou bonitinho quando estiver olhando pro meu pau.

Ela ri da minha situação. Então eu a puxo para os meus lábios e a beijo. Provando cada centímetro da sua boca e querendo desesperadamente mais. Seria tão fácil assim. Tê-la como eu imaginei.

— Levanta — ordeno baixinho contra seus lábios.

Quando ela se afasta, seus olhos estão arregalados. Ela não me questiona, permitindo que eu a guie para minha boca enquanto se levanta. Eu a seguro exatamente onde preciso dela, sentindo-a tremer antes que meus lábios se fechem em torno de seu clitóris. Suas mãos encontram meu cabelo, agarrando-o com tanta força que arde meu couro cabeludo. Com meus dedos e língua trabalhando em conjunto, Sage chega lá rápido, ofegando meu nome junto com uma cascata de súplicas até que se despedaça em êxtase.

Ela desliza pelo meu corpo e eu a pego em meus braços antes que ela caia em minhas coxas doloridas.

Sage descansa a cabeça no meu peito.

— Isso deve ter quebrado alguma regra. O celibato vem com manual?

Eu solto uma risada.

— Vou te avisando.

Nós nos revezamos ensaboando um ao outro e depois enxaguando. Quando estamos secos, eu manco para a cama.

Ela me ajuda a ficar debaixo das cobertas e me traz uma bolsa de gelo da cozinha.

— Me chame se precisar de alguma coisa.

Eu seguro seu pulso.

— Eu preciso de uma coisa.

— O quê?

— Você.

Ela revira os olhos.

— Elias, você tá machucado. E a gente já… Eu não quero piorar as coisas.

— Então dorme aqui e faz eu me sentir melhor. Dorme comigo.

Ela dá um sorriso irônico.

— A essa altura você só tá pedindo mais corda pra se enforcar.

— Você me entendeu. Vem cá.

E ela vem. Há uma pontada no meu abdômen quando ela deita a cabeça no meu peito, mas nada é pior do que a dor de quando ela não está lá.

Sage está estranhamente silenciosa enquanto tentamos dormir. Estou acostumado com suas perguntas aleatórias e inquietação para encontrar uma posição confortável.

— Você está muito quieta. Quebrei você?

Sua respiração divertida cai no meu peito.

— Sim, sua língua e dedos mágicos merecem uma recompensa.

— Sua boceta foi a recompensa.

— Quem é você e o que fez com o Elias? — Ela arregala os olhos.

— Acho que nós dois sabemos o que aconteceu com ele.

Então Sage fica quieta de novo, passando as mãos sobre meu abdômen e meu peito. Uma sensação que me deixa inquieto. Toco um dedo em sua têmpora.

— No que está pensando?

— A proprietária ligou.

Meu coração acelera e me faltam palavras. Estou aliviado que ela não olha para cima, temendo que veja o pavor gravado em meu rosto. Tê-la aqui me fez sentir que é assim que deveria ser e a possibilidade de ela ir embora nunca passou pela minha cabeça. Há uma bola áspera na minha garganta que não me permite falar.

— Ela disse que o seguro finalmente resolveu tudo e que chamou a faxineira. O apartamento deve estar pronto na segunda.

— Segunda — repito, entorpecido.

Ela passa a palma da mão sobre um hematoma, concentrando sua atenção nisso.

— Tenho aula de manhã cedo, então vou deixar minha chave na bancada da cozinha.

— Não vai, Sage.

Eu me viro para dar uma olhada melhor em seu rosto, mas o movimento envia uma dor lancinante pelas minhas costelas. Sage estuda minha expressão como se não tivesse certeza de ter me ouvido direito.

— Seu estúdio é perto daqui, e todas as suas audições são no centro. Além disso, se tiver que vir aos meus jogos ou comparecer a um evento comigo, é melhor que já esteja aqui. Não faz sentido você voltar.

— Eu não posso ficar aqui para sempre, Elias.

Mas eu quero que você fique.

— Te ajudo a encontrar um apartamento quando for a hora.

— Ajuda?

— Faço qualquer coisa por você, Sage.

E se eu deixá-la ir agora, não vou conseguir ficar sem ela. Não depois de Sage ter acendido algo dentro de mim que me faz querer me soltar e me agarrar somente a ela.

33
ELIAS

As melhores partes dos meus dias consistem em cozinhar e esperar Sage chegar em casa. E as mensagens ocasionais de Sean, quando ele me pergunta como vai minha recuperação. De vez em quando, ele me diz para cuidar da irmã, porque ela precisa. Eu sempre escuto. No entanto, a mensagem de hoje é ele sendo o clássico irmão mais novo.

SEAN

Sean
Minha irmã pode estar um pouco mal-humorada hoje. Só um aviso.

Elias
O que você fez?

Sean
Me ferrei na prova de física. Não é culpa minha que seu time estava jogando quando eu deveria estar estudando.

Elias
Acho que é literalmente culpa sua, parceiro.

Sean
Meu amigo vai dar uma festa no próximo fim de semana. Você acha que ela vai me deixar ir?

Elias
Nem a pau.

Sean
Você consegue convencê-la? Ela nunca ficou brava com você.

Elias
"Nunca" é um exagero, mas vou falar bem de você se gabaritar todas as outras provas. Combinado?

Sean
Combinado.

Volto para os destaques do último jogo do Thunder. Apesar de nosso time ter arrasado nos *playoffs*, não consigo apagar a melancolia que cobre minha animação. Eles perderam a partida em que me machuquei, mas venceram o sexto jogo. As finais da Conferência Leste contra Boston foram fáceis, mas a maioria dessas vitórias se devem ao fato de o goleiro e a linha defensiva deles estarem lesionados. Foi um golpe de sorte que ninguém esperava, e agora que estamos nas finais da Copa Stanley contra Vancouver, todos estão roendo as unhas, sobretudo eu. Tenho perguntado todos os dias se o dr. Harris me liberou para treinar, principalmente para jogar uma partida completa; estou em casa há muito mais tempo do que precisava. Seria uma tortura se não fosse por Sage.

Esperava que meus dias se resumissem a ficar na cama com ela, mas com a audição para o TNB em duas semanas, ela só pensa nisso. Em dias de jogo, começo a manhã com uma curta caminhada, depois volto para casa e tomo um banho que Sage prepara para mim, e leio um livro da biblioteca de Summer. Sage costuma chegar em casa bem na hora do jantar, provavelmente porque eu faço algo diferente todos os dias e porque a deixo colocar a máscara facial que quiser no meu rosto. Hoje é um desses dias, e eu estou na cozinha preparando uma lasanha enquanto vejo cada minuto passar no relógio digital do forno.

— Tinha pão fresquinho no supermercado — anuncia Sage, sua voz se misturando ao ranger da porta e ao tilintar de suas chaves. Ela dá um sorriso radiante quando me vê, mas a exaustão em seu rosto é evidente. Seu cabelo cacheado tem mechas rebeldes emoldurando o rosto, e as leves olheiras revelam que não tem dormido bem.

Sage passa por mim para colocar os pãezinhos no balcão, mas antes que possa escapar, eu a puxo pela cintura. Em segundos, ela se derrete nos meus braços, e eu praticamente tenho que segurá-la. Quando ela se permite relaxar comigo, meu cérebro vai à euforia.

Sage não se abre com as pessoas com tanta facilidade quanto finge. Ela protege o coração sob um manto de honestidade que poucos têm o privilégio de descobrir. Foi quando a vi desmoronar pelas rejeições e pela ausência de Sean em seu aniversário que percebi que Sage só quer ser cuidada sem ter que pedir. Ser reconhecida sem reabrir velhas feridas que mal cicatrizaram depois de todos esses anos. Há um laço inquebrável que me prende a ela, e quanto mais eu ignoro, mais apertado ele se torna. Eu ficaria com todos os problemas dela, mas ela não precisa ficar com os meus — muito menos agora, que acabou de conseguir uma chance de realizar seu sonho. Eu nunca a prenderia.

— Acho que sua lasanha tá queimando. — A voz de Sage é abafada pelo tecido da minha camiseta. Eu me afasto para desligar o forno antes que a camada de queijo em cima escureça.

— Você tem um faro pra incêndios, é? — Eu bato no nariz dela.

— Ah, sim, sou praticamente um detector de fumaça ambulante agora.

Sage vai até o armário para pegar pratos e pôr a mesa como todas as noites.

— Aiden e Summer saíram. Somos só nós hoje.

— Ah é, ela mandou mensagem mais cedo. — Ela remove um par de pratos. — A propósito, encerrei oficialmente o contrato de aluguel do apartamento. Posso ficar aqui mais um tempinho, se você ainda quiser.

— Claro que eu quero, Sage. Nunca ia deixar você voltar pra lá.

— Não era tão ruim assim. Aquele lugar fez com que eu pudesse pagar pelo balé. E os ratos só mastigavam o fio do meu notebook de vez em quando.

Eu rio e a puxo para mim, tirando os pratos de suas mãos para colocá-los na bancada. Seu olhar salta entre meus lábios e meus olhos, e não consigo deixar de sorrir. Não falamos sobre nosso banho juntos ou meu celibato, então ela hesita quando ficamos tão perto. A única razão pela qual me contenho é por causa daquele voto e da pressão que colocaria sobre ela se eu o quebrasse. Seria tão fácil colocá-la em cima dessa bancada e sentir o calor dela em mim, mas eu conheço Sage, e sei o quanto uma coisinha pode complicar tudo. Não quero ser outra pessoa que tira algo dela. Porque sei que se eu a tomar para mim do jeito que quero, não há como voltar atrás.

Nossas regras são boas. Nós dois temos clareza sobre quando essa relação vai acabar, quando conseguirmos o que queremos: ela com seu lugar no TNB, e eu com meu lugar no Thunder garantido.

Mas agora, andando nessa corda bamba, as mãos de Sage agarram minha camisa e seu coração bate rápido contra o meu. Evito beijá-la, porque sei que se começarmos, não vou conseguir parar até que a lasanha esteja gelada.

— Como foi seu dia? — pergunto em vez disso.

A expressão de Sage murcha.

— Bom. Exceto que meus *fouettés* estão estranhos, embora eu tenha feito um milhão de vezes. E meu salto tá pesado e lento. Ah, isso sem falar da nota de Sean na prova de física.

Ela aperta a ponte do nariz. Claro, além de tudo isso, ela também está pensando no irmão.

— Sean é um menino inteligente. Com certeza, ele vai arrasar nas outras provas. — *Para o bem dele*. — Você precisa se concentrar em si. Está exausta. Descanse um pouco e tenho certeza de que vai estar perfeita no dia da audição.

Para aliviar o estresse de suas feições, massageio suas têmporas e a observo relaxar com cada movimento circular.

— Às vezes acho que você faz demais por mim.

— Nada é demais quando se trata de você.

Nossos olhares se encontram e dessa vez não tenho forças para ignorar a atração magnética. Ela solta um "humm" na minha boca como se tivesse sentido falta da sensação. Eu também senti, e mostro exatamente isso a ela quando aprofundo o beijo. Temos evitado toques que levam a mais para não agravar meus músculos doloridos e, embora tenha sido uma tortura, tudo daquela primeira noite na banheira ainda está fresco o suficiente na memória para ficar na minha cabeça o dia todo.

De repente, Sage recua. Observo-a com a visão turva, ainda sentindo o fantasma de seus lábios nos meus.

— Sua dor de cabeça passou? E você tomou o banho de sais que preparei de manhã?

E ela acha que *eu* faço demais por ela.

— Tô ótimo, e o banho também foi ótimo. Só esperando o doutor Harris me liberar pra jogar.

— Ótimo. — Ela pensa por um minuto. — Tá bom, pode me beijar de novo.

— Obrigado — digo com um sorriso contra seus lábios.

Passamos o resto da noite assistindo ao segundo jogo das finais com máscaras de panda e Sage no meu colo, embalada pelo som dos repórteres e minhas mãos brincando com seu cabelo. É caótico, embora ela pareça em paz. Neste momento, tenho certeza de que até mesmo esta maldita lesão vale a pena, se significa que é assim que passo minhas noites. Mesmo que seja só por enquanto.

34
SAGE

Será que vomitar copiosamente no diretor do Teatro Nova Ballet é considerado antiprofissional? Espero que não, porque meu estômago está se revirando quando piso no centro do palco e vejo três rostos muito proeminentes do balé nas poltronas do auditório com os olhos em mim.

Estas últimas semanas têm sido mais desgastantes do que a vez em que dancei *O Quebra-Nozes* em quatro apresentações seguidas. Elias está se recuperando das lesões e assistindo aos jogos de casa com uma carranca mal-humorada. No entanto, quando chego e vejo mais bolinhos e biscoitos e coisas que ele preparou e me convence a experimentar, o sorriso em seu rosto é o maior que já vi em semanas. Mas não durou, porque depois que o Thunder venceu o Boston nas finais da Conferência Leste, eles perderam três de cinco jogos, o que significa que se perderem amanhã, está tudo acabado. Como Elias recebeu aprovação para treinar hoje e talvez possa jogar, a pressão é alta. Ele disse que eu seria uma ótima enfermeira, porque fui muito rigorosa em ajudá-lo a se recuperar. Recusei sempre que ele tentava me atrair para seu abraço hipnótico com um de seus toques tentadores. Isso deu tempo para Elias estudar os vídeos dos jogos enquanto eu ensaiava para minha audição.

Eu me certifiquei de que tudo estava perfeito: as sapatilhas de ponta, o figurino, o cabelo — no qual Elias me ajudou a colocar pedrinhas brilhantes — e, acima de tudo, minha performance. A dança do Cisne Branco e do Cisne Negro que preparei incansavelmente está gravada no meu cérebro, e nem mesmo a ansiedade no fundo do meu estômago vai ofuscar isso.

Os jurados ocupam os três assentos centrais do auditório. Aubrey Zimmerman, diretor artístico do TNB; Sarah Chang, a renomada primeira bailarina; e Adrien Kane, o estimado coreógrafo. Fiz uma pesquisa extensa sobre os três, embora esteja bem ciente de sua influência na comunidade do balé.

Um lampejo de reconhecimento acende no olhar de Aubrey Zimmerman, fugaz, mas é o suficiente para me fazer me sentir no topo do mundo. Com certeza, ele se lembra de mim, na primeira audição aberta em que apareci, e espero que ele esteja mordendo a língua agora. Quando a música começa, esqueço todas as rejeições que se acumularam em meu e-mail e deixo Tchaikovsky tomar conta do meu corpo. Uma onda de adrenalina corre em minhas veias, abafando as batidas do meu coração e a voz baixinha, mas implacável de dúvida em minha mente. As notas suaves guiam meus movimentos com a mesma resiliência e determinação que venho segurando com as duas mãos — porque, no momento em que as deixar ir, sei que tudo isso vai acabar para mim.

Cada turno extra de trabalho, cada briga com meus pais e cada hora que dediquei para sustentar Sean — tudo isso está entrelaçado em cada *plié*. Mas agora cansei de deixar o peso do meu passado ditar meu futuro. Esta é minha oportunidade de mostrar tudo o que tenho.

Enquanto deslizo pelo palco, vislumbro os rostos dos jurados — o olhar penetrante de Zimmerman fixo em mim, a expressão inescrutável de Chang e os olhos atentos de Kane revelam uma pitada de admiração.

Por um breve momento, a insegurança ameaça me engolir, mas eu a afasto, me recusando a deixá-la me desconcentrar.

Quando a música muda para um ritmo mais rápido, sinalizando a chegada do Cisne Negro, abandono todas as amarras do meu corpo e canalizo aquela escuridão.

E então, assim que as notas finais da música ecoam pelo auditório, executo a *pièce de résistance* — um *grand jeté* que parece silenciar tudo. Naquele momento fugaz do salto, sinto uma sensação avassaladora de euforia e uma espécie de paz com esse papel. Quer eu o consiga ou não, sei que dei tudo de mim.

Com uma leveza que nunca senti antes, entro no giro final. Quando olho para cima, todos os três jurados estão de pé, sem dizer nada. Meu peito arfa e minha respiração está irregular enquanto tento encontrar minha voz. O nervosismo entra em ação e a ansiedade volta a tomar conta do meu corpo.

— D-devo ir de novo? — pergunto com a voz trêmula.

Zimmerman balança a cabeça.

— Já vimos o suficiente.

Meu coração cai no palco de madeira.

— É seu. — As palavras vêm de Adrien Kane, e tenho certeza de que estou sonhando.

— O quê? — Minha voz está estridente.

Kane se inclina para a frente.

— Srta. Beaumont, não vemos uma audição tão emocionante assim há séculos. Você é exatamente o que imaginamos para o papel principal. Você é nossa Rainha Cisne.

Não consigo sentir meus dedos. Não consigo sentir nenhuma parte do meu corpo além do coração batendo forte. Tenho quase certeza de que estou tendo um piripaque.

— Vamos anunciar só daqui a algumas semanas, mas entraremos em contato — diz Zimmerman, com uma cara de quem está julgando muito.

Enquanto os assistentes me conduzem para fora do palco, mal consigo me mover. Mas em vez de me deixar chorar no banheiro mais próximo, Zimmerman me encontra no corredor.

— Diga àquela “ninguém” que ela sabe exatamente como me fazer morder a língua. — Ele sorri antes de sair pelas portas de vidro e ir para um carro, exatamente como fez todos aqueles meses atrás.

A vingança tem um gosto tão doce, que acho que não vou enjoar nunca.

Meu primeiro pensamento enquanto estou no banheiro me trocando, soluçando e respirando fundo dentro da cabine é ligar para Elias. Isso me assusta, porque sempre quis compartilhar boas notícias só com Sean. Mas, dessa vez, tem mais uma pessoa que me lembra do quanto acredita em mim, e eu quero que ele saiba que valeu a pena.

O silêncio entre cada toque da chamada parece durar horas, mas por fim ele atende.

— Sage? Tá tudo bem?

Sua voz me acalma e me leva de volta a tudo que fiz para chegar aqui. Tudo o que *nós* fizemos, me faz lembrar da outra noite. Permitir que Elias me visse por inteiro, sem uma réstia de dúvida entre nós, foi assustador e vulnerável e tão aberto que eu não conseguia imaginar que me sentiria assim. É o que eu queria, e agora que tenho, estou apavorada.

— Elias. — Consigo dizer através de um soluço quebrado.

Há uma comoção abafada no fundo antes de uma porta bater e ficar em silêncio novamente.

— Onde você tá? Tô indo te buscar.

Ele parece sem fôlego, e quando olho as horas, percebo que ele ainda está no treino.

— N-não, eu tô bem — gaguejo. — Eu só queria ligar para dizer que fiz a audição.

— Ah, é? — Ele solta um suspiro. — Estou tão orgulhoso de você, Sage. — O sorriso em sua voz me faz chorar. — Não chora, meu bem. Eu sei que você arrasou, e a decisão vai te dizer exatamente isso.

— Eu consegui, Elias.

— O quê?

Não tenho certeza se ele não me ouviu, porque a conversa de fundo volta, então espero até conseguir controlar minha voz trêmula e falar mais alto. Estou enxugando as lágrimas quando digo de novo.

— Consegui o papel. Eu vou ser a bailarina principal de *O Lago dos Cisnes*.

Ele repete minhas palavras em voz alta, e tudo o que ouço em seguida é uma onda de comemoração que reverbera pelo telefone. A voz de Elias, agora quase abafada pelo tumulto, exclama:

— Aí, sim! Claro que conseguiu, meu bem. Não duvidei nem por um segundo.

— Isso aí, caralho! — Ouço a voz de Aiden pelo telefone, e dou uma risada.

Eu me inclino contra a parede do banheiro e olho no espelho para meu rosto avermelhado e meus olhos inchados Os caras provavelmente estão cheios de adrenalina antes do jogo de amanhã, então a alegria deles é intensa.

— Você é a primeira pessoa para quem eu liguei — admito.

Elias responde com uma risada estrondosa.

— Dá pra ver pela cara de Marcus.

— Estou tão orgulhoso de você, garota. — Ouço a voz do meu tio pelo telefone.

Gritos e palmas irrompem em torno de Elias.

— Eu te amo. — Minhas palavras saem tão rápido que não me preocupo em impedi-las, porque nunca foram tão verdadeiras. Há uma longa pausa, e eu olho para a tela para ver se ele desligou.

Mas então, ouço Elias.

— Ela disse que te ama.

É aí que cai a ficha. Ele pensou que eu estava falando com meu tio.

Penso em corrigi-lo, mas antes que consiga, a voz de Elias retorna, cheia de orgulho.

— Você ouviu isso? Tem uma torcida inteira pra você aqui. Tá feliz, Sage?

Sua pergunta faz o raio de luz no meu peito brilhar ainda mais quentinho.

— Muito feliz — digo, um pouco chorosa. — Nem dá pra acreditar. Não achei que fosse realmente acontecer.

— Não? Você sempre pareceu bem confiante. — Ele ri.

Estou sorrindo feito idiota agora.

— Chama-se "fingir até acontecer".

Então, há uma pausa tensa e sufocante, e a palavra "fingir" pesa no silêncio entre nós.

— Acho que a gente é muito bom nisso, hein? — sussurra ele.

Meu cérebro se recusa a dar uma resposta.

Eu o amo. Estou explodindo com tantas emoções agora, que não sei como dizer isso de uma forma que ele saiba que estou falando sério. Preciso que Elias acredite que eu o quero de verdade. Não o jogador de hóquei famoso, mas o cara que cozinha para mim e não reclama quando fazemos minhas noites de autocuidado. Elias já se machucou antes, e nunca mais quero que ele se sinta assim.

— Parabéns, Sage — diz ele, e a melancolia em sua voz parece errada. Então, alguém o chama, e Elias fica quieto por um momento. — Eu tenho que ir, mas não deixa de comemorar, tá? Não tem ninguém que mereça mais.

E então a ligação cai e, de alguma forma, evito que meu coração faça o mesmo. Porque assim como eu conquistei o papel, vou conquistar o cara.

Já é tarde quando os garotos chegam em casa. Posso ouvir suas vozes abafadas no corredor, e quando Elias entra no quarto, meu estômago e meus olhos se contraem.

De repente, toda a confiança que reuni durante a tarde evapora. Elias vai para o banheiro, e enquanto ele está lá, fico agarrada no travesseiro, tentando dormir antes que ele volte. Antes que eu diga "eu te amo" de novo e ele perca a cabeça.

Tudo o que fizemos — todo esse relacionamento de mentira — foi pelo bem dos nossos sonhos, e agora que os temos, estamos a segundos de desaparecer como uma nuvem de fumaça.

A porta do banheiro se abre outra vez, e não consigo lembrar se aprendi a falar. Mesmo no escuro, sei que ele está só de cueca. Mas em vez de ir para o seu lado da cama, Elias se senta do meu lado, perto da minha cintura. O colchão afunda sob seu peso, mas fico de olhos fechados. Então, sinto seus lábios pressionando minha testa, seus dedos enfiando-se em meu cabelo e seu polegar se movendo para a frente e para trás em um movimento suave.

— Sage — sussurra ele. — Você tem insônia, eu sei que está acordada.

Meu rosto inteiro fica vermelho, e ainda bem que as luzes estão apagadas. Finjo soar grogue quando abro os olhos.

— Estava tentando dormir.

— É por isso que você estava respirando tão forte?

— Talvez eu estivesse tendo um sonho muito bom.

— Ah, é? Com quem?

— O mesmo cara de sempre. Ele tem essas mãos grandes e fica passando elas por todo o meu... *ai*! — O dedo de Elias cutuca minha cintura. — Você acabou de me *cutucar*?

Ele ri. Suas mãos na minha cintura criam uma sensação de formigamento.

— Por que sonhar se dá pra fazer de verdade?

Nós afundamos em um silêncio que não consigo deixar de quebrar.

— Podemos fazer de verdade? — sussurro.

Ele quebra o contato visual, e eu pego suas mãos. Não posso deixá-lo ir embora sem me dar uma resposta, mas não tenho coragem de me repetir.

— Você contou a Sean que conseguiu o papel?

A mudança de assunto destrói minha esperança. Desta vez, quando tento silenciosamente fazer com que seu olhar encontre o meu, não funciona.

— Contei. Ele quer comemorar quando finalmente vier me visitar.

Elias olha para nossas mãos.

— Então, é isso, hein? Você vai ficar ocupada com os ensaios e depois viajando com o TNB?

O buraco no meu estômago se aprofunda em um abismo.

— Sim, os ensaios começam em breve e, depois do primeiro mês, tem apresentações marcadas em várias cidades. Provavelmente vou ter que encontrar um lugar pra morar.

Um músculo em sua mandíbula salta.

— E você tem procurado? Apartamento, no caso.

— Ainda não.

Porque é verdade. Não consigo olhar para aqueles apartamentos toscos de quarto e sala e imaginar ficar lá sozinha. Morar aqui com Elias e receber seus amigos corrompeu minha mente. De alguma forma, fiz a terrível descoberta de que gosto de ter amigos, e não posso voltar a morar em um lugar vazio.

— Mas vi alguns lugares pra alugar perto do teatro.

— Que bom.

É mesmo? Há tantas coisas que não foram ditas que não consigo mais me conter. Eu me sento na cama e acendo o abajur.

— O que estamos fazendo, Elias?

Ele pisca, se ajustando à luz antes que seu olhar percorra meu rosto.

— Como assim?

Olho para o teto e volto a encará-lo.

— É que preciso saber o que é isso. Porque isso... a gente... está chegando ao fim, e eu não posso suportar não saber o que é de verdade.

Quatro compassos de silêncio se passam. Eu sei, porque conto cada um deles.

— Quer saber o que é verdade, Sage? — diz ele. — O que é real é o que eu te disse naquele quarto de hotel. Que eu não consigo olhar para você às vezes porque gosto demais. E eu não quero ficar do seu lado e te tocar como se você fosse minha, sendo que isso nunca foi verdade.

O nó na minha garganta parece arame farpado.

— Isso é temporário. Você vai embora viver seu sonho e se tornar a estrela que merece ser. E eu vou ficar aqui, porque nós dois sabemos que isso nunca iria além do que concordamos.

— Mas as coisas mudaram agora. Você sabe que sim.

Seguro a emoção na minha garganta.

— Sage. — Meu nome soa quebrado em seus lábios. — Eu não vou me permitir precisar de você mais do que todo mundo já precisa.

— Mas eu quero que você precise de mim.

A expressão de Elias suaviza.

— Porque é só isso que você conhece. Você se importa tanto com todo mundo que não percebe que está se esgotando no processo.

Suas palavras descascam a colcha de retalhos improvisada sobre meu passado como tinta de uma parede velha.

— Eu nunca vou te desgastar ou te impedir de fazer o que você merece. Você pode não entender agora, mas daqui a algumas semanas, um mês, um ano, você vai, e me doeria ver essa decepção tomar conta. Eu sei como é, e não posso ver você passar por isso por minha causa.

Cada palavra que ele diz bate com força contra meu coração, e eu odeio cada uma delas.

Quando sua mão roça meu rosto em um carinho persuasivo, eu me afasto do sentimento confuso.

— Então, é isso? A gente não vai nem tentar? — A última palavra se parte em duas. — Você tá de boa em deixar a gente terminar assim?

O suspiro de Elias é longo e pesado.

— Isso não é justo, Sage. Nós dois fizemos essas regras.

— Que se fodam as regras! — exclamo.

Ele ergue as sobrancelhas com minha explosão, e as palavras parecem grudar em sua garganta.

— Porque eu tô aqui tentando te dizer que te amo.

É como se cada átomo no ar se acomodasse, e Elias se afasta como se eu o tivesse empurrado. Tem uma bomba-relógio no meu peito quando nossos olhares se encontram, e ele congela.

— Estou apaixonada por você, Elias. Há um bom tempo — admito. — E aí, vai fazer o quê?

35
ELIAS

— Tenho que ir.

Essas foram as palavras que saíram da minha boca. Essas foram as palavras que fizeram a cabeça de Sage recuar em choque. E essas foram as palavras que me fizeram querer tacar minha cabeça na parede.

Ela disse que me amava, e eu me desesperei.

De repente, as sábias palavras de Socket sobre "quebrar a caixa" retornam. Mas o som de sua voz é uma memória distante, porque eu oficialmente conheci o inferno na Terra. Era de se imaginar que, morando tantos anos na casa do hóquei, eu já teria conhecido antes. Mas isso, *isso* é tortura.

Quando deixei Sage na cama depois de se declarar, não consegui ficar no apartamento. Dirigi até a casa de Socket. Ele pareceu bem contente em me deixar ficar, por isso dormi no sofá. A noite foi horrível e meus pesadelos correram soltos. Quando acordei suado, procurei o toque suave de Sage, mas eu estava sozinho, e me arrependi de todas as minhas decisões.

O olhar no rosto dela noite passada se gravou em minha mente tal qual uma cicatriz. Tentar me desapegar da confusão que criei foi inútil.

E agora eu preciso enfrentar a mídia.

— Dizem que atrás de todo grande homem, há uma mulher ainda melhor. Você acha que deve seu sucesso nessa temporada a uma bailarina muito popular?

Enquanto fazem suas perguntas, uma sensação que fica entre azia e morte queima meu peito.

Fui muito covarde para conseguir dizer alguma coisa, porque a emoção das palavras dela apagou tudo em minha mente. A razão pela qual fiquei solteiro por tanto tempo não é tão importante agora. Percebi que a determinação em não deixar meu pai biológico interferir com minha família me fez sofrer sozinho por tempo demais. Estava fugindo de relacionamentos para me proteger de ser explorado, e estar com Sage nunca pareceu que eu estivesse quebrando minhas regras.

O apelo dela para nós tentarmos me destruiu, porque por mais que eu esteja pronto para deixar meu celibato para trás e dizer sim, eu não posso.

Ela não precisa de um coração partido porque eu sou muito ganancioso para me desapegar. Eu vi o jeito dela com Sean quando ele está na escola; Sage se culpa por perder as ligações dele depois de um dia de ensaios e aulas. Isso acaba com ela, mesmo Sean dizendo que está tudo bem. Isso a faz se questionar se é mesmo uma boa irmã.

Se ela algum dia se questionar assim comigo, me destruiria.

Eu poderia ser egoísta e, caralho, eu quero ser. Mas eu nunca poderia tirar alguma coisa dela. Eu ficaria feliz em dar cada partezinha minha para Sage, se eu tivesse a certeza de que ir embora não a machucaria. Mas eu a conheço, e sei que ela se doa por completo para as pessoas que ama. Ela vai tentar ao máximo se doar para mim, quando deveria focar em sua carreira — a razão pela qual começamos isso tudo. E eu não vou deixá-la esquecer disso.

Pigarreio.

— A devoção dela com sua carreira me inspirou a fazer mais com a minha. Ela é minha âncora, e eu devo a ela mais do que só minha melhora no gelo.

— Como fanáticos por hóquei, nós temos nossas superstições, então os fãs querem saber se ela virá para o sexto jogo — pergunta outro repórter.

Queria eu saber. Talvez eu tenha ferrado tudo noite passada. Ela abriu o coração e eu nem consegui falar.

— Tenho certeza de que ela vai apoiar o time exatamente como vem fazendo.

Duvido que ela venha hoje. Tenho tentado não pensar nisso. Não posso ter nenhuma distração agora, mas, quando tem um buraco no meu peito, é impossível.

As perguntas não mudam de rumo, mas quando Aiden chega no vestiário, os repórteres logo se viram para ele. Pela cara que ele faz, só está falando por minha causa.

Quando termina seu momento com a imprensa, ele se aproxima.

— Veio ver como eu estou? — murmuro.

— Nem vem. — Ele parece frustrado. — Eu pedi pra você me dizer se começasse a ficar mal de novo. Mas você não me disse e agora olha sua cara.

— Eu tô ótimo — minto.

— Ah, é? Então ontem quando você fugiu do apartamento foi porque estava ótimo?

Eu coço a nuca.

— Fala comigo, mano. Eu tô aqui — pede ele.

— É esse negócio com a Sage… não dá pra disfarçar mais. — Eu afundo o rosto nas mãos. — Mas um relacionamento não é possível para nós, nunca foi.

— Você a ama?

Eu o encaro.

— Claro. Pra caralho.

— Então fala isso pra ela — suplica ele. — Sage te olha do mesmo jeito que você olha pra ela. Como seu colega de quarto, é muito desconfortável, mas como seu melhor amigo eu fico muito feliz. Você nunca se permitiu ficar com alguém do jeito que fica com ela, principalmente depois do que aconteceu no mundial.

Tem uma adaga enferrujada enfiada em meu esterno.

— Porque quando alguém se abre com outra pessoa, ela vê todas as fraquezas. Ela não precisa ver isso em mim.

— Ela te disse isso? — pergunta ele. — Porque você sabe que ela diria que você tá sendo um idiota se acha que ela não te quer por inteiro. Por que você tá se impedindo?

Dou um muxoxo.

— Ela vai embora. Depois de terminar as apresentações aqui, ela vai precisar viajar com a companhia, e ela vai embora por um ano ou mais.

— Sabe, eu achava que você era o mais inteligente aqui. — Ele solta o ar, sarcástico. — A gente cresceu junto, Eli, então eu sei que esse seu cérebro faz você achar que não merece isso, mas eu tô te dizendo que você merece, sim. E eu tenho certeza de que se você tivesse culhão pra perguntar a ela, Sage diria a mesma coisa.

— Eu não quero fazer ela escolher entre mim e seu sonho.

Ele ri:

— Quem disse que ela tem que escolher? Relacionamentos à distância existem por isso. Eu sou a prova viva.

Summer e Aiden criaram um planejamento que funciona para eles. Esses dois nunca estiveram tão apaixonados, e mesmo quando ela não vem visitá-lo, ele fica feliz por poderem fazer o que amam e ainda estarem juntos.

— Ela não vai estar a algumas horas de distância. Vai estar do outro lado do mundo por meses. E a julgar por esse ano, a temporada vai ser pesada. Não vou ter o luxo de vê-la quando eu quiser.

Aiden se levanta de repente:

— Quando você perceber que vai ter a chance de acordar e ter seu mundo inteiro do seu lado, alguns meses ou anos não são nada. A distância pode testar a relação e, acredite, vai testar pra caralho, mas isso não define o resultado. Isso é decisão de vocês. Então, considerando que você tá apaixonado, é melhor dizer pra ela antes que ela ache que não está.

Quando ele vai embora, não há oxigênio suficiente na sala. Empurro as portas e vou para o corredor, limpando o rosto com uma toalha e ruminando as palavras de Aiden.

Vejo Marcus Smith-Beaumont vindo em minha direção. Ele não diz nada, só aponta seu escritório com a cabeça e desaparece lá dentro. Eu o sigo, enxugando o suor escorrendo em minha testa.

— Eu não gosto de você, Elias.

É, não me diga.

— Foi pra isso que me chamou? Pra atestar o óbvio?

Ele senta em um canto de sua mesa de madeira.

— Não gosto de misturar o pessoal com o trabalho, mas quando minha sobrinha pede pra ficar na minha casa pela primeira vez em anos, preciso saber o que está acontecendo.

Meu olhar sobe do chão até ele.

— Ela pediu?

— Deve ser bem pior do que eu imaginei, se você não sabia.

Solto um suspiro alto. Marcus Smith-Beaumont é a última pessoa que precisava saber que fiz algo idiota.

— Ela se abriu comigo e eu me desesperei. Eu a decepcionei. Não consegui falar o que ela precisava ouvir porque eu não sei se sou bom o suficiente.

Marcus aperta a ponte do nariz como se eu fosse um incômodo. Isso tá indo tão bem quanto eu esperava.

— Então, de tudo que eu te disse, foi isso que você ouviu? — Ele murmura alguma coisa para si próprio. — Vi minha sobrinha durante vários momentos e ela nunca esteve do jeito que está com você.

Eu não sei se isso está ajudando ou piorando.

— Sage sente essa necessidade de performar. Eu já vi isso com os pais e com o ex-namorado. Mas quando ela está com você, ela vira a Sage que eu conhecia antes de arrancarem a infância dela. — Ele me encara. — Eu não te conheço, Eli, apesar de achar que sim. Estou te vendo diferente por causa do que Sage aflorou em você. Essa é a primeira vez que você parece saber o que está fazendo. Dentro e fora do rinque.

— Porque é fácil com ela. — Minha boca não entendeu que era para ficar fechada, porque continua falando: — Mas eu sei que ela ficaria muito mais feliz sem eu a atrapalhando.

— Sabe? Porque aquela garota se importa com você tanto quanto com Sean ou comigo, eu não vejo razão pra você achar que faz mal a ela, a não ser que você não se importe.

— É claro que eu me importo. Eu me importo mais com ela do que com o hóquei.

Fecho a matraca na mesma hora. Ele é o bendito diretor-geral, e dizer que o hóquei não é minha prioridade é a coisa mais idiota que fiz na temporada.

— Nunca mais repita isso para ninguém, mas fico feliz de ouvir. Cuide dela, Eli.

— Não é assim que funciona. Ela vai embora e eu vou ficar aqui. Eu... Não era pra ser assim.

— Os planos mudam quando você menos espera. — Por fim, ele indica uma cadeira e eu me sento. — Alguns anos atrás eu tinha uma noiva linda, uma casa e uma carreira que é o sonho de muita gente, mas então aquelas crianças precisaram de mim. Eu dei uma pausa, e a mulher que eu achei que seria minha esposa disse coisas sobre elas que eu nunca vou perdoar. Nem tudo funciona como o planejado, mas contanto que as pessoas que eu amo estejam comigo, não me importo com o resto.

— Você desistiu de tudo por elas?

— Não é desistência quando você sabe que vai ganhar algo muito mais valioso. Eu só fiz questão de mostrar a elas que eram minha prioridade, mesmo se quisessem ir por outro caminho. — Ele bate na mesa com a ponta dos dedos. — Então, eu não vou me meter, porque vocês dois tem algumas coisas pra resolver. Mas se você machucá-la, Eli, eu vou te machucar muito mais. E se você se machucar no processo... bom, não vou facilitar as coisas pra você.

O peso da decisão em meus ombros é como um saco de pedras.

E agora, com o maior jogo da minha carreira prestes a começar, eu não paro de pensar em tudo que deveria ter dito a Sage.

36
ELIAS

Não tem um jogador de azul sem algo quebrado. Taco quebrado, dente quebrado, ossos quebrados, e agora estamos a um passo de um sonho quebrado. Não há palavras de encorajamento, otimismo e, definitivamente, não há sorrisos.

— A gente tá fodido — murmura Owen.

Apesar de não escutar a maior parte das merdas que ele fala, ao menos isso ele acertou. Porque estamos perdendo, e nem mesmo fazer dois dos cinco gols na tabela parece uma conquista. Aiden continua no gelo e foi ele quem fez o quinto gol, mas o Vancouver se recuperou. Então agora estamos fodidos de verdade.

O treinador acena para mim com a cabeça quando outro jogador termina sua rodada. Meu foco é nos levar até a prorrogação. Passo por Aiden para garantir que estamos de acordo. Depois de anos jogando juntos, melhoramos nossa habilidade em nos sincronizar.

Somos rápidos executando a jogada. Aiden recebe o disco, e então gira e avança no gelo com uma velocidade que pega todo mundo desprevenido. Rápido como um raio, ele deixa um dos jogadores da defesa no chão, então outro. O público vai à loucura quando Aiden entra na zona ofensiva. Eu vou seguindo, pronto para o passe preciso que atravessa o caos. Vejo uma abertura entre as pernas do goleiro e mando o disco para a rede.

A arena explode com um rugido ensurdecedor quando a buzina soa. O jogo empata, e um traço de esperança brilha nos olhos do treinador Wilson.

Mas no momento que o relógio começa a contar de novo, o Vancouver volta mais forte, vingativo. Eles atravessam nossa defesa e nossos jogadores são muito lentos para acompanhar. E então, quando acho que o jogo ainda pode ser salvo pela velocidade de Socket, o capitão do Vancouver pega o disco. Aiden tenta atrasá-lo, mas o capitão alcança o gol e manda um tiro fulminante que passa pela luva de Socket, esmagando o pouco de esperança que havia na arena, quando a buzina toca.

Vancouver ganha. Toronto perde.

Nem escuto a buzina ou a comemoração de um dos lados da arena. O confete azul e verde cai no gelo, e os locutores parabenizam os vencedores da Copa Stanley.

Aiden passa por mim, segurando seu capacete nas mãos enquanto vai em direção ao vestiário. O restante dos caras o segue, cabeças abaixadas pela derrota, a tristeza acompanhando-os. Eu sinto também. A sensação de perder se acomoda no meu peito e se transforma em um fracasso sombrio.

O treinador dá um tapa em meu capacete, fazendo o mesmo com o resto do time. É um toque tranquilizador e silencioso, um lembrete de que ao menos não jogamos mal.

Enquanto saio do gelo, taco levantado e ouvindo as celebrações e provocações da multidão que dominam a arena, um pensamento toma minha mente. Em uma fração de segundo, tudo pelo que treinamos e nos machucamos fugiu de nossas mãos e foi para outras. Algo que queríamos tanto não é mais nosso por causa de alguns erros idiotas.

No caos de minha cabeça, uma pessoa, uma mulher — *minha mulher* — aparece no centro de meus pensamentos. Acho que ela estaria com um sorriso encorajador e uma expressão que faria a dor no peito se transformar em algo completamente diferente.

Mas depois da noite passada, sei que essa imagem só vai ser verdade em minha imaginação.

Sigo pelo túnel indo direto para o vestiário. A sensação triste de derrota vem de todo mundo, e então o treinador entra, seguido por Marcus Smith-Beaumont.

— Na escuridão da derrota, os vencedores aprendem coisas que os levam até as futuras vitórias — diz Marcus. — Cada um de vocês jogou com garra e coração, e essa vitória não foi entregue de bandeja. Mas agora é hora de recarregar e refletir.

O treinador se aproxima.

— Para cima e avante — diz.

— Para cima e avante — repetem todos no vestiário antes da pressa para ir embora começar. Não há nada pior do que estar cercado pelo time vencedor depois de uma derrota dessas.

Assim que termino de limpar meu armário, Aiden já está de banho tomado e pronto para ir embora. Ele dá um tapinha silencioso em minhas costas antes de sair pelas portas duplas. Summer e o pai estão esperando por ele, e com certeza vão dar o seu melhor para alegrá-lo.

Com algumas despedidas fracas, saio pelo túnel, sentindo o silêncio da caminhada me cercando tal qual uma nuvem escura.

Mas então meu coração aperta quando vejo um relance de rosa. Como uma estrela-guia no céu noturno, Sage se destaca contra as paredes azuis do corredor.

Congelo no meio do caminho.

— Eu não ia vir — diz ela. — Mas não podia perder. De qualquer forma, não sabia se você ia querer que eu viesse.

Sinto um aperto no peito ao vê-la abrir o coração para mim. Como um raio de luz, Sage rasga as nuvens pesadas distorcendo minha visão. Percebo que não importa o que aconteça, eu passaria a vida inteira tentando ser bom o suficiente para ela.

— Mas eu disse que te amo noite passada, e é verdade. — Ela funga. — Talvez você esteja certo, eu realmente me negligencio às vezes, mas com você eu nunca precisei. Cansei de ignorar as coisas que eu quero, Elias. Então, ou você me manda ir embora, ou...

Com três passadas rápidas, eu a interrompo, puxando-a para meu peito. Sage fica surpresa, mas logo se recupera e me abraça.

— Não quero que você vá — digo.

O resto do time passa pelo corredor, indo até a saída, mas nenhum de nós se mexe, e nenhum deles nos interrompe.

Ela derrete ainda mais no meu abraço.

— Você tá bem? — pergunta.

— Agora, tô.

Sage se afasta, e seus lábios se tornam um sorriso triste e confuso. Ela parece segurar a pergunta que quer fazer de verdade. Precisamos ter uma conversa, mas é claro que minha garota está pensando sobre como eu me sinto.

— Não sei se ajuda, mas seu taco estava uma delícia no jogo — brinca. Mesmo agora, Sage tenta usar o humor para esconder a tristeza que passa por trás de seus olhos cor de mel.

Eu coloquei essa emoção ali, e agora quero destrui-la.

Ela é a única pessoa que consegue arrancar um sorriso meu em uma hora como essas.

— Você não tem nenhum limite mesmo.

— Você quer que eu tenha?

— Que nada. Elias e Sage sem filtros. Eu gosto assim, lembra?

Pegando em seu punho, eu dou um beijo suave em sua mão. O leve rubor que surge no seu rosto é instantâneo, e ela me observa com cuidado, como se tentasse ler meus pensamentos.

— Você tá bem? Ou vai ficar, pelo menos? Tipo, eu não faço a menor ideia de como você deve estar se sentindo, então se precisar de espaço, eu já pedi pra ficar na casa de meu tio.

— Sage?

— Humm?

— Cala a boca.

E então eu a beijo. Com uma urgência, um desespero, exatamente da forma que queria ter feito na noite passada. Ela derrete, hesitando e então se deixando levar e se entregando ao beijo que nos consome. O gemido baixo que ela dá fica preso em minha boca quando ela afasta os lábios e eu coloco a língua sobre a sua. Nós nos fundimos em uma explosão elétrica.

Sage se afasta para respirar, e descanso a testa na sua, incapaz de conter o sorriso quando ela morde o lábio superior.

— Eu acho que você tá em privação de sono. Dormiu direito na noite passada? — pergunta ela.

— Se você não estiver comigo, eu não consigo dormir.

Ela pisca como se lutasse contra as lágrimas.

— Mas eu me esqueci de te dizer uma coisa ontem — acrescento.

— O quê?

— Eu te amo. — Permito que as palavras flutuem no pouco espaço entre nós dois. — Soube disso no primeiro momento que você riu de mim. No primeiro instante que você fez uma de suas piadas de duplo sentido. Na primeira vez que dormiu nos meus braços. Sei disso esse tempo todo e peço desculpas por ter feito você achar que eu precisava de tempo para pensar.

Com a mão segurando seu rosto, dou um beijo em sua testa.

Ela pisca, sem me encarar.

— Verdade ou mentira?

Porra. A pergunta enfurece meu coração, e seguro um rosnado quando a encaro, com a certeza de que nunca mais quero que ela precise perguntar isso de novo.

— Verdade. Verdade pra caralho.

As lágrimas escapam de seus olhos, e eu as enxugo.

— Não chora, meu bem — murmuro com suavidade.

Com a respiração entrecortada, ela diz:

— Esperei tanto pra isso ser verdade. Pra escutar isso de você. Ouvir agora parece até que eu tô inventando.

— Você não tá inventando — digo. Essa é a última vez que vou permitir que ela chore por isso, por mim. — Eu te amo. E eu deveria ter dito isso ontem, mas nós dois sabemos que você tem jeito pra me deixar sem palavras.

Ela solta uma gargalhada chorosa, e então me olha.

— Mas eu ronco.

— Isso é música para os meus ouvidos.

— Meus pés são gelados.

— Eu deixo eles quentinhos.

— Fico querendo agradar todo mundo.

— Então deixa eu te agradar. — Vejo sua surpresa se tornar compreensão. — Eu quero que você seja minha. Se alguém nesse mundo merece outra pessoa pra cuidar dela, esse alguém é você. Eu faria de tudo pra você acreditar que merece cada pitada de cuidado e carinho.

Ela pisca, afastando as lágrimas.

— Você me quer, Sage?

Isso resolve. Ela pula em mim com os braços ao redor de meu pescoço, quase pendurada em mim. Mesmo por cima do casaco, sinto seu toque aquecer minha pele. Eu a levanto e ela envolve as pernas ao redor de minha cintura.

Sage coloca a cabeça na curva de meu pescoço.

— Eu sempre quis você, Elias. Só estava esperando você entender.

— Me desculpa pela demora.

— Se eu puder ficar nos seus braços assim, vale a pena. Você vale a pena.

Eu me afasto antes que ela consiga me beijar.

— Então não é por causa de minhas mãozinhas mágicas?

Sage gargalha.

— Ah, não, eu te estraguei.

— Vamos pra casa pra você me estragar um pouquinho mais.

Ela arregala os olhos antes de concordar, obediente. Logo antes de eu colocá-la no chão, um flash nos atinge e nos viramos em direção à fotógrafa do time, Brandy, levantando o polegar.

— Um momento de alegria depois da derrota faz bem. Vou te mandar, Eli.

Sage se vira e pergunta:

— Qual vai ser a legenda dessa?

Eu sorrio.

— Lar.

37
SAGE

Se eu pudesse estalar os dedos e arrancar a roupa, já teria feito isso. No entanto, Elias dirige bem devagar, deixando alguma música country velha — que com certeza é da playlist de Aiden — flutuar pelo carro como se eu não estivesse a ponto de ter uma combustão espontânea no banco do carona. Cada palavra que ele disse está em loop na minha cabeça, mas dizer que eu posso *estragá-lo* ganha de longe.

Mas eu não vou falar disso. Mesmo que ele tenha me pedido para ser dele, não sei se isso inclui meu corpo também. Tomara que sim.

Assim que chegamos no elevador, ele me encara com um olhar predatório e eu devolvo.

Me possua, digo com os olhos.

Não me provoque, é sua resposta.

— Tá com medo de mim, Elias?

O elevador abre em um dos primeiros andares, mas ninguém entra. Elias cruza o pequeno espaço para ficar ao meu lado, me encarando de cima, rindo, provocando.

— Eu devia ter medo?

O ressoar profundo de sua voz joga uma onda de eletricidade bem no meio das minhas pernas, e é quando sei que não vou sobreviver a esta noite. Se transarmos ou não, fui arruinada por esse novato do hóquei que faz docinhos pra mim e me apoia como ninguém nunca conseguiu.

Agarrando o colarinho de sua camisa, eu o puxo para perto, a alguns centímetros da minha boca.

— Quer descobrir? — pergunto.

Lábios carnudos roçam os meus. A tensão sexual está explodindo nesse elevador, e está tão quente aqui que eu não me surpreenderia se visse o espelho embaçado.

Ding.

Pulo para trás, mas Elias fica ali, me observando, me devorando só com o olhar.

Meus olhos viram para as portas do elevador abrindo.

— É nosso andar — digo.

O canto da sua boca se eleva, como se minhas palavras o satisfizessem. Dando um passo para o lado, ele me deixa sair primeiro e me segue, fazendo minhas costas formigarem com a sua atenção. O silêncio ensurdecedor é quase sufocante. Quando ele se inclina para destrancar a porta, a chave gira e ficamos ali, um atrás do outro, só respirando.

Os lábios de Elias acariciam minha orelha.

— Abra a porta, Sage — ordena.

Minha mão treme tanto que parece que sou eu que não transo há quatro anos.

Quando abro a porta, espero que ele rasgue minhas roupas e me jogue na superfície mais próxima, mas em vez disso, ele deixa cair a bolsa de equipamento ao lado da porta e vai para a cozinha. Abre a geladeira e pega uma caixa de suco de laranja.

— Com sede? — pergunta Elias.

Sim. Eu não respondo, e ele olha por cima do ombro para ver minha expressão neutra. É como se Elias se movesse em câmera lenta. O som do líquido enchendo o copo, o arrastar lento contra a bancada antes do gole. Quando ele vai até a pia para lavar o copo e colocá-lo no escorregador, é demais pra mim.

— A gente vai transar? — deixo escapar.

Seu corpo treme, e quando ele se vira, vejo que está rindo. De mim. Eu o encaro, o incômodo borbulhando em minha pele.

— Foi mal — diz ele, enxugando uma lágrima inexistente do rosto.

Sem dar a mínima para esse pedido patético de desculpa, me viro pra ir embora, mas não consigo. Ele pega meu punho e me puxa de volta.

Esbarro nele.

— Que foi? — pergunto.

Ele faz uma careta para meu tom áspero.

— Você esperou meses. Pra onde foi essa paciência toda, meu bem?

Meu Deus, amo quando ele me chama de "meu bem". Tem alguma coisa no timbre suave de sua voz que faz soar tão sexy e tão gentil. Minhas coxas se apertam e ele observa o movimento com um sorriso irônico.

— Se eu ainda não deixei isso claro, Sage, eu quero você. Você inteirinha. De todos os jeitos que posso te ter. — Suas mãos descem até segurarem minha bunda. — Do que você gosta?

Minha paciência está no limite.

— Você sabe do que eu gosto. Você sentiu na sua coxa inteira. E na sua cara.

Ele ri como se eu fosse uma palhaça. Elias se aproxima e desliza a mão entre minhas pernas.

— Você gosta quando eu te toco assim. Quando eu te beijo desse jeito. — Sua boca toca a minha, então ele desce para o meu pescoço, provocando e mordendo. — Mas me mostre o resto. Eu quero que seja bom pra você.

Esse cara está *prestes* a quebrar um juramento de quatro anos, e ele quer que seja bom pra mim? Eu que não vou reclamar.

— Eu quero te provar — digo.

— *Puta merda* — murmura ele, encostando a testa na minha. — Você não pode falar essas coisas. Já tem muito tempo e eu quero que isso dure.

— Eu não tô nem aí se você vai gozar na hora que minha língua encostar no seu pau, eu só quero você.

Ele se afasta para se inclinar na bancada e olhar para o teto.

— Eu não mereço você — diz.

— Ah, merece sim.

Ele engole em seco, devolvendo o olhar para mim, e é como se eu tivesse virado a chave.

— Então me mostra — diz ele. — Me mostra o quanto eu te mereço, Sage.

Com um movimento rápido, tiro a blusa e o encaro com os seios desnudos. Eles não são lá grande coisa, mas Elias os olha como se fossem a coisa mais bela que já viu. É a primeira vez que estou com alguém sem me importar com meu corpo. Eu não me preocupo se estou inchada, nem hesito antes de agarrar o botão de meu jeans. Elias fica imóvel, os olhos em chamas e as mãos ainda na bancada. Tiro meus jeans, jogando-os longe, mas quando chego na minha calcinha, ele me para.

— Não tire — diz ele, se afastando da bancada. — Agora, fica de joelhos.

Puta merda.

Eu desço na mesma hora, e quando ele tira o cinto e abre a calça, fico sem ar. É como o suspense em um filme de terror, quando você sabe que alguém está prestes a morrer. No caso, eu.

Ele tira a camisa, e a saliva quase escorre pelo meu queixo. Não consigo pensar em nada com aquele abdômen trincado e a cueca volumosa pela ereção. Mas então ele tira a cueca e a joga no chão. Quando seu pau fica livre, vejo a joia cinza de metal brilhante na base de seu comprimento e outra na ponta. Sinto minha barriga apertar. Elias é tão reservado e introvertido que a visão de um piercing ainda é chocante.

— Abre a boca.

Eu não hesito, e Elias se acomoda entre meus lábios. Quando encosto minha língua nele, ouço um gemido tão alto que penso ter feito algo errado. Mas seus olhos fecham e sua cabeça vai para trás, e é quando percebo que ele está tentando não gozar. O metal encosta o fundo da minha garganta e o calor se amontoa entre minhas pernas, me arrancando um gemido de prazer. Quando envolvo seu pau com as mãos, lambo a parte de baixo até a pontinha, que já começa a vazar.

Ele aperta meu cabelo.

— Desse jeito.

Elias estremece quando passo a língua ao redor da cabeça. Suas reações são instantâneas e me fazem não querer parar. Quero que seja bom para ele. Quero provar que isso aqui, comigo, vale a pena. Que sua promessa não foi inútil, e que ele merece o prazer do qual se privou por tanto tempo.

Com um propósito renovado, o coloco inteiro na boca. Uso as mãos para cobrir o que minha boca não alcança, e me deleito em como ele fica quente e gostoso na minha boca.

Elias agarra meu queixo, seus olhos brilhando.

— Vem cá.

Ele me puxa até seu rosto, e então me beija.

— Eu não terminei — murmuro contra seus lábios.

— Eu também não — rebate ele.

Abro a boca para protestar, mas ele coloca os dedos na minha boca, para eu chupar. Quando tira, trilha um caminho molhado até meus mamilos duros, beliscando e brincando com eles até eu me derreter em gemidos.

— Me leva pro quarto — sussurro sem fôlego.

Elias me carrega nos braços e me leva direto para lá.

Fechando a porta com um chute, ele me bota na cama com cuidado e se ajoelha na minha frente. Depois, afasta minhas pernas e passa a mão entre minhas coxas. Ele deixa uma trilha de beijos por minha pele. Então, Elias puxa a calcinha, esticando-a entre os lábios, e me vendo contorcer de puro desejo.

— Olha como você ficou molhada só de me chupar. Se toca agora.

Engancho os dedos sob a tira da calcinha e começo a tirar. Elias me ajuda, e o tecido rasga só com um puxão antes de ele jogá-la de lado. Deslizo um dedo lá dentro e jogo a cabeça para trás de prazer, e Elias xinga. Mostro a ele meu dedo molhado, ele o segura para o chupar.

— Seu gosto é ainda melhor do que eu me lembro.

Dou uma risadinha descontrolada. É óbvio que perdi o controle.

— Você fica pensando nisso?

— Todo dia — diz ele, puxando meus quadris de repente até a beira da cama. — Agora, faz meus sonhos virarem realidade, Sage.

Sua boca quente envolve meu clitóris e arqueio as costas. Os movimentos de sua língua e a sucção de seus lábios se misturam, fazendo meus ouvidos zumbirem. Estou eletrizada, flutuando, meu corpo pegando fogo.

Quando ele coloca dois dedos dentro de mim, agarro o edredom. Uma coisa foi ele me tocar na banheira, mas aqui, sem a água e espuma, só a visão dele me tocando, é intoxicante. Ele aumenta o ritmo, e todos os músculos do meu corpo se contraem. Quando faz um movimento de vai e vem com os dedos, sinto um caos dentro de mim. Elias só vai aumentando meu prazer, como um crescendo.

Esse homem nunca deveria ter sido celibatário. Os últimos quatro anos foram um desperdício para todas as mulheres.

— Por favor. *Por favor*, me faz gozar.

— Muito boazinha — responde ele, com a voz rouca.

Meu orgasmo está logo ali no horizonte, e estou desesperada.

— Preciso gozar — mal consigo sussurrar.

Ele balança a cabeça, desacelerando até um ritmo tortuoso.

— Pede de novo.

— Puta que pariu, Elias. Me faz gozar, agora!

Seus dedos se enrolam em obediência, e eu sou lançada até as nuvens. Ouço sua risada, mas estou exausta demais para me importar se ele acha minha resistência divertida. Podemos ser ambos atletas, mas nada poderia ter me preparado para isso. Para *ele*.

Eu me apoio nos cotovelos e me arrasto até o centro da cama, querendo sentir cada pedacinho dele dentro de mim. Elias não precisa que eu pergunte, porque me segue exatamente até onde eu quero, deitando com as costas na cama. Monto em cima dele, e seus olhos se arregalam, nós dois a meros centímetros daquilo que queremos.

Estou me esfregando nele, perdida na sensação de seu pau entre minhas pernas. Quente, grosso e duro. Seu rosto lindo me observa, maravilhado, e o vejo engolir em seco.

— Quero você dentro de mim, Elias.

Seu grunhido gutural reverbera entre minhas pernas.

— Por favor, Sage, só… *porra* — geme ele. — Peraí, s-só me dá um segundo antes de você sentar no meu pau — gagueja.

Assinto, amando a cara de torturado que ele faz enquanto se recompõe. Sua pele úmida de suor e cabelo bagunçado não me ajudam a manter a paciência, então me esfrego de novo por toda a sua extensão. Ele agarra minha cintura com força, me obrigando a parar, mas então empurra para eu me esfregar mais forte. Como se não conseguisse decidir se quer que eu pare ou continue.

— Você é perfeita demais. Irresistível pra caralho — diz ele, segurando meu rosto para levar meus lábios aos dele. Ele me beija com delicadeza, como se não estivesse duro feito pedra embaixo de mim. Como se eu não estivesse perto de explodir de tesão.

— Elias, preciso de você — choramingo.

As quatro palavrinhas simples parecem resolver tudo, porque ele se ajeita para me dar exatamente o que eu quero. Ele solta meu rosto para segurar minha cintura, e já posso praticamente sentir o prazer de tê-lo dentro de mim.

Mas então ele congela.

— Camisinha — murmura ele. — *Porra*, não tem camisinha.

Minha decepção é igual a de uma criança que não ganhou presente de Natal.

— Nenhuma?

Ele olha para mim como se eu devesse saber a resposta.

— Se tivesse, estariam vencidas.

Ah, é.

Ele passa a mão pelo cabelo comprido.

— Acho que Aiden deve...

— Eu tomo pílula. E fiz exames recentes, tá tudo certo se quiser ir sem — respondo. — Mas sem pressão.

— Sem pressão? — Ele ri, sem fôlego. — Sage, se for isso que você quer, eu vou te dar. Eu te dou qualquer coisa. Mas se for por não ter camisinha, eu corro na farmácia e compro.

— Não. — Balanço a cabeça, deixando as mãos caírem em seu peito. — Não é só por isso. Quero sentir você. Quero você exatamente como você é, Elias.

Ele solta um grunhido e, se não me engano, vejo um leve tom rosado em suas bochechas que me faz reprimir um sorriso. Elias Westbrook está *corando*.

— Tem certeza?

— E seria uma pena não sentir seus piercings dentro de mim.

Quando ele me beija, vejo fogos de artifício. Ele fica confiante, e se eu achava que Elias era tímido com relação a sexo, ele provou que eu estava errada de todos os jeitos possíveis.

— Então, me fode do jeito que você quiser, Sage, e eu garanto que você vai sentir tudo.

38
ELIAS

A espera de quatro anos valeu a pena cada segundo.

Sage não hesita ao se encaixar em mim, e meu corpo inteiro irrompe em vida e congela ao mesmo tempo. As duas sensações pulsando sob minha pele são uma combinação impossível. Sage geme, e o som me traz de volta à realidade. Ela aperta meu pau tão perfeitamente, que também solto um gemido.

— É muito! — exclama ela.

Sua cabeça pende e seu cabelo cacheado se espalha ao redor do rosto. Ela olha para mim através dos cílios, sobrancelhas franzidas, mas só entrei até a metade.

— Não pra você — respondo com a voz rouca. — Você se encaixa no meu pau tão bem. Quero ele inteiro nessa bocetinha perfeita.

Os olhos dela brilham com o desafio. Desenho círculos preguiçosos em seu clitóris inchado, e observo sua excitação cobrir meus dedos. Ela desliza para baixo com facilidade, até eu ficar enterrado nela até o talo. No instante em que o piercing na base do meu pau encosta em seu clitóris, ela ofega e finca as unhas no meu peito.

Sage encosta a testa na minha, e seguro seus quadris para ajudá-la a quicar. Ficamos nos encarando, e quando ela acaricia meu rosto, sinto como se meu coração estivesse prestes a explodir.

— Tá tudo bem? — sussurra ela.

A pergunta arranca todo o meu ar. Não esperaria menos de Sage. Mas, em um momento em que estou exigindo tanto dela, não posso deixá-la se preocupar comigo. Mesmo que seja bom pra caralho.

— Não se preocupe comigo, meu bem — Eu a arrasto sobre meu piercing, fazendo aqueles olhos voltarem a brilhar. — Tá gostoso assim, Sage? Você gosta?

Na mesma hora, ela assente.

Enquanto ela senta em mim, percorro as mãos pelo corpo de Sage, assistindo meus sonhos eróticos se concretizarem com a maior satisfação.

Levo um tempinho para olhar para cima de novo.

— Que bom. É tudo pra você.

Ela rebola mais, como se aquelas palavras fossem exatamente o que ela queria ouvir.

— Você gosta que a sua boceta gostosa seja a primeira que eu comi depois dos piercings? As palavras saem sozinhas, e eu não deveria perguntar esse tipo de coisa estando tão perto de gozar. Procuro encontrar um ritmo que a faça gemer alto. Sua boceta aperta tanto meu pau que preciso cerrar a mandíbula para me segurar.

— Uhum — choraminga ela.

— Então fica de costas que eu quero acabar com você.

Ela se deita com um único movimento suave. Levo todo o tempo do mundo subindo por seu corpo e beijando sua pele, até colocar um mamilo na boca e chupar.

— *Por favor*, Elias — sussurra ela, desesperada.

Sage finca as unhas nos meus ombros, enfia as mãos no meu cabelo e me puxa até sua boca. Eu me acomodo entre suas pernas, e parece o paraíso quando ela aperta as coxas ao redor da minha cintura, me incitando à frente. Deslizo a língua em sua boca e brinco com seus peitos até os mamilos ficarem duros sob meus dedos. Eu me afasto para beijar seu pescoço, e o cheiro doce de baunilha que ela tem chega a me deixar zonzo.

— Quer mais? — sussurro, enquanto minhas mãos descem.

— Eu quero mais desde o segundo que te conheci. Acho que já deixei óbvio pra cacete, Westbrook.

A boca suja dessa mulher. Nunca vou me cansar disso. Nunca vou me cansar dela.

Beijá-la é a única coisa que desacelera a transa até um ritmo que eu consiga acompanhar. Com Sage, sei que ela não se importa com o quanto vai durar, mas estou decidido que seja bom para ela.

— A gente pode ir mais devagar — sugere Sage.

Roubo as palavras atenciosas dela com um beijo e deixo meus dedos deslizarem em sua boceta molhada, acariciando seu clitóris até seus olhos perderem o foco.

— Que gostoso, Elias. Eu não vou aguentar.

Suas unhas se enterram nos músculos doloridos de minhas costas, e tenho certeza de que vão deixar marcas. Contando que sejam dela, não me importo.

— Aproveita, porque depois eu vou te foder do jeitinho que eu quiser.

Ela solta um sonzinho de gratidão.

— Isso é tão melhor do que qualquer coisa que já imaginei.

Meu Deus. Ela quer que eu vá devagar, mas se continuar falando desse jeito, não vou conseguir aguentar. Especialmente quando ela mexe os quadris no momento em que agarro meu pau e roço a cabeça em sua entrada.

Mas eu adoro me punir.

— No que você pensa, então?

Ela passa os dedos por meu abdômen, que está trabalhando demais a essa altura.

— Basicamente nisso. — Então, faz uma pausa. — Mas na maior parte das vezes sou eu no chuveiro e você de joelhos.

Reprimo um gemido.

— A gente pode providenciar isso.

Ela estica as pernas fortes e torneadas para descansá-las em meus ombros, mostrando sua flexibilidade incrível. Mordisco a parte interna de sua coxa, fazendo-a dar um gritinho antes de acalmar a região com lambidas e beijos.

Sage mexe o quadril como se estivesse desesperada por meu pau preenchendo-a de novo. Uso a cabeça para espalhar sua excitação por toda a sua boceta molhada.

— Como você é linda desse jeito. Tá encharcada pra mim.

Abro suas pernas ainda mais para ter a visão perfeita, e Sage me deixa esticá-las além do que eu achava possível. Ela nem se esforça, graças aos anos de balé. Quando me afundo nela, ela fecha os olhos com força, como se estivesse com dor. Mas quando estou prestes a parar, ela os abre, e é como o nascer do sol.

Mal consigo me aguentar, tentando dar a ela tudo o que precisa. Fechar os olhos é o único jeito de segurar o clímax agora, porque encarar aquele rosto corado não me ajuda nem um pouco. Ela pulsa ao redor do meu pau e tento não explodir. Meu coração dispara, e Sage ofega.

— Vou gozar — arfa ela.

— Graças a Deus — digo, com um grunhido.

Ela passa os braços ao redor do meu pescoço e me vê entrando e saindo dela, e quando meu piercing encontra o ponto perfeito, ela grita meu nome. E eu adoro, pra caralho. Então, quando encosto os lábios na sua orelha e a mando gozar de novo, Sage obedece, me levando ao êxtase junto. Mais uma vez, provo que aquela história de "ser muito difícil" era besteira, e lembro a ela que, enquanto estiver comigo, nunca vai ficar insatisfeita.

Meu orgasmo é intenso demais. Contrai cada músculo do meu corpo e extrai cada gota de prazer de mim. Minha respiração está ofegante e fico tremendo da cabeça aos pés.

Saio de cima de Sage e caio de costas. Ela aninha o rosto em meu pescoço, e eu a puxo para mais perto.

— Você fica carente depois de transar? Quem poderia imaginar?

Ela dá uma risada curta e, quando olha para mim, sei o que está pensando.

— Verdade — digo. — É tudo de verdade.

— E esse é quem você é de verdade? — pergunta ela, baixinho.

— Sim, meu bem. É sim.

Sage corre um dedo por meu abdômen, traçando as curvas de cada músculo.

— E é meu?

— Se for o que você quer.

— Então, por que você ainda não me pediu em namoro, Elias?

Eu me viro para encará-la, levantando seu queixo para que Sage também possa me olhar.

— Se você acha que eu ia foder desse jeito qualquer pessoa que não fosse minha namorada, tá muito enganada.

Ela continua a me olhar com expectativa. Sem vacilar. Minha garota teimosa.

Suspiro.

— Quer namorar comigo *de verdade*, Sage?

Parece ridículo perguntar. Ela é minha. Ela é minha desde o início, e pedi-la para ser minha namorada parece um título tão fraco, comparado a como ela me faz sentir.

Sage dá de ombros.

— Vou te avisando.

Eu a arrasto e subo nela de novo, que gargalha descontroladamente. Eu me apoio nos antebraços, vejo Sage afastar o cabelo cacheado do rosto e contrair os lábios para não sorrir.

Eu a beijo.

— Responde.

— Tá bom — cede ela. — Quero ser sua namorada.

Deito de costas de novo e puxo o edredom sobre nós, e ela sorri contente. Sage se aconchega em cima de mim, acima da batida compassada do meu coração, no ritmo da mesma música que sempre toca quando ela está comigo.

39
SAGE

Quando entro na cozinha em uma tarde de sábado, sou envolta por um aroma que faz meu estômago roncar. Já faz semanas e nosso estoque de bolinhos, pãezinhos e biscoitos só cresce. Quando me vê, Elias me coloca sentada na bancada. Depois me entrega uma tigela de morangos, como se para me manter ocupada, como se eu fosse uma criança irritante que o distrairia. Isso me faz sorrir.

— Posso ajudar?

Ele coloca cobertura em uma fornada de cupcakes.

— Senta aí e seja uma boa menina, Sage.

Aperto as coxas involuntariamente. Ele me chamou assim várias vezes esta manhã, enquanto me ajoelhava no chuveiro. Mas a maneira como ele puxou meu cabelo e guiou minha cabeça para baixo não me fez sentir como uma boa menina. Muito pelo contrário, na verdade.

— Por que tá fazendo cupcakes?

— Só testando algo novo. — Ele coloca um na palma da mão e se vira para mim com um sorriso juvenil. Como um aluno mostrando ao professor sua arte finalizada. — Abre a boca.

— E você diz que *eu* sou indecente.

— Só abre, meu bem.

Obedeço, saboreando o cupcake e cantarolo um "humm" agradecido. Ele ri, me entregando o bolinho e se afastando para cuidar do resto.

— Tá tão bom. O gosto é diferente, o que você colocou?

— São sem açúcar.

Meu coração da um salto.

— Por quê?

Elias não olha para mim, mas sei que ouve o soluço na minha voz. Assim que ele termina, passa as mãos pelas minhas coxas e me puxa para a beira da bancada.

— Provavelmente já faz tempo desde que Sean comeu um cupcake decente.

Meu coração explode em um pequeno show de fogos de artifícios. Mas Elias não me deixa agradecer. Em vez disso, ele me beija, e os fogos explodem na minha boca também. Ele inclina minha cabeça para cima e desliza a língua entre meus lábios. Deixo que me beije como quiser, e aproveito seu gosto misturado à cobertura de baunilha.

Quando aperto as pernas em volta dos seus quadris, o tecido de sua calça jeans esfrega na parte interna das minhas coxas. Ele interrompe o beijo abruptamente.

— Calma — avisa ele, me lembrando da proximidade de Sean.

Com relutância, deixo que se afaste.

Meu irmão caçula está no outro cômodo, tomando banho. Sean veio passar o fim de semana conosco porque queria compensar a ausência no meu aniversário. Ele fica na escola o ano todo e nunca reclama, mas deve ser uma tortura.

Nós o pegamos na escola de manhã, e depois que Elias fez o almoço, Sean nos interrogou sobre nosso relacionamento como um pai superprotetor.

— Você tem um número excessivo de velas de cereja no banheiro — diz Sean quando entra na cozinha com uma camiseta limpa e short de basquete.

Elias lhe oferece um cupcake e meu irmão está prestes a recusar quando diz:

— São sem açúcar.

Sean pisca, encarando a cobertura branca por um bom tempo. Nós o observamos com expectativa, e noto seus olhos brilhantes. Eles refletem os meus, porque o jeito que ele olha para meu namorado é o mesmo jeito que olhou para nosso tio quando ele perguntou se Sean queria tentar uma vaga na liga júnior: maravilhado.

Ele não diz uma palavra quando dá uma mordida, mas seus olhos brilham.

— Tem alguma coisa que você *não* faz? — pergunta ele de boca cheia.

— Não infle o ego dele.

Reviro os olhos, embora saiba que os cupcakes estão bons de verdade.

— Ah, deixa quieto, olha aí: você não faz minha irmã calar a boca — comenta Sean.

A risada de Elias é abafada com a mão fechada. Quando arfo, ofendida, ele tosse.

— É, mas eu não sou mais fã de silêncio.

Estreito os olhos para Sean.

— Você ia morrer de tédio sem mim.

— Duvido — murmura ele, ainda mastigando. Jogo uma luva de forno nele, que a pega sem esforço. Malditos atletas e seus reflexos idiotas. — Tô brincando!

A voz de Aiden ecoa da sala de estar, e Sean logo enfia o cupcake inteiro na boca, agradecendo a Elias. Os sons animados de uma multidão aplaudindo emanam da sala de estar. É o novo videogame da NHL, que foi lançado este mês. Esse traz uma mistura de jogadores novos e clássicos, incluindo o pai de Summer, Lukas Preston.

Quando me viro para Elias, ele me deixa pegar o saco de confeitar e colocar um pouco no restante dos cupcakes. Outra fornada sai do forno e ajudo com eles também.

O celular de Elias toca na bancada, e quando ele olha para a tela, sua expressão murcha.

— Que foi?

Seus ombros ficam tensos.

— É a notificação da transferência que mando pro meu pai biológico.

— Ah. — Tento não me envolver mais do que deveria. Mas não consigo evitar. — Não sei como você consegue. Não devia dar a ele seu dinheiro suado por causa de uma mentira. Não é justo, Elias.

— Não tenho escolha.

— Você tem, sim — asseguro. — A garota que seu pai pagou confessou, e seus pais fariam qualquer coisa pra te proteger. Ninguém vai te culpar por ter sido manipulado.

— Não quero que mais ninguém se envolva na minha confusão depois de todos esses anos. Agora eu tenho você e odiaria que as pessoas questionassem seu caráter por causa de rumores sobre mim. Não vou deixar isso acontecer.

Cruzo os braços sobre o peito.

— Pareço fraca para você?

— De jeito nenhum.

— Então pare de se preocupar comigo. Decida por si mesmo se quer passar o resto da vida com esse sentimento que bateu quando você viu a notificação. — Coloco a mão em seu ombro. — Tô aqui pra você. Em cada passo do caminho.

Depois de um longo e tenso minuto, ele concorda.

— Vou pensar.

É frustrante vê-lo suportar essa situação do pai biológico, mas reconheço que esse não é o momento de intervir.

— Jantar cupcake parece perfeito — digo, mudando de assunto. — Mas meio que sou uma guardiã responsável, então tenho que alimentar aquele garoto com algo nutritivo.

Elias ri, seus ombros relaxando.

— Vamos jantar fora. Uma comemoração por *O Lago dos Cisnes*.

Concordo só porque Sean vai adorar. Mas se fôssemos só nós dois, eu preferiria que Elias preparasse o jantar e a gente assistisse *Dirty Dancing - Ritmo quente* no sofá, experimentasse minhas novas máscaras faciais e eu passasse a noite em seus braços. E talvez em sua coxa.

Quando o céu noturno mergulha em um lindo azul profundo, saímos. Aiden ficou em casa porque tem um encontro virtual com Summer. Algo sobre um episódio especial da novela preferida dos dois, que vai ao ar hoje à noite.

A maior parte do trajeto de carro até o restaurante secreto é silenciosa, além da música de Sean tocando nos alto-falantes.

— Decidi que vou fazer faculdade em Dalton — anuncia Sean.

Viro a cabeça para ele.

— Achei que você estava pensando numa bolsa de hóquei pra Yale?

— Não soube? Yale é o inimigo. — Ele parece muito sério. Pelo visto, passar o tempo com Aiden e jogar videogame com o resto dos caras online resultou em uma lavagem cerebral bem-sucedida. — Além disso, Dalton os derrotou, e eu quero continuar o legado.

Eu bufo.

— Eles estavam na frente por um no torneio. Mal dá pra dizer que foi vitória.

Elias me olha de soslaio.

— Ah, é? Você diz isso na minha cara?

Revirando os olhos, viro o rosto por cima do ombro e vejo Sean rir. Ignorando os dois comparsas de Dalton, observo pela janela enquanto nos aproximamos da CN Tower.

— É o...?

— Vamos no restaurante giratório? — pergunta Sean, animado.

É onde Elias e eu tivemos nosso primeiro encontro. As memórias me atingem na mesma hora, e minha mente salta para nós dois parados perto da água, nos acomodando em um silêncio confortável.

Elias sorri. Ele está tão de boa, como se estivesse nos levando em uma franquia de fast food. O restaurante é de alta gastronomia e, na maior parte das vezes, depois de grandes apresentações, é para lá que os bailarinos gostam de ir. Eu sempre optava por não ir e esquentava uma comida congelada no meu antigo apartamento.

— É um dia especial — diz Elias. — Vamos comemorar direito.

ELIAS

Dentro do restaurante, Sean olha pelas janelas panorâmicas. O prédio completa uma rotação quase a cada hora, nos dando uma vista de 360 graus da cidade. Quando Sage pede licença para ir ao banheiro, Sean me cutuca.

— Acabei não conseguindo agradecer pelas camisas. E por fazer o aniversário de Sage ser bom. Eu sei que ela disse que estava tudo bem eu sair com meus amigos, mas ainda me sinto culpado.

— Não precisa me agradecer, Sean. Foi de coração.

Ele prende minha atenção enquanto termina o aperitivo.

— Eu sei que deveria perguntar quais são suas intenções com minha irmã e tudo mais, mas considerando tudo o que você já fez, acho que não preciso. — Sean faz uma pausa como se estivesse organizando seus pensamentos. — Mas só pro caso de você ainda não ter percebido, Sage é uma pessoa que gosta de agradar aos outros, e ela vai se esforçar muito para garantir que todos que ela ama estejam bem-cuidados, mesmo que acabe se negligenciando no processo.

Não imaginei que a conversa iria por aí. Sean ama a irmã, isso é óbvio, mas saber que ele vê por trás da cortina onde Sage esconde seus problemas me diz que ele se preocupa com ela muito mais do que deixa transparecer.

— Eu sou o caçula, então Sage não me deixa tirar o fardo dela. Às vezes eu nem percebo que coloquei um fardo lá, porque acabo contando com ela pra tudo. Então, eu quero ter certeza de que pelo menos com você ela não precise.

Se Sage estivesse ouvindo isso, estaria chorando agora.

— Sua irmã é minha prioridade. Se ela quisesse desligar o cérebro e se apoiar em mim pelo resto da vida, eu a apoiaria com prazer. Mas eu sei que ela tem as próprias paixões, então farei tudo para garantir que ela conquiste o que quiser.

Ele morde a baguete com manteiga de trufas, e a crocância acompanha o olhar pensativo em seu rosto.

— Droga. Eu meio que esperava que você fosse babaca, pra que eu não precisasse ser seu fã. — Ele solta um suspiro exagerado. — Era mais fácil quando eu só conhecia suas estatísticas de merda e os artigos online.

Suas palavras me lembram do quanto meu desempenho melhorou desde aquela época dos tabloides.

— Você sabe que essas coisas na mídia quase sempre são mentiras, né?

— Eu sei, eu sei. É fofoca de gente que não tem o que fazer.

Essas palavras saem direto da boca de sua irmã, e dá para ver que Sage as repete para ele há um bom tempo. Provavelmente desde que foi fotografada comigo.

— E minhas estatísticas nunca foram ruins, seu moleque.

Ele solta uma risadinha pelo nariz.

— É, *agora*, graças à minha irmã. Antes de ela entrar na sua vida, parecia que você nunca tinha visto um disco de hóquei. Foi meu próprio tio quem disse.

Ele está exagerando, mas Marcus deve ter dito isso mesmo.

— O recorde de mais assistências na temporada ainda é meu.

O que me faltava em gols, eu compensava com assistências. Não é tão impressionante, mas ainda é alguma coisa. Por que estou me defendendo para um adolescente de quinze anos?

— Ceeeerto. — Ele arrasta a palavra, mas então abre um sorriso enquanto come outro aperitivo. — Tô brincando. Todo mundo tá dizendo que você é uma das razões para termos chegado tão longe nas eliminatórias. Crawford ainda é meu favorito, mas você tá ali colado no segundo lugar.

— Acho que vou ter que me esforçar um pouco mais pra mudar isso.

— Isso… — ele gesticula para a comida na mesa — é um bom começo.

40
SAGE

Parece que é meu primeiro dia de aula, e eu sou uma garota de doze anos, sem amigos, tremendo de nervoso. Após levarmos Sean de volta para a escola pela manhã, deixo Elias em sua prática de patinação matinal e vou para casa me arrumar para meu primeiro ensaio.

Algumas horas depois, Elias entra com tudo no quarto, largando sua bolsa de equipamentos no chão para correr para o chuveiro. Eu me ofereci para buscá-lo, mas Aiden lhe deu uma carona.

— Cinco minutos e a gente sai. Só vou tomar um banho rápido.

Eu o observo se despindo no banheiro.

— Não vai nem me convidar pra entrar no chuveiro com você?

— A porta está aberta, meu bem — responde ele, e o som do chuveiro abafa sua risadinha.

Não demora para ele sair do banheiro com uma toalha amarrada na cintura. Eu encaro o caminho da felicidade na sua barriga sem o mínimo de pudor. Elias pega uma camisa e um jeans escuro e começa a se vestir na minha frente, e não faço o menor esforço para lhe dar privacidade.

No carro, verifico a bolsa quatro vezes, revendo os itens com uma lista mental. Chegamos à porta da frente do teatro no centro da cidade, e quando Elias abre a minha porta e me dá um beijo na testa, fico paralisada. Ele se mantém calado enquanto aguarda ao meu lado, me esperando sair do carro.

— Sua mãe ligou para me desejar sorte — digo, tentando me distrair.

Ele me olha com uma expressão de quem já sabia, mas diz, pra me agradar:

— Ela estava bem empolgada.

— Já decidiu o que vai fazer a respeito do seu pai?

Venho torcendo para que ele perceba que nada do que aconteceu no Mundial Juvenil foi sua culpa e pare de pagar por isso.

Ele tensiona o corpo, mostrando desconforto, mas responde:

— Eu não quero mais me preocupar com isso, e odeio que você também se preocupe. Então, vou pensar numa forma de fazer um último pagamento.

Eu o puxo para um abraço e o aperto pela cintura.

Elias vem sentindo muita culpa por dar dinheiro ao pai biológico sem contar aos pais adotivos, então essa decisão deve aliviar as coisas para ele. Mas, no fundo, percebo que ele está preocupado com o que virá a seguir.

— Não importa o que aconteça, tô orgulhosa de você.

Ele me abraça e então sussurra no meu ouvido:

— Nós não podemos ficar parados aqui pra sempre, Sage.

— Eu tô nervosa — acabo admitindo.

Elias se afasta e pega sua carteira. Minha curiosidade aumenta quando ele tira um pequeno objeto quadrado de um dos bolsos. Ele vira para mim, e vejo uma Polaroid. A Sage de oito anos exibe um sorriso reluzente e um tutu azul no seu primeiro recital.

— Ei, ela é minha! — digo, tentando pegar a foto, mas ele a afasta de mim.

— Agora é minha. — Um sorriso discreto surge nos lábios dele enquanto olha para a fotografia. — Na primeira vez que eu vi isso no estúdio, só conseguia pensar em como você é determinada. Você se jogou com tudo nisso e agora conseguiu exatamente o que essa garotinha de oito anos sonhava em ter.

— Mas e se...

— Não tem "se" nenhum. Você prometeu o mundo a ela, agora vai lá e garante que ela vai conseguir.

Eu me cubro da minha fachada de confiança — aquela que as bailarinas precisam ter — e, sustentada pelas palavras de Elias, entro no prédio. As paredes estão cobertas de fotografias de bailarinas famosas e seus prêmios. Consigo ouvir, à distância, cochichos de expectativa conforme os outros bailarinos entram no espaço. Sigo as placas e o elevador me leva para o último andar. As portas se abrem e sou recebida pelos odores familiares de piso de madeira e resina.

Quando entro no estúdio, o lugar é tudo que eu imaginava. Uma luz suave e agradável preenche o espaço, fazendo com que o assoalho de madeira polida e as paredes espelhadas brilhem com um tom róseo. Barras circundam o perímetro e há alto-falantes presos nas paredes. O ar vibra com uma energia instigante, e bailarinos deslizam pela sala. Do nada, sinto um pertencimento ali, como se tivesse achado meu lugar.

Quando nosso coreógrafo, Adrien Kane, se apresenta para todos na sala, o silêncio se instala.

— Bom dia, companhia. Vamos começar.

Na mesma hora, somos instruídos a nos agrupar em fila por personagem, e, dado que meu nome é o primeiro na lista de chamada, sou a primeira. Todos os olhares se voltam para mim e sou atingida por uma pontada de insegurança.

Os olhares fixos não se desviam quando passamos para a apresentação do resto do elenco. Adam, que fará o papel do Príncipe Siegfried, é meu parceiro de cena. Ele não me encobre com sua sombra; tem algo em torno de um metro e oitenta, com uma estrutura corporal esbelta. Seu cabelo escuro e feições simétricas o fazem parecer um príncipe de verdade. Ele apenas acena com a cabeça para mim. Atribuo a formalidade ao nervosismo, talvez o mesmo que está me corroendo nesse momento.

Minha alternante é Ashley. Seus olhos azuis penetrantes encaram os meus como um predador espreitando a presa. Há uma frieza em sua expressão que me dá calafrios. Afasto essa sensação. Se ela quiser tomar esse papel de mim, vai ter que me matar primeiro.

Quem vai interpretar Rothbart é Jason, que me recebe com um abraço esmagador. O peso nos meus ombros diminui um pouco.

— Ninguém esperava que uma novata conseguisse o papel principal — diz ele.

— Acho que eu dei sorte — rebato.

Ele ri.

— Zimmerman não trabalha com sorte. Todos ouvimos falar da sua audição. Esse tipo de reação dos três é quase um mito.

Ele fala com tanta certeza que eu não chego a agradecer. Pela primeira vez, concordo de verdade que eu mereci.

— Mas fique de olho nesses dois — cochicha Jason, indicando com a cabeça Adam e Ashley, que estão encostados num canto. Eles estão conversando, mas, mesmo enquanto falam, seus olhos perambulam pela sala, fazendo um reconhecimento. — Eles são a inveja encarnada, e ninguém quer isso por perto.

Tiro os olhos dos dois.

— Inveja de quem?

— De você.

As palavras dele revelam que há um alvo nas minhas costas e que eu estive alheia demais para perceber.

— Ela é minha alternante, precisa ser talentosa para conseguir esse papel.

— Ela é. Mas também é filha de um dos acionistas.

Em um instante, sinto o papel da Rainha Cisne se afastar das minhas mãos. Mas antes que eu possa me dar conta disso, nós somos jogados num ensaio de teste do *pas de deux* entre Adam e eu.

Adam me levanta de acordo com as instruções do coreógrafo, mantendo as mãos firmes. Fico aliviada de não estar fazendo par com alguém que precise de muito esforço para me levantar. Nunca é bom contracenar com um parceiro que reclama do seu peso ou altura — eu já vivi as duas coisas.

Nós conseguimos executar a coreografia precariamente, cometendo mais erros do que eu gostaria de admitir. Espero que a gente tenha tempo para refinar a apresentação, mas essa esperança se esvai quando Zimmerman entra na sala. A presença dele me tira do prumo. Ele e Adrien sussurram entre si, e isso me faz sentir um peso nos ombros. Quando Zimmerman sai da sala, já estou afundada em decepção.

Não consigo me livrar dessa sensação ruim, e meus nervos me fazem ficar escondida nos cantos, com receio de me entregar e assumir meu verdadeiro papel. Adrien não parece estar nada feliz com o progresso da nossa performance. Após a terceira hora de prática, ele nos dá um intervalo de quinze minutos.

Jason me alcança no corredor.

— Tenta esquecer do objetivo final nesse momento. O que importa é você continuar melhorando. Você é boa no que faz, não duvide disso.

— Você é legal demais pra alguém que acabou de me conhecer.

Ele dá de ombros.

— Pra quê perder tempo? A gente vai se ver durante o ano todo.

Apesar das palavras de encorajamento, uma sensação de desespero me envolve e segue me oprimindo até o fim do primeiro ensaio.

Minha pele está coberta de suor e meu corpo está pesado de exaustão, como se estivesse envolto numa capa grossa, quando vou encontrar Elias, que me espera perto do carro. No caminho para casa, abaixo o banco para me deitar. Mas não consigo relaxar porque meus músculos doloridos se contraem a cada movimento. Meus pés doem mais do que jamais doeram na vida e meu pescoço está rígido como uma tábua.

— Meus pais nos chamaram para visitá-los na semana que vem. Você quer ir?

Eu me viro para ele, mesmo com a rigidez.

— Pra quê?

— Pra vocês se conhecerem.

O peso no meu estômago parece uma bola de boliche. Sei que é importante e que eu deveria aceitar sem hesitação, mas não consigo. Não quando acabei de ser lembrada de como sou insignificante. Afinal, precisei usar o filho deles para chegar em algum lugar na vida.

— Não precisa ir. Não concorde só porque você acha que é o que eu quero — complementa ele.

— Eu quero — digo de supetão, de um jeito que até mesmo me surpreende. Ele me olha, tentando entender. — Conhecê-los vai fazer com que eu também te conheça melhor e eu não perderia isso por nada.

Há uma longa pausa antes de ele dar uma risadinha e responder:

— Um "sim" teria sido o suficiente.

— Claro, porque você com certeza odiou a massagem no ego.

— Eu amei. Mas gosto mais de sua massagem em outras partes…

— Ai, não, onde foi parar o meu doce e puro Elias?

— Ele arrumou uma namorada que não consegue falar uma frase sequer sem uma piada indecente. Isso ia acabar pegando.

— E *pegar* é algo que eu faço bem.

41
ELIAS

Jantares em família sempre foram uma parte importante da minha vida. Com meus pais ou na nossa casa na época da faculdade, sempre me esforcei para fazer as refeições com as pessoas que eu amo.

— Então, quais são os assuntos proibidos?

Ela dormiu assim que entramos no avião rumo a Connecticut. Agora, enquanto dirigimos até a casa dos meus pais em Greenwich, ela está acordada e sofrendo por antecipação.

— É só ser você mesma. Eles já te amam — garanto a ela.

— Eles amam a Sage que só viram online e com quem falaram no telefone. Essa aqui é a Sage de carne e osso.

— O que é, de longe, a melhor versão. — Eu a encaro. — Você não vai falar nada de errado.

— Então tudo bem falar de sexo? Vou contar pra eles daquela vez que a gente quase quebrou o chuveiro.

Solto um pigarro alto.

— Tá bom, talvez seja melhor não mencionar *algumas* coisas. A gente pode fazer uma lista.

Ela suspira, aliviada.

— Obrigada. Eu não me dou bem com pais, Elias. Se eu não tiver filtro, vou assustar eles.

Sage se olha no espelho do quebra-sol e ajeita o cabelo. Ela aplica um gloss e seus lábios se movem como se ela estivesse memorizando alguma coisa. Então ela puxa o celular e começa a digitar.

— Ok, nada de falar de sexo, e eu suponho que isso se aplique a piadas indecentes também.

— Que tal evitar qualquer coisa que a gente não falaria pro Sean?

— Boa! — Ela digita no celular. — Mas o que você acha de falarmos pra eles que somos feitos um para o outro, porque ambos temos pais biológicos terríveis?

— Acho melhor a gente deixar meu pai biológico fora disso. Eles não sabem sobre o dinheiro e não quero que descubram.

Sage guarda o celular e suas mãos encontram a minha.

— Tem certeza que você tá bem pra isso hoje?

Eu me viro para ela quando paramos num sinal vermelho.

— Eu não quero ele ditando como eu vivo minha vida. Não é justo comigo nem com meus pais. Nem com você.

Tenho pensado muito sobre isso nas últimas semanas, mas quando Mason descobriu o endereço de Elias Johnson, eu sabia o que tinha de ser feito.

Minha mente parece clarear quando eu estou de mãos dadas com meu verdadeiro raio de sol.

Sage faz carinho nos nós dos meus dedos, mas, quando entro com o carro na propriedade dos meus pais, ela arregala os olhos pela janela. Os portões de metal trançado se abrem, revelando a longa entrada ladeada por jardins perfeitamente cuidados. O ar está preenchido pelo odor de grama recém-cortada e magnólias florescendo. Minha mãe adora magnólias, e, com base na coleção de velas de Sage, acho que ela gosta também.

Sage dá um risinho de nervoso.

— Eu acho que não tenho nem roupa pra isso.

O vestido floral de verão dela a faz parecer inocente, e bem distante da garota que não saía de cima de mim ontem à noite.

— Devo te lembrar do quanto eu gosto dos seus vestidos?

Ela se engasga e tosse de leve.

— Essa não é a hora de dizer essas coisas!

Nos aproximamos da entrada, e eu estaciono. O sol reluz nas janelas panorâmicas na parte da frente da casa. Quando estou dando a volta no carro para abrir a porta de Sage, meus pais descem os degraus da entrada para nos cumprimentar.

Eles passam por mim e amassam Sage num abraço em grupo. Assisto em choque enquanto eles riem alegremente. Sage me olha com cara de assustada.

— Tá bom, já deu, vocês vão esmagar ela — digo e afasto meus pais.

— Não tem problema — comenta Sage às pressas, ainda parecendo surpresa.

Meu pai se afasta.

— Desculpe. Normalmente somos mais educados que isso.

— Mentira! — exclamo. — Na primeira vez que eles foram a um jogo meu, conseguiram irritar toda uma seção de pais na arquibancada. O pôster verde-neon que eles levaram para torcer por mim bloqueou a visão de todo mundo durante o jogo quase inteiro. Quando perceberam, o jogo já estava pra acabar.

— Alguns filhos sabem dar valor aos seus pais — ralha minha mãe.

— Eu sempre valorizo vocês dois.

Eu a puxo para um abraço apertado. Jane Westbrook é baixinha, tem só 1,57m de altura e, quando me abraça, sua cabeça mal chega ao meu peito.

Meu pai me dá um tapinha nas costas.

— Nossos amigos vieram pra cá pra assistir à sua final.

Chacoalho a cabeça.

— Sinto muito por desapontar.

— Tá de brincadeira? Você jogou com muita vontade, filho. Os comentaristas disseram isso em alto e bom som.

— Exatamente. Não se marca três gols ao acaso — acrescenta Sage.

Minha mãe carrega no rosto um sorriso tão grande que eu tenho quase certeza de que deve estar doendo.

— É tão bom te conhecer pessoalmente, Sage. Por quanto tempo vocês vão ficar?

— A gente precisa ir embora amanhã — respondo. Com os ensaios de Sage em andamento, só conseguimos uma noite livre.

Minha mãe não aprova, mas fala para entrarmos logo. O pátio está arrumado na área do jardim dos fundos para um jantar ao ar livre. A mesa comprida está decorada com flores e velas. Minha mãe preparou um jantar farto com frango assado, como se fosse um banquete de Natal. Eu é que não vou reclamar, já que a comida que ela faz é a melhor do mundo. Foi ela quem me fez pegar gosto pela culinária.

Enquanto ajudamos a trazer a comida e arrumar a mesa, Sage parece perdida em pensamentos.

— Tudo bem? — pergunto, trazendo-a de volta pra realidade.

Os únicos sons no ambiente são os utensílios batendo contra os pratos e o ruído baixo da conversa entre meus pais.

— Tudo — responde ela. — Só estou me acostumando. Eu nunca me sentei numa mesa como essa antes.

Quem ouvisse, poderia pensar que ela está falando sobre a comida ou a decoração, mas eu sei que é a respeito de família.

Eu a beijo de leve na testa.

— Acho que estou sendo o seu primeiro em algumas coisas também.

— Mais do que só algumas coisas — sussurra ela.

A gente passa a travessa de vegetais assados para o lado, e meu pai corta o frango.

— Então... há quanto tempo vocês estão juntos? — questiona ele.

— Algumas semanas.

— Meses — corrijo. — Estamos juntos há três meses.

— Isso. — Sage ri meio sem graça, se escondendo atrás do copo enquanto toma um longo gole de água.

— Quem é que fica contando, afinal? — diz minha mãe. — Nem sei há quanto tempo nós estamos juntos.

Meu pai se faz de ofendido.

— Trinta anos no mês que vem.

Minha mãe dá um beijo na bochecha dele como uma forma de se desculpar. O resto da conversa foca em Sage, e eu adoro. Ela parece estar feliz aqui. Mas, quando a conversa começa a se voltar para a minha adolescência, fico tenso.

— Você mudou muito, Eli — diz minha mãe. — Eu não gostava do seu jeito depois de vencer o Mundial Juvenil.

— Jane... — começa meu pai.

— Ah, desculpe. — A voz dela oscila e lágrimas se formam nos seus olhos. — Se alguém mexe com meu filho, eu vou ficar brava sim.

— Mãe, não precisa guardar mais esse rancor. — Tento tranquilizar. — Mas eu sinto muito pelos problemas que eu...

— Por que você deveria se desculpar? Nós é que deveríamos nos arrepender de termos duvidado de você — interrompe ela.

Eu não tinha ideia de que minha mãe guardava isso no peito tanto quanto eu. Ter decepcionado os dois sempre me incomodou, mas saber que isso os afeta tanto quanto a mim tira um peso do meu peito.

— Tá tudo bem — falo, mas ela continua com uma expressão de pesar.

Sage aperta minha mão.

— Eu também ficaria com raiva, mas Elias chegou tão longe que fico impressionada com ele todos os dias. Vocês dois fizeram um ótimo trabalho.

As palavras de Sage parecem dissipar a tensão no ar, e o rosto da minha mãe reflete seu alívio.

Durante o restante do jantar, evitamos quaisquer conversas sobre meu passado recente e meus pais entretêm Sage com histórias da minha infância. São meio constrangedoras, mas a fazem rir.

Quando terminamos de jantar, entramos na casa.

— Eli, seu quarto está do jeitinho que você deixou. Eu coloquei alguns itens de higiene no banheiro — diz minha mãe dando um sorriso acolhedor. — Me avisem se precisarem de qualquer coisa.

Quando meus pais vão para a sala de estar, levo Sage para o lado oposto da casa, o meu quarto. Na metade do corredor ela sobe nas minhas costas, e abro a porta de supetão, jogando-a na cama e rindo. Meu quarto sempre foi cinza-chumbo, com uma cama *king-size* e um banheiro anexo. Nunca fui do tipo que colocava pôsteres ou escolhia lençóis coloridos.

Sage caminha pelo quarto, seu olhar atento aos vinis dados por Kian, à pilha de livros na mesa de cabeceira e às fotos da família — os caras e os meus pais.

Ela sorri ao ver uma foto em que eu e os meus pais estamos usando camisetas personalizadas com fotos de nós três e a legenda "Os Westbrook" estampada.

— Você quer ter filhos? — pergunta ela, de repente.

A pergunta me surpreende, mas não tanto quanto achei que iria.

— Você quer?

Ela ri.

— Não, nada de copiar a minha resposta.

— Bom, se a gente for ter filhos juntos, acho que é importante eu levar em consideração a sua opinião.

— Acho que essa é uma hora ruim para te contar sobre o meu marido, então. — Ela olha por cima do ombro e vê que a piada não me abalou. — Eu acho que quero adotar.

— Sério?

Ela confirma com a cabeça.

— Eu tinha medo do Sean precisar ir para a adoção, mas ver os seus pais me faz pensar que existem pessoas boas por aí. Eu gostaria de ser parte de algo assim, algum dia.

Eu não achava que a Sage poderia ser ainda mais perfeita, mas ela me surpreende todos os dias. Ela pega a faixa de nylon azul, a premiação do meu Campeonato Mundial Juvenil, e brinca com ela entre os dedos antes de me mostrar.

— Foi o grande momento?

— Um momento imenso.

Ela coloca de volta no lugar.

— Você guarda a faixa de lembrança?

— Uma não muito agradável.

Ela vai até o guarda-roupas e mexe nas gavetas, procurando algo. Seus dedos passam pelas camisas e calças de cores neutras.

— Você sabia que existem outras cores, né?

Eu me aproximo dela.

— Acho que você usa cores o bastante por nós dois.

Ela olha para seu vestido amarelo de verão e sorri.

— Passei na inspeção, então? — pergunto.

Sage se joga na minha cama e me olha como se eu devesse saber no que ela está pensando. Acho que tenho uma boa noção e me aproximo dela, e seus olhos parecem brilhar como chamas. Gostando de ver o que a expectativa faz com ela, eu faço um desvio e me apoio no armário.

Nós ficamos nos encarando por algum tempo.

— Me fala, qual é sua jogada? — pergunta ela, se apoiando nos cotovelos.

— Minha jogada?

Ela passa a mão pelo edredom cinzento.

— Isso, a que você usava na época do colégio. Como você fazia para ficar com as garotas?

Meu rosto deve demonstrar muito bem minha confusão.

Ela se senta na cama.

— Se você estivesse a fim de mim...

— Eu estou.

— O que você faria?

— Você já está no meu quarto, acho que eu não precisaria me esforçar muito mais.

Ela não parece estar satisfeita com a resposta. Sage se levanta como se fosse sair pela porta. Entro no caminho antes de ela conseguir alcançar a maçaneta, e beijo a lateral do seu pescoço. Afasto seu cabelo e encosto o nariz na curva da sua garganta, sentindo seu cheiro com toques de baunilha.

— Me diz o que você quer — murmuro.

Ela se vira, ficando com as costas apoiadas na porta.

— Eu quero que faça de conta.

Sempre fico com o coração acelerado quando Sage me diz o que quer. Eu nunca sei o que vai pedir, mas ela sabe que eu darei tudo o que ela quiser.

Ela estremece de leve quando sente o meu hálito quente na sua pele delicada.

— Primeiro, eu perguntaria se você quer ir para um lugar mais sossegado.

Ela suspira de prazer enquanto aperta meus braços.

— Sim. Me leva pra um lugar sossegado.

Deslizo a mão pelas curvas da sua bunda, levantando o tecido do vestido bem devagar.

— Aí eu ia me certificar que você está sóbria.

— Estou — responde ela trêmula e quase sem respirar.

Nossas bocas se roçam e ela suspira mais alto.

— Então eu perguntaria se posso te beijar — sussurro com os lábios quase tocando os dela.

Sage não responde em voz alta. Apenas levanta a ponta dos pés e me beija. A boca dela está quente e sedenta, suas unhas se cravam em meus punhos, como que dizendo que ela me quer, agora.

Ela se afasta.

— Você não vai me perguntar se eu sou solteira? — Ela quase ronrona ao emitir as palavras, entrando na brincadeira.

Ela geme quando levanto o vestido até sua cintura. Minhas mãos deslizam pela pele exposta.

— Não. — Mordisco o lábio inferior dela. — Porque eu não me importo.

— Ah, mas deveria. Meu namorado é enorme. A gente vai ter que ser rápido.

Ela tenta nos levar para a cama, mas eu me mantenho firme.

— Eu vou curtir meu tempo com você como eu quiser. Seu namorado pode esperar.

Beijo a região da clavícula dela e puxo o vestido por cima da sua cabeça. A visão dos seus seios perfeitos faz meu sangue ferver. Coloco seu mamilo na boca, apertando o seio com a mão e me delicio com a forma que ela se contorce. Com um movimento rápido dos polegares, puxo a calcinha para baixo até que deslize pelos quadris. Meus beijos vão descendo por seu corpo enquanto ela continua a tremer, e sinto seu coração pulsando nos meus lábios. Ela dá um gritinho quando eu coloco sua perna por cima do meu ombro e a pressiono contra a porta. A casa é tão grande que meus pais não vão ouvir, e Sage deve ter percebido isso, porque geme alto quando enfio dois dedos dentro dela.

— Mais — suplica ela. — Quero mais.

Ao ouvir seu pedido sem fôlego, coloco a boca em seu clitóris enquanto ela estremece.

— Você fica tão linda assim toda aberta. Tudo isso é pra mim? Você ficou assim só pelo som da minha voz? — sussurro perto da sua boceta molhada.

Sage fecha os olhos, passando os dedos por meu cabelo comprido.

— Você quer mais?

Ela geme de prazer.

— *Sim*. Quero mais.

Com dois dedos ainda dentro dela, aumento o ritmo para combinar com os seus gemidos. Quando a minha língua acompanha os dedos, ela perde o ar e arqueia as costas.

Dobro os dedos no ângulo perfeito e, em segundos, Sage se contorce e se entrega ao êxtase. Ela está mole e respirando acelerado quando a olho nos olhos.

— Seu namorado consegue fazer isso com você?

— Eu não sei — responde ela, sem fôlego. — Faz de novo, pra eu ter certeza.

Eu a levanto e jogo na cama, os cachos de seu cabelo chacoalhando com o movimento. Se eu não estivesse tão duro nesse momento, poderia passar a eternidade observando cada detalhe do seu corpo e gravando na memória.

Ela coloca a mão na minha nuca e me puxa para um beijo desesperado. Nossos quadris se esfregam e me afasto só para tirar a roupa, jogando camisa, jeans e cueca boxer numa pilha desordenada. Posiciono meu pau entre suas pernas, deslizando a cabeça dentro dela. Os olhos de Sage se acendem com o mesmo fogo que queima dentro de mim.

Mas seu olhar se suaviza quando eu a beijo na testa.

— Oi, Elias — sussurra ela.

— Oi, meu bem.

Sage é tão extrovertida e confiante mas, quando demonstro qualquer pequeno sinal de afeto, ela quase se torna uma garota tímida de novo. Então, ela me prende com as pernas e me puxa de encontro a seu corpo. Sinto que não consigo esperar nem mais um segundo e afundo nela.

Seu interior aperta meu pau e pega tudo de que ela precisa. E lhe dou tudo que tenho.

— Uma última foto! — Foi o que minha mãe disse antes de nos fazer ficar por mais uma hora para posar diante de cada uma das árvores do lado de fora da casa. Meus pais amam

Sage. Eu sei, porque todas essas fotos vão acabar no lugar de honra sobre a lareira.

Apesar de eu me sentir mais leve por ver meus pais depois de tantos meses longe, é um parente de sangue que não sai da minha cabeça. O cheque no meu bolso parecia pesar uma tonelada durante o almoço. Já que Sage precisaria voltar para os ensaios, nosso voo será hoje à noite, e eu precisaria arranjar tempo para finalmente me livrar de vez dessa bagunça que é meu pai biológico.

Agora, ao bater na porta de metal dessa casa malcuidada em Parkville, sei que esse poderia ter sido o lugar que eu chamaria de lar. Ou talvez até tenha sido, antes de os meus pais me adotarem.

Olho por cima do ombro para Sage, que me espera sentada no carro. Foi difícil convencê-la a ficar de fora. A vizinhança não é muito segura, então fiz questão de trancar as portas. Mas, pelo jeito que ela está me olhando pela janela, sei que está pronta para interferir a qualquer momento.

A porta da frente se abre e a sensação é de que estou olhando no espelho.

Elias Johnson me encara com olhos cansados. Ele está usando uma regata branca e calças de moletom, segurando uma cerveja na mão e seus olhos castanhos me observam com desprezo. Seu maxilar anguloso e nariz reto me parecem familiares. Apesar disso, nada nele me traz qualquer nostalgia.

Seu olhar se volta para o carro alugado, e ele enxerga a BMW na rua silenciosa. Sei que ele viu Sage e que ela está encarando de volta, então dou um passo para a esquerda para bloquear a linha de visão. Nós somos praticamente do mesmo tamanho, apesar de eu ter alguns quilos de músculo a mais, e sua forma letárgica de se mover me faz pensar que eu o derrubaria com um único soco.

Estou segurando o envelope, e seus olhos enfim focam no pedaço de papel branco. Ele o pega da minha mão e o abre de uma só vez. Olha para o cheque e nota o valor, arregalando os olhos de surpresa.

— Pra quê isso? — Sua voz é áspera, como se ele tivesse fumado há pouco tempo. Soa diferente, mais grave do que da última vez que a ouvi, quatro anos atrás.

— Acabou. Esse é o último cheque que vou te entregar. Se tiver cuidado, deve ser o suficiente para manter seu... padrão de vida — digo, me afastando. — Nunca mais me procure.

Olhar para ele agora me faz sentir que estou vendo um pedaço de mim que se perdeu no caminho e, ainda assim, não me traz nenhum sentimento.

Seus olhos se voltam para o carro, como se ele estivesse se dando conta de algo.

— Você acha que isso é o bastante? Você ganha dez vezes esse valor.

Relaxo a mandíbula.

— Porque eu trabalho pra isso. Tudo que você fez foi chantagear o próprio filho. Então vai lá, pode espalhar suas mentiras pra imprensa. Eu não me importo, mas essa é a última vez que vou te ver.

Percebo a raiva se agravando nas veias na sua testa, e ele faz uma expressão que eu não consigo decifrar. Não sei se me importo o bastante.

— Ah, a imprensa vai gostar disso. Se você sumir, vou garantir que todos saibam.

Chacoalho a cabeça, sentindo pena.

— Vai lá, boa sorte.

Eu não sinto mais raiva, não sinto mais nada. Apenas aceito e me resigno quando me afasto do seu olhar de desgosto. Ando direto para o carro, onde está tudo que é importante, e não olho para trás uma vez sequer.

O cheiro de baunilha está no ar, e isso me faz sorrir e aproveitar esse momento de silêncio.

— Quer conversar? — pergunta Sage delicadamente, do banco do carona.

— Agora não, mas tô bem.

A presença dela ajuda a diminuir a tensão nos meus ombros. Enquanto removo a carteira do bolso para largar no painel do meio, Sage aponta para a minha mão.

— O que é isso? — pergunta ela, olhando para o meu punho.

Sigo o dedo dela e olho para o lugar onde meu suéter fino se acumula nos antebraços, revelando a tatuagem ainda protegida pelo curativo transparente. Era para ser surpresa.

— Elias, o que é isso? — A voz dela oscila quando ela puxa meu punho para perto, passando seus dedos com cuidado por cima da pele avermelhada onde está a tatuagem.

— É uma planta — respondo. Os talos se enrolam ao redor do meu punho, seus múltiplos ramos cobrem a superfície da minha pele num padrão complexo.

Os olhos dela se fixam nos meus.

— Que planta?

— Uma sálvia.

— Sálvia? Tipo a tradução do meu nome? Foi por isso que você sumiu mais cedo? — A voz dela treme. — Disse que estava ajudando sua mãe com o mercado.

— Eu estava — confirmo.

Ela parece ainda mais incrédula.

— E tinha uma tatuagem na lista de compras? — pergunta ela bruscamente. — Por quê?

— Você sabe porquê.

Ela chacoalha a cabeça.

— Não, não sei.

— Porque eu te amo e quero ter você comigo todos os dias, mesmo quando você não estiver perto.

O silêncio se prolonga, pesado pelas coisas não ditas.

Então, Sage solta uma gargalhada das que fazem até lacrimejar, um som contagiante. Ela seca os olhos e fica sentada ali, como se não soubesse lidar com essa informação. Por um segundo, acho que posso ter exagerado, mas um instante depois ela solta o cinto de segurança e chega mais perto de mim.

— Você fez essa tatuagem por minha causa?

Eu a olho de volta sem nenhuma expressão.

— Eu não conheço mais ninguém cujo nome signifique "sálvia".

Ela ri.

— Você poderia só amar essa planta.

— Não, acho que amo mesmo a garota.

Sage passa por cima do painel central e se senta no meu colo. Ela me abraça como se precisasse de mim, e é mais do que eu jamais achei que poderia pedir. O abraço me traz uma onda de satisfação, que me faz esquecer por um momento que em breve estaremos separados. Nesse instante tudo que importa é o calor da sua presença e a segurança que sinto por ela estar aqui comigo.

— Vamos pra casa — sussurra ela no meu ouvido.

Assinto com a cabeça, mas Sage não sabe que, com ela, eu já estou.

42
SAGE

A tensão não para de aumentar no último dia de ensaio e parece que vamos explodir. Tudo tem sido estressante e não sei se Elias reparou como nossas viagens de carro têm sido silenciosas recentemente. Apesar de ele nunca me forçar a falar. Ele só segura minha mão e entrelaça nossos dedos, e ouvimos música durante todo o trajeto.

Enquanto pego minhas sapatilhas de ponta, Ashley se senta perto de mim sem dizer nada. Como minha alternante, ela está sempre colada em mim desde o primeiro dia. É o seu trabalho, mas é quase demais aguentar a intensidade dela. Consigo sentir um nível de irritação quase palpável vindo de sua direção quando me vê dançando com Adam. Parece que Jason não estava brincando quando disse que ela ficou puta ao ver que eu consegui o papel de Rainha Cisne, porque os pais de Ashley vêm fazendo doações para o teatro há anos para garantir um papel de bailarina principal para a filha.

Mas parece que Aubrey Zimmerman não está nem aí para isso. Ele não liga para nada além de achar as melhores bailarinas. É o teatro como um todo que insiste no negócio das redes sociais. Eles parecem achar que o balé é uma arte moribunda e que só pode ser preservado por meio de uma nova onda de entretenimento virtual. Eles podem até estar certos porque, na semana passada, vendemos todos os ingressos para as apresentações em Toronto de *O Lago dos Cisnes*, e estamos marcados para o próximo ano em diversos teatros de balé ao redor do mundo.

Serão muitas viagens e a Sage de alguns meses atrás não poderia estar mais feliz. Mas agora que encontrei meu lar, é agridoce saber que estarei longe dele. Longe de Elias.

Conforme reviso a coreografia na cabeça, a orquestra começa a tocar a introdução do primeiro ato. Tenho uns trinta minutos para beber algo que me ajude a não desmaiar no palco. Ensaio ou apresentação, a adrenalina é a mesma.

Nossa diretora de palco toca no meu ombro, falando no fone dela enquanto me dá um sorriso. Eu me encaminho para o palco, vendo Adam do lado oposto, aguardando para fazer sua entrada. Ele parece nervoso, com uma cara de "estou pálido porque acabei de vomitar nos bastidores", mas Ashley sussurra algo no ouvido dele e ele assente como se estivesse bem. Mas quando ele me olha, parece estar debaixo de uma nuvem carregada.

O *pas de deux* do Cisne Branco ecoa pelo teatro e quando nós passamos às nossas posições, a confiança anterior de Adam parece estar ausente.

— Vocês dois estão tensos demais, parecem duas tábuas! Relaxem! — grita Zimmerman, sua voz parecendo mais frustrada a cada movimento. — Ao ataque, Sage! Hora de roubar a atenção de todo mundo.

Ouvindo as críticas, tento fazer exatamente o que ele manda. Mas quando Adam me levanta, parece tudo errado. Tento ajustar a postura, mas a pegada dele é frouxa, e eu sinto a queda antes mesmo de atingir o chão.

Tudo acontece em câmera lenta. Meus sonhos praticamente passam diante dos meus olhos quando eu caio com um baque surdo. Há um suspiro de horror vindo de toda a sala. Quando o grito sai da minha garganta, uma dor lancinante sobe pela minha perna até minha coluna.

Fico paralisada de medo com um pulsar incômodo no tornozelo.

O teatro todo se cala quando a orquestra para de tocar de repente, nos envolvendo num silêncio macabro.

Adam xinga e agarra seu punho.

— Deem espaço pra ela! — grita Zimmerman, sua voz de pânico fazendo minha ansiedade decolar. Meu coração está batendo tão alto, e mal consigo diferenciar a queimação dos meus pulmões da que vem da perna. — Consegue colocar o pé no chão?

Não é possível que acabe assim para mim.

Não consigo formar palavras para responder a Zimmerman, mas nem preciso, porque a especialista em primeiros socorros da companhia corre até mim. Ela toca e examina meu tornozelo para testar minha reação. Sinto um ardor, mas a dor intensa de antes parece ter diminuído. Olho para ela em desespero quando ela sorri pra mim. Com seus braços ao redor do meu tórax, ela me levanta para me deixar de pé. Estou morrendo de medo de colocar peso no tornozelo, mas quando eu finalmente o faço, quase caio de novo — dessa vez, de alívio. Agora que estou de pé, a dor é só um incômodo leve que eu já senti inúmeras vezes, e, quando mexo o tornozelo para verificar se está doendo, não sinto nada.

Solto o ar.

— Tá tudo bem, não quebrei nada.

Há um suspiro de alívio audível na sala. Jason me dá um tapinha nas costas para me confortar. Mas tudo que consigo notar é um bufo frustrado de Ashley, que sai correndo, com Adam a seguindo de imediato.

Nota mental: Ficar esperta.

43
ELIAS

Encontrar a namorada no chão do quarto com um isqueiro e um sapato na mão pode parecer uma situação estranha para outras pessoas, mas estou namorando uma bailarina.

Sage queima as pontas das fitas das sapatilhas de ponta com a chama enquanto resmunga algo para si.

— Começando outro incêndio?

Ela se assusta, revira os olhos e joga uma sapatilha em mim. Eu a pego no ar antes de me juntar a ela no chão.

Ao me ver ali, Sage finalmente solta uma risada, e percebo o quanto senti falta desse som. Ela tem andado tão introspectiva pensando na sua grande apresentação que nós quase não temos tido tempo para relaxar.

— Você dormiu? — pergunto.

Meus pesadelos têm sido menos intensos e devo isso à Sage. Mas sei que a insônia dela não deve estar melhorando com o estresse dos ensaios. Suas olheiras confirmam isso.

— Me sinto descansada, mas fiquei mal-acostumada a dormir com você.

Eu não gosto de ouvir isso. A distância é algo inevitável pra nós, mas lembrar disso nunca é bom.

— É só por um ano.

Ela me olha.

— Mas depois vou me envolver em outras produções e a rotina é puxada.

Eu dou a ela a sapatilha, passando a mão sobre a dela.

— A gente vai achar um jeito.

Sage se concentra em cortar as fitas do outro pé, queimando as pontas. Ela não fala por algum tempo, e então desabafa:

— Eu não sei se consigo.

As palavras dela atingem meus ouvidos e eu não sei se entendi direito.

— Não consegue o quê?

— O espetáculo.

Viro a cabeça, em choque. Essas palavras nunca teriam saído da boca dela um mês atrás. Vacilei ao deixar Sage se perder nesse mundo. Ela precisa encontrar equilíbrio. É a primeira coisa que aprendemos no hóquei.

— Como assim?

— Durante minha vida toda eu estive fugindo. Das pessoas, do meu passado e da minha realidade. — A voz dela está trêmula. — Mas agora, com você, eu não sinto a necessidade de fugir. Estou confortável exatamente onde estou. Eu acho que quis me juntar ao TNB porque isso me daria outra razão para estar sempre em movimento. Estou buscando uma versão perfeita de mim mesma que parece que venho procurando há anos.

Não foi essa a razão que ela me deu no nosso primeiro encontro, e eu sei que aquela era a verdadeira. É a única coisa que deu propósito a ela. Não se desiste no primeiro obstáculo.

— Você não deveria fugir pra sempre, Sage. Você deveria crescer e você tem crescido. A Sage que me disse que o sonho dela era ficar tão boa quanto a Misty Copeland não é a mesma Sage que está dizendo que vai desistir de seu sonho por causa de um dia ruim.

— Mas não é só um dia ruim — explica ela. — Aquela Sage não viu sua carreira toda passando diante dos seus olhos quando quase machucou o tornozelo no ensaio para o maior espetáculo da sua carreira. Meu parceiro de cena me derrubou pela primeira vez e acho que foi de propósito. Eu sei que eles não me querem lá e esperam que eu ceda à pressão. Estou dando tudo de mim para ser a bailarina principal, mas parece que isso pôs um alvo nas minhas costas.

— Como assim, ele te derrubou de propósito?

A incredulidade gera um arrepio que desce pelas minhas costas. Depois de eu buscar uma Sage que mancava no último ensaio, fiquei preocupado. Foi preciso descanso e gelo, além de algumas noites de autocuidado, para diminuir o inchaço. Saber que alguém pode tê-la derrubado de propósito acende uma fúria dentro de mim.

— Precisamos falar com o diretor, isso é inaceitável.

Ela desconsidera minhas palavras.

— Não é assim que funciona. Eu não vou acusá-los de nada sem ter provas. Ensaiei por semanas e algo sempre dá errado. Zimmerman percebe isso, e ele não aceita nada que não seja o melhor.

Vagarosamente, a verdadeira razão por trás da decisão dela se torna clara. Ela nunca quis desistir, só tem medo de não ser boa o bastante.

— Eles não vão desistir de você, Sage.

Ela larga as sapatilhas no chão, se levanta e vai até a janela.

— E se já tiverem desistido? — sussurra ela.

Eu a sigo.

— A Liga desistiu de mim?

— Não, mas isso é porque você provou seu valor.

— E você não acha que consegue fazer o mesmo? — Ela não responde, então eu insisto: — Você acreditava em mim, Sage?

Dessa vez ela se vira e me encara com um novo fogo no olhar.

— Eu sempre acreditei em você.

— E você esperou por mim?

Ela olha para o chão e murmura:

— Com muita paciência.

Eu a seguro pela cintura e dou um leve beijo na sua testa.

— E olha aonde isso nos levou.

— A um excelente esquema de colegas de quarto?

Quando mordisco a sua orelha, ela solta um risinho.

— Nos levou a algo que a gente nunca achou que teria.

Pego sua mão, virando-a para beijar a parte interior do punho. A pulsação dela revela seus sentimentos e eu continuo beijando uma, duas, três vezes.

— Se tem alguém que entende, sou eu. Você não tem de fingir que está tudo bem, mas eu nunca vou te deixar duvidar de si mesma. Não existe nada que possa diminuir seu brilho, e se você achar que existe, eu vou destruir antes de chegar a encostar em você.

Ela se vira, ainda nos meus braços, para me encarar.

— Estou falando sério a respeito de parar de fugir, Elias. Eu quero ficar com você e com o Sean. Não preciso de mais nada.

Acaricio a pele macia de seu rosto com a palma da mão.

— O lance de encontrar as suas pessoas é esse. Nós sempre estaremos exatamente no lugar em que você deixou. Ainda te amaremos e estaremos torcendo por você.

— Mas eu já estaria feliz estando com você e dando aulas no estúdio — desabafa ela. — Quero te mostrar isso mais que tudo, e eu te mostro ficando aqui.

— Se eu pudesse me algemar a você, eu faria isso. Mas você é uma estrela, Sage Beaumont, e você é preciosa demais para ser mantida em segredo. — Uma única lágrima desce pela bochecha dela, mas eu a seco. — O estúdio ainda estará aqui quando você voltar. Mas, nesse momento, você sabe o que seu coração quer.

— Nossa, você quer mesmo se livrar de mim, né? — brinca ela.

— Vá ser uma estrela, Sage. — Seguro o rosto dela com as mãos. — Eu ainda estarei aqui quando você voltar.

*

Ensinar minha namorada a cozinhar é mais difícil do que eu imaginava. Sage tem talento para muitas coisas, mas ela deveria se manter bem longe da cozinha.

Depois que preparou as sapatilhas para amanhã, ela me deixou praticar alguns *portés* com ela, porque está preocupada de ser pesada demais para o seu parceiro de cena, Adam. Isso é ridículo. Eu me ofereci para lembrar a Adam quais são as consequências de derrubar minha namorada, mas ela recusou. Nossa sessão de treino logo se tornou uma reencenação de *Dirty Dancing - Ritmo quente*. Arrasamos na primeira tentativa.

Agora estamos na segunda tentativa de cozinhar frango para o jantar, porque ela queimou o primeiro teste. Ela diz que é impaciente demais para cozinhar.

Quando ouço um chiado, olho para a frigideira e vejo uma nuvem de fumaça.

— Muito quente! — Eu corro para a panela, pego um pano de prato e a puxo para fora do fogo. — Quando solta fumaça desse jeito, o óleo está queimando — explico.

— Mas não era pra estar quente? — Sage faz bico, segurando o pegador. — Eu não sou boa nisso, Elias. Da última vez que tentei cozinhar, eu só esquentei lasanha congelada e ela pegou fogo — admite.

Desligo a boca do fogão para impedir que ela queime o frango de novo.

— É um passo de cada vez, e eu gosto de te ensinar. Mas você não precisa aprender a cozinhar, meu bem. Eu posso cozinhar pra gente.

Isso seria bom para todas as pessoas do prédio. Ou o maior pesadelo dos bombeiros não será só a coleção de velas dela.

— Não, eu quero aprender. Vou cozinhar da próxima vez que seus amigos vierem visitar.

Assinto. Existem coisas piores que intoxicação alimentar.

A porta da frente se abre de supetão, e Aiden entra com tudo na cozinha.

— Vamos pra sala, agora!

O cabelo dele está todo desarrumado, como se tivesse subido correndo pelas escadas em vez de pegar o elevador. Olho para Sage de esguelha enquanto nós o seguimos para a sala, onde ele liga a TV na Sportsnet.

É então que eu vejo meu rosto. Bem, o rosto do meu pai biológico.

— O que ele tá fazendo? — pergunta Sage.

Elias Johnson cambaleia na tela. Seus olhos mostram que está embriagado, sua camisa de botão está manchada e amassada, e seu cabelo está grande e ensebado. Ele está caindo de bêbado, e isso é óbvio pela forma como tropeça.

Eu deveria estar esperando por isso — na verdade, até esperava. Mas vê-lo na televisão faz meus punhos se cerrarem. Ele vai usar essa plataforma para sujar a minha imagem, e acho ridículo que um canal de mídia como esse permita isso.

Isso apenas consolida a ideia de que a mídia nos vê como macacos treinados que devem dançar para o entretenimento deles. Aiden está ao lado da TV, a mandíbula travada de ira. Eu vou até o sofá para me sentar, e Sage se acomoda ao meu lado, apertando a minha mão. Eu seguro firme.

— Não acredito que esse filho da puta tá mesmo fazendo isso.

Meu telefone toca em algum lugar no apartamento, mas eu não vou atender.

O celular de Aiden toca em seguida.

— É o Mason — diz ele, antes de colocar no viva-voz.

A voz de Mason está firme, com um toque de pânico controlado.

— Eli, eu sinto muito, eu não sabia de nada disso. Isso é inaceitável. Nós estamos tentando cortar a transmissão, mas…

— Mason, deixa ele falar. Se não for agora, ele vai dar outro jeito.

— Eli…

— Já passou da hora.

— Meu filho não é quem vocês acham que é — começa Elias Johnson. Ouvir a palavra "filho" vinda da boca dele me faz ferver de raiva. — Aqueles ricaços que vocês conhecem como os Westbrook. Eles abafaram o escândalo... — Ele para de falar do nada, se apoiando no pódio de entrevista com um grunhido.

Os repórteres começam a bombardear perguntas por trás das câmeras enquanto ele se reequilibra. Há uma camada de suor cobrindo seu rosto pálido, e suas mãos tremem quando ele reajusta o microfone.

— Tudo começou no Mundial Juvenil. Eles esconderam o comportamento de Elias, e ele comprou o meu silêncio — continua ele, o discurso balbuciante e trôpego. — Vi tudo com meus próprios olhos e, como pai dele, eu me preocupo. Meu filho está usando dro...

Espero ele despejar suas mentiras e envenenar o ar com suas acusações bêbadas. Nada disso me dá medo, mas saber que meus pais terão de passar por isso de novo e se sentirão culpados me deixa bravo. Mas então, tão subitamente quanto começou a falar, ele aperta o peito com as mãos e cai para a frente. Suas pernas devem ter cedido, porque ele cai do palco e atinge os repórteres na sua frente.

— Ele acabou de... — Sage pensa em voz alta.

Aiden ri pelo nariz.

— Acho que ele desmaiou.

Por um momento, há um silêncio de atordoamento na tela, então o caos se instaura e os repórteres correm para ajudá-lo a se levantar. Eu não posso deixar de sentir uma satisfação um pouco mórbida ao ver essa demonstração patética.

A transmissão é cortada repentinamente e entra um intervalo comercial, e Aiden logo desliga a televisão. Eu fico esperando raiva, tristeza, ressentimento — mas nada vem. Eu não sei se ele teve um ataque cardíaco ou o álcool o fez cair, mas não tenho interesse em saber.

— Ninguém vai deixar ele aparecer na TV de novo depois disso — comenta Aiden.

Sage esfrega a mão nas minhas costas.

— Você está bem?

Eu olho para Aiden, então para a mão dela na minha.

— Eu já esperava por isso, e se ele aparecer na TV de novo, o que eu sei que Mason fará de tudo para impedir, vou lidar com isso.

— *Nós* vamos lidar com isso — corrige Aiden.

Ele está certo. Sei que não importa o que aconteça, eu tenho minha família de verdade. E nada nem ninguém pode tirar isso de mim.

44
SAGE

É a noite de estreia e meus três rapazes favoritos estão sentados na terceira fileira, bem no meio, como eu mandei. Meu tio, Sean e Elias estão folheando o programa e falando alegremente uns com os outros. Paro para olhar de novo quando minha antiga professora, Madame Laurent, segura a mão do meu tio na dela e ele beija seus dedos. Um ritmo estranho se instaura no meu coração, diferente daquele de nervoso usual. Quando começo a me deslocar para os bastidores, Elias acena para alguém atrás dele, e eu paraliso.

Os amigos dele — *nossos* amigos — Aiden, Summer, Dylan e Kian se posicionam na fileira até seus lugares. A família sentada atrás deles arregala os olhos, só então reconhecendo os enormes jogadores de hóquei. Então, Jane e Ian Westbrook descem as escadas do teatro e vão para seus lugares. Meus olhos ardem mas, de maquiagem feita, eu não posso chorar ou vou arruinar tudo.

Nossa orquestra toca a "Introdução" de Tchaikovsky. Enquanto assisto o primeiro ato da coxia, repasso a coreografia do segundo ato na cabeça.

— Sage. — A diretora de palco toca no meu ombro. — Entrada do Cisne Branco em trinta.

Eu me dirijo ao camarim para verificar se preciso fazer algum ajuste de última hora e noto que a porta de Adam está aberta para o corredor barulhento. Vozes saem lá de dentro e, quando me aproximo, percebo que ele e Ashley estão discutindo.

— Eu te pedi só uma coisa! Do que você tem tanto medo? — pergunta ela.

Adam suspira alto.

— Eu não posso fazer isso, Ash. É antiético.

— Antiético é o quanto eu venho trabalhando que nem uma desgraçada pra chegar até aqui, e agora eu tenho de assistir das coxias! Se você não pode fazer isso por mim, Adam, tá tudo acabado.

A porta se escancara e fico paralisada. Ashley está na minha frente, vestida com o figurino de Cisne Branco idêntica à minha, como minha alternante. Não vai rolar.

— Sage? — pergunta Adam, correndo para a porta. — O-o que você está fazendo aqui?

Desvio a visão de uma Ashley enfurecida.

— Eu queria saber se a gente pode conversar.

Adam se encolhe diante do olhar de puro ódio de Ashley antes de ela sair pisando duro, e me convida para entrar.

— Desculpe por isso. — Ele senta na cadeira de maquiagem para ajeitar o cabelo no espelho. — Então, o que tá rolando?

Esse é o máximo de atenção que ele me deu desde que a gente se conheceu. Eu fico desconfiada na hora.

— Eu sei que a gente vem tendo problemas com aquele *porté*. Mas a gente fez certinho por semanas e algo parece estranho nos últimos dias. Acho que está faltando foco, e é isso que tem atrapalhado. Mas se nos concentrarmos um no outro, a gente consegue. Eu sei que consegue.

Ele me olha pelo espelho, e uma pequena gota de pena transparece no seu olhar.

— É, você tá certa. Eu vou fazer isso. Trazer de volta meu foco e tudo o mais.

Ele não soa convincente, mas eu assinto.

— A propósito, eu sei que ser alternante é desafiador, então o que a Ashley está sentindo é válido. Mas não deixe isso mudar a forma como você interpreta o papel principal.

Caminho às pressas até meu camarim para me preparar para o próximo ato. É quando estou saindo que percebo as flores na minha penteadeira — peônias, em tons de cor-de-rosa e branco. Um cartão de papel se destaca em meio ao buquê e chama minha atenção. Eu o puxo para ler o que está escrito.

Fique com a roupa do Cisne Negro. Eu quero ver ela no chão do quarto hoje à noite.

Elias

Começo a rir e tento evitar que as lágrimas manchem meu rosto. Eu acho que descobri minhas flores favoritas. Quando estou usando um lenço para secar os olhos, eu ouço a chamada para o segundo ato.

— Hora de brilhar, Sage. — A diretora de palco sinaliza que eu vá para as coxias.

Vejo Adam e Ashley do lado oposto, discutindo de novo. Então, Adam suspira e assente, beijando-a com carinho. Eu não permito que isso me distraia e deixo minha consciência sair do meu corpo para permitir que o cisne branco tome conta.

De imediato, me posiciono no centro do palco onde acontece o primeiro *porté*, e Adam me segura de um jeito desajeitado, o que faz um pico de pânico se instaurar no meu peito. Os holofotes nos iluminam diretamente e mantenho a compostura, deixando meus olhos se perderem um pouco, buscando minha família na fileira central.

Então, ele me coloca no chão de uma forma nem um pouco gentil e perco o equilíbrio. É um erro claro, mas eu me recupero logo em seguida. Quando ele me gira, eu lanço um olhar fulminante.

— O que você tá fazendo? — sussurro entre os dentes.

Seus olhos mostram que ele está inseguro, e isso me causa um arrepio de medo. Nossos passos nas próximas sequências são vacilantes, desconjuntados e fora de sincronia. Quando as cortinas se fecham, um ódio borbulhante se instaura sob a superfície da minha pele.

— Parece que acabou sua sorte de principiante — cutuca Ashley, passando por mim para se juntar a Adam, um sorriso macabro nos lábios.

— Que porra foi aquela? — grita Zimmerman, olhando para mim e Adam.

Um silêncio desconfortável substitui o caos dos bastidores.

Ashley vem para o lado dele.

— Aubrey, se você precisar que eu entre…

— Basta! — interrompe ele sem demora, levantando a mão enquanto vem em nossa direção. — Vocês estragaram o primeiro *porté*. Nós ainda temos uma coreografia inteira para executar. O que está acontecendo?

— Eu estou tentando, mas ela está se desequilibrando — responde Adam.

Eu o fulmino com o olhar.

Zimmerman aponta um dedo na cara dele.

— Se responsabilize pela sua pegada fraca. Conserte isso, ou eu vou consertar para você. — Então ele vira para mim. — Você está perdida na sua cabeça. Eu vi do que você é capaz na audição. Me dê a versão que nós viemos ver. Me mostra aquilo, Sage.

Eu concordo com a cabeça.

— Posso fazer isso.

— Bom. Porque você não tem outra opção.

Zimmerman sai irritado, e parece que não consigo soltar o ar.

— Adam tá armando pra você — diz Jason, se aproximando. Ele está vestido todo de preto para representar o feiticeiro maligno Rothbart. Nossa coreografia é a próxima, e sei que ao menos contracenar com ele vai gerar uma boa performance. — Zimmerman precisa colocar o alternante do Adam no lugar dele.

Eu não consigo falar. Aperto o ombro de Jason e sigo para o meu camarim para colocar o figurino de Cisne Negro para o terceiro ato. A maquiadora é rápida. Ela passa spray no meu cabelo, adiciona a coroa preta e um delineador dramático. Quando acaba, posso finalmente andar de um lado a outro do camarim de tanto nervosismo. Faço exercícios de respiração e mentalização, mas nada disso consegue me acalmar. Lágrimas perigam escorrer dos meus olhos quando eu ouço uma batida na porta.

— Um segundo! — grito, secando os olhos com um lenço.

— Sage.

A voz quase me faz desmoronar. Abro a porta e me aninho nos braços fortes de Elias. Ele não hesita em me abraçar, e nós ficamos assim por algum tempo.

— Eu fui tão mal que você veio ver como eu estou?

Ele se afasta.

— Você arrancou meu ar. Mas vim aqui porque eu acho que você tinha razão. Adam está se atrapalhando com um levantamento simples. Eu já fiz isso com você, e eu sei que não é pra ser daquele jeito.

Pisco para evitar que as lágrimas caiam.

— Eu não sei o que fazer. Não consigo me apresentar como eu deveria. Do jeito que ensaiei tanto.

— Ninguém consegue diminuir seu brilho. — Ele fala com tanta intensidade que eu não tenho escolha a não ser acreditar. — Me diz o que você precisa que eu faça, e eu faço.

Eu o puxo para perto e sinto o calor de seu toque.

— Isso aqui é o bastante.

Sei que Elias faria qualquer coisa por mim, mas, nesse momento, tenho de fazer eu mesma.

A chamada para o próximo ato em dez minutos ressoa ao nosso redor.

— Você tá bem? — pergunta Elias.

Faço que sim com a cabeça.

— Obrigada pelas flores.

— Decidiu quais são suas favoritas?

— Sim, mas gosto de ver você tentar adivinhar.

Ele sorri e me beija e, quando se afasta, eu o puxo para mais um. Essa conexão simples interrompe a escalada do pânico que sufoca meu coração.

— Finalmente conseguiu aquele beijo de boa sorte, hein?

— Eu acho que vou precisar de outro — digo. — Você sabe, pra compensar aquele que você não me deu.

Com esse beijo, ele me deixa ter o que eu preciso. Elias permite que eu despeje nele todas as emoções que estão inundando minha mente para trocar por sua calma. Com um leve roçar da língua dele na minha, sinto o contentamento me inundar.

Elias ergue meu queixo.

— Você vai ficar bem?

A noite de abertura não está sendo nem de longe como eu sonhei que seria, mas sei que não trocaria isso por nada.

— Sim, só preciso deixar rolar.

Ele sorri maliciosamente.

— Eu posso te ajudar com isso.

— Sai daqui! — Eu o empurro. — Você vai perder o *gran finale*.

— Eu posso ficar mais uns trinta segundos e ver ele aqui mesmo. — Ele dá um tapinha na própria coxa.

— Cala a boca, Elias.

Estou rindo quando o acompanho para fora do meu camarim, e ele me dá um sorriso brilhante antes de seguir pelo corredor. Meu sorriso some quando olho para a porta de Adam, na qual está escrito "Príncipe Siegfried".

Respiro fundo. Eu vou achar um jeito. Não serei um capacho dessa vez.

Toc, toc, toc.

Quando Adam abre a porta e me vê, começa a fechar de novo. Antes que consiga, enfio minha sapatilha de ponta no vão.

— Eu não sei qual é o seu lance — começo. — Mas se esse é o seu jeito de me sabotar, não vai funcionar. Mesmo que eu quebre uma perna no palco, eu ainda vou me apresentar. Você não vai tirar isso de mim, Adam. Então, se resolva com isso ou eu vou pedir ao Zimmerman que seu alternante dance comigo no último ato.

Quando me viro para ir embora, ele me impede segurando meu punho com firmeza. Puxo a mão por instinto.

Ele suspira.

— Eu fiz merda. É tanta pressão dos meus pais, dos pais da Ashley, da maldita companhia. Eu não sei mais quem agradar.

Ele passa a mão pelo cabelo, frustrado, e essa é a primeira vez que noto as olheiras sob seus olhos. Há manchas escuras e fundas, como se ele não dormisse há algum tempo. Sua cara de cansaço mexe comigo.

— Cisne Negro em cinco — diz a diretora de palco, passando por nós.

Como se eu estivesse incorporando a própria Odile, deixo de lado a necessidade de falar para Adam que está tudo bem e que a culpa não é dele. Essas palavras nunca são pronunciadas.

— Olha, estamos no terceiro ato. Se você não conseguir se resolver até ele acabar, não é problema meu. Mas é hora de você decidir por quem está fazendo isso e se vale a pena.

— Sage...

— A escolha é sua, Adam — digo, interrompendo o que ele ia falar. Então, me dirijo ao palco para o ato três.

Minha cena com o Jason corre perfeitamente. Ele lê cada movimento meu e desperta uma escuridão em mim que me ajuda a mergulhar no personagem. Adam tem uma pequena participação, durante a qual nos vê dançar. Quando as cortinas fecham de novo, a plateia inunda o teatro de aplausos.

— É isso que eu queria ver — diz Zimmerman. — Bom trabalho.

O elogio faz com que eu e Jason soltemos gritinhos de empolgação no caminho para o meu camarim. Troco rapidamente de Cisne Negro de volta para o Cisne Branco. Quando minha maquiadora sai, ouço gritos vindos do camarim de Adam.

Espio com atenção da minha porta e vejo a entrada do camarim dele se abrir de supetão, revelando Adam segurando a porta aberta. Ashley está atrás dele, seu peito arfando de raiva.

— Acabou — declara ele, sua voz firme e resoluta.

Os alto-falantes interrompem o momento em que eles se encaram.

— Cinco minutos para o último ato. Todos os bailarinos...

— Estou cansado disso. Cansado de você — reafirma Adam, sua frustração palpável no ar. — Pode sair.

— Mas amor... — começa Ashley.

— Chega, Ashley! — interrompe ele, brusco. — Vá embora ou eu vou contar pra todo mundo a verdade. Que você queria que eu sabotasse a Sage para você ficar com o papel dela.

Meu coração acelera, o peso da revelação de Adam agindo como uma âncora. Eu suspeitava, mas ouvir a confirmação faz meu rosto queimar de raiva. Sinto um pulsar de satisfação quando Ashley sai gritando pelo corredor.

Um vulto de preto passa correndo por mim, em direção a Adam. É Jason, ainda vestido como Rothbart, pisando firme com determinação. Adam recua assustado, pego de surpresa, e é empurrado para dentro do camarim pela força do avanço de Jason.

— Seu idiota!

— Jason — chamo, entrando correndo para afastá-lo de Adam. — Não vale a pena.

— Ele é nojento. Você ouviu o que ele disse?

Os olhos de Jason queimam de fúria.

— Sinto muito, Sage. Isso estava até me deixando doente. Eu nunca deveria ter concordado. Por favor, acredite em mim — choraminga Adam, sua voz embargada de remorso.

A tensão é intensificada por outra chamada.

— Dois minutos para as cortinas subirem.

Ouço uma voz irritada ecoando pelos corredores:

— Cadê meus protagonistas? — A voz de Zimmerman soa tão ameaçadora que eu saio cambaleando do camarim.

— A gente tem que contar pro Zimmerman — insiste Jason.

Eu chacoalho a cabeça.

— A gente tem que se apresentar.

— Sage.

— Não, Jason — digo com firmeza. — Todo mundo deu muito duro pra chegar até aqui, e não vou permitir que ele atrapalhe essa produção.

Elias estava certo. Ninguém pode diminuir meu brilho, e nem a pau eu vou deixar Adam me apagar nem por um segundo. Com esse pensamento ecoando na mente, avanço com propósito para onde Zimmerman está andando de um lado para o outro no piso de madeira. Ele claramente está aliviado ao me ver e aponta para o palco à esquerda.

— Vai, vai, vai!

E eu vou.

A emoção toma conta do meu corpo e eu flutuo com a música. Adam dança como a encarnação da perfeição. Não há nenhum traço em seu rosto do estado precário que vi no camarim. Ele derrama a emoção da sua performance na minha, como se estivesse se soltando e fazendo o mesmo por mim. Não posso conter o sorriso que brilha no meu rosto quando ele me levanta, fazendo o *porté* com perfeição. Não há um único tremor nas mãos dele quando executa o movimento.

Na versão de Zimmerman de *O Lago dos Cisnes*, os amantes não encontram a morte no ato final. O Príncipe Siegfried liberta Odette da maldição do feiticeiro maligno e ela se livra da escuridão de Odile para se tornar seu eu verdadeiro.

A cada vez que sou levantada, uma sensação de liberdade toma conta de mim. O pânico de antes se dissipa, e é substituído por uma confiança serena. A orquestra se encaminha para o final, e nós completamos nosso *pas de deux*. O holofote me ilumina, destacando nosso último passo e, por um momento, o tempo parece parar.

Como gotas d'água, o contentamento desce pela minha pele, desde a cabeça até a ponta dos dedos dos pés. É como um banho de vitória que se infiltra nos cantos da minha mente que costumam dizer que eu não sou boa o bastante. Parece uma prova. Como uma advogada que acabou de vencer um caso que está se arrastando no tribunal há décadas ou uma pessoa perdida no mar que finalmente foi resgatada. Essas emoções se amarram como um laço ao redor da minha mente e meu coração, e quase posso ver os anos de trabalho duro emanando do meu corpo.

Esperei a vida toda para alguém me dizer que eu tenho valor. Que vale a pena me escolher, vale a pena ficar perto de mim, que eu valho o bastante para ser amada. Para me dizer que meus sonhos podem ser realizados e que eu não seria outra estrela cadente que nunca mais vai ascender. Elias me disse isso durante cada passo do caminho, mas eu nunca consegui aceitar até esse momento. Até *eu* decidir que sou o bastante.

A música para e nós ficamos congelados no lugar. A plateia irrompe em aplausos, suas vivas ecoando pelo teatro. Quando rosas caem aos meus pés, uma única peônia rosada atinge o centro do palco. Suas pétalas delicadas parecem brilhar em meio a um oceano de rosas cor de sangue.

Apesar de eu não conseguir vê-lo daqui, meu sorriso aumenta. Porque sei que, não importa a distância, Elias Westbrook sempre terá um pedaço do meu coração com ele.

Nota mental: Quando uma porta se fechar, arrombe a janela.

45
ELIAS

— **Por que eu tenho que usar** uma venda? É um fetiche novo? — pergunta Sage.

Ela está mancando, mas nem menciona o quanto está dolorida. Eu a deixo fingir por enquanto, pois quero muito levá-la para um dos nossos banhos de autocuidado.

Nossos. Esperei por tanto tempo para poder dizer isso e não ter nenhuma dúvida de que é verdade. Nesse momento, sei que nunca vai haver dúvida alguma.

Demoramos horas para conseguir sair do teatro após a apresentação, mas eu ficaria a noite toda se isso me permitisse ver Sage sorrir daquele jeito. Eu pretendia filmar, mas fiquei tão encantado com ela que não consegui tirar os olhos.

Todo mundo insistiu em viajar para ir à apresentação, em especial os meus pais. Nossos amigos e familiares preencheram uma fileira toda, e ver a reação de Sage fez todo o caos antes do espetáculo valer a pena. Quando ela nos encontrou na saída, estava extasiada de ver nossos amigos.

Agora o cheiro de fumaça e a mistura de um cheiro terroso nos cercam. A luz da lua e seu reflexo na água iluminam o caminho para a surpresa dela.

— Você vai ver, só um minuto — digo, enquanto andamos pelo estacionamento isolado.

— Isso é algum tipo de punição por fazer você se sentar ao lado do meu tio por três horas?

Eu rio.

— Sean ficou no meio. Foi de boa.

A conversa que tive com Marcus semanas atrás me vem à mente. Apesar de tudo, sei que ele sabe o quanto me importo com Sage e deve gostar de mim ao menos um pouco por causa disso.

Quando os pés de Sage tocam a areia — porque ela se recusou a usar sapatos — ela se assusta e aperta minha mão com mais força. Sei que está ouvindo o som das ondas quebrando e o farfalhar das árvores ao nosso redor. Há um crepitar da fogueira, e nossos amigos estão tentando ficar quietos quando eu paro na frente deles.

— Certo, tá pronta?

Sage assente com a cabeça e eu puxo a venda dos olhos dela.

— Surpresa! — gritam todos.

Sete cadeiras. Uma fogueira. Um monte de comida para viagem. E todas as pessoas que amamos.

Ela fica boquiaberta para eles, surpresa. Então se vira para me olhar, com seus olhos brilhando e refletindo o fogo e as lágrimas transbordando de seus lindos olhos cor de mel. É o olhar que me faz querer envolvê-la nos meus braços e nunca mais deixá-la sair.

— Isso é pra mim?

— É sempre pra você.

Da última vez que estivemos aqui, eu tive a certeza de que quem acabasse saindo com a Sage Beaumont jamais ficaria entediado. A garota é uma estrela e, por mais que eu tenha tentado negar, quero ser a pessoa banhada pela luz dela — aquele por quem ela caiu do céu e que a aparou na queda.

Os olhos de Sage lacrimejam mais e, quando ela pisca, uma única lágrima rola pela sua bochecha. Ela ainda está em choque quando eu beijo sua mão.

Summer vem até nós com Aiden logo atrás dela.

— Nós estamos tão orgulhosos de você, Sage. Você foi incrível! — Ela puxa Sage para um abraço e nos guia até onde Dylan, Kian e Sean estão nos esperando.

Sean é o próximo a abraçá-la. Ele está crescendo e faz Sage parecer pequena em comparação.

— Você diria que valeu a pena? — pergunta Aiden.

Meu melhor amigo me observa com um olhar convencido. Como se ele soubesse que, se eu tivesse me acovardado, passaria o resto da vida me arrependendo de cada momento em que não estaria segurando a mão de Sage.

— Valeu cada segundo.

Não importa quantas vezes eu e Sage tenhamos de dormir longe um do outro, eu sei que, quando ela finalmente estiver perto de novo, nada vai mudar o que somos um para o outro.

Enquanto comemos e conversamos com nossos amigos, o sorriso de Sage é contagiante. Em algum momento Kian sugere karaokê, e faz Sean segurar o telefone para ele ler a letra de alguma canção de amor. Observo Sage rir com nossos amigos do outro lado da fogueira. Pode soar um pouco estranho, mas é impossível não olhar pra ela.

Quando ela me encara, eu não disfarço o olhar. Um sorrisinho surge nos lábios dela, e Sage estreita os olhos antes de contornar a fogueira até minha cadeira para sentar no meu colo. Seu cabelo chacoalha ao vento, me inebriando com o aroma de baunilha.

— Summer está realmente interessada em saber quantos piercings todos têm — diz Sage.

— Desista, Preston! — resmungo.

Após Aiden deixar escapar que fez uma tatuagem por causa do jogo das consequências, ele mencionou que um de nós tem um piercing. Graças a Deus ela não sabe que Aiden e eu não fomos os únicos a escolher um desafio dentre as opções que estavam naquele chapéu.

Summer me mostra a língua.

Reviro os olhos e ajeito Sage para que ela fique confortável no meu colo. Ela cutuca meu peito.

— Eu tenho uma reclamação a fazer, Westbrook.

— É?

Ela tira o celular do bolso e me mostra a tela.

— Você quebrou todas as regras.

É a lista de todas as regras que criamos naquele dia no seu apartamento, e ela está certa: quebrei cada uma delas, incluindo a última, que ela incluiu como uma piada. *Nada de se apaixonar.*

— Eu? Acho que me lembro de você estar numa situação parecida, quebrando essas regras uma coxa por vez. — Solto uma risada, mas o olhar dela me deixa atento de novo. Sage tenta sair do meu colo, mas eu a seguro no lugar. — Você está certa, fui eu mesmo. Acho que isso significa que teremos de criar algumas regras novas. Mas dessa vez elas não têm prazo de validade.

Essa resposta a deixa satisfeita porque ela se aninha em mim e diz:

— Eu não mereço você.

Levanto seu queixo para que ela me encare.

— Primeira regra. Você não pode dizer isso, nunca mais.

Ela revira os olhos, mas me beija mesmo assim.

— Eca — resmunga Sean quando passa por nós para pegar uma bebida no *cooler*. Ele age como se estivesse enojado, mas sei que está feliz como nunca de ver sua irmã conseguindo coisas para si.

— As garotas não passam mais germes, Sean — brinco.

Ele me encara.

— Você acabou de cair no meu conceito. Acho que gosto mais de Dylan e Kian.

Claro, Aiden reina no primeiro lugar.

— Tente morar com eles por quatro anos e sua opinião vai mudar rapidinho.

— Ei! — grita Kian do outro lado da fogueira. — Você adorou.

— É verdade. O Eli teve a chance de brincar de ser o papai responsável — diz Dylan. — Mas a Sage certamente sabe tudo a respeito disso.

Sage se engasga. Summer tira o marshmallow que Aiden está tentando assar e arremessa em Dylan.

Ele o pega com a boca. Idiota.

Sean revira os olhos — do jeito que a irmã faz — e vai até onde Kian está contando a ele sobre a vez que caiu no mar.

— Então, afeto em público ainda não rola? — pergunta Sage, voltando à nossa conversa.

Nossos amigos estão a apenas alguns metros. Eu não procurei por uma câmera escondida no mato nenhuma vez. Eu quero manter ela aqui, na minha bolha.

— Definitivamente rola, pra valer.

— Acho que posso viver com isso. — Ela sorri. — E quanto às flores?

— Diferentes a cada semana pelo resto da nossa vida.

Sei que ela gostou da resposta quando pega minha mão e beija a parte interna do punho, onde a tinta escurece a pele.

— E quanto ao relacionamento à distância, quais são as regras?

— Nenhuma regra. Só a verdade — digo. — Se algo nos incomodar, a gente conversa a respeito.

Sage levanta o dedinho.

— Elias e Sage sem filtros?

Eu sorrio, enroscando meu mindinho no dela.

— Isso, Elias e Sage sem filtros.

Quando ela se aninha em mim, a luz da fogueira reflete na sua pele e invade meu peito. Uma sensação de alívio toma o meu corpo.

Porque eu sei que, não importa onde eu esteja, sempre estarei em casa enquanto a tiver comigo.

EPÍLOGO
SAGE

Três anos depois

Já tentei colocar meus brincos de ouro e pérolas seis vezes. Hoje é um daqueles dias que te testam, até que sua única opção seja chorar num canto escondido. Primeiro o cabelo não queria cooperar, depois o vestido tinha encolhido na lavagem — porque Elias estava ensinando ao meu irmão como usar a máquina de lavar antes de ele partir para a faculdade — e agora eu cutuquei meu lóbulo tantas vezes que ele está latejando.

— Elias — chamo do banheiro da suíte, esperando que ele esteja no corredor, e não ocupado com o bolo sem açúcar que ele está confeitando para a comemoração de amanhã.

A cozinha é o santuário dele e, após minhas muitas tentativas falhas de aprender a cozinhar, por fim desisti. Todos ficaram muito felizes com a decisão. Agora, eu só entro na cozinha para colocar flores num vaso. Essa semana, Elias comprou dálias cor-de-rosa.

Atualmente meu tempo em casa é treinando no estúdio do nosso prédio. Nós ainda moramos no mesmo prédio que Aiden, a apenas algumas portas de distância. Sean faz questão de nos visitar todo fim de semana, então assim que Elias achou um apartamento de três quartos disponível, ele comprou.

Com um suspiro de frustração, tento colocar o brinco pela sétima vez. Meus braços estão cansados e meus dedos, esfolados de tanto serem cutucados. Preciso de uma massagem.

Elias e eu ajustamos nossas noites de autocuidado para incluir massagens. Isso significa que ele me faz uma massagem e eu durmo antes de ele ganhar uma. Ele nunca reclama, porque acha que eu finalmente superei a insônia.

Após meu primeiro ano com a companhia, estava pior que nunca. Mas logo descobri um truque para dormir até em hotéis. O segredo é dormir numa chamada de vídeo com Elias. A vida útil da bateria do meu celular diminuiu bastante, mas minhas apresentações melhoraram muito. Tanto que eu completei meu terceiro e último ano com o Teatro Nova Ballet. Após interpretar papéis principais consistentemente em *Romeu e Julieta*, *O Quebra-Nozes* e, é claro, *O Lago dos Cisnes*, os dias longos, as lesões e o custo emocional do balé que me fizeram ansiar por aquilo agora me fazem querer desacelerar. Eu quero sossegar por um tempinho.

Não contei a Elias ainda, mas comprei o estúdio de balé na Brunswick.

Segurando os pequenos brincos na palma da mão, resisto ao impulso de jogá-los longe. É então que braços fortes me envolvem por trás, me puxando para perto. Elias dá beijos suaves no meu pescoço e seu hálito quente me faz arrepiar quando ele acha aquele ponto exato onde meu pescoço se conecta ao meu ombro.

— Me ajuda — peço, choramingando.

Ele pega os brincos, que me deu quando fiz minha última apresentação de *O Lago dos Cisnes*, e demora menos de um segundo para colocá-los nas duas orelhas.

Deixo a cabeça relaxar para trás sobre os ombros dele quando solto o ar.

— O que foi? — pergunta ele, me envolvendo com os braços.

— Ninguém fala sobre como é difícil ver seus irmãos crescerem — confesso baixinho.

— Eu sei — sussurra ele com o rosto enfiado no meu cabelo. — Mas você criou um grande homem.

— Eu realmente consegui, né? — Eu olho para ele. — Mas aquela fase adolescente foi brutal.

— O Sean de dezesseis anos era possuído pelo demônio. — Elias estremece. — Mas tudo aquilo valeu a pena. Agora, ele está seguindo os passos do cunhado e indo estudar em Dalton.

No dia em que Sean rejeitou a oferta de Yale porque foi aceito em Dalton com uma bolsa de estudos esportiva, todos os nossos amigos ficaram animadíssimos. Dá para sacar que Yale ainda é o inimigo.

— Eu não sei se gosto da influência que você e os garotos exercem nele.

Ele ri.

— Eu me saí bem, não?

Emito um muxoxo e ele aperta minha cintura um pouco mais.

— O que foi isso? — Seus lábios se aproximam, a apenas alguns centímetros dos meus lábios que brilham. — Se eu me lembro bem, você estava gritando ontem sobre como eu sou maravilhoso, não?

É verdade. Porque não importa quantas vezes Elias me toque, ele sempre acende cada nervo do meu corpo como se fosse a primeira vez. Somente alguém com onipotência conseguiria fazer isso.

— Acho que eu preciso de um lembrete.

Ele ergue as sobrancelhas e se aproxima de mim de bom grado. A pressão do seu beijo tem gosto de lar.

— A gente vai levar duas horas com o trânsito. Vocês podem se beijar depois? — pede Nina quando abre a porta do banheiro.

Nina Beaumont-Westbrook, nossa pré-adolescente marrenta, está na entrada do banheiro, já vestida. Seu cabelo está preso num coque impecável com pequenas pedrinhas decorativas. Ela está usando o vestido que Elias deu de presente, as sandálias que eu comprei e o colar de bailarina que Sean trouxe de um dos seus jogos em Montreal.

Três anos atrás, conheci Nina, a aluna tímida de minhas aulas de balé. Parece que minha suspeita de que ela vinha de um lar complicado estava certa. Após uma noite particularmente difícil dois anos atrás, os pais de Nina a deixaram no estúdio e nunca mais voltaram para buscá-la.

Aquilo partiu meu coração.

No momento em que eu estava indo trancar o estúdio após uma sessão de ensaio individual, lá estava ela de pijamas cor-de-rosa, perguntando baixinho se poderia dormir no estúdio. Quando Elias chegou para me buscar e viu nós duas — ela com seus olhos castanhos perdidos e eu com lágrimas nos meus —, não fez nenhuma pergunta. Sem nenhuma hesitação, fomos para casa, ligamos para nosso advogado e fizemos o necessário para que Nina sempre tivesse um lar. Quando ela já estava liberada para viajar comigo, passamos a maior parte do ano assistindo ao balé popular quando eu tinha uma apresentação esporádica. Ela adorou conhecer todo mundo e a luz que eu via brilhar nos olhos dela era um reflexo da minha. Às vezes Elias se pergunta como nós não somos parentes de sangue. Por meses, cuidamos dela, dando à garota a liberdade de decidir onde preferia ficar. O dia em que ela nos escolheu como seus pais foi o dia mais feliz da minha vida; com o dia do nosso casamento vindo bem pertinho em segundo.

— Vamos lá, pessoal, temos uma formatura para assistir — diz ela.

Elias e eu rimos e saudamos nossa rainha da pontualidade de onze anos.

Nós a seguimos, nos amontoando no Ford Bronco e indo diretamente para a Escola Preparatória York. É junho, e as folhas verdes dançam no vento, enquanto o sol nos ilumina e aquece. Meu vestido fino cor-de-rosa farfalha ao vento quando caminhamos pelo cascalho na parte de trás da escola.

Banners com as cores da escola drapejam na brisa gentil. O cheiro de grama recém-cortada se mistura à fragrância das flores que adornam o passeio. Grupos de familiares conversam empolgados, carregando buquês e presentes para os formandos.

Quando achamos nossos lugares, tio Marcus e Amy Laurent — que agora é Smith-Beaumont — vêm nos cumprimentar, e a cerimônia já está começando. Todos os lugares na nossa fileira estão reservados e nós recebemos olhares de desaprovação dos pais que tentam conseguir um lugar para sentarem. Elias se senta de forma a bloquear metade dos lugares, e Nina olha feio para qualquer pessoa que tente se infiltrar.

Nossos amigos finalmente chegam, andando de forma barulhenta pelo caminho de cascalho na nossa direção.

— Porque fazem formaturas ao ar livre quando o sol está tentando nos matar? — pergunta Dylan quando passa por nós para achar seu lugar.

— É, eu achava que o Canadá deveria ser frio — acrescenta Kian.

Summer ri.

— Desculpe te desapontar, mas os iglus derretem em junho.

Nina acena empolgada quando vê seus tios, e se enfia no assento entre eles. Eles a cobrem de elogios, e ela fica corada, afastando um cacho que escapa do coque. Tal mãe, tal filha, eu acho.

Quando os nomes são chamados, nós estamos prontos para exaltar Sean.

Elias entrelaça os dedos nos meus, seu dedão passando por cima do anel de diamantes antes de darmos as mãos. Eu não tirei essa aliança desde que nos casamos numa quarta-feira aleatória de abril, dois meses atrás, no Lago Ontário.

— Sean Beaumont — anuncia o diretor.

Nosso grupo explode em vivas e aplausos, gritando. Kian sacode um pandeiro e Dylan toca uma buzina de ar quando Sean caminha pelo palco. Sua roupa é preta e sua faixa é carmesim. Ele faz alguma piada com o diretor antes de apertar a mão do homem.

— Sean vai estudar na prestigiada Universidade Dalton com uma bolsa de estudos de hóquei no gelo. Ele agradece aos amigos e familiares pelo apoio ao longo dos anos. Mas, acima de tudo, dedica essa conquista à única pessoa em sua vida que sempre esteve presente: sua irmã, Sage.

Como Elias sabe que lágrimas vão escorrer, ele me dá um lenço e me puxa para perto. Eu me aninho no espaço que ele abre para mim, o mesmo que eu tenho ocupado nos últimos três anos. Nina vem até nós, e eu a beijo no topo de seu cabelo cheirando a baunilha. Elias se afasta para deixá-la se sentar com ele, e nós vemos o resto da cerimônia, gritando novamente quando o melhor amigo de Sean, Josh Sutherland, dança pelo palco. Logo os formandos estão jogando os capelos para o alto. É uma chuva de capelos pretos e cordinhas carmesim.

Sean grita meu nome e corre na nossa direção.

Aiden e Summer o envolvem num abraço antes e dão a ele uma pequena caixa azul.

— Abre! — incentiva Summer.

Sean olha para o meu sorriso antes de tirar a tampa da caixa.

— Chaves? — Ele vira as chaves prateadas na mão.

— São chaves para a nossa casa, fora do campus. Queremos que você fique lá quando for para Dalton.

Quando Aiden me disse que queria dar as chaves para Sean em vez de vender a casa que os seus avós compraram quando ele começou a estudar em Dalton, eu não soube o que dizer. O instinto me fez querer recusar, porque nós nunca tínhamos tido um lugar para chamar de lar, mas saber que Sean pode ter isso sem nunca precisar recorrer a alguma instituição para ter onde morar fez meu coração se partir em dois antes de se colar de volta outra vez.

Sean pisca rapidamente numa tentativa de interromper o cascatear das lágrimas. Aiden ri e o puxa para um abraço, ao qual todos nos juntamos. Uma sensação avassaladora de pertencimento invade meu coração. Porque é assim que eu quero que seja.

Só nós e nossa pequena família.

AGRADECIMENTOS

Às vezes, na vida, você encontra o tipo de pessoa que te faz perguntar onde diabos ela esteve esse tempo todo. Tive o privilégio de encontrar algumas em minha jornada como autora.

Nina, sua fé em mim é a única razão pela qual consegui cumprir o prazo deste livro. Obrigada por me acompanhar, mesmo quando desenvolvi insônia e te acordava nos horários mais malucos para falar deste livro. Valeu a pena quando você chorou lendo o epílogo. Você é uma amiga que só se encontra uma vez na vida, e fico tão grata por ter te conhecido nesta. Caso ainda não tenha percebido, Elias é para você.

Peyton, nosso cordão invisível sempre vai ser minha parte preferida dessa jornada de publicação. Gosto de pensar que não existe um universo no qual a gente não se conheça. Seria uma tragédia completa se não fôssemos amigas em cada um deles. Vivemos uma dúzia de vidas só neste ano, mas sou eternamente grata por ter sido com você, mesmo que significasse assistir a nossos times fracassarem nas eliminatórias enquanto terminávamos (leia-se: procrastinávamos) nossos manuscritos. Obrigada por não me deixar perder o ritmo e um brinde a salvarmos uma à outra de mais absurdos no futuro.

Carlyn, por me mandar fotos diárias de suas cenas preferidas de *Em rota de colisão*. Espero que este te acalme até o livro de Dylan chegar.

Shayla, consegue acreditar nisso?

Kristine, Mary e os editores incríveis da Berkley, obrigada por levarem este livro de um emaranhado incoerente a algo do qual posso me orgulhar. Jessica e Stephanie, obrigada pelo trabalho duro ao garantir que meus livros estejam por toda parte. Darcy, Anna, Beth, Grace e Maisie, da Bloomsbury, obrigada por torcerem por mim desde o início. Deborah, Natasha e a equipe da PRH Canada, obrigada por tornarem esta série tão especial. Jessica e todos da SDLA, obrigada por tornarem tudo isso possível.

Por último, porque vocês merecem fechar meu primeiro lançamento cem por cento tradicional, obrigada aos meus leitores. Acho que vocês não têm ideia do impacto de suas palavras. Nos dias em que a síndrome da impostora luta pra ganhar, uma mensagem gentil vinda de vocês faz tudo desaparecer. Vocês são a única razão pela qual tenho o privilégio de fazer isto. Passaria por todas as partes difíceis dessa jornada de novo e de novo, se fosse para ter todos vocês no final. Obrigada. Tipo, muito mesmo.

Este livro, composto na fonte Fairfield,
foi impresso em papel Ivory Slim 65g/m² na gráfica Leograf.
São Paulo, Brasil, maio de 2025.